INTUITIONS

Paul Cleave est un auteur néo-zélandais né en 1974. Amateur de films d'horreur et de romans d'épouvante, il a travaillé pendant sept ans comme prêteur sur gages et agent immobilier, avant de se consacrer pleinement à l'écriture dès 1999. Son premier roman, *Un employé modèle*, connaît un succès rapide et international. Ses romans se déroulent tous dans sa ville de Christchurch dont il livre un portrait noir et grinçant. Si ses livres ne se suivent pas à proprement parler, il construit au fil du temps une véritable « comédie humaine », peuplée de personnages récurrents dont les trajectoires se croisent sans cesse. Paul Cleave a reçu de nombreux prix tout au long de sa carrière, dont le Ngaio Marsh en Nouvelle-Zélande, pour le meilleur roman policier, et le prix du roman policier de l'année au festival de Saint-Maur en poche. Publié partout dans le monde, il partage aujourd'hui son temps entre Christchurch et l'Europe.

Paru au Livre de Poche :

CAUCHEMAR
LA COLLECTION
NÉCROLOGIE
NE FAIS CONFIANCE À PERSONNE
UN EMPLOYÉ MODÈLE
UN PÈRE IDÉAL
UN PRISONNIER MODÈLE

PAUL CLEAVE

Intuitions

TRADUIT DE L'ANGLAIS (NOUVELLE-ZÉLANDE)
PAR FABRICE POINTEAU

SONATINE ÉDITIONS

Titre original :

A KILLER HARVEST

Publié par Atria Books, une maison du groupe Simon & Schuster.

ISBN : 978-2-253-07937-8 – 1re publication LGF

Pour Tim Müller et Craig Sisterson :
Les prochains gin tonics sont pour moi…

1

Le bureau est un ancien conteneur maritime dont les parois rayées, cabossées et tachées de rouille sont désormais peintes en gris. Ces temps-ci, les seuls voyages qu'il effectue, il les fait à l'arrière d'un camion à travers le pays – périple qu'il accomplit une fois par an, parfois deux. L'une de ses deux longues cloisons a été ôtée pour laisser place à une porte et une fenêtre qui ont au fil des années donné sur des terrains vagues qui se sont transformés en immeubles d'habitation et de bureaux. Sa vue du moment est un édifice de sept étages. Quelques niveaux ne sont encore constitués que de poutres d'acier et de dalles de béton, et il est totalement entouré d'échafaudages maculés de crasse, de peinture et de sueur.

Le bureau a le don d'attirer les toiles d'araignées tout en repoussant la chaleur, deux choses qui font frissonner l'inspecteur Mitchell Logan tandis qu'il se tient à l'intérieur par ce qui s'est jusqu'à présent avéré être une parfaite matinée d'été à Christchurch. Les cloisons ont été enduites de plâtre, et des plans, des croquis et des photos y sont épinglés. Il y a près de la porte une étagère sur laquelle est posée une demi-douzaine de casques, avec un autocollant en dessous qui dit « UN CASQUE PAR JOUR

ÉLOIGNE LES COMMOTIONS». La couche de poussière sur la fenêtre est telle qu'elle double l'épaisseur du verre. Il y a un bureau couvert de papiers derrière lequel se tient un contremaître, manifestement irrité, du nom de Simon Bower. Celui-ci a des cheveux châtains gominés et plaqués en arrière, et ce que jusqu'à récemment Mitchell aurait appelé une barbe d'Unabomber, mais qu'on nomme désormais barbe de hipster, comme le lui a fait remarquer sa femme. C'est un beau mec qui approche des trente-cinq ans, bronzé, athlétique et, vu la façon qu'il a de sans cesse consulter sa montre, impatient.

Mitchell jette un coup d'œil à son équipier – l'inspecteur principal Ben Kirk – et cherche le moindre signe indiquant que son ami a froid lui aussi, mais il n'en trouve aucun.

«Quel genre de questions? demande Bower en regardant une fois de plus sa montre comme pour s'assurer qu'elle ne lui a pas menti.

— Des questions de routine», répond Mitchell.

Seulement ce n'en sont pas. Rien de tout ça n'est habituel. Mitchell a quarante ans et approche à grands pas du moment où il aura passé exactement la moitié de sa vie dans les forces de l'ordre, et durant ce temps il a appris que plus le mensonge est gros, plus le secret l'est également. Aujourd'hui le mensonge promet d'être énorme. L'homme qu'ils sont venus voir va leur dire qu'il était à l'autre bout de la planète en train de rendre visite à sa mère malade à l'hôpital. Ou sur un bateau au milieu de l'océan Pacifique en train de sauver les dauphins. Ou en orbite autour de la Lune. Qu'il était partout sauf à l'endroit où ils savent qu'il se trouvait – à savoir, dans la voiture d'Andrea Walsh. Et où est Andrea Walsh ? Ils l'ignorent. Mais la scie électrique ensanglantée découverte à côté de son véhicule suggère qu'elle pourrait être simultanément retrouvée en une multitude d'endroits. Car non seulement il y avait du sang dessus, mais également des cheveux et des morceaux de chair et d'os, certains pas plus gros qu'une écharde, d'autres de la taille d'une articulation de doigt. D'ailleurs, leur a dit le légiste, il y avait bien une articulation. La voiture a été retrouvée abandonnée il y a deux jours, garée à l'écart de l'autoroute, réservoir vide. Un automobiliste qui a failli la percuter l'a signalée. Comme elle ne parvenait pas à contacter son propriétaire, la police a commencé le lendemain à ratisser la zone. La scie ensanglantée a été découverte à cinquante mètres de la route avec l'articulation coincée sous la garde rétractable.

C'était une erreur de se débarrasser de l'outil si près du véhicule – mais Mitchell est certain que la personne qui l'a laissé là estimait que c'était une meilleure solution que marcher au bord de la route avec. La scie électrique avait un numéro de série. Ce numéro de série les a informés qu'elle appartenait à une société du bâtiment. Et c'est ce qui les a menés à ce conteneur reconverti en bureau, pour discuter avec ce contremaître.

« Alors, pourquoi avez-vous besoin de savoir à qui appartient la scie ? demande Bower. Quelqu'un l'a volée ?

— C'est à peu près ça, répond Ben.

— Vous… genre, vous savez, vous avez pas besoin d'un mandat ou quelque chose ?

— Il nous en faudrait un si nous devions fouiller les lieux, explique Ben.

— Et nous en obtiendrons un au besoin, ajoute Mitchell.

— Seulement nous savons que c'est inutile, reprend Ben, car nous ne sommes pas ici pour perquisitionner, mais pour parler à la personne qui utilise la scie électrique correspondant à ce numéro de série, et vous allez nous dire qui c'est.

— Tout ça pour une scie volée ? demande Bower.

— Contentez-vous de nous donner un nom, réplique Mitchell.

— Bien, ne me dites rien, alors. »

Bower pousse un grand soupir et fait tout son possible pour paraître irrité tandis qu'il repousse sa tasse sur le côté et ôte quelques papiers de son clavier d'ordinateur pour pouvoir atteindre les touches. Après avoir pianoté et cliqué pendant quelques secondes, il se met à opiner du chef.

« Oh, fait-il.

— Oh ? répète Mitchell.

— C'est la scie de Boris McKenzie.

— Et ?

— Et Boris est… eh bien… un peu irascible. C'est un type bien, un bosseur, mais… juste une suggestion, si vous êtes ici pour lui chercher des noises, vous feriez peut-être bien d'appeler des renforts. Il a le sang chaud. »

OK, ce n'est donc pas le plus grand mensonge que Mitchell a entendu de sa vie. Pas comme si le type avait prétendu avoir été occupé à sauver des gosses d'un orphelinat en feu. Mais c'est tout de même un mensonge. Il regarde Ben, qui lui adresse un léger hochement de tête. C'est ce à quoi ils s'attendaient.

« Et où pouvons-nous trouver ce… ? demande Mitchell.

— Boris McKenzie, dit Bower. Il est au quatrième étage.

— Comment c'est, là-haut ? demande Ben.

— C'est facile à trouver.

— Ce n'est pas ce que j'ai demandé. »

Bower hausse les épaules.

« Le bordel, je suppose. Quelques bureaux à moitié achevés, quelques plateaux ouverts.

— Une sorte de dédale, donc ? demande Ben.

— C'est pas comme ça que je le décrirais, mais oui, peut-être.

— Si vous nous montriez le chemin ? suggère Mitchell.

— J'ai beaucoup de travail, répond Bower, et il le prouve en regardant une fois de plus sa montre, grimaçant comme si chaque seconde écoulée le faisait souffrir. On est déjà en retard, et pour être honnête je veux pas vraiment que Boris sache que c'est moi qui vous envoie.

— Dans un tel endroit, avec tous ces matériaux et ces outils, ces murs ouverts et ces grandes hauteurs, mieux vaut que nous sachions exactement qui nous cherchons et où nous allons, déclare Mitchell.

— En plus, c'est dangereux, surenchérit Ben. Nous ne voulons pas finir électrocutés ou écrasés par une poutre en acier.

— Ce qui signifie que vous venez avec nous, dit Mitchell.

— Je dois vraiment…

— Quoi ? demande Ben. Entraver une enquête ? Ou être un bon citoyen et faire ce que vous pouvez pour la communauté ? »

Bower pousse de nouveau un grand soupir, puis il fait le tour du bureau et attrape une paire de casques. Il les tend à Mitchell et à Ben.

« Suivez-moi, dit-il. Et obéissez à mes instructions. C'est dangereux là-haut si vous savez pas ce que vous faites.

— Exactement la raison pour laquelle vous nous accompagnez », lui rappelle Ben.

Ils le suivent à l'extérieur. La chaleur du matin que le bureau avait masquée revient. Ils parcourent les vingt mètres jusqu'au bâtiment, passant devant les camionnettes des électriciens, des plombiers et des vitriers. Le *bip-bip* d'une bétonnière qui pénètre en marche arrière sur le chantier retentit. Il y a de l'activité de tous les côtés selon que des choses sont mesurées, découpées, versées, reliées. Ils atteignent les ascenseurs qui, les informe Bower, ont été installés il y a quatre semaines.

« Sinon on serait forcés de gravir un sacré paquet d'échelles », précise-t-il.

Mitchell se dit que le bruit omniprésent des outils électriques qui se mettent en route puis s'arrêtent le rendrait dingue. Des ouvriers hurlent, se disputent, rient, et il s'attend constamment à ce que quelqu'un crie « Attention ! » alors que quelque chose de lourd tomberait vers lui. C'est un soulagement d'entrer dans l'ascenseur, où il n'y a ni musique d'ascenseur ni bavardages d'ascenseur tandis qu'ils montent. Les portes s'ouvrent. Le bâtiment est autant une coquille à l'intérieur qu'à l'extérieur. Il y a des murs avec des câbles qui en sortent. Rien n'a été peint. Aucun sol n'a été posé – il n'y a que du béton qui s'étire devant eux, couvert de sciure, de copeaux métalliques et du clou occasionnel. Il y a quelques fenêtres, mais également des zones où elles n'ont pas encore été posées, leurs ouvertures masquées par du polyéthylène qui bat dans la brise légère.

« Faites attention où vous mettez les pieds, conseille Bower.

— Combien y a-t-il de personnes à cet étage ? demande Ben.

— Juste Boris. Et maintenant nous. La plupart des ouvriers travaillent au rez-de-chaussée aujourd'hui, mais Boris remplace du Placo qui a été endommagé.

— J'entends toujours les autres, observe Ben.

— Quand les fenêtres et l'isolation auront été installées, vous entendrez rien hormis les sons de cet étage. »

Ben enfonce la main dans sa poche et en sort un pistolet. Il le pointe vers le sol.

« Bon sang, c'est nécessaire ? demande le contremaître.

— Si Boris est aussi irascible que vous l'avez laissé entendre.

— Il s'agit pas juste d'une scie volée, pas vrai ?

— Je crois qu'on ferait mieux de se séparer.

— D'accord, acquiesce Mitchell, dégainant lui aussi son arme.

— Peut-être que je ferais bien d'y aller, dit Bower.

— Restez derrière nous», réplique Mitchell.

Puis, à l'intention de Ben :

« Tu prends à gauche ou à droite ?

— À gauche.

— Suivez-moi», ordonne Mitchell en se retournant vers Bower.

Ben part vers la gauche. Mitchell et le contremaître, vers la droite. Dans le couloir, un moineau vole vers eux, cherchant une issue, et un instant plus tard un autre le suit. Mitchell sent l'odeur du plâtre. Il conserve son arme pointée vers le sol. Bower ne s'éloigne jamais de plus de quelques pas. Ils atteignent le bout du couloir, où l'une des fenêtres a été posée, le demi-mètre carré de verre laissant voir le paysage qui s'étire au-delà du bureau en contrebas. La vitre étouffe le bruit de l'extérieur. Mitchell voit un camion décharger du matériel et la bétonnière qui continue de se positionner en marche arrière.

Le couloir suivant n'est guère différent de celui qu'ils viennent de quitter. Du Placoplâtre qui a été monté mais qui attend toujours d'être peint. Des câbles partout. Des outils, des tréteaux et des pots de peinture de huit ou douze litres empilés le long des murs, des longueurs de linteaux à côté de boîtes de clous, de vis et d'interrupteurs sur le point d'être installés, un pistolet à clous, un coupe-carreaux et des sacs d'enduit. Mitchell vérifie chaque pièce au passage, et il voit toujours la même chose, certaines dotées de fenêtres, d'autres de polyéthylène. À l'extrémité se trouve une grande fenêtre semblable à celle du premier couloir, seulement cette fois en lieu et place de verre, une épaisse bâche en plastique recouvre l'ouverture. Elle est suffisamment transparente pour qu'il parvienne à distinguer les monticules de terre et quelques véhicules en contrebas, mais pas en détail. Dans l'ensemble, une vue pas terrible.

Il se retourne vers Bower.

« On devrait… »

Il s'interrompt. Bower a ramassé le pistolet à clous à côté duquel ils sont passés plus tôt et le pointe désormais sur lui. « Attendez », dit Mitchell.

Mais Bower n'attend pas. Il presse la détente. L'inspecteur Mitchell ne ressent aucune douleur, juste un tiraillement, une contraction du bras, puis de la poitrine, comme si on comprimait ses muscles. Il tente de lever son arme, mais son bras refuse de bouger. Le pistolet à clous produit un bruit sec, puis un autre, et encore un autre. Il a désormais quatre, cinq, six clous dans la poitrine. Son arme lui tombe de la main. Il lève l'autre pour tenter d'arracher les clous, mais avant qu'il y parvienne un autre lui transperce la paume et fixe sa main à son épaule. Il n'y a toujours aucune douleur, juste des points de pression sourds partout sur son corps, de l'acuponcture à échelle gigantesque. Un gros bruit retentit tandis qu'un clou ricoche sur le côté de son casque.

« Vous avez tout gâché, déclare Bower.

— Ne faites pas ça », dit-il, tout en sachant que ça n'arrêtera pas le contremaître.

C'est le moment où ses cauchemars deviennent réalité. Il se représente la police allant trouver sa femme. Il la voit s'écroulant en apprenant la nouvelle. Il s'imagine ses collègues fouillant son passé et découvrant toutes les saloperies qu'il a faites au cours des cinq dernières années, des saloperies qu'il comptait bien emporter dans sa tombe – ce qui, pense-t-il, est sur le point d'arriver. Il s'effondre à genoux. L'odeur du plâtre est moins forte. Le malaxeur fait moins de bruit. Il n'entend plus la bétonnière en train de reculer. Il sent le goût du sang. Des bruits secs continuent de retentir. De la pression dans son cou. Dans le côté de son visage. Bower s'approche. Il place un pied sur le torse de Mitchell qui ne parvient pas à conserver son équilibre tandis que le contremaître le pousse en arrière.

Le polyéthylène qui sépare l'intérieur de l'extérieur résiste à son poids pendant une seconde, puis une autre. Il s'étire, s'affaisse au milieu, s'étire un peu plus.

Et alors il se déchire.

Mitchell lève les yeux vers l'immeuble tandis qu'il tombe. Il percute l'échafaudage, mais au lieu de rebondir vers l'intérieur, il est projeté vers l'extérieur. « C'est tout moi », songe-t-il alors qu'il passe devant le troisième étage, le deuxième, le premier, gagnant en vitesse au fil de sa chute.

Il n'entend pas ses os se fracasser quand il heurte le sol.

Il ne sent ni sa colonne vertébrale ni sa nuque se briser.

Il ne ressent rien.

2

Quand Ben Kirk pénètre dans le couloir, il voit les pieds de son équipier disparaître. À côté du polyéthylène déchiré, regardant vers l'extérieur, se tient Simon Bower. La rage est immédiate. Ben pointe son arme sur le contremaître d'une main tremblante, et l'envie d'appuyer sur la détente est immense.

« Pas un geste. »

Bower ne bouge pas. Il continue de regarder dehors.

« Posez le pistolet à clous, hurle-t-il, puis tournez-vous lentement vers moi. »

Bower ne pose pas l'outil. Il se retourne, le tenant toujours.

« Je ne sais pas ce que vous croyez qu'il s'est passé, dit-il, mais ce n'est pas ce qu'on dirait. Boris s'est jeté sur lui. Ils sont tous les deux passés à travers le plastique. Ils sont en bas. Il faut les aider.

— Vous avez deux secondes pour poser ce pistolet ou je tire. »

Bower obéit.

« Faites face au mur ! » hurle Ben.

Bower secoue la tête.

« J'ai essayé de vous dire comment était Boris. J'ai essayé d'empêcher ça. Il faut se dépêcher. Votre équipier va mourir si on fait pas quelque chose. »

Ben sait qu'à moins qu'il soit accroché à l'échafaudage, Mitchell est déjà mort. Et cette idée… elle fait mal, elle lui brise le cœur, et elle va en briser bien d'autres. Il devrait y avoir un moyen de revenir en arrière, un gros bouton de réinitialisation, seulement il n'y en a pas – il n'y a que la mort et la douleur. La seule chose qui lui permette de tenir le coup à cet instant est la colère, et il doit s'y accrocher. S'il la lâche, il va s'effondrer.

« Tournez-vous vers le mur et posez les mains dessus, en hauteur. »

Bower s'exécute. Ben s'approche du trou béant dans le polyéthylène et regarde l'échafaudage où son partenaire n'est pas. Des gens hurlent en contrebas et se dirigent vers quelque chose qu'il ne voit pas sous cet angle. Mais il sait ce que c'est. Il sent quelque chose se déchirer dans sa poitrine. Il sent quelque chose se briser en lui. Un certain type de rage qui exige un certain type de libération.

La tentation de balancer Bower par la fenêtre est grande.

Il prend une profonde inspiration. Il doit se contrôler. Il se rappelle pourquoi il est venu ici.

« Combien vous pesez ?

— Quoi ?

— On dirait que vous prenez soin de vous. Vous courez ? »

Bower commence à se retourner.

« Restez face au mur et répondez à ma question.

— Quelle question ?

— Vous avez l'air de quelqu'un qui court. Vous avez aussi l'air de quelqu'un qui va parfois à la salle de sport. Et la cigarette ? Vous êtes fumeur ?

— Quoi ? Non, non, je fume pas. Mais où vous…

— Vous buvez ?

— Où vous voulez en venir ? demande Bower.

— Répondez à ma question. Est-ce que vous buvez ? »

Bower tente une fois de plus de se retourner, mais s'arrête quand Ben lui enfonce son pistolet dans la nuque.

« Je… je suppose, occasionnellement, oui, je bois. Mais pas beaucoup. Je cours un peu, mais pas beaucoup.

— Vous avez un cancer ? Une maladie quelconque ?

— Je veux mon avocat. »

Ben enfonce un peu plus le pistolet.

« Je vous ai demandé si vous étiez malade.

— Non. Je suis pas malade. »

Ben appuie sur la détente.

La balle pénètre la nuque de Bower et ressort par sa gorge, esquintant le mur devant lui, mais rien qu'un peu de plâtre et de peinture ne pourra pas réparer. Il place ses mains autour de sa gorge tout en tombant à genoux. Il se tourne vers Ben. La confusion sur son visage disparaît à mesure que son corps se relâche. Sa bouche s'ouvre et se referme tandis qu'il essaie de dire quelque chose, mais tout ce qu'il parvient à produire, c'est un bruit sourd lorsqu'il tombe en avant et heurte le sol. Une flaque de sang se répand sous lui.

Ben se sert d'un mouchoir pour saisir le pistolet à clous. Il le pointe dans la direction par laquelle il est arrivé, tire une demi-douzaine de coups dans les murs et le couloir. Le septième, il se le tire dans le bras. Ça ne fait pas aussi mal qu'il l'aurait cru, et pour le moment il n'y a quasiment pas de sang. Il laisse tomber l'outil par terre. Aucun de ses collègues ne prendra la peine de remettre en cause sa version des faits – Bower lui a tiré dessus en premier, et il a riposté pour se défendre.

Il s'accroupit devant le contremaître. L'homme est toujours vivant et il observe tout ce que fait Ben, comprenant plus que probablement ce que tout ça signifie.

« On savait que c'était toi avant même de venir », dit le policier.

Bower ne répond rien.

« On est allés chez toi avant de venir ici, ce matin. On a trouvé tes vêtements ensanglantés et son collier, et mon conseil est que tu ne devrais pas découper les articles sur les personnes que tu as assassinées et les laisser sur la table basse. On savait que cette histoire de Boris, c'était du pipeau, mais tu as toujours une chose qu'on n'a pas, enfoiré. »

Il tend la main et pince le nez de Bower. Ce dernier se tortille un peu mais n'a pas l'énergie de faire autre chose. Ses yeux s'écarquillent et du sang commence à dégouliner du coin de sa bouche. Ben le lâche.

« Tu te demandes sans doute pourquoi on t'a fait monter ici au lieu de t'arrêter en bas. Je vais te dire, si tu me révèles où est le corps d'Andrea Walsh, je ne te laisserai pas mourir sans le savoir. »

Bower parvient à lever la main. Il tourne la paume vers le haut et lui fait un doigt d'honneur. Puis il sourit.

« Dis-moi où est son corps ou je tiens une conférence de presse et je dis qu'on a trouvé un dossier caché rempli de pédopornographie sur ton ordinateur. Ce sera ton héritage. »

Bower lève son autre main et s'en sert pour désigner celle qui fait un doigt d'honneur. Son sourire s'élargit, il tousse, du sang s'écoule de sa bouche et de son nez.

« Soit », dit Ben.

Il tend le bras pour lui pincer une fois de plus le nez, mais s'aperçoit que ça ne sert à rien. L'homme est déjà mort.

Il sort son téléphone portable et passe un appel.

« Deux minutes », dit-il, puis il raccroche.

Il enroule du polyéthylène autour de la gorge de Bower pour contenir le sang afin de ne pas s'en mettre partout. Il arrache le clou de son bras, qui se met à saigner. Il hisse le contremaître sur son dos tel un pompier et retourne à l'ascenseur. Il appelle le commissariat lorsqu'il est au rez-de-chaussée et les informe de ce qui s'est passé. Il leur dit que Mitchell et son assassin sont en route vers l'hôpital. Il ôte le plastique autour du cou de Bower.

Quand l'ambulance arrive, les secouristes regardent les deux hommes morts et n'essaient pas de les sauver. Inutile. Ils chargent les corps à l'arrière du véhicule sans rien dire. Ben saisit la main de Mitchell et lui dit qu'il honorera la promesse qu'il lui a faite au cas où quelque chose comme ça se produirait, puis l'ambulance quitte le parking sur les chapeaux de roue, et quelques minutes plus tard des voitures de police déboulent. Une deuxième ambulance apparaît. Les agents sont en train de repousser les ouvriers pour sécuriser la zone. Un urgentiste dont l'odeur et la voix indiquent qu'il passe beaucoup de temps en compagnie de cigarettes emmène Ben à l'arrière du véhicule médical. Il semble contrarié quand ce dernier lui dit qu'il ne veut pas aller se faire examiner le bras à l'hôpital, que tout ce qu'il veut pour le moment, c'est qu'on le lui rafistole le mieux possible. Un cordon de police est en train d'être installé. Il y a tellement de gens qui vont et viennent que de la terre et de la poussière s'élèvent dans les airs.

Des inspecteurs commencent à arriver. Ils ont des questions à lui poser et il leur promet de bientôt tout expliquer, mais pour le moment il doit partir. Le temps presse et il a beaucoup à faire. Il se penche pour passer sous le cordon. Il ressent une douleur lancinante dans le bras et l'urgentiste l'a prévenu qu'elle ne ferait qu'empirer, mais il veut avoir mal. Il veut souffrir. Il atteint sa voiture. Une heure plus tôt, ils étaient deux, maintenant il n'y a plus que lui. Il s'assied et fixe le siège passager, se rappelant la conversation qu'ils ont eue en venant ici, se rappelant d'autres conversations, d'autres jours, d'autres chaudes alertes, les fois où ils ont frôlé la mort, les montées d'adrénaline et les déchirements.

C'est à cause de ces déchirements que Mitchell et lui ont essayé de rendre le monde meilleur.

« Je suis désolé », dit-il à son partenaire qui n'est plus là, et il serre la mâchoire, ravale sa colère et son chagrin, car il aura tout le temps pour ça plus tard. Pour l'instant il doit rester calme et garder la tête froide. Le trajet pour aller voir Michelle Logan est le plus dur qu'il ait jamais eu à effectuer. *Mitchell et Michelle – de jolis noms pour un joli couple*, songe-t-il. Le genre de noms qui scellent un destin. Et ils étaient faits l'un pour l'autre. Tous ceux qui les connaissaient le savaient. Des amoureux de lycée qui avaient passé vingt-cinq ans ensemble. Ben les a fréquentés pendant tout ce temps – ils étaient quatre meilleurs amis, à l'époque : Mitchell, Michelle, Ben et son frère Jesse. Ils étaient tous dans la même classe, avaient le même cercle de relations, allaient aux mêmes concerts et buvaient la même bière aux mêmes fêtes, ils fumaient de l'herbe, se baignaient à la plage, faisaient la queue devant les boîtes de nuit, et ils avaient vécu un million d'autres choses ensemble.

Les fêtes avaient cessé quand Mitchell s'était inscrit à l'école de police – après avoir lui-même fumé un peu d'herbe, il en était venu à arrêter ceux qui faisaient la même chose. Michelle était allée à l'université et avait étudié pendant cinq ans pour devenir vétérinaire, pendant que Jesse avait passé trois ans à se former à l'enseignement avant de devenir prof. Ben avait rompu avec sa petite amie pour voir le monde, travaillant derrière des bars et gagnant juste de quoi vivoter. Il avait vécu ainsi pendant cinq années puis était revenu quand Jesse était tombé malade, à peu près au moment où la sœur de Mitchell était morte, seize, presque dix-sept ans plus tôt. Ben était revenu sans emploi ni projet, et Mitchell l'avait convaincu de postuler dans la police, et maintenant… maintenant il fait en sorte qu'un trajet de dix minutes en dure vingt pour que Michelle reste un peu plus longtemps sans savoir.

La clinique vétérinaire dont elle est la codirectrice est située dans le nord de la ville. Elle partage son parking avec un salon de coiffure, une pharmacie et un magasin de vêtements. Il se gare à côté d'une BMW rouge dans laquelle une femme est en pleine conversation avec un animal en cage qu'il ne peut pas voir. Il sort et s'appuie contre sa voiture, se demandant comment il va annoncer la nouvelle. Il a déjà fait ça, mais jamais avec quelqu'un qu'il connaît. Un type en chemise et cravate sort de l'entrée principale de la clinique en portant à bout de bras une caisse de transport pour chat. Ses manches sont retroussées et il a des griffures fraîches sur les bras. L'homme remarque le bras pansé de Ben et lui adresse un hochement de tête d'un air de dire « les chats, hein ? » et Ben se retrouve à lui retourner son geste.

Il ne peut pas repousser plus longtemps.

Il a presque atteint la porte quand celle-ci s'ouvre de nouveau. Michelle sort. Avec son mètre soixante-quinze et ses cheveux roux ondulés, Michelle attirait déjà les regards à l'époque du lycée, mais elle est encore plus belle à quarante ans qu'elle ne l'était à vingt. Ça va la détruire. Ça le fait déjà. Elle pleure, et il comprend qu'elle a dû le voir à travers la fenêtre avec sa chemise ensanglantée et le bandage sur son bras, car il n'en faut pas plus pour que la compagne d'un agent des forces de l'ordre sache que sa crainte la plus profonde vient de la rattraper.

« C'est grave ? demande-t-elle.

— Je suis tellement désolé», répond-il, et il n'a pas besoin d'en dire plus.

Il passe les bras autour d'elle et tente de la tenir fermement, mais ça ne suffit pas, ses jambes se dérobent sous elle. Elle s'assied sur la marche et il prend place à ses côtés. Il voit des gens qui les observent par les fenêtres, certains portant la main à leur bouche. Elle sanglote contre sa poitrine. Il sent ses propres larmes monter mais tient bon. Il n'a pas le choix.

«Comment…», murmure-t-elle, mais les mots restent coincés dans sa gorge et rien d'autre ne suit.

Il lui raconte ce qui s'est passé, tout en regardant l'asphalte gris et brûlant.

Il s'essuie les yeux du doigt.

«Il y a autre chose.

— Quoi?» demande-t-elle.

Et il lui dévoile la promesse que Mitchell lui a demandé de tenir, avec l'espoir qu'elle y consentira.

3

Joshua ne sait pas pourquoi il est maudit, il sait juste qu'il l'est. Il ne sait pas à combien de générations ça remonte, mais il sait que c'est un héritage. Un héritage de ses parents qu'il n'a jamais connus. Son père a sauté devant un bus quelques mois avant sa naissance. Il l'a fait pour sauver une fillette qu'il ne connaissait pas, et qui avait échappé à la main de sa mère et trébuché dans la rue. Cet acte altruiste a fait de lui un héros, mais il a aussi été la cause de son absence. Sa mère, en revanche, a partagé la vie de son fils pendant cinq mois avant de rencontrer son propre bus, sous la forme d'une embolie cérébrale. Joshua était dans un harnais suspendu au montant d'une porte, ses pieds touchant à peine le sol, quand ça s'est produit. Non qu'il s'en souvienne. Elle venait de le sangler, et quelque part entre Joshua et le couloir tout s'est éteint dans sa tête. Elle est morte avant de toucher le sol. Encore une de ces choses que la malédiction avait placées sur leur chemin. Il est resté accroché là, pleurant, souillant sa couche, affamé à mesure que l'après-midi devenait le soir puis le matin, et c'est alors qu'un voisin est venu pour voir pourquoi le bébé n'arrêtait pas de hurler.

Prédestination. Ça fait longtemps qu'il n'a pas ressassé tout ça, mais en ce moment il effectue mentalement une sorte d'association de mots à cause de ce que M. Fox, son professeur de sciences, leur enseigne. Il parle de couleur d'yeux. Il parle de génétique, un mot qui lui évoque toujours la malédiction familiale, car celle-ci réside également dans l'ADN – M. Fox ne serait peut-être pas d'accord, mais Joshua sait que c'est vrai. M. Fox explique que la couleur des yeux se transmet des parents à l'enfant, il énumère les différentes combinaisons, mais difficile de s'intéresser à un tel sujet quand on ne sait pas ce que *bleu* ou *vert* ou *marron* signifient. Les yeux de Joshua sont bleus. C'est ce qu'on lui a dit. Il sait que l'océan l'est également. Il y est allé, mais ne l'a jamais vu. Il a joué sous le soleil sur la plage, il a senti les variations de la température de l'eau, il lui est arrivé de marcher sur un bout de bois ou sur un coquillage, et ça lui a fait un mal de chien, il s'est allongé sur le sable et a senti la chaleur sur son visage, mais rien de tout ça ne lui dit à quoi ressemble le bleu. Le ciel est bleu. Les Schtroumpfs sont bleus. Quand les gens sont tristes ils ont des bleus à l'âme. Mais le monde de Joshua est noir. Il l'a été pendant les seize années de son existence. La malédiction y a veillé.

Il remue les pieds et se redresse derrière son bureau. Son dos commence à le faire souffrir, ses jambes s'engourdissent, et cette leçon a dépassé le stade de l'ennui pour atteindre le royaume de l'inutile. Les autres élèves s'agitent également. Ce ne serait pas la première fois que l'un d'eux s'endormirait pendant un cours de M. Fox. On dit même qu'un gamin a pissé dans son pantalon en faisant la sieste quelques années plus tôt. Joshua réprime un bâillement. Il s'est couché tard après avoir écouté un roman d'horreur sur un type qui pouvait enfoncer les doigts dans les orbites oculaires de ses victimes et voir tout ce qu'elles avaient vu. Du coup, Josh s'est demandé comment ce serait s'il avait le même pouvoir. Seulement il ne comprendrait pas ce qu'il verrait. Ce serait comme apprendre une nouvelle langue.

On frappe à la porte de la salle de classe, et Joshua est reconnaissant car le bruit lui évite de s'assoupir. Avec un peu de chance ce sera quelqu'un qui vient annoncer que les cours sont finis pour aujourd'hui.

« Excusez-moi pour l'interruption », dit une femme. C'est la secrétaire de l'école, Mme Templeton. « J'ai besoin de vous emprunter M. Fox quelques instants. »

Un bruit de chaises qui glissent sur le sol et de corps qui se tournent se fait entendre tandis que les quinze élèves suivent le claquement des pas à travers la pièce. La femme dit alors quelque chose, trop bas pour que Joshua distingue quoi, puis la porte se referme. Comme il n'entend plus rien il suppose que M. Fox et Mme Templeton sont en train de discuter dans le couloir. Il s'est toujours demandé à quoi elle ressemblait. Et M. Fox aussi.

Tout à coup, des voix se mettent à résonner à travers la salle de classe. Son voisin, William, affirme que M. Fox est probablement en train de se faire renvoyer parce qu'il est trop gros. Pete dit qu'il parie qu'ils sont en train de se peloter dans le couloir.

D'autres rient et sont d'accord, puis tous redeviennent silencieux quand la porte s'ouvre de nouveau.

« Joshua, lance M. Fox, il faut que tu prennes ton sac et que tu accompagnes Mme Templeton. »

Il ne comprend tout d'abord pas que c'est à lui qu'on parle. Que pourrait lui vouloir Mme Templeton ?

« Joshua ? »

Les autres poussent un « oh » collectif. M. Fox leur ordonne de se taire. Joshua attrape son sac et se sert de sa canne pour gagner l'avant de la classe.

« Est-ce que j'ai fait quelque chose ?

— On va tout t'expliquer, répond M. Fox. S'il te plaît, va avec Jenny… je veux dire, Mme Templeton. »

Il sort de la pièce.

« Par ici, dit la femme.

— Je peux vous demander ce que j'ai fait ?

— Tu n'as rien fait, répond-elle. Le principal Anderson a besoin de te parler.

— De quoi ? »

Elle ne répond pas et commence à marcher. Il la suit. Comme il n'y a pas d'élèves dans le couloir, sa canne résonne lorsqu'elle tape le sol. Quoi qu'ils pensent qu'il ait fait, c'est un gros malentendu. Une école pour aveugles signifie aussi une école pleine d'erreurs d'identification. Parfois vous ne savez pas qui vous a poussé ou qui a volé votre déjeuner. Hier, quelqu'un a déclenché l'alarme incendie, ce qui fait toujours rire après coup, mais ce n'est pas drôle quand vous ne voyez pas les flammes qui pourraient ou non ramper vers vous, des flammes que vous pourriez ne pas entendre à cause du bruit de l'alarme et du martèlement des pieds, la fumée que vous pourriez ne pas sentir jusqu'à ce qu'il soit trop tard. Est-ce qu'il s'agit de ça? Croient-ils que c'est lui qui a déclenché l'alarme?

Il doit se reposer encore plus sur sa canne quand ils gravissent une volée de marches. C'est un nouveau territoire pour lui. Le territoire des mauvais élèves. Il n'est jamais allé dans le bureau du principal. Il y flotte une odeur de livres et de vieux cigares, et la porte grince quand elle se referme derrière lui. Ça lui rappelle le bureau de son père – même si ce n'est techniquement pas son père. Techniquement, ses parents sont son oncle et sa tante, qui l'ont recueilli après la mort de ses parents. Il a même adopté leur nom, car sa mère biologique était la sœur de son père de substitution.

«S'il te plaît, assieds-toi», dit le principal Anderson.

Il parle lentement, d'une voix profonde, et Joshua devine qu'il est debout. C'est la première fois que cet homme s'adresse à lui.

«Est-ce que c'est à cause de l'alarme? demande-t-il, regrettant immédiatement sa question car elle le fait paraître coupable.

— Si tu t'assieds, je vais tout t'expliquer.

— Ça va aller», intervient Mme Templeton, ce qui semble de mauvais augure.

C'est plutôt le genre de chose qu'on dit quand le contraire est vrai. Il trouve la chaise, s'assied. Il serre fermement sa canne. Quelque chose cloche. Rien de tout ça… rien de tout ça ne fait sens.

« Je ne sais pas trop comment… Ça… ça va être dur, déclare le principal Anderson, mais j'ai peur… j'ai peur de devoir t'annoncer une mauvaise nouvelle, Joshua. »

Joshua ne dit rien. Quelle ironie, songe-t-il, que cinq minutes plus tôt il ait pensé à la malédiction familiale. Est-ce ce qui s'est passé ? Le fait qu'il se la soit rappelée a-t-il suffi à la réveiller ?

« Il s'agit de ton père », dit le principal Anderson, et évidemment, il aurait dû s'en douter. L'homme pose une main sur l'épaule de Joshua. Il s'accroupit afin de lui faire face.

« Il y a eu un accident.

— Non. S'il vous plaît, ne me dites pas. Ne… »

Mais le principal Anderson lui dit. Et Joshua ne peut rien faire si ce n'est rester assis et écouter, ses mains tremblant tandis qu'il pleure.

« Ça va aller », répète Mme Templeton.

Seulement ça ne va pas aller. Comment est-ce que ça pourrait ?

4

Joshua ne comprend pas ce qu'on lui dit. Il entend les mots, mais ils n'ont aucun sens. Bien qu'il ait accepté le fait que la malédiction est réelle, bien qu'il sache que le métier de son père est dangereux, il ne peut pas croire que ce qu'il entend soit vrai.

« Je suis sincèrement désolé », dit le principal Anderson.

Certains élèves ici l'appellent « le prince qui parle à personne ». Impossible que quelqu'un doté d'un tel surnom puisse lui annoncer que son père – son deuxième père – est mort. Quelque chose dans le corps de Joshua rétrécit, un morceau de lui se racornit et s'éteint.

« Tout va bien se passer », dit Mme Templeton.

Joshua se tourne dans sa direction. Il essaie de placer ses paroles dans un récit qui irait à l'encontre de ce que le principal Anderson lui a expliqué. Tout va bien se passer ? Comment ? De quelle manière ?

« Nous sommes ici pour toi, Joshua, reprend l'homme. Quoi que tu aies besoin.

— Je ne… je ne… », commence Joshua, puis il s'interrompt.

Il ne sait pas quoi faire. Ne sait pas quoi dire. Il ne comprend pas comment ça peut être réel. Il s'aperçoit qu'il est à mi-chemin d'être à nouveau orphelin, et s'il doit se fier au passé, sa mère a désormais une épée de Damoclès au-dessus de la tête.

« Il ne peut pas être mort, dit-il. J'étais avec lui ce matin. Comment pourrait-il l'être quand il m'a déposé au lycée ? Comment…

— Joshua… »

D'un geste de l'épaule il repousse la main du principal.

« C'est impossible, un point c'est tout », dit-il.

Et c'est aussi vrai que tout le reste, car, quand on examine les faits, une malédiction n'est rien de plus qu'un mélange de paranoïa, d'ignorance et de superstition.

« Ça va aller, rabâche Mme Templeton.

— Arrêtez de dire ça ! » lance Joshua.

Il se lève. Il doit sortir d'ici. Il a besoin d'air frais. En se dirigeant vers la porte, il se cogne au côté de la chaise et lâche sa canne, mais il continue d'avancer sans. Il tend la main devant lui pour trouver son chemin, vers où, il n'en sait rien, et il trébuche sur quelque chose, tombe à terre et se relève immédiatement. C'est la solution – continuer d'avancer assez vite pour empêcher la mauvaise nouvelle de le rattraper.

« Joshua, dit le principal Anderson.

— Je dois partir.

— Joshua… »

Sa main atteint le mur. La porte devrait être sur sa droite… pourtant elle n'y est pas, puis elle y est, et quand il l'ouvre une main tombe sur son épaule, mais il se dégage. Il doit descendre. Sortir. Une fois qu'il aura retrouvé son père, il pourra prouver que ces gens se trompaient. La main dont il s'est libéré lui agrippe le bras. Fort. Elle l'oblige à se retourner, des doigts s'enfoncent dans sa chair, il ne peut pas se défaire de son emprise.

« Joshua, s'il te plaît, je t'en prie, je sais que c'est difficile, mais tu dois essayer de te calmer, dit le principal Anderson.

— Je suis calme.

— Nous allons t'aider à traverser ça.

— Je n'ai pas besoin de votre aide. Je veux juste mon père.

— Ton père… ton père est mort, dit Mme Templeton. Je suis tellement désolée, Joshua, mais c'est ce que nous essayons de te dire. »

Non. Son père n'est pas mort. Si c'était vrai, ce ne serait pas le prince qui parle à personne qui le lui annoncerait. Ce ne serait pas la secrétaire de l'école qui essaierait de le réconforter.

« Je ne veux plus vous parler. Ni à l'un ni à l'autre.

— On va redescendre, maintenant », déclare le principal Anderson, et quelques instants plus tard c'est ce qu'ils font, la main qui le tient lui montrant le chemin.

La pression sur son bras continue d'être forte, et ça commence à faire mal. Il sait qu'il va avoir un bleu – il ne sait pas à quoi ils ressemblent, mais il sait qu'ils sont douloureux. Tous les aveugles le savent. Il commence à comprendre que ce qu'on lui a dit est vrai. Il pourrait courir aussi vite qu'il est humainement possible, ça ne changerait rien à ce qui vient d'arriver.

« Je sais que ça peut paraître absurde, mais tu vas traverser cette épreuve », déclare le principal.

Joshua ne répond rien.

« Tu n'as pas encore totalement assimilé ce qui se passe, mais ça va venir, bientôt, et ce sera douloureux. Très douloureux. »

Joshua continue de ne rien dire. Il a déjà mal. Comment ça pourrait être pire ? Ils arrivent au bas de l'escalier.

Le principal Anderson continue de parler.

« Ça va être dur, ça n'aura aucun sens, et tu te sentiras hébété et perdu, mais tu as toujours ta maman. Elle sera là pour toi, je serai là pour toi, tous les professeurs et les élèves seront là pour toi.

— Pas si la malédiction les emporte tous.

— Quelle malédiction ? »

Il a soudain besoin de savoir à quoi ressemble cet homme. Jusqu'à présent, il n'en a jamais rien eu à faire, mais à cet instant, c'est important – surtout s'il doit lui annoncer une aussi mauvaise nouvelle. Cheveux noirs ? Châtains ? Il sait ce qu'est le noir, car c'est tout ce qu'il voit. Le marron est une teinte un peu plus légère, un peu plus chaude. Comment sont les cheveux du principal Anderson ? Est-il chauve ? A-t-il la tête d'un homme qui se trompe ?

Ils continuent de marcher, la main du principal est désormais sur son épaule. Joshua s'aperçoit qu'il n'a pas posé les grandes questions, les *comment* et les *pourquoi*, et il ne les pose toujours pas. *Comment* et *pourquoi* ne peuvent que mener à plus de souffrance.

Ils sortent. Il entend Mme Templeton qui les rattrape. Il entend les oiseaux et la brise chaude qui fait bruisser les feuilles. Ils s'arrêtent et Mme Templeton lui tend sa canne et son sac. Il tourne le visage vers le soleil. Il se rappellera ces moments, songe-t-il. La semaine prochaine, le mois prochain, dans dix ans, il se souviendra de tous les instants qui ont suivi l'annonce de la mort de son père.

« Il y a une voiture pour toi », dit le principal Anderson.

Il l'entend qui roule dans la longue allée qui mène à l'école pour aveugles de Canterbury. Elle s'immobilise devant lui. Une portière s'ouvre. Bruits de pas tandis que quelqu'un approche.

« Bonjour, Joshua, dit une femme. Mon nom est Audrey Vega, je travaille avec ton père, et je veux te dire… je veux te dire que je suis sincèrement désolée. C'était un homme bon. Un homme magnifique. Je l'aimais beaucoup. Tout le monde dans la police l'aimait. Il était apprécié et incroyablement respecté et… et c'est une grande perte pour nous tous. »

Joshua ne sait pas quoi dire.

« Je t'emmène voir ta mère à l'hôpital, ajoute-t-elle.

— Je ne comprends pas. Je croyais… »

Puis une idée lui vient, un espoir si puissant que ses jambes menacent de se dérober sous son poids.

« Il est toujours vivant, les médecins sont…

— J'aimerais que ce soit ça, l'interrompt l'inspectrice Vega en plaçant une main sur son épaule comme le principal Anderson plus tôt. J'aimerais vraiment. Mais il n'est plus là. Je suis désolée. Je suis ici pour t'emmener auprès de ta mère. »

Sa mère. Que pense-t-elle en ce moment ? Que fait-elle ? Il laisse l'inspectrice Vega le guider jusqu'à la voiture. Il s'assied côté passager, et avant que la portière se referme Mme Templeton lui rappelle une fois de plus que ça va aller, le principal Anderson répétant qu'ils sont tous là pour lui. Quelqu'un place son sac sur la banquette arrière, puis l'inspectrice s'installe au volant. La voiture sent la nourriture à emporter et il y fait aussi chaud que dans un four. Il tend la main vers le panneau sur le côté et trouve le bouton pour baisser la vitre.

« Ceinture », dit Vega.

Il s'attache. Ils commencent à rouler. Il entend un hélicoptère dans le ciel, traversant cette partie de la ville en route vers une autre, et il s'imagine que c'est peut-être une équipe de journalistes qui se rend à l'endroit où est mort son père. S'il allumait la télé maintenant, il entendrait une douzaine de voix en train de déblatérer à propos de son décès. Son père lui a dit un jour que ce qui est une mauvaise nouvelle pour tous les autres est une grande nouvelle pour les médias. Il disait souvent : « C'est la tragédie humaine qui leur permet de conserver leur emploi. » Ils demanderont *comment* et *pourquoi*. Le besoin de comprendre ce qui s'est passé s'intensifie à mesure qu'ils approchent de l'hôpital. Bientôt il ne pourra plus ne pas savoir. Il opte pour le *quoi*.

« Il s'est passé quoi ?

— Ton père et l'inspecteur Kirk suivaient une piste, répond-elle.

— Quel genre de piste ?

— Ils étaient allés interroger un suspect. Il y a eu une confrontation et ça a mal tourné.

— Donc papa a été… il a été assassiné.

— Oui.
— La personne qui l'a tué ?
— Il est mort aussi. »

Joshua est heureux que le type soit mort, puis il se ravise. Il préférerait faire face à l'homme qui a fait ça à son père. Être aveugle signifie qu'il ne peut pas le regarder dans les yeux, mais ça ne l'empêcherait pas de le cogner avec une masse.

« Comment est mort papa ?
— Il… il est tombé. Ça s'est produit sur un chantier. Je ne connais pas les détails, mais ton père a fait une grande chute. Il a dû mourir instantanément. Il n'a rien dû sentir.
— Sauf qu'il a dû sentir quelque chose, dit Joshua. Il a dû avoir peur pendant sa chute, et plus il est tombé de haut, plus il a eu le temps d'avoir peur. »

L'inspectrice Vega reste silencieuse. Elle ralentit, met son clignotant, et quelques secondes plus tard elle tourne.

« Et l'oncle Ben ? Ça va ?
— Il va bien. Il est avec ta mère, en ce moment. »

Une idée monstrueuse lui vient. Il préférerait, et il ne peut pas le nier, il préférerait que ce soit l'oncle Ben qui soit tombé, et non son père. Il sait qu'il aura des idées de ce genre pendant les jours et les semaines à venir, peut-être éternellement. Il sent déjà qu'il est obsédé par les *et si*. Il voudrait tellement que son père ait tourné à gauche au lieu d'aller à droite, ou qu'il se soit fait porter pâle ce matin, ou qu'il ait été coincé à un feu rouge au lieu de passer au vert. Il voudrait faire disparaître l'enchaînement des faits qui les a menés jusqu'ici.

Il s'essuie les yeux. Les larmes cesseront-elles un jour ?

« Je sais que ça ne veut peut-être pas dire grand-chose pour le moment, mais ton père est mort en héros, déclare l'inspectrice Vega. N'importe quel flic qui meurt dans le cadre de son boulot est un héros.

— Mon premier père aussi est mort en héros.

— Je… je sais », dit-elle, et il lui est reconnaissant de ne pas ajouter « Ça va aller ».

Ils continuent de rouler. Il ne pose plus de questions. Il entend les autres voitures, les motos, les bus et les camions. Occasionnellement un conducteur hurle après un autre. Des klaxons retentissent, le signal pour les piétons bipe aux feux de signalisation, des freins crissent. « Nous sommes arrivés », annonce l'inspectrice Vega après un petit moment, et la voiture ralentit, s'immobilise.

Ils sortent, l'inspectrice lui tend sa canne et porte son sac.

« Par ici », dit-elle, et elle lui prend le bras. Il entend la circulation derrière et des gens autour de lui ; l'agitation de l'hôpital l'oppresse presque. « Portes devant », dit-elle.

Elles s'ouvrent et ils pénètrent dans le hall. Joshua ne sait pas quelle est la taille de la pièce, mais elle semble grande. Il entend de nombreuses voix, principalement des murmures doux, une conversation désespérée peut-être entre un patient à la réception et une infirmière.

« Joshua ! »

Joshua se tourne vers l'oncle Ben. Capitaine Kirk, ainsi que l'appelait son père, non seulement à cause de son nom, mais parce qu'il ressemble également, à en croire sa mère, au personnage de la série. Une main se pose sur son épaule. Elle est chaude et ferme et Joshua perçoit une odeur d'après-rasage familière.

« Je suis vraiment désolé, fiston. »

Il a toujours été l'oncle Ben, même s'il n'est pas vraiment son oncle. Ils s'étreignent fermement, et soudain il repense à la dernière fois qu'ils l'ont fait. C'était un an plus tôt. Son père avait allumé le barbecue, l'oncle Ben était venu manger un steak et boire quelques bières et il avait emmené sa petite amie avec lui. Tout le monde s'était salué en s'étreignant. À l'époque, Joshua lui arrivait seulement à la poitrine, et maintenant seuls quelques centimètres les séparent. Joshua a toujours été mince, mais la dernière année l'a vu en passe de devenir grand et mince. Son père l'a observé juste quelques jours plus tôt et a fait comme si c'était une espèce de phénomène incroyable, une source de fierté, comme si c'était Joshua lui-même qui avait fait en sorte que ça arrive.

Comment est-il possible que son père ne le voie jamais adulte ? Qu'il ne continue pas à être excité par chaque centimètre gagné ?

Il se rend compte que l'oncle Ben est en train de parler.

« Désolé… Quoi ?

— Je disais que ça a été… ça s'est passé si vite, tu sais ? Et ton père, il… Ah, bon sang. »

Joshua sait que lui aussi est au bord des larmes. « Si seulement… », commence l'oncle Ben, mais il ne va pas jusqu'au bout de sa phrase. À la place, il dit : « Merci, Audrey, d'être allée le chercher.

— Au revoir, Joshua, dit-elle, et elle l'étreint avant de disparaître.

— Il est vraiment mort ? demande le garçon.

— Oui, mon pote, vraiment. Je suis sincèrement désolé. Ce n'était pas sa faute. Je veux que tu saches que le type qui a fait ça… Il a eu ce qu'il méritait, OK ? J'ai fait en sorte qu'il serve à quelque chose. Je veux dire… je veux dire – bon, ne répète ça à personne. »

Son oncle parle comme le faisait parfois son père quand il était à cran à cause du café, et il devine que dans le cas de son oncle il s'agit plutôt d'adrénaline.

« Je n'aurais pas dû dire ça. D'ailleurs, je ne l'ai pas dit, OK ? Tu me comprends ?

— Oui », répond Joshua.

Mais il voudrait dire non. Ce que raconte son oncle n'a aucun sens.

« Bien. Bien. Le type qui a tué ton père, c'était un sale mec, et ton père est mort en s'assurant qu'il ne pourrait plus faire de mal à personne. »

Mais Joshua n'en est pas si sûr. Il pense que son père n'avait pas besoin de mourir. Il pense que la chose qu'a faite son oncle Ben et dont il ne peut pas parler aurait pu être faite plus tôt. Comme ça son père rentrerait du travail ce soir comme toujours, et Joshua serait en train de faire la sieste pendant le cours de M. Fox.

« Où est maman ? »

Avant que l'oncle Ben puisse répondre, une nouvelle personne les rejoint.

« Bonjour, Joshua. » Une femme à la voix chaleureuse et mature, peut-être même âgée de quarante ans. « C'est un véritable plaisir de te rencontrer, j'aurais seulement aimé que ce soit dans d'autres circonstances.

— Joshua, je te présente le Dr Toni Coleman », dit l'oncle Ben. Il connaît ce nom mais ne se rappelle pas où il l'a entendu.

« Les gens préfèrent m'appeler Dr Toni », précise-t-elle.

Une main se pose alors sur le coude de Joshua. Quelques instants plus tard, une autre est dans la sienne, en train de la serrer. Il sent qu'elle sourit, mais également qu'elle est pleine de compassion.

« Est-ce que vous avez essayé de sauver mon père ? demande-t-il.

— Le Dr Toni est un médecin d'un autre genre, explique l'oncle Ben.

— Comment ça, d'un autre genre ?

— Je suis ophtalmologiste », précise-t-elle.

Maintenant, il sait comment il connaît ce nom. On a parlé d'elle aux infos.

« Je ne comprends pas, dit-il. Qu'est-ce qui se passe ?

— Ton père est mort, Joshua, répond-elle, et j'en suis désolée, mais ce qu'il voulait, c'était que si quelque chose lui arrivait, il puisse te faire un cadeau. Nous espérons parvenir à te faire voir le monde comme lui le voyait. Nous comptons te donner ses yeux. »

5

La technique n'en est encore qu'à ses balbutiements. C'est ce que le Dr Coleman doit dire à la famille en cet instant, songe le Dr Tahana tandis qu'il se tient au-dessus du corps de l'inspecteur Mitchell Logan. Il s'imagine qu'elle leur dira que la procédure a été effectuée plus de cinquante fois à travers le monde au cours des deux dernières années. Donner la vue à ceux qui ne l'ont pas – difficile de seulement remercier la science quand ça ressemble à un miracle. L'opération a été pratiquée deux fois en Nouvelle-Zélande, toujours à l'hôpital de Christchurch, par le Dr Coleman et son équipe. Toni est une personne brillante qui, estime-t-il, n'a pas encore atteint le sommet de sa carrière – et elle est l'une des douze médecins sur la scène mondiale à avoir pratiqué cette intervention. Elle accepte les honneurs et le respect qui vont avec sa position, mais il sait qu'elle s'en fiche pas mal. Sinon elle ne serait certainement pas mêlée à ce qu'il fait en ce moment même. Tahana examine le corps de l'inspecteur Logan. Sa main est clouée à son épaule, il y a d'autres clous dans sa poitrine, un dans son cou et un autre qui a traversé sa joue et s'est enfoncé dans sa gencive. Mais ce ne sont pas eux qui l'ont tué – s'il n'y avait pas eu cette chute, Mitchell aurait survécu avec un minimum de cicatrices.

Mitchell n'est pas le seul homme mort dans la pièce, et Tahana marche jusqu'au second cadavre – cause du décès : une balle dans la gorge. Contrairement à Mitchell, dont les organes internes ont été broyés quand il a heurté le sol et transpercés par les os brisés, ceux de cet homme sont en parfait état de fonctionnement.

« Au moins, tu vas finalement être bon à quelque chose », lance-t-il à l'homme mort. C'est une phrase qu'il a déjà dite à d'autres cadavres dans des circonstances similaires. Depuis vingt-huit ans, il collecte les organes et les os des morts pour sauver les vivants – et au cours des cinq dernières années, il les a récupérés sur les types du genre de Simon Bower. Les personnes qui ont été tuées pendant qu'elles commettaient un crime ont vu leur nom rétroactivement inscrit dans la base de données des donneurs d'organes, qu'elles l'aient voulu ou non. Plus tôt dans la matinée, celui de Simon Bower y a donc été ajouté. L'histoire a été réécrite, si bien que c'est comme si, en s'inscrivant au permis de conduire à seize ans, Bower avait coché la case qui disait oui au don d'organes. Il y a dans les rues de Christchurch quatorze personnes qui seraient dans leur tombe si Tahana et les autres n'avaient pas été prêts à mettre leur carrière et leur liberté en jeu en collectant illégalement les organes de ces gens qui n'avaient jamais voulu être des donneurs. De toute manière, il se moque de ce qu'ils voulaient. Ce qu'il voit, c'est que ces types qui ont pris à la communauté ont, dans la mort, été en mesure de lui rendre un peu.

Il retourne à Mitchell. Prélever les globes oculaires d'un mort est un travail délicat qui ne peut pas être précipité. Une mauvaise incision, le moindre geste de travers, et l'œil devient inutilisable. Il table sur quarante-cinq minutes, peut-être une heure, pour chacun. Ça prend encore plus longtemps sur un patient vivant – prélever ceux de Joshua sera une opération bien plus complexe pour le Dr Coleman, mais même cela n'est rien comparé au travail qu'exige la greffe des yeux de remplacement.

Tandis qu'il effectue les incisions pour détacher la peau et les muscles autour des globes, il se demande comment le Dr Coleman décrira la procédure à Joshua et à sa mère. Elle le fera en termes simples, pense-t-il. Un cocktail de cellules souches injecté entre le nerf optique et le nouvel œil aidera à effectuer la soudure quand tout aura été connecté, et une fois que le globe oculaire aura été soigneusement mis en place et pansé pour qu'il cicatrise, le principal souci sera que les informations voyagent sans altération de l'œil au cerveau. Bien sûr, c'est plus compliqué que ça – c'est pourquoi l'opération est toujours révolutionnaire –, mais dans dix ans, bon sang, peut-être même cinq, elle sera aussi commune qu'une transplantation cardiaque.

Deux chirurgiens entrent dans la pièce. Ils le saluent d'un hochement de tête avant de se mettre au travail sur le deuxième cadavre. Tahana écoute les côtes se faire découper et les os scier tandis qu'ils ouvrent Bower pour prendre ce qui peut être sauvé.

Personne n'y trouvera rien à redire, surtout pas sa famille. Les parents ne s'y opposent jamais, ils sont trop occupés à se demander ce qui a bien pu faire de leur enfant un monstre.

Comme ceux de Mitchell, les yeux de Simon Bower vont être prélevés, et le médecin qui effectue l'opération progresse à la même allure que Tahana. Une heure plus tard, chaque cadavre a un œil en moins. Ils sont placés dans des sacs stériles remplis de solution saline, puis déposés dans des conteneurs de transport d'organes séparés et remplis de glace, chacun soigneusement étiqueté. D'autres conteneurs sont remplis des organes de Bower et rapidement récupérés par les internes qui viennent les chercher, le cœur filant dans une salle d'opération, un rein finissant dans un hélicoptère afin d'être expédié vers un autre hôpital. Conservés convenablement, les yeux dureront jusqu'à vingt-quatre heures, ce qui leur laisse plus de temps qu'il ne leur en faut.

La journée va être longue pour le Dr Coleman et son équipe.

Il s'attaque au deuxième œil.

6

Il fait chaud dans le bureau du Dr Toni. Il y a un ventilateur dans le coin de la pièce, qui souffle de l'air sur le visage de Joshua quand il va dans un sens, et qui recommence dix secondes plus tard quand il va dans l'autre. Il entend les sons qui proviennent de la salle d'attente et du couloir. Il entend quelqu'un faire bruyamment vrombir sa voiture sur le parking plusieurs étages en contrebas. La chaise sur laquelle il est assis est confortable. Sa mère est à côté de lui et lui tient fermement la main tandis qu'ils écoutent le médecin expliquer la procédure. De temps à autre il entend sa mère sangloter, mais chaque fois que ça se produit elle tente de le dissimuler. Ça lui donne à lui aussi envie de pleurer.

Il a l'impression que quelque chose de vital a été arraché en lui. Si quelqu'un devait l'ouvrir, il ne trouverait rien dans son ventre, sa poitrine ne serait qu'une cavité, il ne resterait qu'un peu de sang et des os et des pensées vides. Il écoute les paroles du Dr Toni. Il voudrait savoir à quoi elle ressemble. Bien sûr, après tout ça, ce souhait sera peut-être exaucé. Mais évidemment, si les désirs devenaient réalité, il demanderait que son père revienne. Il abandonnerait sans hésiter la chance de retrouver un jour la vue pour qu'il soit là. Il s'attend sans cesse à ce qu'il débarque et s'excuse d'être en retard au rendez-vous, avant de mitrailler la toubib de questions sur l'opération.

La première chose que dit le Dr Toni, c'est qu'ils se sont déjà rencontrés, il y a longtemps, quand il était beaucoup plus jeune. Elle connaissait un peu ses parents, et aussi l'oncle Ben, si bien qu'elle a croisé Joshua à l'époque en tant qu'amie de la famille, et non en tant que médecin. Elle explique qu'elle est la seule personne en Nouvelle-Zélande à pratiquer cette opération.

« Je suis sûre que tu en as entendu parler », ajoute-t-elle, et elle a raison. Il imagine que tous les aveugles ont suivi le progrès de ces interventions. La première a eu lieu deux ans et demi plus tôt au Japon et a fait la une des journaux à travers le monde. Il en a beaucoup parlé avec ses parents, et en classe M. Fox l'a également longuement évoquée.

« C'est un moment excitant, a-t-il dit, mais ça ne signifie pas que vous pouvez relâcher vos efforts. Vous devez vous préparer au monde tel qu'il est maintenant, pas tel qu'il pourrait devenir. Cependant, bien sûr, vous pouvez espérer. Nous pouvons tous espérer. »

Et c'est ce que Joshua et tous les autres élèves ont fait – ils ont espéré. La deuxième intervention a eu lieu quatre mois plus tard aux États-Unis, puis il y en a eu une troisième peu après, également aux États-Unis. Elles ne faisaient plus alors les gros titres, même s'il y avait naturellement des articles sur Internet. L'opération a commencé à être pratiquée environ toutes les une ou deux semaines quelque part dans le monde et, hormis dans quelques cas, c'était chaque fois un succès. Quand elle a finalement été effectuée en Nouvelle-Zélande deux ans plus tôt, elle a de nouveau fait les gros titres. Mais il y a, bien entendu, un inconvénient – comme souvent avec les greffes. Elles exigent que quelque chose de moche soit arrivé à une personne saine. C'est le prix du ticket d'entrée.

Formes, couleurs, lumière – voilà ce qui l'attend, à en croire le Dr Toni. Visages, films, mots sur la page – bon sang, il pourra même conduire. Il pourra marcher dans les parcs et les villes, naviguer sur les mers, admirer les étoiles. L'obscurité permanente disparaîtra. Qu'est-ce qui remplira ses rêves ? Jusqu'à présent, ils ont toujours été constitués de sons et de goûts, de chutes et de sensations de flottement. Sa perception de la réalité va totalement changer. Et, naturellement, le Joshua qui s'est réveillé ce matin n'est pas celui qui s'endormira ce soir. Ce nouveau Joshua Logan sera en colère d'avoir perdu son père, mais il verra pour la première fois, chose qu'il a toujours désirée plus que tout – seulement, pas à ce prix.

« Si nous avions plus de temps, je vous expliquerais de nouveau tout, mais je crains que nous n'en ayons pas », déclare le Dr Toni.

Sa mère l'interroge sur les risques d'infection, sur les complications qui pourraient survenir, mais Joshua se déconnecte de la conversation. Il ferme les yeux et observe l'obscurité avec laquelle il a grandi, conscient qu'il y a désormais une autre noirceur dans sa vie. Les mots flottent autour de lui, le souffle du ventilateur les éparpille à travers la pièce. Sa mère pose une autre question, et la conversation continue.

« On peut commencer ? demande-t-il, les interrompant.

— Seulement quand ta maman sera prête, répond le médecin.

— Je… je ne peux pas prendre le risque que ça tourne mal, dit sa mère. Je ne… je ne… je ne supporte pas l'idée que…

— Joshua est entre de bonnes mains.

— Ça va aller, maman, dit-il, puis il sourit d'avoir prononcé la phrase que lui-même en a plus qu'assez d'entendre. Je veux qu'on commence, et… et pour être honnête, quand je serai endormi je ne souffrirai plus autant, pas vrai ? Car tout ce que je ressens en ce moment, c'est de la douleur. »

Mais ce qu'il ressent surtout, c'est un grand vide à l'intérieur. Et il est fatigué. Il ne veut plus parler.

« Je sais, mon chéri », répond sa mère.

Elle se penche et l'étreint. Il sent les larmes sur sa joue.

« Je vais vous laisser quelques minutes », déclare le Dr Toni, et Joshua l'entend qui se lève et sort.

La porte se referme derrière elle.

« Tu as vu papa ? demande-t-il.

— Oui, répond-elle, le tenant toujours.

— Comment il était ?

— Il avait l'air… paisible.

— C'est vrai ?

— Oui », répond-elle, mais il ne la croit pas.

Les gens qui meurent dans leur sommeil ont peut-être l'air paisible. Mais il s'imagine que ceux qui meurent à la suite d'une chute ont une expression absolument contraire.

« Est-ce que ça va être bizarre ? demande-t-il. Quand tu me regarderas, tu verras ses yeux. »

Elle le serre plus fort, puis se met à trembler tout en pleurant.

« Parce que moi, je pense que ça risque d'être bizarre, ajoute-t-il, peinant à prononcer ces mots.

— Je ne sais pas.

— Tu vas rester avec moi ? Pendant l'opération ?

— Je ne peux pas t'accompagner.

— Mais tu peux rester hors de la pièce, non ?

— Et c'est ce que je vais faire, aussi longtemps que je pourrai. Mais j'ai d'autres choses à… à organiser.

— Des choses liées à papa ?

— Oui.

— Qu'est-ce qui va se passer, ensuite ?

— Après les obsèques ?

— Quand je verrai. Qu'est-ce qui va m'arriver ?

— Je ne sais pas encore, répond-elle, mais ce sera excitant pour toi, en dépit de ce qui s'est passé.

— J'en doute.

— Joshua…, dit-elle, et la pause qui suit l'informe qu'elle réfléchit soigneusement à ce qu'elle va ajouter. Ce que ton père t'a donné est un miracle, et tu dois l'honorer en utilisant ce miracle du mieux que tu pourras. Tu n'as que seize ans, et tu vas devoir encore beaucoup grandir. Tu dois à ton père d'être le meilleur homme que tu pourras. »

Le Dr Toni revient et leur annonce que c'est l'heure. On le pousse dans le couloir dans un fauteuil roulant. Il perçoit des bribes de conversations, des gens qui parlent d'os cassés et de cancers, de la météo et du fait qu'il est difficile de trouver un parking convenable. Ils entrent dans un ascenseur. Sa mère a toujours la main dans la sienne. Quelqu'un appuie sèchement sur un bouton et ils commencent à bouger. Quelques instants plus tard, on le pousse dans un autre couloir, celui-ci plus calme et plus frais.

« OK, Michelle, vous ne pouvez pas aller plus loin. Je suis désolée », déclare le Dr Toni.

Il perçoit une certaine familiarité dans la manière qu'a le médecin de prononcer le prénom de sa mère, et il se demande si elles se connaissaient bien.

Sa mère s'accroupit et place les bras autour de lui, l'étreignant une fois de plus fortement. Il sent l'odeur de ses cheveux. Son souffle sur son cou. Il a peur. Il ne veut pas la lâcher.

« Je serai ici pendant l'essentiel de l'opération. Je te le promets », dit-elle.

Il ne peut pas parler. Il sent que sa gorge est nouée. Sa langue semble épaisse. Elle le lâche.

« Ça va bien se passer, déclare le Dr Toni. J'ai une équipe formidable.

— Est-ce que ça va faire mal ? demande-t-il.

— Non.

— Je veux dire… après. Est-ce que ça fera mal à mon réveil ?

— Nous pouvons te donner des médicaments contre la douleur, mais ce sera surtout juste inconfortable. Le plus douloureux, ce sera l'ennui d'être coincé à l'hôpital. Enfin, ça et la nourriture.

— Je vais être différent, n'est-ce pas ? Quand ce sera fait ? Pas parce que je verrai, mais... je veux dire... tout sera différent.

— La vie ne sera plus jamais la même, Joshua, et je regrette que nous n'ayons pas eu le temps de te préparer aux changements qui vont survenir.

— Comment ça ? demande sa mère.

— Non seulement il verra le monde différemment, mais le monde qu'il connaît le verra également différemment. Je suis désolée, mais il faut vraiment qu'on y aille. »

Il se lève du fauteuil roulant et s'étend sur un lit. Celui-ci est poussé dans une pièce dont les dimensions sont semblables à celles de sa salle de classe. Il se demande ce que font les autres élèves en ce moment. Il s'imagine M. Fox leur racontant ce qui s'est passé. Il se demande comment réagissent ses deux meilleurs amis. Il connaît William et Pete depuis son premier jour dans cette école. Ils sont venus chez lui un million de fois, de la même manière que lui est allé chez eux. Il connaît leurs parents et eux connaissent les siens. En ce moment le choc qu'ils éprouvent doit être semblable au sien, mais pas leur douleur.

« Tu es prêt ? » lui demande le Dr Toni.

Il sait qu'il est tellement vide à l'intérieur que quand elle lui enlèvera ses yeux elle ne verra rien derrière, juste une cavité et l'arrière de son crâne.

« Je suis prêt », répond-il, et il s'endort.

7

Todd Wilkinson pousse la porte du bloc opératoire où deux corps sont en train d'être découpés en morceaux. Il a toujours considéré ça comme un processus dégoûtant, et l'idée d'avoir le cœur, le rein ou le je-ne-sais-quoi d'un autre dans son corps lui a toujours foutu une trouille bleue. Il suppose que les personnes désespérées sont prêtes à tout.

Il laisse la porte se refermer derrière lui. Ce bloc sert à deux choses : tout d'abord, c'est une salle de cours, où les chirurgiens has been tentent de rester dans le coup en partageant leur savoir ; et ensuite, c'est là que les corps sont amenés pour les prélèvements d'organes. Au fil des ans, les étudiants qui viennent ici l'ont baptisée la salle de Découpage.

Le Dr Tahana le fixe avec une expression stupide. Son réglage par défaut, songe Todd. Tahana est un peu un loser, à vrai dire, un type qui, pour une raison ou pour une autre, ne travaille jamais sur les vivants. Il pense que cette *raison* a à voir avec le fait que découper des bouts de corps n'est pas plus complexe qu'assembler un hamburger dans un drive-in, et Tahana ne sait pas gérer la complexité. De fait, dans quelques années, quand Todd dirigera cet endroit, la première chose qu'il fera, ce sera foutre ce charlatan déplumé à la porte. Et il le fera en public, il l'humiliera vraiment.

Il ôte ses écouteurs et entend Tahana lui rabâcher qu'il ne devrait pas écouter de musique au travail, à quoi Todd voudrait répliquer que lui ne devrait pas être si chauve et si répugnant durant les heures de boulot, et que même s'il a cinquante ans, il pourrait tout aussi bien en avoir cinq mille vu que toutes ses techniques remontent à l'âge de pierre. Mais il ne dit rien. Il coupe la musique et reste là à écouter les instructions exactement comme le ferait n'importe quel bon interne. Ce n'est pas comme si c'était compliqué. Deux paires d'yeux. L'une va au bloc opératoire B. L'autre au bloc opératoire D. Tous deux se trouvent au deuxième étage, et les deux conteneurs sont clairement étiquetés. Tout ça est tellement simple que son esprit commence à s'égarer. Il se demande à quoi Tahana ressemblerait avec une moustache, ou si quelqu'un lui coupait les oreilles.

« Est-ce que vous m'écoutez, au moins ? demande le Dr Tahana.

— Toujours.

— Bien. Alors ne me forcez pas à vous le rappeler, coupez votre musique pendant les heures de travail.

— OK », répond Todd en soulevant les boîtes qui contiennent les greffons.

Une fois dans le couloir, il les pose afin de pouvoir se remettre les écouteurs dans les oreilles. Puis il reprend son chemin, une boîte dans chaque main. Une partie du boulot en tant qu'interne consiste à être sous-utilisé et traité comme un livreur. Il déteste ça. Le bon côté, c'est qu'il a été en mesure de travailler avec quelques équipes de transplantation. Deux cœurs et un rein. Même si *travailler* est un bien grand mot, celui dont il se sert quand il raconte des anecdotes devant un verre au bar. *Observer* serait plus exact, mais *observer* n'impressionne pas les filles.

Il atteint l'ascenseur et doit attendre. Les ascenseurs dans cet endroit ont toujours été trop lents. Celui-ci est vide quand il arrive. Il entre dedans. Les portes se referment. Il pose les conteneurs par terre, sort de sa poche une petite fiole en plastique jaune et fait sauter le bouchon. À l'intérieur se trouvent des comprimés de méthamphétamine. Ils sont plus forts que les cachets de caféine que prennent les autres médecins pour rester éveillés. Ils l'aident à se sentir plus alerte. Plus vivant. Ils l'aident à traverser la journée avec suffisamment d'énergie pour passer du bon temps au bar le soir. Il en prend un. En quelques secondes son corps semble se réchauffer. La musique devient plus forte. Il appuie sur le bouton. L'ascenseur s'élève. La montée dure plus longtemps qu'elle ne devrait, même en prenant en considération la lenteur des ascenseurs, et quand les portes s'ouvrent il comprend pourquoi – il a appuyé sur le mauvais bouton et se retrouve au quatrième étage. En plus, il ne peut pas retourner au deuxième car un autre médecin entre dans la cabine et il penserait que c'est Todd qui a commis une erreur. Or, Todd n'est pas du genre à en commettre.

Il sort et marche jusqu'à la cage d'escalier comme si c'était le plan depuis le début, et quand il l'atteint il décide que ce dont il a vraiment besoin, plus que de descendre à la hâte les volées de marches, c'est d'un autre comprimé, et que ce dont il a autant besoin que de cet autre comprimé, c'est de monter encore plus le volume de la musique. Il pénètre dans la cage d'escalier et entreprend de résoudre ces deux problèmes. Il monte le volume, cale un conteneur sous son bras tout en continuant de tenir l'autre, et enfonce la main dans sa poche.

Il a presque le comprimé dans la bouche quand la chanson s'achève, et pendant les deux secondes qui séparent les pistes il entend la porte de l'étage inférieur se refermer, puis des pas dans l'escalier. Tandis que la nouvelle chanson se met à lui hurler dans les oreilles, il renfonce les cachets dans sa poche – du moins il le voudrait, mais le bord de la fiole accroche le côté de sa poche, elle bascule, et comme le bouchon est toujours défait, les comprimés dévalent les marches.

« Ah, merde… »

Il se précipite à leur suite, mais le conteneur qu'il tient dans sa main gauche cogne contre la rampe d'acier et lui échappe des mains. Il heurte la marche supérieure et, comme les comprimés quelques secondes plus tôt, dégringole dans l'escalier.

« Bordel », dit Todd, se penchant en avant pour le rattraper. Et alors, comme les comprimés et la boîte de greffons, il entame une chute incontrôlable. Sa jambe glisse sous lui tandis qu'il se penche trop, et il doit lâcher la deuxième boîte pour agripper la rampe. Qu'il manque. Il atterrit sur le dos, son épaule heurtant le deuxième conteneur d'organes et l'envoyant rejoindre le premier sur le palier.

Il coupe la musique et écoute le bruit de pas qu'il a entendu plus tôt, mais la personne a dû sortir par une autre porte. Il n'y a que le silence. Il est, pense-t-il, seul.

Si seulement il avait appuyé sur le bon bouton dans l'ascenseur.

Il remue les doigts et les orteils et n'a rien de cassé, ce qui prouve à quel point il est génial – Tahana serait incapable de dévaler une volée de marches et de s'en sortir indemne. Il s'imagine le médecin rebondissant pendant sa chute, un personnage de BD faisant des roulades, sa tête heurtant une marche, puis ses pieds, comme une étoile de mer.

Il est assis par terre entouré de comprimés. Il lui serait impossible d'expliquer la situation si quelqu'un le voyait en ce moment. Il ramasse les cachets un à un, découvrant ce faisant qu'ils sont le cadet de ses soucis. Les deux conteneurs d'organes sont ouverts. De la glace et des globes oculaires se sont éparpillés sur le palier. Trois des sacs sont sortis des boîtes, et deux d'entre eux ont survécu à la chute, les yeux reposant tranquillement dans la solution saline. Mais il a eu moins de chance avec le dernier. Il y a une déchirure sur le côté, à travers laquelle l'œil s'est échappé pour finir sa course contre le mur.

Il descend les marches, ramassant les cachets dans une main. Quand ils sont tous dans sa poche, il s'attaque à la glace, la replaçant dans les conteneurs. Il n'a pas besoin d'être aussi méticuleux qu'avec les cachets car ce qu'il laissera derrière lui fondra. Les sacs sont étiquetés « gauche » et « droite », mais rien n'indique lequel va avec lequel. Cependant, c'est un problème facile à résoudre. Il soulève celui qui n'est pas tombé de la boîte. Il est étiqueté « gauche ». L'œil est bleu. Il ramasse l'un des sacs survivants. Il est étiqueté « droite ». L'œil est également bleu. Fastoche. Il les place dans le conteneur. Il soulève l'autre sac. Il est étiqueté « gauche ».

L'œil est également bleu.

Oh, non…

Ce qui signifie que le dernier œil sera de la même couleur. Ce qui signifie qu'il a pu se tromper avec l'autre paire.

Bon, d'accord…

Il ne voit qu'une solution. Il doit procéder au hasard. S'il dit ce qui s'est passé au Dr Tahana, il se fera virer. Tandis qu'en la situation, il a cinquante pour cent de chances de tomber juste – ou plutôt soixante-quinze, s'il prend en compte les vingt-cinq pour cent supplémentaires de génie parce qu'il est tout le temps si absolument génial.

S'il y a un problème, si les patients rejettent leurs nouveaux yeux et si quelqu'un découvre le pot aux roses, eh bien… eh bien, c'est un problème à long terme qui ne se présentera probablement pas. Il n'y a qu'une chose à faire. Y aller au pif, et au besoin coller ça plus tard sur le dos de quelqu'un d'autre.

Il est électrisé à cause des comprimés. S'il devait choisir un mot pour résumer ce qu'il ressent en ce moment, ce serait *excité* et *amusé*. *Oups – ça en fait deux*, songe-t-il, et il doit se retenir de rire. Il doit admettre que ça le préoccupe un peu de ne pas être en train de flipper. « Fini les cachetons », murmure-t-il, mais il ne le pense pas vraiment.

Il recommence à descendre les marches. Au deuxième étage, il rajuste ses vêtements et essuie la sueur sur son visage. L'espace d'un bref instant il se dit que le Dr Tahana avait peut-être raison de lui demander de ne pas écouter son lecteur MP3 au travail, mais ça passe, et il se rappelle que ce vieux bonhomme a toujours été un has been, de toute manière. Devant le premier bloc opératoire il trouve un sac propre et de la solution saline, et quelques minutes plus tard il tend le conteneur à l'une des infirmières du Dr Coleman. Personne ne saura jamais ce qui s'est passé. Il porte le deuxième conteneur au second bloc. À l'exception de sa petite frayeur, ça a été dans l'ensemble du travail bien fait.

8

Deux heures qu'elle a débuté, et l'opération se déroule bien. Certains chirurgiens aiment écouter de la musique classique quand ils travaillent, mais Toni n'est pas comme les autres chirurgiens. Parfois c'est Pink Floyd, ou Springsteen, ou les Rolling Stones. Elle opère toujours en musique, mais jamais avec la radio. Vous ne voulez pas avoir les mains profondément enfoncées dans quelqu'un tout en écoutant des pubs pour de la faïence ou des compagnies de taxis, ou quand un DJ fait une blague.

Aujourd'hui elle écoute les Beatles car ils l'aident à garder son calme. Les deux autres fois où elle a pratiqué cette opération, elle l'a aussi fait sur les Beatles, et les deux patients s'en sont sortis comme elle l'espérait. Elle ne voit donc aucune raison de changer une formule qui gagne. Il n'y a pas eu de bourdes.

Six heures d'intervention, le premier œil de Joshua est terminé et le second est en train d'être ôté. Toni est heureuse – légèrement fatiguée, mais heureuse. Son équipe est pile dans les temps. Sa playlist des Beatles en est à son deuxième passage, et un tour de magie est en passe d'être accompli.

Hors du bloc opératoire, au rez-de-chaussée, Michelle Logan est assise avec Ben Kirk. Elle remarque une tache de sang sur sa paume, et deux autres sur sa manche, du sang qui doit provenir de Mitchell, quand elle lui a tenu la main avant que le chirurgien lui dise qu'elle devait s'en aller. Elle les essuie, parvenant à ôter celle sur sa main, mais incrustant plus profondément celles sur son chemisier.

« Tu devrais être avec ta famille. Je vais rester et m'assurer que tout se passe bien », dit Ben.

Elle se tourne vers lui et se concentre sur le bandage sur son bras. Ce qui est arrivé à Mitchell aurait tout aussi bien pu lui arriver à lui.

« Tu vas bien ? demande-t-elle.

— C'est juste une blessure superficielle », répond-il. Il baisse les yeux.

« Je suis désolé de ne rien avoir pu faire de plus. Si je pouvais échanger ma place contre la sienne, je…

— Ne dis pas ça.

— C'était plus qu'un ami, il était comme un frère pour moi.

— Je sais.

— J'aurais juste voulu… j'aurais voulu, ah, merde…

— Je sais, dit-elle.

— J'aurais dû faire plus.

— Tu as fait ce que tu pouvais, Benjamin », réplique-t-elle, mais en réalité elle voudrait le secouer et lui dire que oui, il aurait dû faire plus. Il aurait dû faire le nécessaire pour que son mari reste en vie.

« Pourquoi vous n'aviez pas de renforts ? »

Il met quelques secondes à répondre.

« Tu sais pourquoi », répond-il, les yeux baissés, et oui, elle le sait.

Ben devine que Mitchell aura droit à des funérailles en grande pompe, et il lui dit que la police organisera tout, si elle le souhaite. Comme elle pense que ça lui laissera plus de temps pour rester au lit et pleurer toutes les larmes de son corps, elle acquiesce, le remercie et dit que oui, elle serait heureuse qu'ils s'en chargent. Évidemment, même si elle aimerait se cacher, elle sait qu'elle ne peut pas. Elle doit s'occuper de Joshua. Le fait que quelqu'un prenne en main l'organisation des funérailles lui laissera plus de temps pour être auprès de son fils.

Puis ils restent assis en silence, tous deux perdus dans leurs pensées, Michelle songeant à ce que lui réservera demain, le premier jour de sa vie d'adulte sans son mari. Ben repense à la façon dont la matinée s'est déroulée. Il se repasse les événements sur le chantier. Il se dit que s'ils avaient fait les choses dans les règles, rien de tout ça ne serait arrivé, mais qu'ils devaient agir en secret. Ils se sont introduits chez Simon Bower sans mandat, car la nuit précédente ils avaient découvert son casier judiciaire de mineur et appris qu'à treize ans il avait tué le chien d'un voisin, et qu'à quatorze il avait agressé la fille de ce même voisin. Ils ont alors décidé qu'il était le parfait candidat, et après avoir quitté sa maison, ils savaient où il était. Ils se sont rendus sur le chantier en sachant que c'était leur homme. Ils comptaient le faire monter à l'étage et le questionner, et s'il ne faisait aucun doute qu'il avait tué Andrea Walsh, Bower aurait eu un accident. Il n'y avait pas de place dans le monde pour les hommes qui découpaient les femmes en morceaux. Absolument aucune.

Il sent encore l'odeur de la poudre. Il entend encore le son de la balle quand elle est entrée dans le cou de Bower. Appuyer sur la détente après la mort de Mitchell lui a procuré une brève satisfaction au milieu de ce cauchemar – mais ils n'auraient pas dû être si sûrs d'eux. Ils auraient dû prévoir la réaction de Bower. Ils n'auraient jamais dû se séparer.

De l'autre côté de la ville se trouve Vincent Archer. Vincent est la dernière personne à qui Bower a pensé avant de mourir, et en ce moment il est occupé à finir de poncer le cheval à bascule qu'il a construit pour sa nièce. Celle-ci a quatre ans et s'appelle Matilda, et Matilda a le don de ramener chaque conversation au poney qu'elle a toujours voulu. Son nom, lui a-t-elle dit, sera George. Il a donc fabriqué le cheval à bascule à partir de solides planches de rimu qu'il a assemblées, espérant que ça constituerait un bon substitut pour George, et cette semaine le plan était de le peindre afin de le lui offrir le week-end prochain pour son cinquième anniversaire. Il a passé deux mois à le construire à la main pendant son temps libre, et il travaille dessus depuis qu'il est rentré du travail il y a une heure. De la sciure est tombée dans sa bière, mais ça ne l'empêche pas de la boire. Son garage est rempli d'outils électriques et de manuels. D'ailleurs, ça fait cinq ans qu'il ne peut plus y rentrer sa voiture, et il se dit qu'il ferait bien d'emporter une partie de ce bazar dans le chalet qu'il est en train de rénover. Il y passe la moitié de son temps, de toute manière, et sa chienne y vit. Ce serait logique que ses outils y vivent aussi. Il a la radio allumée en fond sonore, et il marque une pause en entendant le nom de son ami. Il pose la cale à poncer, marche jusqu'à la radio et monte le volume, mais le présentateur est passé à la nouvelle suivante.

Il attrape sa bière et la porte à l'étage. Il n'a pas la télé et n'en a pas possédé depuis près de dix ans – raison pour laquelle Matilda l'appelle Cinglé d'oncle Vinnie. Il se sert de l'ordinateur dans son bureau pour aller sur Internet. Son ami est déjà la principale information.

Son ami mort.

Merde.

Il lit les articles. Simon a tué un policier. Simon est accusé d'avoir tué une femme et de l'avoir découpée en morceaux. Qu'est-ce que c'est que ces conneries ? Simon ferait-il quelque chose comme ça ? Probablement, oui. Tout en lisant, il repense à Ruby. Nul doute que c'est alors que tout a commencé. Trois mois plus tôt, au bord de la rivière. Simon et lui pêchaient. Il était debout alors que Simon avait eu la présence d'esprit d'apporter une chaise de camping pliante. L'avant de leur bateau était calé sur la berge. Ils buvaient, pêchaient, regardaient la rivière s'écouler lentement. Ils écrasaient des simulies et papotaient, s'appliquant toutes les heures de l'écran solaire car ils avaient bien cramé la semaine précédente. Simon était d'humeur grincheuse et la bière ne faisait qu'aggraver les choses. La femme avec qui il était sorti le mois précédent avait décidé de rompre. Vincent ne savait pas trop pourquoi, mais le fait que c'était une vraie pute était d'après Simon la principale raison. L'autre pute, c'était le patron de Simon. Il faisait déjà l'impossible, mais ce salaud lui en demandait toujours plus. Vincent en avait sa claque. Son ami pouvait être comme ça, parfois, et ça foutait chaque fois l'après-midi en l'air.

Tout avait changé avec Ruby. Elle était sortie du bois derrière eux, portant un VTT dont la roue avant était salement voilée. Il y avait autant de sang et de terre sur ses coudes que sur ses genoux. Elle boitait. Elle leur avait souri, adressé un geste de la main, et avait expliqué que le parking était trop loin pour qu'elle continue à porter son vélo. En plus, son téléphone ne captait pas. Elle leur avait demandé s'ils pouvaient l'aider.

Il n'en revient pas que ça remonte à trois mois.

Il pose sa bière, attrape ses clés et se rend à sa voiture. Simon ne vivait qu'à quelques rues. Il avait acheté sa maison quelques semaines après que Vincent eut acheté la sienne. Ils avaient à vrai dire envisagé d'en partager une, mais s'étaient ravisés, les deux hommes étant du genre à apprécier la compagnie de l'autre, mais aussi à aimer être seuls. Il fait presque nuit, mais encore chaud, l'été tardant à devenir l'automne, ce qui va très bien à Vincent car il hait l'automne. Il déteste quand les feuilles salopent son jardin et que la boue colle à ses chaussures et salit la moquette. Il atteint la rue où vit Simon mais ne l'emprunte pas. Il y a des voitures de police et des camionnettes des médias garées partout. Il pense à la dernière fois qu'il l'a vu. C'était il y a trois nuits. Ils ont bu une bière sur le porche de la maison de son ami, ce même porche sur lequel déambulent désormais les flics.

Il fait demi-tour et retourne chez lui. Si la police relie Simon à ce qu'ils ont fait à Ruby… Comment pourraient-ils ? Grâce à son ADN, s'il en reste sur les vêtements de Simon. Il ne sait pas combien de temps il faut pour analyser des échantillons d'ADN, un mois, peut-être deux. Il pourrait quitter le pays. Profiter de ces frontières ouvertes en Europe et se perdre quelque part. Trouver un boulot dans un vignoble, ou chercher en tant que charpentier et retaper une maison délabrée. Il pourrait apprendre une langue et ne jamais revenir.

Ça, c'est le plan B. Quand il arrive chez lui, il a un plan A, et le plan A est de ne pas paniquer. Il ne voit pas comment la police pourrait faire le rapprochement. Ils viendront le voir, mais ils ne s'intéresseront pas plus à lui qu'aux autres amis ou à la famille et aux collègues de Simon. Ils voudront reconstituer un récit, mais ils n'auront aucun moyen de savoir que celui-ci devrait inclure Ruby Carter. Même si l'ADN marche, ils ne devineront jamais ce qui lui est vraiment arrivé. En plus, ils n'ont aucun moyen de savoir pour le chalet. Simon et lui ont bien pris soin de n'en laisser aucune trace chez eux en ville. Non, le chalet est sûr.

De retour à l'intérieur, il s'assied à nouveau devant l'ordinateur. Il y a un article avec une photo du flic qui a descendu son ami. Il clique dessus pour l'agrandir. Il sirote sa bière pleine de sciure qui est devenue chaude, mais il en sent à peine le goût. Il examine la photo de l'inspecteur principal Ben Kirk.

« C'est toi qui devrais être mort », dit-il en tapotant l'écran.

Avec tous ces outils électriques dans son garage, eh bien, il pourrait torturer cet homme de mille manières dans le chalet. Il pourrait faire en sorte que ça dure des jours. Voire des semaines. Il laisserait même sa chienne regarder.

Il porte la bière à la cuisine et la vide dans l'évier. C'est lui qui la brasse et l'embouteille – et il attrape la dernière dans le réfrigérateur. Il la décapsule et observe le jardin. Il fera nuit dans moins d'une heure. Il songe à toutes les façons de tuer Ben Kirk pour ce qu'il a fait.

Au bout d'un moment, il s'aperçoit qu'il prend les choses par le mauvais bout.

Il porte sa bière au garage, ramasse la cale à poncer et se remet au travail. Pour venger Simon, il ne doit pas tuer Ben. Il doit le faire souffrir. Quand il aura fini de bosser, il se rendra au chalet. Ce sera étrange d'être là-bas sans son pote, mais ça l'aidera à passer cette épreuve.

Tandis que Vincent termine de poncer le cheval à bascule, que le corps de Mitchell Logan est emmené par un croque-mort afin d'être préparé pour les funérailles, et que le Dr Coleman commence à ôter le deuxième œil de Joshua Logan, ce dernier, pour la première fois de sa vie, se met à rêver.

À vraiment rêver.

9

Joshua rêve de choses qu'il ne comprend pas. Par le passé, il a uniquement rêvé de formes, de textures et d'odeurs, mais maintenant ces formes commencent à ressortir de l'obscurité, elles ont plus de texture qu'elles en ont jamais eu et, pour la première fois, il y a aussi de la couleur. Il y a des personnes dans ces nouveaux rêves, et même s'il a déjà rêvé de gens, c'étaient des avatars sans détails, un amalgame de formes floues. Il n'a jamais vu un arbre de sa vie, mais il en voit un maintenant, tel un géant immense se détachant sur le paysage, puis des douzaines et des douzaines côte à côte. Il voit une rivière, l'eau s'écoulant et réfléchissant la lumière. Il y a une femme à côté d'un vélo. Il y a des cannes à pêche et une glacière pleine de bière. La femme pleure. Il y a un bateau. Un chalet. Il voit du sang couler abondamment, une tempête de rouge asperger les murs couverts de plastique. Il voit une femme à table. Elle rit. Un garçon est assis à côté d'elle. Un homme fait une chute mortelle. Il voit tout ça mais n'y comprend rien tandis que l'anesthésiant circule dans ses veines.

Quand il se réveille finalement, il ne sait pas ce qui se passe. Lycée ? Probablement, et il doit être en retard. À moins que… Attends, est-ce que c'est le week-end ? Non… non, parce que hier c'était lundi et…

Il est à l'hôpital.

Son père. Est. Mort.

Et le monde. Est. Toujours. Noir.

Une main saisit la sienne.

« Maman ?

— Non. Je suis Sally, ton infirmière, explique une femme en exerçant une douce pression sur sa main. Ça va, Joshua, tu rêvais.

— Je… je ne me souviens pas », dit-il, et c'est vrai. Toutes les images ont disparu, pourtant il a la sensation que les rêves étaient différents de d'habitude. Mais en quoi ? Il touche son visage. Il y a un pansement autour de sa tête, qui couvre ses yeux.

« L'opération s'est bien déroulée », déclare l'infirmière.

Il ne sait pas s'il doit la croire. Elle pourrait simplement dire ça pour qu'il reste calme. Il retient son souffle, puis vérifie la chose qui l'inquiète le plus – il doit savoir s'il sent ou non ses yeux. Il les fait bouger vers la gauche, et oui – ça fonctionne ! Il les bouge vers la droite, puis à nouveau vers la gauche. Ils le font souffrir, certes, mais c'est si incroyablement réconfortant de savoir qu'il les sent.

« Le Dr Coleman a dit que tu devais essayer de ne pas bouger tes yeux, dit l'infirmière.

— Vous voyez que c'est ce que je fais ?

— Non. Mais je le sais. Je comprends combien ça va être difficile, mais tu dois faire tout ton possible.

— D'accord, dit-il. Où est le Dr Toni ?

— Avec un autre patient. La même opération que toi, elle est en train de l'effectuer sur quelqu'un d'autre. Deux personnes se voient offrir le don de la vue aujourd'hui. C'est une bénédiction. »

Il se demande si le père de cette autre personne est également mort.

« Quelle heure est-il ?

— 1 heure, répond-elle.

— De l'après-midi ?

— Du matin.

— Où est ma mère ?

— À la maison. Elle n'a pas le droit d'être ici. Pas à cette heure.

— J'ai très soif.

— Tiens », dit-elle, et elle lui tend un verre d'eau.

Il boit quelques gorgées, puis le lui rend.

« Tu devrais te rendormir. Tu en as besoin. Le Dr Coleman viendra dans la matinée pour voir comment tu te portes. »

Il ne pense pas qu'il va réussir à se rendormir, mais il se trompe. Moins d'une minute après le départ de l'infirmière, il s'assoupit, et bientôt il rêve de nouveau. Il y a un chantier. Il baisse les yeux et voit des clous qui ressortent de sa poitrine. L'un d'eux a assujetti sa main à son épaule. Devant lui un homme qui semble en colère, puis tout bouge et change, il voit la lumière du soleil, l'immeuble défile à toute vitesse devant ses yeux et…

Il se réveille. Quelqu'un serre sa main. Cette fois, c'est sa mère.

« Tu faisais un cauchemar, dit-elle.

— Je… je ne sais pas », répond-il.

Et déjà le rêve s'estompe… s'estompe… disparaît.

« On m'a dit que l'opération s'était parfaitement déroulée, déclare-t-elle.

— Quelle heure il est ?

— 9 heures.

— Du matin ? »

Il est désorienté. Il se sent étourdi.

« Oui.

— Qu'est-ce qui se passe avec papa ? »

Il la sent qui tente de garder son calme.

« Tout est… entre de bonnes mains.

— Quand a lieu l'enterrement ?

— Jeudi.

— On est quoi aujourd'hui ?

— Mardi.

— Est-ce que je pourrai y aller ?

— Je ne crois pas, mon chéri. Ce n'est pas une bonne idée. On ne peut pas risquer une infection.

— Mais je veux y être, proteste-t-il.

— Je sais, mais ton père voudrait ce qui est le mieux pour toi. S'il arrivait quelque chose à tes yeux… Tu imagines ce qu'il ressentirait ? »

Son père ne ressent rien, plus maintenant, songe Joshua. Il ne ressentira plus jamais rien.

« Si j'en discutais avec le Dr Toni pour voir ce qu'elle en pense ? suggère sa mère. D'ailleurs, la voici. »

Il entend des pas qui approchent.

« Comment te sens-tu ? » demande le médecin.

Il ne sait pas trop par où commencer. Fatigué. Triste. Il a mal. « Je ne sais pas. Ça va, je pense.

— L'opération s'est bien passée, dit-elle. Nous saurons exactement ce qu'il en est dans quelques jours, quand nous enlèverons les pansements.

— Donc, vous ne savez pas si je vois ?

— Il est important de rester raisonnables dans nos attentes », répond-elle.

Sa voix semble différente, moins confiante qu'hier. « Je suis optimiste, et nous en saurons plus dans quelques jours. Est-ce que tu as mal ?

— Seulement quand je les bouge.

— Tu dois essayer de ne pas le faire.

— Et il y a beaucoup de pression dessus.

— C'est normal, explique-t-elle. Cette zone de ton visage a subi un grand traumatisme. Il faudra une semaine pour que le gonflement disparaisse, et bien sûr tu as le pansement qui appuie. Bon, il y a une chose que je dois te répéter, car elle est importante. Tes yeux vont te démanger, et ça va devenir très gênant. Tu pourras être tenté d'arracher ton pansement pour te gratter, mais tu ne dois pas le faire. Tu dois me le promettre, d'accord ? Parce que si tu ne peux pas t'en empêcher, nous devrons t'administrer un sédatif ou t'attacher. Sinon tu risques de détruire tout le beau travail que nous avons accompli. »

Il ne sait pas si elle plaisante quand elle dit qu'elle va l'attacher. « Promis », répond-il.

Et c'est une promesse qu'il peut faire, car pour le moment ses yeux ne le démangent pas.

« Je vais demander à une infirmière de t'apporter un petit déjeuner, OK ?

— Est-ce que je pourrai aller à l'enterrement de mon père ? »

Il y a un silence de quelques secondes, pendant lequel il imagine que le Dr Toni et sa mère échangent un regard. Il a entendu dire que c'était ce que faisaient les gens.

« Je suis désolée, Joshua, répond le médecin, mais je te le déconseille vivement. Ce n'est pas une décision facile à prendre, mais s'il devait arriver quelque chose…

— Il n'arrivera rien », réplique-t-il.

Hier, son père devait penser la même chose.

« Tu dois rester ici. Je suis sûre que ton père comprendrait.

— Qu'est-ce que vous en savez ?

— Joshua, intervient sa mère, le ton de sa voix lui indiquant qu'elle n'aime pas la façon dont il parle.

— Je le connaissais, tu te souviens ? » reprend le Dr Toni.

Elle s'assied au bord du lit, et le poids de son corps le fait glisser vers elle. Elle pose une main sur son bras.

« Je l'ai rencontré pour la première fois il y a des années, quand je n'étais pas beaucoup plus vieille que toi.

— Comment ça se fait que je ne vous connaisse pas ? demande-t-il.

— Tu me connais », répond-elle.

Il se souvient alors qu'elle lui a dit qu'ils s'étaient croisés il y a longtemps, quand il était petit.

« Mais ces dernières années je n'ai vu ton père qu'à l'hôpital.

— Vous travailliez avec lui ? Comment ça ?

— Nous ne travaillions pas ensemble, explique-t-elle, mais quand des criminels étaient blessés, il venait ici. Ce que je veux dire, c'est que j'ai une assez bonne idée de ce qu'il aurait accepté ou non, et que tu prennes un risque inutile en quittant l'hôpital est une chose qu'il n'aurait pas approuvée.

— Mais…

— Le Dr Toni a raison, dit sa mère. Ça ne signifie pas que tu l'aimes moins, et personne ne verra rien à redire à ton absence. Quand tu sortiras la semaine prochaine, nous pourrons aller ensemble au cimetière. Et alors tu seras même capable de voir. » Il sait qu'il ne peut pas sortir vainqueur de la discussion.

Le Dr Toni lui frotte rapidement le bras.

« Bon, tu dois avoir faim, n'est-ce pas ? Je vais demander à l'infirmière de t'apporter quelque chose à manger. On se reparlera plus tard dans la journée. »

Elle se lève et le bruit de ses pas s'estompe. Sa mère prend sa place au bord du lit. Il entend des pas, des roues qui grincent, des béquilles qui battent doucement le sol. Sa mère lui dit combien elle est heureuse que l'opération se soit bien passée. Elle n'a pas l'air d'avoir envie de pleurer. Bientôt, il sent une odeur de nourriture.

« J'espère que tu as faim », lui dit une infirmière.

Elle a l'air chaleureuse, comme toutes les infirmières.

Il s'imagine du pain grillé, pas juste sa forme, mais ce à quoi il ressemble, sa couleur dorée, parce qu'on lui en a déjà décrit. Le soleil, le sable, les reflets lumineux sur un océan calme en fin de journée… dorés.

Si l'opération a véritablement été une réussite, il saura bientôt ce que tout ça signifie.

10

Elle survient deux heures après le départ de sa mère. La démangeaison. Elle se situe non seulement au niveau de ses yeux, mais également dans son cerveau, en profondeur, comme une écharde inaccessible, et à chaque seconde qui passe sans qu'il parvienne à l'atteindre, elle augmente.

Il occupe une chambre seul. Il sait que la plupart des gens à l'hôpital partagent de grandes pièces avec quatre ou cinq autres patients, et il est reconnaissant de ne pas être dans ce cas. Il ne voudrait pas avoir à parler à des inconnus qu'il ne verrait pas. Parfois, allongé sur son lit, il écoute les sons de l'hôpital. Il y a toujours des voix quelque part, souvent des choses sont poussées sur des chariots devant sa porte. Parfois il entend des pleurs, d'autres fois des rires.

Quand il n'écoute pas les bruits de l'hôpital, il écoute son lecteur MP3, que sa mère lui a apporté. Il est plein de musique et de livres. En ce moment, Joshua en est à un tiers d'un roman sur un vampire végétarien du nom de Frederick. Avant d'être transformé en mort-vivant, il se nourrissait de fruits et de légumes, mais maintenant qu'il a des crocs il est forcé de manger des animaux. Évidemment, son défi est de ne pas manger d'humains – c'est tout l'enjeu de l'histoire –, et Joshua aime bien Frederick et lui souhaite d'y parvenir. La démangeaison derrière ses yeux est semblable à la soif de sang croissante du vampire, et au chapitre dix elle devient vraiment intenable. Il tente de l'ignorer de la même manière que Frederick ignore son envie furieuse de voler leur sang aux humains. Deux chapitres plus tard, ni l'un ni l'autre ne s'en sortent trop bien. Frederick suce le sang d'un tueur en série dont il estime que la société peut se passer, tandis que Joshua enfonce ses paumes dans le pansement, frottant d'avant en arrière. En appliquant suffisamment de pression, il parvient à faire disparaître la démangeaison. Il gagne. Pour cette fois.

Le deuxième jour de sa convalescence, le mercredi, commence par un petit déjeuner qu'il avale rapidement, suivi d'une douche qu'on l'autorise à prendre à condition qu'il ne mouille pas le pansement. Des médecins et des infirmières vont et viennent au cours de la matinée. Sa mère l'étreint quand elle arrive, et elle l'étreint à nouveau en repartant. Il se sent seul. S'ennuie. Il est triste. Il veut rentrer chez lui. Retourner à l'école. Il veut que sa vie redevienne comme elle était il y a une semaine. Il se demande ce qu'enseigne M. Fox en ce moment, supposant qu'il est probablement passé de la couleur des yeux à autre chose. Ses amis lui manquent. D'ailleurs, M. Fox aussi. Apprendre lui manque. Mais surtout, c'est son père qui lui manque. La faim se fait de nouveau sentir vers l'heure du déjeuner, de même que la démangeaison. Le coup de la paume ne fonctionne plus. Il se force à serrer les yeux aussi fort que possible, les fait bouger, puis il tente de les serrer encore plus fort. C'est douloureux, mais la démangeaison s'atténue.

C'est le milieu de l'après-midi quand William et Pete arrivent. Il est si heureux de les entendre qu'il pourrait pleurer. Avoir sa mère qui lui rend visite est une chose, mais ses meilleurs amis, c'en est une autre. Ils lui demandent comment il se porte, et il répond que ça va, ce qui n'est pas vrai. Il leur pose la même question, et ils répondent la même chose. Il leur demande ce qui s'est passé depuis qu'il s'est absenté de l'école, et ils expliquent que M. Fox leur a dit tout ce qui était arrivé. Tandis qu'ils lui donnent les détails, il perçoit de la pitié dans leur voix, et il devient bientôt évident qu'ils ne savent pas trop quoi dire, ce qui lui convient car il ne sait pas ce qu'il veut entendre. Ils parlent de son opération. Il y a quelque chose de différent dans leur voix, mais il n'arrive pas à identifier quoi, il sait juste que ça ne lui plaît pas. Après vingt minutes, William et Pete expliquent qu'ils doivent partir. On dirait qu'ils préféreraient être ailleurs, n'importe où sauf ici. Il se dit que les hôpitaux sont comme ça, car lui non plus n'a pas envie de rester.

« On se verra au lycée », dit Joshua, tentant de dissimuler sa déception de les voir s'en aller si vite.

Au moins, ils sont venus.

« Oui, mais c'est le problème, pas vrai ? dit William.

— Quel problème ?

— Tu pourras nous voir, mais nous, on ne te verra pas, répond William.

— Et de toute manière, tu ne vas pas y retourner, ajoute Pete.

— Évidemment que je vais retourner au lycée.

— Pas le *nôtre*, réplique William, d'un ton qui laisse entendre que le lycée appartient à beaucoup de gens, mais que Joshua n'en fait pas partie. Il y a quelques jours tu étais comme nous. Mais maintenant tu vois, ce qui signifie que tu vas aller dans un lycée pour voyants. »

William a raison, et Joshua se sent idiot de ne pas y avoir pensé plus tôt.

« Il n'y a plus de place pour toi dans notre lycée, déclare Pete.

— Je… je n'avais pas envisagé les choses comme ça.

— Oui, eh bien, nous, si, dit William.

— Mais on continuera de se voir.

— Vraiment ? Est-ce qu'on va vraiment continuer ?

— Évidemment.

— Tu vas te faire de nouveaux amis. Tu n'as plus besoin de nous, déclare William.

— Il ne s'agit pas d'avoir besoin de vous pour quoi que ce soit. Vous êtes mes amis. Mes meilleurs amis.

— Tu en auras de nouveaux bien assez vite, réplique Pete. Des voyants. »

Joshua ne comprend pas. Ils ont l'air en colère.

« Vous m'en voulez ? »

Personne ne répond, pas avant quelques secondes. Puis l'un de ses amis soupire, mais il ne sait pas lequel, et c'est William qui répond :

« Non. On ne t'en veut pas, mais les choses ne sont plus pareilles, Joshua, que ce soit pour toi ou pour nous.

— Je suis désolé.

— Non, tu ne l'es pas, parce que tu ne sais même pas pourquoi tu le serais, et puis tu n'as aucune raison de l'être.

— Je ne comprends pas ce qui se passe.

— On ferait mieux d'y aller, dit Pete. Ma mère nous attend dans le couloir.

— S'il vous plaît, s'il vous plaît, ne partez pas.

— Salut, Josh, dit William, et il y a quelque chose de définitif dans sa phrase, comme s'ils étaient désormais des étrangers.

— À la revoyure », lance Pete.

C'est une blague qu'ils se faisaient tout le temps au lycée, mais cette fois elle n'est pas drôle. Ils s'en vont alors, le laissant troublé par leur visite. Tout le monde l'abandonne, la malédiction y veille, lui prenant tous ses proches les uns après les autres.

L'après-midi s'écoule. Musique. Démangeaison. Frederick continue de résister à son envie de tuer. Une infirmière le surprend en train de se gratter les yeux et le réprimande, une autre le grille à faire la même chose une heure plus tard.

« Tu dois être fort, Joshua, dit cette dernière. Tu dois résister. »

Et c'est ce qu'il fait. Il résiste pendant que ses grands-parents maternels viennent le voir, sa grand-mère lui tapotant le bras et son grand-père lui ébouriffant les cheveux. Ses grands-parents paternels lui rendent aussi visite, et il songe que même si c'est dur pour lui et pour sa mère, ça l'est peut-être encore plus pour eux. Ils ont perdu leur fille, qui était sa mère biologique, il y a seize ans, et maintenant ils ont perdu leur fils. Ils font leur possible pour paraître enjoués, mais il entend la douleur dans leur voix. Il lutte contre la démangeaison pendant qu'ils lui parlent, il lutte pendant qu'il dîne le soir, il lutte jusqu'à la fin de la journée quand une infirmière le surprend à défaire son pansement pour glisser un doigt dessous. Mais il n'a pas le temps d'aller jusqu'au bout. Elle le réprimande, il l'ignore et continue d'essayer. Il ne peut plus résister. On lui administre un sédatif.

Le jour trois est celui des funérailles. Le Dr Toni les informe que la nuit précédente, alors qu'il était sous sédatif, elle a examiné ses yeux et changé le pansement.

« Tout semble aller bien, dit-elle. Tes pupilles réagissent à la lumière. Il n'y a aucun signe d'infection et nous avons toutes les raisons d'être optimistes. »

Sa mère passe la matinée avec lui. Ils parlent de tout sauf de l'enterrement et de son père, jusqu'à ce qu'ils ne puissent plus éviter le sujet.

« C'est l'heure, lui dit-elle.

— Tu es sûre que je ne peux pas venir ?

— J'aimerais que tu puisses. » Il l'entend qui refoule ses larmes. « Ce serait plus simple pour moi si tu étais là, mais c'est impossible, Joshua. Je suis désolée, c'est impossible. »

Elle l'étreint pour lui dire au revoir puis s'en va, et il se retrouve seul. Il s'assied près de la fenêtre pour sentir le soleil sur son visage tout en déjeunant. Il écoute son roman d'horreur et songe au choix de Frederick de ne tuer que ceux qui le méritent – ce qui, pour le vampire, signifie se repaître d'assassins.

Si seulement c'était Frederick qui était allé sur le chantier plutôt que son père. Si seulement…

« Joshua ? »

Il ôte son casque.

« Docteur Toni ?

— Je voulais passer voir comment tu allais, et répondre aux questions que tu pourrais avoir. C'est une bonne occasion de discuter des changements qui vont survenir dans ta vie.

— Vous êtes ici parce qu'on est en train d'enterrer mon père en ce moment même, et vous voulez vous assurer que je vais bien.

— Joshua…

— C'est bon, dit-il. Je vous remercie, vraiment. C'est très gentil de votre part. »

Elle tire une chaise à côté de la sienne et s'assied. Il tente de s'imaginer à quoi elle ressemble avec le soleil qui frappe son visage.

« Comment ça se fait que vous n'êtes pas non plus allée à l'enterrement ? Si vous le connaissiez ? demande-t-il.

— Je… je voulais être ici pour toi. »

Il ne sait pas trop s'il doit la croire, mais ça n'a aucune importance.

« J'ai l'impression que mes amis ne m'aiment plus.

— Non, ce n'est pas ça, Joshua. Ils ne savent pas comment se comporter en ta présence, ni quoi dire. Tu as perdu ton père, et ils sont tristes pour toi, mais tu vas être capable de voir, et ils en sont heureux.

— Ils n'en avaient pas l'air.

— Je veux que tu fasses quelque chose pour moi, dit-elle. Je veux que tu imagines que tu ne sois pas sur le point de voir. Je veux que tu réfléchisses à ce que tu ressentirais si tu apprenais que tes amis allaient recevoir le don de la vue alors que toi, tu serais face à une vie de cécité. Dis-moi, qu'est-ce que tu crois que tu éprouverais ?

— Je ne sais pas.

— Si, je crois que tu le sais. »

Il hausse les épaules.

« Je suppose que je serais heureux pour eux.

— Je suis certaine que tu le serais, de la même manière que tes amis le sont pour toi.

— Mais ?

— Mais tu ressentirais autre chose. »

Il acquiesce. Elle a raison. Il s'en veut de ne pas l'avoir compris plus tôt.

« De la jalousie.

— Ce ne serait pas normal que tu n'en éprouves pas.

— Mais ils ne comprennent pas ce que ça m'a coûté ?

— Je suis sûre que si, répond-elle, mais ils ne le comprennent pas autant que toi. Ils ne ressentent pas la même chose. Laisse-leur du temps, dit-elle. Ils vont revenir.

— Ils disent que je vais devoir aller à un autre lycée, maintenant. C'est vrai ?

— Oui.

— Je ne sais ni écrire ni lire. » Il éclate de rire. « Je ne sais même pas à quoi ressemble l'alphabet. Comment suis-je censé aller dans un lycée rempli d'élèves qui savent le faire ?

— Tu y arriveras parce que des gens te soutiendront, Joshua. Personne ne s'attend à ce que tu aies leur niveau dès le premier jour. Ça prendra du temps, et ça va peut-être te sembler drôle, mais tu vas commencer avec des livres pour enfants.

— Genre *A pour Abricot* ?

— Quelque chose comme ça, dit-elle.

— Je ne sais même pas à quoi ressemble un A.

— Certes, mais là, tu te laisses aller à la panique. Tu dois être patient. Vois les choses comme ceci. Si un enfant de cinq ans peut apprendre à lire et à écrire, je crois que toi aussi tu peux le faire. »

Il rit de nouveau, et elle l'imite.

« Tu te concentres sur des petites choses que tu vas rapidement surmonter, quand ce que tu devrais faire, c'est songer au fait que le monde va s'ouvrir à toi. Tu vas voir des choses qui vont t'époustoufler.

— Et quoi d'autre ? demande-t-il.

— Tu vas voir des choses qui… »

Il secoue la tête.

« Vous avez dit qu'il allait y avoir des changements dans ma vie, et je sais que je n'ai jamais vu le monde, mais j'en sais assez pour savoir que tous les changements ne peuvent pas être positifs.

— Ça… ça dénote une grande sagesse pour ton âge », observe-t-elle.

Il voudrait lui dire que ce n'est pas de la sagesse, mais la malédiction. Il est vrai que la mort de son père va lui permettre de voir – mais la malédiction ne se soucie pas de l'équilibre. Elle prend et prend encore et encore.

« Ça fait longtemps que je fais ça, dit-elle, et j'ai aidé d'innombrables patients atteints de problèmes de vue. J'ai effectué des énucléations, ôté des cataractes, transplanté des cornées. J'ai tout fait, et ça a amélioré la vie des gens. Mais l'opération que j'ai effectuée sur toi, je ne l'ai accomplie que deux fois par le passé, et je peux te dire qu'elle ne change pas seulement la vie du patient, mais aussi fondamentalement celle des personnes qui l'entourent. Par exemple, l'une des receveuses a été quittée par son mari trois mois après l'intervention et elle ne sait toujours pas vraiment pourquoi. Ce que j'ai appris de mes patients, c'est qu'il y aura des gens qui ne sauront pas quoi te dire, il y en aura d'autres qui seront jaloux, et à notre époque de réseaux sociaux, il y en aura qui te qualifieront de monstre.

— Pourquoi feraient-ils ça ?

— Parce que les personnes qui ne s'aiment pas ont tendance à rabaisser les autres sur Internet. » Elle lui prend la main. « Écoute, Joshua, ce sont de petits compromis comparés à ce qui t'est offert, et le fait est que la plupart des gens seront ravis pour toi. Je crois simplement qu'il faut que tu saches que ce ne sera pas le cas de tout le monde. »

Quand sa mère revient plus tard dans la journée, elle a apporté le dîner. Ils sortent et s'assoient sur un banc au soleil. Ils mangent des hamburgers et des frites et il boit un Coca pendant qu'elle lui raconte les obsèques. Elles ont eu lieu dans une église catholique bien que son père n'ait pas été catholique. Les questions de religion le laissaient froid, mais c'étaient des funérailles de policier, et elles nécessitent généralement de grandes églises avec beaucoup de place.

« Il y avait tellement de monde qu'ils n'ont pas tous pu entrer, dit-elle. Et il faisait… il faisait tellement beau, tellement chaud, le genre de temps que ton père appelait un “bon temps d’enterrement” quand il était forcé d’assister à l’un d’eux. »

Le prêtre s’appelait Jacob, et elle dit à Joshua qu’il lui aurait plu.

« Gentil et considéré, il a parlé incroyablement bien. Ton père l’avait déjà rencontré, à vrai dire. Ils s’étaient croisés à l’enterrement d’un policier conduit par le père Jacob l’année dernière. Tu t’en souviens ? J’y suis allée avec lui pendant que tu étais en cours.

— Je m’en souviens.

— Ils se sont encore rencontrés il y a quelques mois à… (il entend sa respiration se coincer) à un autre enterrement de policier. Il semblerait… », commence-t-elle, mais elle n’achève pas sa phrase.

Il sait ce qu’elle veut dire. Il semblerait que de nombreux policiers meurent. Il semblerait que le business des pompes funèbres soit un bon business.

Elle lui dit qui était présent. Tous ses grands-parents, naturellement. Des cousins, des tantes et des oncles de toutes les branches de la famille. La plupart des sièges étaient occupés par des collègues de la police. « Ils devaient être plus de cent », précise-t-elle. Des collègues de travail de sa mère, des amis du lycée et d’ailleurs. Des gens que son père avait aidés au fil des années sont venus lui rendre hommage. William et Pete sont venus avec leurs parents.

« Même le principal Anderson était là, dit-elle. Tellement de gens l’aimaient. Ça a été… ça a été une cérémonie magnifique, et tant de gens avaient des anecdotes à raconter.

— J’aurais aimé être là.

— Je sais, mon chéri, je sais. Il y avait des journalistes. Ça va faire les gros titres, tu pourras donc voir les vidéos quand on t'enlèvera ton pansement. »

Il ne sait pas s'il le veut. Il voulait y aller, oui, mais voir une rediffusion à la télévision ou sur Internet… il n'en est pas sûr. Ils terminent leur hamburger. Son père n'est pas simplement mort, il est mort et enterré. La vie poursuit son cours. Ses yeux ne le démangent pas, ce soir-là. Peut-être grâce aux larmes.

Le quatrième jour, vendredi, il est réveillé par la démangeaison. Il laboure son pansement avec ses ongles. Il faut qu'il l'enlève. Il le faut. Il tire dessus, et alors des mains l'agrippent, le plaquent contre le lit, l'immobilisent comme un dément. Il hurle, mais on lui dit que tout va bien se passer. On lui administre un sédatif. Quand il se réveille quelques heures plus tard, la démangeaison a disparu et le pansement a une fois de plus été changé. Il veut rentrer chez lui. Il ne peut pas continuer comme ça.

Il écoute ses livres quand il est éveillé, ou alors il parle à sa mère. Il écoute de la musique. Il mange. Des infirmières vont et viennent dans sa chambre. Plus que dix-huit heures et on lui ôtera son pansement. Plus que douze heures. La nuit arrive. La nuit s'en va. C'est samedi matin. Le cinquième jour. Il est tôt. Ses yeux le démangent.

Cette fois, personne n'a besoin de l'immobiliser.

Le cinquième jour, et le Dr Toni Coleman lui annonce que le moment est venu.

11

Le lendemain de la mort de Simon débute par une gueule de bois et un coup de fil à son patron pour se faire porter pâle. Ça fait des années qu'il n'a pas été dans cet état. Certes, Simon et lui buvaient quand ils allaient au chalet, mais jamais assez pour tomber dans les pommes comme il l'a fait hier soir et se réveiller avec l'impression d'avoir dormi dans un désert. Le pire, c'est qu'il ne lui restait plus de sa propre bière, et même s'il en avait qui fermentait au chalet, elle n'aurait pas été prête avant quelques jours. Donc hier soir, après avoir fini de poncer le cheval à bascule, il est allé en acheter. Les boutiques d'alcool et les supermarchés étaient fermés, si bien qu'il a fini par se rabattre sur une station-service. La bière qu'il a achetée avait des dragons sur l'étiquette. Elle semblait bon marché, et c'est exactement le goût qu'elle avait. Les dragons auraient dû lui mettre la puce à l'oreille, mais il s'en foutait, il l'a tout de même bue, et il l'a fait chez lui au lieu d'aller au chalet comme il en avait eu l'intention. Il n'a pas eu le courage de faire la route. Certes, il était censé aller nourrir la chienne, qui est cloîtrée à l'intérieur, et il devait aussi la promener, mais elle est habituée à rester seule pendant un ou deux jours, ça n'a pas l'air de la déranger tant qu'elle a suffisamment à manger et à boire.

Jusqu'à présent il a passé la matinée à essayer de cuver tout en lisant des informations sur Simon en ligne. Pour la première fois depuis des années il regrette de ne pas avoir une télé. Ça aurait été plus simple de se détendre sur le canapé et de regarder les médias dépeindre son ami comme le pire être humain de tous les temps que d'être assis droit devant son ordinateur à devoir le chercher sur Google. Les gens qui travaillaient avec lui ou vivaient près de lui disent que Simon était réservé, que c'était un bon voisin, que c'était agréable de travailler avec lui, que Simon était réservé, était réservé, était réservé. C'était un type méticuleux qui tirait fierté de son travail, mais également un type qui a tué une femme et un policier. Ces personnes interviewées sont des gens que Vincent n'a jamais vus. C'est cette connerie de théorie des six degrés de séparation par des pauvres types qui veulent avoir leur tronche aux infos. Vincent n'a pas de compte sur les réseaux sociaux, mais une recherche rapide lui indique que Simon est un sujet chaud. Les types des six degrés n'ont pas grand-chose à dire devant la caméra, mais en ligne ils se défoulent, le qualifiant à n'en plus finir de pervers et de détraqué. Ils se trompent, car Simon n'était pas comme ça. Une partie de Vincent n'arrive toujours pas à croire que son ami soit mort. Une partie de lui continue d'espérer que son téléphone va sonner et que Simon dira : « Bon Dieu, mec, t'es au courant pour le type avec le même nom que moi qui est accusé de tous ces trucs bizarres ? »

Il referme son ordinateur. Il applique un apprêt sur le cheval à bascule dans le garage. Comme celui-ci est à base d'huile, il ouvre la fenêtre pour évacuer l'odeur, mais ça lui donne tout de même mal à la tête. Il s'attend constamment à ce que les flics débarquent, ou au moins à ce qu'ils appellent, mais ils ne le font pas. Ça l'inquiète. Ça pourrait signifier qu'ils sont en train de relier les pièces du puzzle. Serait-il possible qu'ils le suivent ? Sa mère lui téléphone, cependant. De même que son frère. Ils lui demandent : « C'est vrai, ce que dit la police ? » Ils lui demandent : « Est-ce que Simon a vraiment pu faire ces choses ? » Ils lui demandent : « Comment on a fait pour ne rien voir ? Comment on a fait ? »

Il répond que ça ne peut être vrai.

Quand le jour vire à la nuit, Vincent est assis dans le jardin sur une chaise longue qu'il a construite l'été dernier et qui est à présent couverte de toiles d'araignées mais pas d'araignées, et il se demande où elles sont passées. Il observe les étoiles, la demi-lune, et il boit une nouvelle bière au dragon, conscient que s'il en descend suffisamment il parviendra à rester calme.

Il pense à ce jour où ils sont allés à la pêche. À la fille au VTT. Ruby.

Elle ne leur a pas dit son nom de famille, mais ils n'ont pas arrêté de l'entendre aux infos les jours et les semaines qui ont suivi sa disparition. Le plus drôle, c'est que ni Simon ni Vincent n'avaient jamais parlé de faire un tel truc. C'est juste arrivé.

Ruby était mignonne. Elle avait dans les vingt-cinq ans, environ dix de moins qu'eux. Elle leur a dit qu'elle faisait beaucoup de vélo, mais que ce jour-là elle avait mal calculé un virage sur le sentier et heurté une souche, et que sa roue était tellement voilée qu'elle ne tournait plus. Si loin au milieu de nulle part, elle n'avait évidemment pas de signal sur son téléphone. Oui, ils l'aideraient. Ils avaient un chalet à un kilomètre et demi en amont. Il y avait un téléphone là-bas qu'elle pourrait utiliser. Ils pouvaient emporter le vélo avec eux dans le bateau, ou le laisser là et le récupérer plus tard. Comme elle voulait. Elle a préféré l'emporter. Elle était mince. Athlétique. Ils l'ont aidée à grimper dans l'embarcation. Ruby avait un sourire à tomber, et quand elle l'arborait, ça faisait sourire Vincent, et Simon aussi. Elle avait quelque chose de spécial, aucun doute là-dessus, le genre de personnalité qu'on voudrait mettre en bouteille et garder au chaud pour la ressortir les jours froids et sombres. Si elle n'avait pas été comme ça, les choses se seraient probablement passées très différemment.

Mais elle était comme ça. Et leur envie de l'aider a disparu alors qu'ils étaient à mi-chemin du chalet. Tout a changé quand Simon lui a demandé si ça l'intéresserait de sortir avec lui. Elle a souri et dit merci, mais elle n'était pas en quête de petit ami.

Pourquoi ? Je suis pas assez bien pour toi ?

Ces paroles ne collaient pas avec le Simon qu'il connaissait, mais elles étaient cohérentes avec celui qui s'était consciencieusement soûlé la gueule au cours des deux dernières heures. Celui qui s'était fait larguer par sa petite amie. Il les avait néanmoins prononcées avec une animosité qui ne correspondait à aucune version de Simon que Vincent connaissait. L'humeur sur le bateau a changé. Subitement.

Ruby a semblé mal à l'aise. *Non, ce n'est pas ça, je… je ne sors pas vraiment avec des garçons… peut-être une autre fois.*

Une autre fois, hein? a lancé Simon.

Du calme, a dit Vincent.

Et si on t'aidait une autre fois à la place?

Je ne voulais pas vous contrarier.

Ouais, vous voulez jamais le faire, a répliqué Simon, et à cet instant Vincent a compris que ce «vous» était pour la petite amie qui venait de le quitter. Qu'il était pour son patron. Qu'il était pour toutes les femmes qui s'étaient refusées à lui.

Simon…, a insisté Vincent, mais son ami ne l'a pas entendu. À la place, il a violemment poussé Ruby.

Vous êtes un psychopathe, a-t-elle dit.

Ah oui? C'est vraiment ce que tu crois? a demandé Simon, puis il a entrepris de lui donner raison, et Vincent, eh bien, il est resté assis là à regarder. Il y a des choses que vous pensez toujours que vous ferez, dans la vie. La maison du voisin est en feu? Vincent avait toujours su qu'il se précipiterait à l'intérieur pour sauver qui il pourrait, quitte à y laisser sa peau. Quelqu'un avec un pneu crevé au bord de la route? Il s'arrêterait et l'aiderait. Quelqu'un en train de se faire tabasser devant un bar? Vincent interromprait la bagarre. Une femme en train de se faire agresser? Il ne tolérerait jamais ce genre de truc. Il interviendrait. Évidemment qu'il interviendrait.

Seulement il ne l'a pas fait. Il est resté là à regarder. La vérité, c'est qu'il ne peut même pas dire avec exactitude ce qui lui est passé par la tête, et pourtant il a essayé à de nombreuses reprises de comprendre. Sa vie a changé à cet instant. La personne qu'il avait toujours cru être n'était pas là. Elle avait foutu le camp, et Vincent ne savait pas exactement quand c'était arrivé. Peut-être qu'elle n'avait jamais été là, que c'était un mythe, car, après tout, Vincent n'avait jamais été forcé de se ruer dans une maison en flammes. Il n'avait jamais vu personne se faire tabasser devant un bar, ni quelqu'un au bord de la route avec un pneu crevé qui semblait avoir besoin d'aide. Peut-être que c'était un Vincent hypothétique, et qu'il a fallu Ruby pour qu'il disparaisse.

Donc oui, sa vie a changé à cet instant, tout comme celle de Simon. Elle est devenue meilleure. Sur ce bateau – après son choc initial face à son incapacité à agir comparée à la capacité de Simon à prendre les choses en main –, un sentiment de puissance tel qu'il n'en avait jamais connu s'est emparé de lui.

Assis sur sa chaise longue en train de boire sa troisième bière, il songe que Ruby a été une aubaine pour eux deux. Une expérience globalement positive. Elle leur a donné une chose dont il ignorait jusqu'alors qu'il la voulait et, à en croire les infos, c'est cette même chose que Simon a dû chercher de nouveau avec Andrea Walsh.

Deuxième jour, et les médias sont toujours à fond sur cette histoire, comme des mouches sur de la confiture, comme de la vermine sur du sang. Il ouvre les rideaux et les fenêtres et appelle le boulot pour se faire porter pâle, puis il laisse tomber la bière bon marché et songe à aller au chalet. Il reste plein de travail à faire, là-bas. Neuf ans que Simon et lui s'échinent à transformer la vieille bicoque délabrée en quelque chose de beau – un projet à long terme dont il pense que ni l'un ni l'autre ne croyaient vraiment qu'ils l'achèveraient un jour. Pas parce qu'ils n'en étaient pas capables, ni parce qu'il y avait des problèmes, mais parce qu'ils cherchaient toujours quelque chose à améliorer, et quand les rénovations semblaient toucher à leur fin, l'un d'eux suggérait de bâtir une extension, ou de convertir une pièce, ou même d'en ajouter une. Bon sang, neuf ans plus tôt le chalet dépassait à peine du sol, un gourbi de plain-pied transmis de ses grands-parents à ses parents. Quand il était gosse, son père et sa mère emmenaient la famille y passer quelques jours tous les étés, et chaque fois qu'ils arrivaient il espérait qu'elle avait été frappée par la foudre ou dévorée par les termites, et c'était souvent l'impression qu'elle donnait. Il y a dix ans, il y a emmené Simon pour voir s'il pensait que ça valait le coup de la sauver afin de la revendre. Ce dernier a déclaré que toute la valeur résidait dans le terrain, mais qu'il pensait également qu'ensemble ils pourraient retaper le chalet de sorte à en tirer un gros profit. Vincent avait des doutes – il n'avait jamais soulevé un outil électrique de sa vie –, mais sous la supervision de Simon il s'est rapidement adapté, au point de considérer à présent qu'il est aussi bon maçon que son ami. Le but avait toujours été de rénover l'endroit puis de s'en débarrasser, mais bientôt ils ont cessé de parler de le vendre.

C'est devenu une passion, une chose à laquelle aucun des deux n'était prêt à dire au revoir. Peut-être que c'est la raison pour laquelle le chalet s'est développé. Certains week-ends, ils s'y rendaient et passaient des journées à construire, avec la pause occasionnelle pour pêcher et boire, mais au cours des dernières années, surtout après l'acquisition du bateau, l'équilibre a changé. Bon sang, ils ont même pris une chienne parce qu'ils avaient l'impression d'y vivre – un jour sur deux, voire chaque jour, l'un des deux s'y rendait pour la nourrir.

Et c'est ce qu'il va devoir faire. Bientôt.

Hier il n'était pas d'humeur, mais maintenant qu'il est son unique maître, elle va mourir de faim s'il n'y va pas. Il enfile ses chaussures, attrape ses clés et sort. Le soleil brille, mais il ne diffuse pas la même chaleur qu'il y a une semaine. Sa voiture est dans l'allée et il a la main sur la portière quand un autre véhicule s'immobilise devant sa maison. Il se retourne, s'appuie contre la voiture et voit un homme en costume sombre et une femme vêtue d'un chemisier rouge et d'un pantalon noir en sortir. Ils marchent jusqu'à lui. La femme a une balafre sur le visage, elle ne porte pas d'alliance, et il soupçonne que ces deux détails sont liés. L'homme a les cheveux gominés et plaqués en arrière, et une paire de lunettes de créateur qui font paraître ses yeux petits. C'est le flic le mieux habillé qu'il ait vu de sa vie – car il sait que c'est ce qu'ils sont avant même qu'ils se présentent, ce qu'ils font un instant plus tard. Inspectrice principale Rebecca Kent et inspecteur principal Brian Travers. Il se demande ce qu'ils savent ou croient savoir, et opte pour pas grand-chose. Sinon ils ne seraient pas juste deux, il y aurait toute une équipe avec des chiens, des armes et des gilets pare-balles. Ils demandent s'il peut leur accorder quelques minutes, et il répond bien entendu, pas de problème, avant de les inviter à entrer.

« Vous peignez quelque chose ? demande Travers en reniflant.

— Désolé, je me suis habitué à l'odeur, répond Vincent. On peut s'asseoir dehors, si vous voulez.

— Ici, c'est parfait, dit le flic tandis qu'ils prennent place dans le salon.

— Qu'est-ce que vous peignez ? lui demande Kent.

— Un cheval à bascule pour ma nièce. C'est son anniversaire.

— Quel âge ? » demande Travers.

Il sait ce qu'ils sont en train de faire. Ils discutent de tout et de rien tout en le jaugeant. C'est un jeu, mais un jeu auquel il est facile de gagner une fois qu'on sait que la partie est lancée. Construire un cheval à bascule pour sa nièce, que pourrait-il y avoir de mieux ?

« Elle va avoir cinq ans la semaine prochaine. OK, ne me jugez pas, mais je ne peux pas m'en empêcher. » Il tire son portefeuille et l'ouvre pour leur montrer une photo de la fillette. Elle arbore une tenue de Spiderman qu'il lui a achetée pour Noël, et depuis elle est tombée amoureuse du justicier. Maintenant elle la porte tout le temps.

« Son nom est Matilda.

— C'est tellement mignon à cet âge », déclare Travers.

Il referme son portefeuille et le renfonce dans sa poche. Matilda lui a permis de marquer quelques points. Il leur offre à boire pour en marquer plus, mais ils refusent. Il doit être prudent.

« Donc, vous êtes sûrement ici pour me poser des questions sur Simon, dit-il.

— Vous nous attendiez ? demande Kent.

— Plus ou moins, oui. Je me disais que vous voudriez parler à tous ceux qui le connaissaient.

— Vous étiez proches, dit-elle. Meilleurs amis, même. »

Ils sont meilleurs amis depuis le jour où ils se sont rencontrés au lycée, il y a presque vingt ans. La famille de Simon avait vécu à Auckland mais déménagé à Christchurch parce que son père avait un nouvel emploi, et Simon est arrivé au lycée en milieu d'année. Ils avaient quinze ans. Simon s'est assis à côté de lui en classe ce jour-là, et pendant le premier intercours Vincent lui a demandé d'où il venait. Ils ont commencé à discuter. Vincent n'avait pas de vrais amis à l'époque, et Simon ne connaissait personne, alors ils se sont mis à traîner ensemble. Ils se sont vite rapprochés, mais en fait c'était comme s'ils étaient frères. Plus que frères. Ils ont grandi avec la même vision du monde, un monde tellement injuste qu'il fallait prendre tout ce qu'on pouvait car rien n'arrivait jamais gratuitement. Aucun des deux n'excellait en cours, et aucun des deux n'est allé à l'université. Ils s'intéressaient à l'actualité, mais n'étaient jamais disposés à essayer de changer les choses. Ils ne votaient pas, parce qu'ils ne voyaient pas à quoi ça servait, n'avaient jamais de liaisons qui durent plus de quelques mois, et même celles-ci étaient rares et espacées. Souvent l'un possédait une compétence que l'autre n'avait pas. Dans un sens, leur amitié était symbiotique. Vincent sait qu'au fil des ans certains ont cru qu'ils étaient plus qu'amis. La vérité est qu'ils s'aimaient comme des frères, et que sans l'autre ils n'avaient rien, et maintenant Vincent n'a plus rien.

Enfin, rien à part son besoin désespéré de foutre le feu au monde de l'inspecteur Ben Kirk.

« On pourrait dire ça.

— C'est ce que tout le monde a l'air de penser, dit-elle. D'ailleurs, je parie que son décès est la raison pour laquelle vous n'êtes pas allé travailler, car vous avez l'air de vous porter bien. »

Il hausse les épaules.

« Tout est tellement… tellement dingue. Vous avez raison, nous étions meilleurs amis, et c'est pourquoi je sais que Simon n'a pas fait ce que vous croyez. Je sais que vous voyez les choses différemment, et je sais aussi que vous venez ici avec des idées préconçues pour étayer le portrait que vous dressez de lui, mais je vous le dis tout de suite, je ne marche pas. Simon était un type bien. Un type vraiment bien. Quoi que vous pensiez qu'il ait fait, c'est faux. »

Les inspecteurs l'observent. Il n'ajoute rien.

« Quand l'avez-vous vu pour la dernière fois ? demande Kent.

— Pourquoi ? Pour que vous puissiez me dire qu'il a aussi tué quelqu'un ce jour-là ? »

Les deux inspecteurs froncent les sourcils.

« Monsieur Archer… »

Il lève la main pour interrompre l'inspectrice Kent.

« Désolé, dit-il. Je… je ne sais pas. Je veux dire… ces derniers jours ont été compliqués. Non seulement mon meilleur ami est mort, mais en plus on veut me faire croire que c'était un monstre. Mettez-vous à ma place. Qu'est-ce que ça vous ferait si demain à votre réveil on vous annonçait que votre meilleur ami est mort et que c'était un assassin ?

— Ce serait difficile, convient Kent.

— *Difficile* est un sacré euphémisme.

— Nous comprenons à quel point c'est dur pour vous, dit Travers, mais nous devons reconstituer la vie de Simon et en apprendre plus sur lui. Vous vous souvenez de la dernière fois que vous l'avez vu ? »

Il s'enfonce dans le canapé. Il se pose une main sur la bouche et caresse sa barbe comme s'il réfléchissait intensément, alors qu'en fait il se rappelle exactement quand c'était. Seulement il ne veut pas leur dire qu'il était chez Simon quelques soirs avant sa mort.

« Je ne sais pas. Il y a une semaine, peut-être. Lundi de la semaine dernière, je crois. Il est passé en rentrant du travail. Il le fait parfois et reste un peu.

— Et de quoi discutez-vous, habituellement ? demande Travers.

— Je ne sais pas. De trucs ordinaires. La vie. Le boulot.

— Les femmes ? demande Kent.

— Tout, dit-il. Mais pas… pas du genre de trucs que vous croyez qu'il a faits.

— Quel type d'endroits fréquentiez-vous ensemble ? Bars ? Clubs de strip-tease ?

— Clubs de strip-tease ? »

Il éclate de rire.

« Je ne sais pas pourquoi vous pensez ça, mais non. On aimait la pêche, dit-il, regrettant immédiatement de l'avoir fait.

— La pêche ? demande-t-elle. Et où alliez-vous pêcher ?

— Dans beaucoup d'endroits.

— Comme ?

— Partout où il y a de l'eau. La plage, habituellement. Sur les rochers près de l'estuaire », ajoute-t-il, même s'il n'y a jamais pêché.

Il ne peut pas leur dire où il le fait vraiment, ne peut pas les orienter dans cette direction. « Dans ce coin-là. C'est tranquille. On allait là-bas, on pêchait et on causait de tout et de rien, peut-être qu'on buvait une ou deux bières. »

Il sourit à Kent, qui ne lui retourne pas son sourire, alors il tente sa chance avec Travers. Il espère que le plan pêche-détente-bière lui permettra de créer un lien. Il n'en est rien. Peut-être qu'il ferait bien de ressortir la photo de Matilda et de la leur montrer de nouveau.

« Vous avez rencontré Simon au lycée, n'est-ce pas ? demande Kent.

— Au lycée, oui.

— Donc vous le connaissez depuis vingt ans.

— Quelque chose comme ça.

— Comment se fait-il qu'un type que vous connaissez depuis si longtemps, un type dont vous êtes le meilleur ami, un type avec qui vous allez à la pêche pour parler de tout et de rien, comment se fait-il que vous n'ayez pas su de quoi il était capable ? »

La question le met en colère, mais il ne mord pas à l'hameçon. Chaque jour des gens se font arrêter parce qu'ils ont commis des choses que leur mari ou leur femme ignorait. Tout le monde a ses secrets. Il sait qu'ils le savent. Il sait qu'il leur est déjà arrivé d'arrêter des gens dont le partenaire, les amis et la famille ignoraient ce qu'ils étaient réellement. Cette fois-ci n'est pas différente des autres, c'est comme quand vous apprenez que votre voisin bat sa femme ou que l'infirmière vraiment adorable de la maison de retraite dépouille les petits vieux. Il hausse les épaules.

« Je ne sais pas. Ça n'a aucun sens. Je n'arrête pas de repenser aux trucs dont on parlait, mais il n'a jamais rien dit qui m'aurait fait soupçonner quelque chose comme ça. C'est pourquoi je sais que vous vous trompez à son sujet.

— Nous ne nous trompons pas, rétorque Kent.

— Et moi, je vous dis que si. Le Simon que je connaissais, ce n'est pas lui. Vous pouvez dire ce que vous voulez, mais au bout du compte la vérité sortira et vous verrez qu'il est innocent. »

Que peut-il leur dire d'autre ? Eh bien, il peut leur dire que Simon est/était un type réservé. Que Simon est/était un type bien. Que Simon est/était incapable d'avoir fait les choses qu'ils prétendent. Il insiste sur ce point non pas parce que c'est vrai, vu que ça ne l'est pas, mais parce que s'il montre une foi inébranlable dans l'innocence de son ami, la police le verra comme le pote qui ne se doutait de rien plutôt que comme le fervent complice.

Ils passent trente minutes avec lui. Ils l'interrogent sur la période du lycée. Ils lui demandent si Simon parlait parfois de l'époque qui a précédé leur rencontre, ce qu'il a fait, et il le leur dit. Il n'y a pas grand-chose à raconter, si ce n'est que Simon n'avait pas beaucoup d'amis et a dû changer d'établissement quand son père a trouvé un nouveau boulot et qu'ils ont quitté Auckland. Ils lui demandent s'il a déjà entendu parler d'Andrea Walsh, ce qui n'était pas le cas, jusqu'à ce que la nouvelle tombe. Ils lui posent tout un tas de questions, prennent des notes, et il ne pense pas avoir ajouté quoi que ce soit au portrait de Simon qu'ils essaient de dresser.

Il les reconduit à la porte quand ils ont fini. Lorsqu'ils se séparent, l'inspectrice Kent lui serre longuement la main et le regarde fixement, puis elle déclare :

« C'étaient des conneries, ce qu'il vous a dit à propos du fait que son père avait trouvé un nouveau boulot.

— Pardon ?

— Quand ils sont venus d'Auckland. Ils voulaient un nouveau départ. Simon avait ligoté sa voisine de quatorze ans et l'avait séquestrée dans une maison vide du quartier qui était à vendre. Il l'a gardée pendant six heures parce qu'il voulait passer plus de temps avec elle afin de la convaincre d'être sa petite amie. »

Il ne sait pas quoi dire. Simon n'a jamais mentionné ça.

« Elle s'est échappée après avoir prétendu avoir besoin d'aller aux toilettes, et quand il l'a laissée faire, elle est sortie par la fenêtre. À cause de son âge, son nom n'a pas été révélé, et le rapport sur le crime a été scellé. Personne à l'école n'a jamais été informé. La famille de la fille a déménagé quelques jours après les événements, puis celle de Simon a fait la même chose. Vous avez dit que le Simon que vous connaissiez était incapable de faire du mal. Le problème, Vincent, c'est que c'est le même Simon qui a kidnappé sa voisine, et avant ça il a tué le chien de ces mêmes voisins. Voilà le Simon que vous avez connu pendant vingt ans. » Elle lâche sa main et lui tend sa carte. « Si vous pensez à autre chose, appelez-nous. »

Il les regarde longer l'allée jusqu'à la voiture. Il a toujours cru que tout avait commencé avec Ruby. Mais si ce qu'a dit l'inspectrice Kent est vrai, alors non.

Il se demande si Ruby était même la deuxième.

Il attend quelques minutes jusqu'à ce qu'ils soient partis. Ils n'ont aucune raison de le suivre, mais il fait tout de même un détour pour gagner l'autoroute, regardant régulièrement dans ses rétros, ajoutant trente minutes à un trajet qui en prend d'ordinaire quarante-cinq.

Le chalet est situé au bout d'une voie d'accès qui se longe en deux minutes. Ici, il y a principalement des hêtres, avec le pin occasionnel. Ce n'est pas une route défoncée, mais un sentier de terre bien tassée.

Il n'est cependant pas à l'abri des racines des arbres, ni des animaux sauvages qui y creusent des trous. Et, naturellement, il n'est pas à l'abri de la météo. À cette saison, le chemin est en bon état, mais au fil des années il y a eu des hivers où tout ce qui se déplaçait dessus risquait de s'embourber.

Le chalet surplombe la rivière ; leur bateau est parqué sur une remorque à côté. Autrefois le bâtiment était deux fois plus petit que maintenant – et, vraiment, la seule chose d'époque qui demeure est l'emplacement. Un à un les éléments originaux ont été remplacés, et ça a cessé d'être un chalet il y a des années pour devenir une maison – même si ni lui ni Simon ne l'ont jamais considéré de la sorte, et ce n'est pas maintenant qu'il va commencer. Avec ses deux niveaux, quatre chambres, deux salons et trois salles de bains, le chalet ressemble à une demeure qui aurait été arrachée d'une banlieue chic et balancée dans la forêt. Côté nord, face à la rivière, l'étage supérieur a des baies vitrées qui vont du sol au plafond et par lesquelles s'engouffre la lumière, et ils avaient l'habitude de s'installer sur le balcon et de discuter de menuiserie, du travail, de leur famille, des années de lycée. Ils n'étaient jamais à court de sujets de conversation – même s'ils parlaient souvent des mêmes choses. Ils prenaient aussi le petit déjeuner là-haut, et quand il vient ici seul, Vincent s'y assied avec un livre et s'endort souvent au soleil.

Le chalet a une odeur caractéristique des maisons situées en forêt, le parfum du bois et de l'air frais arrivant de la rivière, et celui du sol forestier et des feuilles mortes pourrissant au soleil. C'est l'odeur de la nature, et elle le détend. Il y flotte également, en ce moment, l'odeur de sa bière qui fermente. La chienne l'entend entrer, et elle sort en rampant de sa niche dans la buanderie pour venir s'asseoir à la porte du couloir. Elle a faim et très soif. Il aurait dû venir hier soir au lieu de boire toute cette bière pour noyer son chagrin.

« Hé, ma fille », dit-il. Il la caresse derrière l'oreille, et elle ne répond rien, se contentant de le regarder comme s'il l'avait trahie en la laissant si longtemps seule. « Qu'est-ce que tu as sur la patte ? » Il s'accroupit à côté d'elle. « C'est du sang ? »

Inquiet, il se rend dans la buanderie. C'est la dernière pièce qu'ils ont modifiée. Auparavant elle servait à l'entreposage des bottes, mais ils l'ont agrandie pour qu'elle fasse également office de buanderie et de cabinet de toilettes il y a quelques mois de cela. La niche se trouve également ici.

Il y a des gouttes de sang dans toute la pièce. Des morceaux de Scotch aux murs et des bouts de plastique déchiré. C'est ici que Simon a emmené la femme qu'il a tuée. Il a recouvert les murs et le sol de bâches, et il l'a probablement achevée devant la chienne, avant de nettoyer. Qu'a-t-il fait du corps ? Il regarde le grand congélateur et espère qu'elle n'est pas dedans, mais quand il l'ouvre, ses espoirs sont annihilés. Elle est là, découpée en morceaux fermement enveloppés dans des sacs en plastique. Il va devoir se débarrasser d'elle, et de toutes les bâches qui étaient accrochées aux murs, dont il suppose qu'elles sont dans la poubelle derrière le chalet. Il n'a aucune idée de ce que Simon comptait faire. La gardait-il en souvenir ? Prévoyait-il de se débarrasser des morceaux un à un dans les recoins sombres de la ville ? De les balancer à la rivière ? Il s'aperçoit qu'il ne le saura jamais.

Il nettoie la chienne avec une serviette. Puis il remplit une écuelle d'eau et une autre de pâtée pour chiens, et il la regarde manger pendant quelques minutes avant de nettoyer le bazar que Simon a laissé. Quand il a fini, il se tient à la porte et observe la chienne, se demandant ce qu'il va faire d'elle. La prendre était l'idée de Simon, et maintenant qu'il est parti il n'est pas vraiment sûr de vouloir la garder. S'occuper d'elle signifiera désormais deux fois plus de travail pour lui. Mais comme il éprouve un certain contentement en sa présence – Simon était pareil –, il décide de remettre la question de son avenir à un autre jour.

Il se rend à la bibliothèque à l'étage et trouve l'exemplaire de *Des souris et des hommes* que son frère lui a offert pour son anniversaire il y a près de vingt ans. Il ne l'a jamais ouvert. Il va lire au soleil, s'imaginant que des deux personnages il serait George et que Simon serait Lenny. Mais ça ne fonctionne pas, parce qu'en fait ils seraient tous les deux George – tous deux disposés à descendre quelqu'un qu'ils aiment le cas échéant. Il clôture le deuxième jour en s'endormant sur le canapé du salon à l'étage.

Le troisième jour il quitte le chalet de bonne heure et se change pour aller au travail. Depuis deux ans il est chauffeur livreur, trimballant les merdes des gens d'un bout à l'autre de la ville. Avant ça, il a travaillé pendant un an dans un coffee shop, encore avant ça, il a passé six mois à laver des voitures chez un concessionnaire, et encore avant ça, il a passé un an à approvisionner pendant la nuit les rayonnages d'un supermarché. Il a travaillé dans des magasins, creusé des tombes dans des cimetières, fait de l'aménagement paysager, il a été ouvrier agricole, a passé ses étés à récolter des fruits, il a un moment travaillé pour une boutique de téléphones, et son premier boulot après le lycée a été dans une usine qui fabriquait des aspirateurs. Simon lui disait de venir bosser pour lui, affirmant qu'avec ses compétences en maçonnerie il s'adapterait sans problème, mais Vincent n'a jamais été enthousiasmé par cette idée. Il aime construire, il aime la menuiserie, mais il a avec ce qu'il crée une intimité qu'il ne veut pas partager avec des inconnus. Il a toujours été un de ces types sans grande ambition qui vont de boulot en boulot, et ça lui a toujours convenu. Il ne veut pas être plus que ce qu'il est, parce qu'il n'aime pas les responsabilités que ça implique. Bon sang, même s'occuper d'un chien représente plus de responsabilités qu'il n'en a jamais voulu.

Chaque matin, la camionnette l'attend au dépôt, remplie de colis. Son travail est sans fin, car la quantité de conneries que les gens envoient et reçoivent est sans fin. La vérité, c'est qu'au cours des derniers mois il a pensé à accepter le job que Simon lui offrait. Au moins, être maçon lui aurait donné un sentiment d'accomplissement. Maintenant c'est trop tard, mais peut-être qu'il est temps de chercher autre chose – un boulot où il utiliserait les compétences qu'il a acquises.

Il passe le jeudi matin à récupérer et à livrer des colis sans se presser. À 13 heures, il décide que si les gens ne reçoivent que demain ce qu'ils ont commandé hier, ça ne les tuera pas. Il retourne au dépôt, enfile le costume noir qu'il s'est acheté, et s'apprête à faire ses adieux à son meilleur ami.

Le cimetière est paisible. Il verrouille sa voiture et voit qu'il n'y a pas foule ; de fait, l'endroit est tellement vide qu'il commence à se demander s'il ne s'est pas trompé de jour. Il marche parmi les pierres tombales, transpirant au soleil avec les mains dans les poches. Devant lui se trouvent les parents de Simon, sa sœur et son mari, le prêtre et personne d'autre. Tous les gens qui le fréquentaient ont-ils une si piètre opinion de lui qu'ils croient vraiment qu'il a commis toutes ces horreurs ? Évidemment qu'il les a commises, mais pourquoi n'en doutent-ils pas ? Ils ne peuvent pas savoir, pas avec certitude, et pourtant ils sont prompts à croire le pire.

Le père de Simon ressemble à une version plus âgée de son fils. Il a la même barbe, les mêmes cheveux, en un peu plus dégarnis, les mêmes yeux. Il salue Vincent d'un hochement de tête sans toutefois prononcer un mot. La mère, la seule croyante de la famille, ne veut même pas le regarder, tout comme la sœur. Son mari lui adresse un haussement d'épaules qu'il ne parvient pas à interpréter. Veulent-ils même qu'il soit là ? Car il commence à avoir l'impression que non. Le jugent-ils responsable ? Ou bien sont-ils embarrassés ? Il reste à une petite distance au cas où ils auraient l'envie soudaine de le balancer dans le trou avec son meilleur ami.

Quand le prêtre voit que personne d'autre n'arrive, il entame la cérémonie. Son nom est Daniels, et le père Daniels est mince et décharné, il ressemble plus à quelqu'un qu'on pourrait croiser dans l'au-delà. Il doit avoir une cinquantaine d'années, et a d'épais cheveux bruns qui sont en train de perdre la bataille contre les gris. Il n'a pas vraiment grand-chose à dire. Qu'est-ce qu'il pourrait déclarer ? *Simon était un type réservé* ? Mais le père Daniels fait de son mieux, résumant un criminel qu'il ne connaissait pas dans un éloge funèbre plein de platitudes et de clichés qui évite de mentionner ses talents à la scie électrique.

Pendant la cérémonie, d'autres personnes commencent à arriver, pas pour Simon mais pour l'histoire. Les journaux se sont mis à l'appeler « Simple Simon » car la police affirme que le trouver a été simple, qu'il est mort de façon simple, et que c'est une affaire simple. Vincent trouve ça tiré par les cheveux et n'apprécie pas. Les personnes qui arrivent sont celles qui l'ont affublé de ce surnom, et elles se tiennent à trente mètres, parlant dans des micros devant des caméras avec l'enterrement en arrière-plan. Dès que la cérémonie est terminée, Vincent fait un grand détour pour les éviter en regagnant sa voiture. Quand tout sera fini, Simon sera tellement diabolisé qu'on lui collera tout sur le dos, depuis le réchauffement climatique jusqu'aux difficultés économiques.

Le parking est désormais plein. Sa voiture est un break bleu foncé vieux de vingt ans avec des autocollants sur le pare-chocs arrière et des toiles d'araignées dans les coins. Elle grince quand il grimpe dedans, et des choses font un bruit de ferraille derrière le tableau de bord quand il roule. Il l'a achetée il y a dix ans quand il vendait des téléphones portables et n'a jamais eu les moyens de s'offrir mieux. À mi-chemin de la maison, elle tombe en panne. Il ouvre le capot et ne sait pas ce qu'il regarde. Quand il s'agit de travailler le bois ou de retaper une maison, c'est un artiste, mais il n'y connaît pas grand-chose en bagnoles. Simon s'y connaissait. Simon aurait simplement…

Simple Simon.

Merde, il doit faire attention à ne pas penser à son pote de la sorte.

Il ôte le capuchon des bougies et appuie dessus, agitant quelques câbles, et ça fonctionne car la voiture redémarre. Il rentre chez lui en se promettant d'aller voir un mécanicien la semaine prochaine. Ou peut-être celle d'après.

Il se fait frire du bacon et du poulet et se prépare une salade César pour le dîner, qu'il finit par faire passer, à contrecœur, avec la dernière de ses bières au dragon. Il laisse la troisième journée se refermer en écoutant la radio et en s'endormant sur le canapé.

Quatrième jour, et la routine reprend. Petit déjeuner. Boulot. Déjeuner. Boulot. Il modifie son train-train après le travail en roulant jusqu'au commissariat et en se garant devant. C'est vendredi, et le vendredi il y a toujours deux fois plus de circulation pour une raison qu'on ne lui a jamais expliquée. Il reste assis dans sa voiture en grignotant des chips et en buvant une cannette de soda jusqu'à ce que l'inspecteur principal Ben Kirk sorte du parking situé derrière le bâtiment. Il conduit une voiture de sport blanche surbaissée. Vincent le suit à bonne distance. Ils se retrouvent pris dans les bouchons. Les conducteurs ne mettent pas leur clignotant et les bus lui coupent la route, mais il ne perd pas Ben de vue. Quinze minutes plus tard, le flic s'engage sur le parking d'un restaurant du centre-ville bien plus rapidement accessible à pied qu'en voiture. Vincent se gare dans la rue en face. Le côté du bâtiment est couvert de grands symboles asiatiques ainsi que de dragons qui lui rappellent la bière qu'il regrette d'avoir achetée l'autre soir. À travers la vitrine, il voit Ben étreindre une femme blonde. Elle porte une robe noire moulante sans manches. Elle est jolie. Elle lui est familière, mais il ne se souvient pas où il l'a déjà vue.

Il les regarde discuter. Il les regarde commander. Il les regarde manger. Il les regarde se lever et s'enlacer tendrement pendant le dessert sous les yeux des autres clients. Il les regarde régler la note et s'en aller dans des véhicules séparés.

Ils prennent tous la direction de l'ouest, empruntant la route qui traverse le plus grand espace vert de la ville, Hagley Park. Chaque fois qu'il passe devant, il se rappelle que c'est là qu'il a donné son premier baiser, sur la berge de la rivière Avon. Il avait quatorze ans et avait dû payer cinq dollars à la fille, mais c'était une bonne affaire car elle en demandait d'ordinaire dix aux autres garçons de sa classe. Ils continuent de rouler en direction de Riccarton, pénétrant dans un quartier plus agréable que celui où vit Vincent, avec des maisons plus jolies et des voitures plus jolies garées au bord de la route et dans les allées. Les résidences de la rue où ils arrivent finalement ont toutes moins de vingt ans. Les deux voitures se garent dans l'allée d'une maison de ville avec de grandes fenêtres et un jardin bien entretenu, mais pas aussi bien que le sien.

Il note l'adresse au dos de sa main et s'en va.

À la fin du quatrième jour, il regagne le chalet, attache la chienne à un arbre et creuse un trou pour les morceaux de corps qui sont entreposés dans le congélateur. Il préfère que la femme soit hors de la maison, comme si le congélateur était un portail à travers lequel elle pourrait le hanter, mais plus tard dans la soirée il songe qu'avant l'arrivée de l'hiver il l'enterrera plus loin. Il décide de rester pour la nuit. Cinquième jour, et il va encore devoir rouler, encore livrer des colis, encore frapper à des portes et faire signer des gens car ils veulent aussi leurs conneries le samedi. Mais le cinquième jour est aussi le premier du reste de sa vie.

Le cinquième jour, a-t-il décidé, sera le jour où l'inspecteur Ben Kirk commencera à souffrir.

12

Joshua imagine que l'air dans la chambre doit se raréfier car tout le monde prend une profonde inspiration par anticipation. La tristesse des événements récents, l'angoisse et l'excitation liées à ce qui pourrait arriver, tout ça a mené à cet instant. Il est assis au bord du lit avec sa mère à côté de lui. Elle lui tient la main. Son autre main tremble un peu.

« J'ai besoin que tu restes immobile, déclare le Dr Toni.

— OK, répond-il.

— Inutile de retenir ton souffle.

— C'est plus fort que moi.

— C'est parti », dit-elle.

Il sent une main derrière sa tête, puis une pression tandis que la lame pénètre entre les couches de bandage. Le bruit des ciseaux qui le découpent est incroyablement fort. Le pansement est ôté. La pression sur ses yeux diminue.

Lentement, il les ouvre.

Rien que du noir.

Il serre la main de sa mère, si fort qu'elle pousse un cri.

« Je ne vois rien, dit-il.

— Il y a toujours des compresses sur tes yeux, explique le Dr Toni.

— Vraiment ?

— Oui. »

Elle commence à défaire le sparadrap qui a été collé en croix dessus. Ça tire sur sa peau mais ça ne fait pas mal, et c'est aussi bruyant que les ciseaux. « On y est presque. »

Il sent quelque chose d'humide sur sa peau, ça touche le bord des compresses, les détachant de son visage.

« Tu t'en sors très bien, mon chéri, dit sa mère.

— Je veux que tu gardes les yeux fermés, déclare le Dr Toni. D'accord ? C'est important.

— D'accord. »

Il sent quelque chose qui lui tire encore sur la peau, ça fait mal mais il ne bronche pas, et alors… alors la noirceur du côté gauche n'est plus aussi noire. Elle est plus claire, une nuance de… il ne sait pas. Une nuance de quelque chose qu'il ne connaît pas. La même nuance que le soleil, peut-être. C'est chaud. Ça brille. Il sourit, maintenant. Il a une furieuse envie de rire. Ça tire encore, et il a à présent une sensation similaire de l'autre côté. On lui passe quelque chose d'humide sur chaque œil. Puis quelque chose de doux pour les sécher. Il retient de nouveau son souffle.

« OK, Joshua, je veux que tu essaies d'ouvrir les yeux, lentement, d'accord ? Très lentement.

— D'accord », répond-il.

Il ouvre les yeux.

Il ne sait pas ce qu'il est censé voir, mais il y a tellement de lumière et de couleurs qu'il doit les refermer, et quand il les rouvre il n'y a plus rien de ce qu'il a vu avant. Il n'y a pas de lignes nettes, pas de contours, pas de détails. C'est ça la vision ? C'est ça que tout le monde voit ? Le Dr Toni se tient devant lui.

« Attends quelques instants, dit-elle.

— Pourquoi ?

— Pour qu'ils s'accoutument.

— Comment ça ? » demande-t-il, mais elle ne répond pas, et d'ailleurs elle n'en a pas besoin car il voit les formes dans la pièce se préciser.

Le Dr Toni commence à être nette, et au bout de quelques secondes il sait qu'il ne pourra jamais retourner aux ténèbres qu'il vient de quitter. Il se battra bec et ongles pour garder ce qu'on lui a donné.

Il se tourne vers sa mère. Elle porte un chemisier de la même couleur que la veste du Dr Toni. Il suppose que c'est du blanc car c'est ce que portent les médecins. Sa mère sourit tellement que son visage semble sur le point de se déchirer, mais peut-être que les gens ont toujours cette tête-là quand ils sont heureux. Il s'est toujours demandé à quoi elle ressemblait, et pourtant elle est telle qu'il se l'imaginait. Comment pouvait-il savoir ? Il ne peut l'expliquer.

« Je te vois », dit-il.

Elle tente de répondre quelque chose, mais n'y parvient pas. Elle essuie ses larmes. Il lui serre plus fermement la main.

« Joshua ?

— Je te vois », répète-t-il, plus fort cette fois.

Il regarde le Dr Toni. Elle a de longs cheveux qui lui tombent aux épaules. Sa peau a l'air douce. Il se demande si elle est belle. Pour lui, elle l'est. C'est la plus belle femme du monde parce qu'elle a rendu ça possible. Il s'aperçoit qu'il sourit tellement que son visage risque également de se déchirer. Quand a-t-il pour la dernière fois eu envie de rire de pur bonheur ?

« Dis-moi ce que tu vois, demande le Dr Toni.

— Tout. »

Il n'arrive pas à se retenir de rire.

« Je vois tout.

— C'est bien, Joshua, c'est très bien. Maintenant je veux que tu penches la tête en arrière pour que je puisse te mettre un collyre. Ça soulagera les démangeaisons. »

Il incline la tête. Elle pose tour à tour un pouce sur chacune de ses paupières et dépose deux gouttes. Elles sont froides et il sursaute. Il cligne des yeux à quelques reprises. La démangeaison disparaît. Il se redresse. Il tient sa main droite devant son visage. Quatre doigts, un pouce et une paume, les lignes qui la sillonnent, des ongles et des poils. Il regarde son poignet. Il avait toujours cru qu'il verrait son pouls, mais ne perçoit aucun mouvement. Il voit depuis à peine une minute et il a déjà appris quelque chose. Il baisse la main et le Dr Toni lève la sienne.

« Combien de doigts levés ? » demande-t-elle.

Il est forcé de réfléchir. Il sait compter, mais il n'a jamais compté visuellement, il doit donc comprendre comment ça marche.

« Trois. Un. Quatre. »

Elle recule et se poste dans l'entrebâillement de la porte.

« Et maintenant ?

— Quatre. Deux. Quatre.

— Bien», dit-elle en revenant vers lui.

Mais il en a déjà assez. Oui, il sait compter les doigts, oui, il voit l'intérieur de cette pièce, mais il veut en voir plus. Il lâche sa mère et s'apprête à descendre du lit.

«Attends», lance le Dr Toni.

Mais il n'attend pas. Il se lève et soudain le Dr Toni et sa mère l'agrippent, il n'arrive pas à se tenir debout.

«Qu'est-ce qui se passe? demande sa mère d'une voix inquiète.

— Le cerveau de Joshua est surchargé de nouveaux stimuli, explique le médecin tandis qu'elles le font se rasseoir. Joshua, je sais que ça paraît fou, mais tu vas devoir te réhabituer à marcher. Ton équilibre va être perturbé.

— J'ai la tête qui tourne.

— Attends quelques heures. À la fin de la journée, tout ira bien. Si j'allais te chercher un fauteuil roulant pour que ta mère puisse te promener un peu?»

Quand la femme quitte la pièce, sa mère le serre dans ses bras. Sa mère aux cheveux roux attachés en queue-de-cheval, car on lui a dit de quelle couleur ils étaient et comment elle les portait, et maintenant il sait ce que ça signifie. La peau lisse et un grand sourire, des yeux verts, chaleureux, tendres et familiers. Maintenant qu'il est assis, son vertige est passé. Elle s'écarte et le regarde dans les yeux sans dire un mot. Elle regarde les yeux de son père, les yeux de son mari, et ça doit être difficile pour elle.

«Je suis tellement heureuse pour toi», dit-elle.

Il ne répond rien.

« Ça va ?
— Oui », dit-il.

Mais ça ne va pas. Peu importe qu'il puisse voir. Peu importe qu'à la fin de la journée il soit remis sur pied. Peu importe ce qu'il fait, car la malédiction attend de le punir pour avoir enfreint les règles et s'être immiscé dans le monde des voyants. Pendant un court moment, il sera autorisé à le visiter en tant qu'invité, mais elle ne le laissera pas rester. Il sait que ce n'est qu'une question de temps avant que ce monde qu'il voit désormais le rejette et que la malédiction le renvoie dans les ténèbres d'où il vient.

13

« Tu es en retard », déclare son patron.

Vincent regarde sa montre.

« Seulement de six minutes.

— Ce qui signifie que tu es en retard.

— Je vais les rattraper. »

L'homme a une barbe, mais pas la moustache qui va avec. C'est un style que Vincent n'a jamais compris. Vu qu'il est également chauve, ça ne laisse qu'un fer à cheval de poils bruns sur la partie inférieure de son visage. Vincent s'imagine le soulevant par la barbe et le retournant. Ils se tiennent devant l'entrepôt où les colis sont triés. Des camionnettes entrent et sortent à vive allure. Ça va être une nouvelle journée chaude, et Vincent veut en finir avec cette conversation.

« Tu as pris des jours en début de semaine, et jeudi tu n'as même pas fini tes livraisons. C'est…

— Mon ami est mort.

— Ton ami était un fou meurtrier.

— La police se trompe. Écoute, je suis désolé d'être en retard, c'est juste six minutes, et on est samedi.

— Je m'en fiche qu'on soit samedi, réplique son patron. Et ce n'est pas juste six minutes. Tu as six minutes de retard ici, ce qui signifie que les gens vont attendre à leur porte six minutes de plus que nécessaire. Que des documents vont être livrés en ville six minutes plus tard qu'ils auraient dû l'être, que des gens vont devoir repousser…

— J'ai compris.

— Je ne crois pas, parce que si tu avais compris, tu ne serais pas arrivé en retard. Les gens vont devoir repousser leur pause déjeuner de six minutes, ils vont…

— Comme j'ai dit, j'ai compris, et je suis désolé. Ça ne se reproduira pas.

— Je sais que ça ne se reproduira pas, parce que tu es licencié.

— Attends. Quoi ? Allez, tu…

— On aurait dû le faire il y a quelques jours, quand tu n'as pas fini ta tournée.

— Mais je devais aller à un enterrement », dit-il, songeant que c'est pour ça qu'on le renvoie. Pas à cause de son retard, ni parce qu'il a pris des jours, mais parce que Simon était son ami, et personne ne veut travailler avec des gens qui fréquentent des assassins.

« Prends tes affaires et va-t'en, dit le patron. Tu recevras un chèque d'indemnités de licenciement d'ici deux semaines. »

Tous les boulots qu'il a eus, c'est lui qui les a quittés. Ils devenaient ennuyeux, ou trop pénibles, ou alors il fallait bosser dehors quand il faisait trop froid, ou peut-être qu'il n'appréciait pas ses collègues. C'est la première fois qu'il se fait virer.

« Allez, tu ne peux pas…

— Je peux, et je le fais, réplique le patron. J'ai confié ta tournée à un autre chauffeur. »

Vincent secoue la tête.

« Tu ne peux pas faire ça. J'ai des factures à payer. Qu'est-ce que je suis censé faire ?

— Être à l'heure à ton prochain job, déclare son ancien patron, et te trouver de nouveaux amis. »

Il regarde ce connard s'éloigner, parfaitement immobile – à l'exception de ses poings qui se serrent de rage. Il pense au chalet, à l'isolement qu'il lui procure, à ses outils électriques. Il pourrait découper cet enfoiré, l'emballer en plusieurs paquets et les livrer à travers la ville. Bien sûr, le problème, c'est qu'il serait le suspect numéro un. Dans six mois ça pourrait être une idée à reconsidérer.

Il marche jusqu'à sa voiture. Quand il s'engage dans la rue, le moteur frémit, hoquette, se remet en route, puis s'arrête. Il tourne la clé et enfonce l'accélérateur, le moteur tourne mais ne prend pas. Il a envie de foutre un coup de boule dans le volant. Envie de se pencher et de le mordre. Il commence à payer pour tout ce qui s'est passé la semaine dernière. Il n'en revient pas que Simon ait tué cette femme seul sans lui en faire part, n'en revient pas que Simon soit mort, n'en revient pas de s'être fait lourder…

Il donne un coup de poing dans le volant. Et encore un. Une femme avec une poussette passe et le regarde fixement. Il donne un nouveau coup de poing dans le volant et elle détourne le regard en pressant un peu le pas.

Il prend une profonde inspiration. Il pense au chalet. À la rivière. Au fait que c'est paisible là-bas et qu'il pourrait, s'il le voulait, y aller maintenant.

Mais ça ne marche pas.

La colère est toujours là.

La voiture redémarre. Il fait vrombir le moteur à plusieurs reprises. Il s'engage calmement dans la circulation, sans enfoncer l'accélérateur, sans écraser qui que ce soit. Il roule tranquillement jusqu'à l'adresse où il s'est rendu hier soir et se gare deux maisons plus loin. Pour le moment, ce dont cette rue un peu chic a besoin, c'est un gentil petit meurtre.

Il détache sa ceinture de sécurité et se fige alors qu'il a la main sur la portière.

Tu es idiot, se dit-il. *Tu ne sais même pas qui est dans la maison. Tu ne peux pas te laisser guider par tes émotions. C'est pas ça, le plan. Ça ne l'a jamais été. Tu es en colère. Tu ferais mieux de partir*.

Il ne part pas. Mais il n'entre pas non plus dans la maison. Avec sa chance il y a probablement vingt flics là-dedans, tous planqués derrière les meubles, prêts à donner une fête surprise en l'honneur de Ben Kirk qui, à cet instant précis, est sur le chemin du retour. Une fête pour célébrer ce qu'il a fait à Simon.

Il ferait mieux de partir.

Il doit partir.

Il va partir.

Il est en train de faire demi-tour quand il perçoit du mouvement dans l'allée. La petite amie de Ben. La grande blonde qu'il a déjà vue quelque part. Elle conduit une berline quatre portes sombre. Il attend qu'elle soit passée et, quand elle atteint le bout du pâté de maisons, il commence à la suivre.

14

Le fauteuil roulant de Joshua est poussé dans le couloir. Il y a des tableaux aux murs, et il tente de comprendre ce qu'ils représentent. Certains sont des paysages ; il y en a d'autres avec ce qu'il croit être des fleurs dans des vases. Des gens passent devant, marchent dans leur direction, des gens qui sont tous différents, et même s'il s'y attendait, ça le surprend. Bien sûr, s'ils étaient similaires, personne ne reconnaîtrait personne, mais ce n'est pas juste une question d'origine ethnique, ni leur expression, c'est leur peau, leurs cheveux, leur démarche, leur taille, leur façon de s'habiller ou de se tenir – chacune de ces choses est unique. Il y a des panneaux partout, sur les murs, les portes, certains suspendus au plafond par des chaînes, tous couverts de symboles qu'il ne connaît pas et qui pourraient être des chiffres ou des lettres. Il y a des posters, et quand il rentrera chez lui, lui aussi pourra en accrocher dans sa chambre.

Il y a des milliers de détails à absorber, et il s'imagine que la plupart d'entre eux n'intéressent personne. Il observe des choses si banales que les autres les ignorent. Il voit de la beauté dans une fenêtre, dans une porte, dans les boutons à côté de l'ascenseur, dans les poubelles, dans les taches sur les murs, dans les feuilles déchirées d'une plante en pot. Il y a des objets par terre, des trucs entre les mains des gens, des choses dans les recoins, des choses derrière d'autres choses.

« Je veux sortir, dit-il.

— Et c'est ce que tu vas faire, répond le Dr Toni. Mais je vais d'abord devoir t'examiner.

— Après, je pourrai sortir ?

— Dès qu'on aura fini, oui. »

Il est aussi étourdi à force de tout regarder qu'il l'était tout à l'heure quand il a essayé de se lever. Ils atteignent le bureau du Dr Toni. De nouveaux objets partout, des choses qui n'étaient pas dans le couloir. Un bureau. Un ordinateur. Du mobilier. Des choses aux murs. Un gros truc en forme de boîte qui pourrait être un meuble de rangement. Il absorbe tout. Le Dr Toni s'accroupit devant lui et inspecte ses yeux. Ce n'est pas la première fois qu'on lui fait ça, mais ce coup-ci il ne sait pas où regarder. Pas dans les yeux du médecin, car ça le met mal à l'aise.

« Fixe la lumière, dit-elle, pointant une petite lampe torche devant lui.

— Ça fait un peu mal.

— Encore quelques secondes. »

Elle vérifie l'autre œil.

« Tout a l'air parfait.

— Tout est parfait », dit-il.

Il sourit encore. Peut-être que c'est un effet secondaire. Il pourrait sourire tout le restant de sa vie.

« Je veux que tu regardes quelque chose pour moi. »

Elle fait pivoter son fauteuil roulant afin de l'orienter face au mur. Il y a une étagère couverte de livres. Un portemanteau. D'autres choses accrochées qui pourraient être des diplômes, car il sait que les médecins les affichent généralement. Elle marche jusqu'à un panneau avec des symboles dessus.

« Tout d'abord, je veux que tu couvres ton œil droit. »

Il obéit.

« C'est une table optométrique, explique-t-elle. Je veux que tu gardes ton œil droit couvert et que tu me dises quelles formes tu vois. »

Les plus grosses formes sont en haut, et elles deviennent plus petites à mesure qu'on descend. Elle désigne la première. Comme avant, quand elle levait les doigts pour qu'il compte, il doit comprendre ce qu'il voit. Il connaît les formes au toucher, et il s'est imaginé à quoi elles ressemblaient – maintenant il s'agit de les identifier.

« Un cercle.

— Bien », dit-elle, puis elle désigne la rangée du dessous qui comporte plusieurs formes.

Il doit compter les côtés. Il y en a trois. Ça doit être…

« Un triangle. »

Elle montre autre chose.

« Un rectangle, et maintenant… un carré ?

— Bien, répète-t-elle, puis elle désigne la rangée suivante.

— Carré, cercle, heu… je le vois, mais je ne sais pas.

— C'est un pentagone, dit-elle. Ligne suivante.

— Cercle encore, triangle, heu… on dirait encore un pentagone, mais à six côtés.

— Hexagone, dit-elle. Continue. »

Il obéit. Les formes devenant plus petites et plus floues à mesure qu'il approche du bas. Il atteint un stade où il devine au hasard, mais après deux tentatives elle lui dit d'arrêter.

« C'est bien, Joshua. Excellent.

— C'est vrai, n'est-ce pas ? demande sa mère.

— Très bien. » Le Dr Toni leur sourit. « Maintenant, on va faire l'autre œil. »

Elle retourne le panneau pour révéler les formes dans un ordre différent, et Joshua couvre son œil gauche pour regarder avec le droit.

« Quelle est celle du haut ? » demande le médecin.

Il ne répond pas.

« Tu vois ce que je te montre ?

— Tout est plus sombre.

— Tu ne distingues pas les formes ? »

Il a un sourire hésitant.

« Si, je les distingue à peu près, mais je ne pourrais pas vous dire ce qu'elles sont. Celle du haut pourrait être un cercle.

— D'accord, dit-elle. C'est suffisant. »

Il ôte sa main et voit que c'était un carré. Elle tourne le fauteuil roulant vers le bureau, puis s'assied de l'autre côté.

« Tout d'abord, il n'y a aucune raison de tirer la moindre conclusion pour le moment, si ce n'est que nous avons besoin de plus de temps. Si ça se trouve, demain ton œil droit sera aussi fort que le gauche, ou alors ça pourrait prendre une semaine, ou un mois.

— Est-ce qu'il y a un problème ?» demande sa mère.

Le Dr Toni sourit.

« Non, nous devons juste être patients.

— C'est bon, dit Joshua. Même s'il ne fonctionne jamais, c'est bon. Je vois et tout est merveilleux, et je vous suis reconnaissant pour ce que vous avez fait, je ne peux pas vous dire à quel point.

— C'est vraiment un miracle », acquiesce sa mère.

Le Dr Toni sourit. Joshua songe qu'ils disent toutes les choses qui rendent son métier gratifiant.

« La bonne nouvelle, dit-elle, c'est qu'il n'y a aucun signe d'infection. Les médicaments qu'on t'a administrés depuis l'opération ont fait leur effet. Tu vas devoir continuer de les prendre un peu plus longtemps, mais à part ça, je ne vois aucune raison pour que tu ne puisses pas sortir demain.

— Pas aujourd'hui ? demande-t-il.

— Je veux te garder en observation aujourd'hui. » Elle enfonce la main dans un tiroir de son bureau. « Tiens. Je suis étonnée que tu n'aies pas encore demandé. »

Même s'il n'en a jamais vu, il sait que c'est un miroir qu'elle lui tend. Comme il ne le saisit pas, sa mère lui demande si quelque chose ne va pas.

« Je ne sais pas si je suis prêt, répond-il.

— C'est une appréhension fréquente, déclare le médecin. Rien ne presse.

— Non, dit-il, et il attrape le miroir. Je veux le faire maintenant. » Il sent son sourire disparaître. Il ne sait pas à quoi s'attendre et ignore ce qui le rendrait heureux. Il oriente le miroir et regarde dedans, et ce qui devrait être un complet inconnu ne l'est pas. C'est une personne familière, de la même manière que sa mère lui était familière quand il l'a vue pour la première fois. C'est Joshua Logan, le garçon qu'il pensait ne jamais voir. Il a les cheveux noirs – il reconnaît le noir –, et il le sait parce qu'on le lui a dit. Sa peau est blanche, mais ce n'est pas ainsi qu'il s'imaginait le blanc – c'est une version plus chaude, semblable à la teinte qu'il a perçue plus tôt quand il avait les yeux fermés et que de la lumière a commencé à filtrer à travers ses paupières. Ses yeux sont bleus parce que ceux de son père l'étaient, et maintenant il connaît cette couleur. Il se demande pendant un bref instant où sont ses yeux originaux – ces choses qui ont fait partie de lui toute sa vie doivent bien être quelque part, non ? Ses lèvres sont rouges, on le lui a dit, et ses dents… eh bien, ses dents sont blanches, comme sa peau, mais d'une nuance différente, de la même manière que la blouse du Dr Toni est d'un blanc différent. Il ne sait pas si le garçon qui lui retourne son sourire est beau ou s'il a l'air bizarre – puis il décide que ça n'a aucune espèce d'importance, même si ça risque d'en avoir plus tard, car le mécanisme de sa pensée aujourd'hui n'est pas ce qu'il sera dans un mois, ou dans un an, puisque sa capacité à voir va le transformer. William et Pete avaient raison, il ne pourra jamais retourner dans son ancien lycée, et il aimerait qu'ils aient la même chance que lui, mais pas au même prix. La peau autour de ses yeux est plus sombre. Il lève la main et la touche doucement.

« Les bleus vont mettre une semaine ou deux à s'estomper, explique le Dr Toni, et le gonflement va disparaître.

— OK, dit-il.

— Et tu vas avoir besoin de porter des lunettes de protection pendant quelques semaines. Nous ne voulons pas courir le risque que quelque chose pénètre dans tes yeux.

— Je m'assurerai qu'il les porte bien, déclare sa mère.

— Tu vas aussi continuer de prendre des cachets pendant un moment, et tu auras des gouttes à te mettre. Tu vas devoir revenir ici chaque jour pendant quelques semaines. »

Il rend le miroir au médecin.

« Merci, dit-il. Merci pour tout ce que vous avez fait.

— Je t'en prie, répond-elle, et elle lui tend une paire de lunettes de protection transparentes. Bon, pourquoi tu ne vas pas faire un tour dehors histoire de mettre à profit tes nouveaux yeux ? »

15

Erin Murphy est en retard. Le genre de retard qui irritera ses collègues, mais le genre d'irritation qui s'évaporera quand elle leur montrera la bague à son doigt. Hier soir, Ben l'a demandée en mariage. En mariage ! La bague était cachée dans un biscuit chinois qu'on lui a donné à la fin du repas, et quand elle l'a ouvert et a vu ce qu'il contenait, il a posé un genou à terre et lui a demandé de l'épouser. C'était totalement romantique, comme dans un film. Pendant un moment ils ont été le centre de l'attention tandis que tout le monde dans le restaurant se retournait pour les regarder, ce qui était un peu embarrassant, et tous les clients se sont tus en attendant sa réponse. Dirait-elle oui ? Dirait-elle non ? Serait-ce le bonheur ou la déception ? Elle a dit oui, au grand soulagement non seulement de la foule, mais aussi de Ben, et probablement des serveurs qui avaient sans doute déjà vu des gens s'en aller furieux sans payer quand les choses ne s'étaient pas bien passées. Ce matin, elle était au comble du bonheur – même si au fond elle se demande si Ben ne lui a pas fait sa proposition parce que le décès de Mitchell lui a fait prendre conscience que la vie ne tenait pas à grand-chose. Il faut s'accrocher à ce qu'on a, parce qu'un jour on pourrait le perdre – et ce qui est arrivé à son équipier le lui a clairement rappelé.

Elle baisse sa vitre lorsqu'elle atteint le parking dans le centre-ville. C'est un cube de béton de cinq étages qui semble assez solide pour survivre à une bombe atomique. Il y a un sans-abri devant.

« Bonjour, dit-il en s'approchant.

— C'est pour vous », répond-elle, et elle lui tend un sandwich.

Ça fait partie de sa routine matinale. Henry était médecin avant de devenir dépendant au jeu, ce qui l'a mené à perdre son emploi, sa maison, sa femme, ses enfants. Elle l'a appris il y a un an quand il l'a aidée un jour que son talon s'était cassé et qu'elle était tombée juste devant lui, se tordant la cheville et se foulant le poignet au passage.

« Merci, Erin, dit-il. Vous êtes la meilleure. Est-ce que c'est ce que je crois ? » demande-t-il en regardant sa main.

Elle sourit, même si au fond elle est gênée de porter une bague coûteuse alors que Henry ne peut pas dormir avec un toit sur la tête.

« Oui, répond-elle.

— Je suis heureux pour vous », dit-il, et elle se demande où est sa femme maintenant, et ses enfants, elle se demande ce qu'il a pu leur faire endurer pour qu'ils ne veuillent plus l'aider.

Elle tend la main par la vitre pour saisir son ticket. La barrière se lève. Il n'y a, évidemment, pas de place libre au niveau inférieur. Y en a-t-il jamais ? Et aucune à l'étage au-dessus. Comme c'est samedi, le parking est bondé à cause des gens venus faire des courses en ville, et ce n'est que sur le toit qu'elle trouve quelques emplacements vacants – il y en a même toute une rangée qui donnent sur la rue. Elle déteste travailler le samedi, mais sa boîte croule sous le boulot et les heures supplémentaires rapportent, et puis, hé, maintenant qu'elle doit commencer à économiser pour sa lune de miel elle ne va pas se plaindre. Elle prend la place la plus proche de l'ascenseur, une voiture se garant à côté de la sienne tandis qu'elle détache sa ceinture de sécurité. Elle verrouille sa portière et appuie sur le bouton, et le type qui vient de se garer se tient désormais à côté d'elle, à une distance respectable, le genre de distance que les hommes conservent pour que vous sachiez qu'ils ne vont pas vous faire la conversation.

L'ascenseur arrive. Les portes s'ouvrent. Elle y entre et le type l'imite. Il lui sourit et appuie sur le bouton, puis se poste dans un coin tandis qu'elle se tient dans l'autre. Elle se demande quand tout le monde a adhéré à la règle tacite qu'on ne pouvait pas discuter dans un ascenseur. Les gens peuvent se parler dans toutes sortes de situations, ils se disent bonjour en se croisant dans la rue, ils papotent en faisant leurs courses, ou au bar, dans les stades, en faisant la queue – mais causer avec un inconnu dans un ascenseur, c'est commettre un péché capital, comme si…

« Bonjour », dit le type.

Elle ne sait tout d'abord pas comment répondre, et à vrai dire elle n'en a même pas envie. Qui parle aux gens dans les ascenseurs ?

« Bonjour, dit-elle.

— Désolé, je ne voulais pas vous faire peur. Je trouve dingue que deux personnes dans une boîte pas plus grosse qu'un cabinet de toilettes ne puissent pas discuter pendant les dix secondes où elles s'y trouvent. On est dans le même bateau, non ?

— C'est exactement ce que je pense », répond-elle.

Elle lui sourit, il fait de même. Il est bel homme. Cheveux mi-longs désordonnés et tirés en arrière, comme un surfeur. Une barbe trop soignée pour être une barbe de hipster, et peut-être également trop courte, puisqu'elle ne fait que deux centimètres. Il a des rides de sourire autour des yeux, un bronzage intense, et il sent le pin. Il porte une chemise à carreaux rouges et noirs, et curieusement elle s'imagine qu'il est habile de ses mains. Il y a quelque chose en lui qui est familier, particulièrement ses yeux, qui sont presque gris, et assurément perçants. Elle les a déjà vus quelque part.

« Enfin bref, on est presque au rez-de-chaussée, dit-il, donc ce n'est pas comme si on allait devoir s'écouter longtemps. »

Elle rit.

« C'est vrai.

— Et puis, si je n'avais pas commencé à faire la conversation, je n'aurais pas été en mesure de vous dire que vous avez laissé vos phares allumés.

— Vraiment ?

— Oui, vraiment.

— Vous êtes sûr ? Je ne les ai même pas allumés », s'étonne-t-elle. Mais peut-être qu'elle l'a fait. Elle est assez distraite. Ça a pu être un geste automatique.

« Peut-être que j'ai des hallucinations. Mais ça m'ennuierait de ne pas vous le dire s'ils sont allumés, des fois que vous vous retrouviez avec la batterie à plat. » Les portes s'ouvrent. Il sort. « Ravi d'avoir fait votre connaissance », ajoute-t-il.

Elle reste dans l'ascenseur. Même si elle pense qu'il se trompe, elle doit vérifier. Les portes se sont presque refermées quand il passe une main au milieu. De l'autre, il tapote ses poches.

« Désolé, dit-il, je dois également remonter. Soit j'ai laissé mon portefeuille dans ma voiture, soit je l'ai oublié chez moi. C'est pour ça que ma petite nièce m'appelle Cinglé d'oncle Vinnie, dit-il, et il éclate de rire.

— Eh bien, je crois que nous allons avoir droit à un peu plus de conversation d'ascenseur.

— De quoi voulez-vous qu'on parle ? Religion ? Politique ? Ou alors de la pluie et du beau temps ?

— Nous n'avons déjà plus le temps », répond-elle.

Les portes s'ouvrent. Il n'y a personne d'autre au niveau supérieur. « Vous êtes coursier, n'est-ce pas ? »

Ils sortent de l'ascenseur.

« Comment vous le savez ?

— Vous effectuez des livraisons dans ma société. »

Il acquiesce lentement, puis sourit.

« Ah… je me disais bien que je vous avais vue quelque part. Le monde est si petit. Vous travaillez pour le cabinet comptable. Goodwin, Devereux et machin-chose, c'est ça ?

— Goodwin, Devereux & Barclay, dit-elle, et oui, c'est bien ça.

— Ça fait de vous une personne réelle.

— Pardon ?

— C'est une chose que mon ami Simon m'a dite un jour. Il affirme qu'une fois qu'on a parlé à un inconnu, on n'arrête pas de tomber constamment sur lui. De fantôme qu'on ne voit jamais, il devient une personne réelle.

— Un peu comme quand on achète une voiture que personne n'a, pour découvrir juste après qu'une personne sur trois a la même », dit-elle.

Il claque des doigts.

« Exactement ! »

Il marche jusqu'à sa voiture, et elle jusqu'à la sienne.

« Je crois que vous vous êtes trompé à propos des phares », dit-elle.

Il se tourne vers elle, sourit.

« Ceux à l'avant. Vous voyez ? » Elle va à l'avant de la voiture, se tient entre le capot et le muret qui lui fait face.

« L'ami dont je vous parlais, déclare le Cinglé d'oncle Vinnie en s'approchant d'elle. Simon. Il est mort.

— Je suis désolée. »

Elle regarde désormais les phares sous un angle différent. Ils ne sont absolument pas allumés. Quand elle relève les yeux, l'homme est presque à côté d'elle.

« Vous n'y êtes pour rien », dit-il, et son ton est différent ; ce n'est plus le même type que celui avec qui elle a pris l'ascenseur.

Ses rides de sourire ressemblent à une grimace. Sa barbe de hipster ressemble à une barbe de tueur en série, et il se sert de ses mains pour commettre des horreurs sanglantes.

« Mes phares… ils ne sont pas allumés.

— Je sais. »

Elle n'aime pas entendre ça. Elle n'aime pas être seule avec lui. Devant elle il y a des voitures garées et des places vides. Derrière elle, un muret qui lui arrive à la taille, et la ville cinq étages plus bas. Le surnom que lui a donné sa nièce la rend nerveuse.

« Il faut vraiment que je… », commence-t-elle, mais elle n'a pas le temps de finir sa phrase.

L'homme, cette personne désormais réelle, parcourt la distance qui les sépare, et avant qu'elle comprenne ce qui se passe, il la soulève et la fait basculer par-dessus le muret. Elle résiste tandis que la gravité l'attire, elle se tient à lui, agrippant ses bras, sa chemise, puis elle est accrochée au muret, suspendue dans le vide. Il place un bras autour de sa taille et la tient fermement pour la soutenir.

« Je vous en prie, dit-elle. Je ne veux pas mourir.

— Mon ami non plus ne voulait pas, mais votre petit ami l'a quand même tué. »

Il lui arrache les mains du muret, et elle tombe.

16

Oh, bordel! Oh bordel oh bordel oh bordel! C'est pas excitant, ça? Vincent est survolté. Il se demande à quoi ressemblait l'inspecteur Logan quand Simon l'a poussé par la fenêtre et regrette de ne pas avoir été là pour voir ça – l'expression sur son visage a dû être semblable à celle sur le visage de cette femme en ce moment. De la sidération, de l'incrédulité, de l'acceptation mais aussi l'espoir que d'une manière ou d'une autre elle atterrira saine et sauve.

Elle hurle. Elle tend les bras vers le mur comme si elle allait pouvoir s'y accrocher, mais en vain.

Elle percute le grand P métallique de l'enseigne «PARKING». Son poids l'arrache du mur, mais la gigantesque lettre ne tombe pas, et le corps de la femme reste coincé dessus. Elle a le temps de croire qu'elle ne va pas tomber plus bas, mais elle glisse et reprend son plongeon vers le trottoir, et au moment où elle le heurte, le P s'incline un peu plus et bloque la vue de Vincent. Il se concentre sur la lettre, s'aperçoit qu'elle ne doit plus tenir que par un ou deux boulons. Il voudrait qu'elle tombe. Il essaie de l'arracher mentalement, mais elle ne bouge pas. Il espère que la femme a survécu. Il espère qu'elle verra la gigantesque lettre se détacher et fondre sur elle.

Elle ne tombe pas.

Des gens se dirigent vers la femme. Ils sont probablement déjà en train d'appeler la police. Il doit foutre le camp d'ici. Il monte dans sa voiture. Il fait tout son possible pour rester calme tandis qu'il emprunte la rampe vers la sortie. Ses mains tremblent tellement qu'il a peur de percuter les murs dans les courbes. Il ralentit. Si une voiture vient en sens inverse et qu'il y a un accident, il sera coincé ici. Mais il n'y a pas d'autre voiture, et il n'y a pas d'accident, et il parvient à atteindre la sortie. Il insère le ticket dans la machine et paie en espèces.

Il a tout fait comme il fallait. Maintenant il ne lui reste plus qu'à s'en aller.

Sauf que… il veut aller jeter un coup d'œil.

La sortie du parking est située du côté opposé à l'entrée. Il tourne à gauche, roule jusqu'au bout du bloc, puis prend de nouveau à gauche, s'engageant dans la rue où la femme a atterri. Il ne la distingue pas, mais voit la foule croissante qui l'entoure. Certains se servent de leur téléphone portable pour appeler les secours, d'autres pour prendre des photos. C'était une erreur de passer par ici. Si l'un de ces appareils le capture… Et après ? Qu'est-ce qui se passerait ? Probablement rien, mais s'il n'est pas prudent, l'un de ces *probablement* finira par devenir une éventualité.

Il roule devant l'attroupement, prend la première à gauche et passe devant un magasin de musique, un bar, une boutique d'éclairages avec tellement de lumières allumées dans la vitrine qu'elles doivent être visibles de l'espace. Il passe au feu orange avant qu'il vire au rouge. Il prend la direction de chez lui. Bientôt il entend les sirènes. Il ne voit pas les véhicules de secours, mais il sait où ils vont. Tout cela est réel. C'est une chose qu'il va devoir refaire.

Il enfonce la main dans sa poche et en tire la bague. C'est une bague de fiançailles. Il la lui a arrachée du doigt quand il a décroché ses mains du muret. Elle semble neuve. Il se demande si Ben la lui a donnée hier soir au restaurant, et si c'est pour ça qu'ils se sont enlacés pendant que tout le monde les regardait. Il espère. Ça rendra ce qui vient de se passer encore plus douloureux pour l'inspecteur Kirk.

Bien sûr, il y a une petite part de lui qui s'en veut pour la femme – elle a toujours été gentille avec lui au travail, elle ne se plaignait jamais quand il était en retard, elle l'accueillait toujours avec le sourire, disant des choses comme : « J'espère que vous avez passé un bon week-end », ou bien : « Passez une excellente journée ! »

Eh bien, il passe une excellente journée en ce moment. Elle avait mal commencé, mais il a corrigé le tir. Et il va y avoir d'autres excellentes journées. Mais pas pour l'inspecteur Ben Kirk.

Non, pour l'inspecteur Kirk et ses proches, il n'y a rien que des jours sombres à l'horizon.

17

Derrière l'hôpital, le parc offre une telle variété de couleurs que Joshua n'arrive pas à suivre. Il n'y a pas que du rouge, mais aussi du rouge clair, du rouge sombre, du rouge sang et du rouge pomme, il y a du bleu clair, du bleu ciel, mais aussi simplement du bleu. Comment est-il censé se souvenir de tout ça ? Les enfants apprennent les couleurs avant même de savoir parler. Leur cerveau de bambin absorbe les informations comme une éponge. Lui aussi y arrivera – c'est ce qu'on lui a dit toute la matinée –, il y arrivera, inutile de stresser. Donc c'est ce qu'il essaie de faire. Apprendre sans stresser.

« Je veux me lever, dit-il.

— Tu es sûr ? demande sa mère.

— Je crois. »

Il s'extirpe du fauteuil roulant et se met debout. Tout va bien, du moins jusqu'à ce qu'il bouge les pieds, car il perd immédiatement l'équilibre et retombe dans le fauteuil. Il ferme les yeux et les garde fermés tandis qu'il se relève. Tout semble aller. Il fait quelques pas – pas de problème. Il se tient immobile, ouvre les yeux et laisse le parc apparaître. Il fait un pas. Le parc se met à tanguer et le ciel bouge, mais il ne tombe pas. Il referme les yeux, fait un autre pas – impeccable. Yeux ouverts, il parvient à en faire quelques-uns de plus, puis sa mère l'aide à regagner son fauteuil roulant.

« Si tu restais assis un moment, je pourrais…

— Je veux apprendre autant que possible aujourd'hui, dit-il.

— Tu auras plein de temps pour ça.

— Si je me réveille demain et que je ne vois plus, ou si j'ai un problème aux yeux dans deux jours, ou trois, ou je ne sais quand, il ne me restera que mes souvenirs. Je veux savoir à quoi tout ressemble, connaître les couleurs, savoir ce que ça fait de marcher en voyant. Je dois absorber suffisamment d'informations pour le reste de ma vie.

— Rien de tout ça ne te sera repris, dit-elle, ce qui lui suggère qu'elle n'est pas au courant pour la malédiction, ou alors qu'elle n'y croit pas. Je ne dis pas qu'il est temps de retourner à l'intérieur et d'arrêter pour aujourd'hui, je dis juste de ne pas précipiter la marche, OK ? »

Il sait qu'elle a raison.

Elle continue de pousser le fauteuil roulant. Que font ces gens ? Ils fument. Qu'est-ce que c'est que ça ? Un parcmètre. De quelle couleur est cette voiture ? Jaune. Et ces choses dans la pelouse ? Ce sont des champignons. Il entend des sirènes au loin. Elles sont de plus en plus fortes, ce qui signifie qu'elles approchent. Il y en a au moins deux. Des ambulances qui arrivent à l'hôpital. Il en a entendu une partir plus tôt, filant vers le centre-ville pour aider un malade ou un blessé, et il suppose que si elle revient avec la sirène allumée, ça veut dire que quelqu'un se bat pour rester en vie. Une absence de sirène signifierait qu'ils ont déjà soigné la personne, ou qu'on ne peut plus rien pour elle.

Leur promenade les mène de l'arrière de l'hôpital vers l'entrée des urgences. « Je peux me débrouiller tout seul », dit-il, et il prend le contrôle du fauteuil roulant. Quand ils tournent à l'angle, ils voient un homme qui marche d'un pas chancelant vers eux. Joshua ne sait pas encore deviner les âges, mais ce type doit avoir entre le sien et celui de sa mère. Il a des cheveux noirs mi-longs qui semblent en désordre, et une barbe de trois jours de la même couleur. Il utilise une canne pour garder l'équilibre. Peut-être qu'il a une jambe cassée, ou une prothèse. Joshua n'arrive pas à ralentir le fauteuil à temps et l'homme n'a pas le temps de s'écarter de son chemin. Il percute la canne et l'envoie par terre, et un instant plus tard le type tombe à côté.

« Oh, mince, oh, mince, je suis désolé, dit Joshua.

— Pas de problème, mon pote », répond l'homme.

Sa mère est déjà accroupie pour l'aider.

« Je suis tellement désolée, dit-elle. Ça va ?

— Oui, oui, ça va. Y a pas mort d'homme. » Il s'époussette, puis sourit. « J'avais probablement qu'à pas rêvasser, dit-il, ou qu'à marcher plus vite. » Il rit. « Mais on dirait que tu t'amuses bien dans ce fauteuil.

— Je suis vraiment désolé, répète Joshua, car il ne sait que dire d'autre.

— Sérieusement, mon pote, t'en fais pas. » L'homme marque une pause, puis fronce légèrement les sourcils. « Est-ce que je te connais ?

— Je ne crois pas, répond Joshua.

— Si, je te connais, je te connais.

— Mon fils a un visage commun, déclare sa mère d'une voix étranglée.

— Oui, peut-être, mais je suis quasiment certain de t'avoir déjà vu. » Il hausse les épaules. « Je suis sûr que ça me reviendra plus tard. J'espère que tu vas passer le permis pour ce machin. »

Il donne un coup de canne sur le fauteuil, puis leur souhaite une bonne journée avant de repartir dans la direction par laquelle il est arrivé.

« Mince, j'espère qu'il va bien », dit Joshua. Il remarque alors que sa mère semble différente, comme si elle était contrariée. «Ça va ?

— Il faut que je te dise une chose. Cet homme, il t'a bien reconnu.

— Qui est-ce ?

— Je ne sais pas, mais lui et beaucoup d'autres personnes savent qui tu es. » Elle s'accroupit pour lui parler. « Ce qui est arrivé à ton père, tu sais qu'on en a parlé aux infos, n'est-ce pas ?

— Oui, évidemment.

— Et les opérations des yeux, tu te souviens qu'elles ont fait les gros titres parce qu'elles étaient révolutionnaires ?

— Je m'en souviens », dit-il, et il comprend où elle veut en venir.

Un agent de police qui se fait tuer finit toujours aux infos. Une opération de pointe effectuée sur un garçon aveugle – ça aussi, ça finit aux infos. Deux histoires notables rendues encore plus notables par le fait qu'elles sont liées.

« On parle de moi dans les médias, reprend-il. Parce que mes yeux proviennent de mon père.

— On en parle partout, dit-elle. Pas juste dans les journaux et à la télé, mais également sur Internet. Pendant les premiers jours qui ont suivi… qui ont suivi la mort de ton père, tout le monde n'avait que ça à la bouche. J'ai été inondée de demandes d'interview pour toi venues de tout un tas de pays. Des magazines voulaient faire des articles sur toi.

— Je ne veux rien de tout ça.

— Et c'est ce que je leur ai dit. Au début, la police avait mis des gardiens dans le couloir devant ta chambre pour empêcher les journalistes d'y accéder.

— Je ne le savais pas.

— Parce que tu n'étais pas censé le savoir. Ton objectif, c'était de te remettre, pas de répondre à des questions. J'ai une escorte policière pour mes trajets à cause de tous les médias qui campent devant la maison, et quand ils apprendront ta sortie, ce sera encore pire.

— Ils attendent devant la maison en ce moment ? »

Dans la rue, les voitures s'écartent pour laisser passer une ambulance. Elle se gare à l'emplacement qui lui est réservé, suivie d'une voiture de police. Il n'a jamais vu ni ambulance ni voiture de police, mais il a suffisamment lu de choses dessus pour savoir que c'est ce qu'il regarde.

« Ils seront là, répond sa mère, et c'est pour ça que tu vas rester un moment chez tes grands-parents. Nous allons devoir nous habituer à ce que de plus en plus de gens te reconnaissent.

— Je ne veux pas que mon histoire soit publique, proteste-t-il.

— Je sais. Et nous… Mon Dieu. »

Elle se relève et fixe la voiture de police.

« C'est l'oncle Ben, dit-il.

— Il a l'air… », commence-t-elle, mais elle ne finit pas sa phrase.

Elle n'en a pas besoin car Joshua voit exactement ce qu'elle veut dire. Il a l'air bouleversé, inquiet, paniqué. Un brancard avec une femme dessus est tiré hors de l'ambulance. Du matériel médical semble la maintenir en vie. Il y a du sang partout. Soixante minutes de sa nouvelle vie, et Joshua voit déjà une chose qui lui donne envie de détourner le regard.

« C'est Erin, dit sa mère, et elle porte la main à sa bouche. Oh, mon Dieu, c'est Erin. »

L'oncle Ben est à côté de la femme, lui tenant la main. Le brancard est poussé à la hâte à travers la porte principale, et un instant plus tard, il ne reste que l'ambulance avec la rampe clignotante, sirène coupée, et la voiture de police avec sa portière ouverte.

« Je ne… je ne sais pas… Oh, mon Dieu, c'était Erin », continue-t-elle. Elle se dirige vers l'entrée, poussant le fauteuil roulant. « Il faut que j'aille voir. »

Comme ils ne peuvent pas accéder aux urgences par la même porte qu'Erin, ils passent par l'entrée principale. Ils sont presque à l'accueil quand sa mère cesse de le pousser. Elle se place devant le fauteuil et s'accroupit devant lui. Il sait désormais à quoi ressemble une expression totalement sérieuse.

« Comment tu as su ? demande-t-elle.

— Comment j'ai su quoi ?
— Comment tu as su que c'était Ben ?
— Je… », commence-t-il, mais il ne sait pas quoi répondre.

Comment a-t-il su ? Il n'a jamais vu l'oncle Ben, et pourtant il l'a reconnu sans avoir à réfléchir. De fait, jusqu'à maintenant, il n'avait même pas conscience qu'il ne *pouvait pas* savoir.

« Joshua, comment tu as su ?
— Je ne sais pas, dit-il. Je l'ai juste su.
— Mais ça n'a aucun sens. »

Il hausse les épaules car il n'a pas d'autre réponse. Puis il s'excuse.

« Désolé.
— Tu ne… Ce n'est pas… » Comme lui, sa mère semble incapable de trouver les bons mots. « On en reparlera plus tard. »

Un membre du personnel les fait pénétrer dans un grand couloir où des médecins et des infirmières courent dans tous les sens. Il y a des lits à roulettes parqués contre les murs, et de fines traces de pneus sur le sol aux endroits où ils ont dérapé. Des patients sont étendus sur certains d'entre eux, d'autres sont assis sur des chaises, certains s'entretiennent avec le personnel médical et certains attendent. Il y a des doubles portes dans toutes les directions. Joshua ne sait pas ce qu'il regarde. Il y a une infirmière devant eux, et sa mère s'approche d'elle. L'infirmière porte une tenue verte. Il se demande si c'est pour qu'on ne voie pas les traces de vomi dessus.

« La femme qui vient d'être amenée ici, dit sa mère. Erin Murphy.

— Vous êtes de la famille?

— Oui, répond-elle, ce qui est assez proche de la vérité. Qu'est-ce qui s'est passé? Est-ce qu'elle va s'en tirer?

— Les médecins s'occupent d'elle.

— L'inspecteur Ben Kirk est arrivé avec elle. Où est-il?

— Suivez-moi», dit la femme.

Elle leur fait franchir une double porte pour gagner une salle d'attente à moitié pleine. L'oncle Ben y fait les cent pas. Il a une conversation animée au téléphone et utilise le genre de mots qui auraient valu à Joshua d'être privé de sortie s'il les avait prononcés devant ses parents. Ben les voit et met un terme à l'appel.

«Qu'est-ce qui s'est passé? demande sa mère.

— Personne ne sait. Un accident, peut-être, ou… On ne sait toujours pas, mais Erin est tombée… elle est tombée de très haut… Les médecins font ce qu'ils peuvent, mais…» Il se passe la main sur le visage, puis essuie de la paume les larmes qui bordent ses yeux. «Ils ne savent pas si elle va s'en tirer. C'est grave, Michelle, très grave.»

Elle s'approche de lui et l'étreint. Ben passe les bras autour d'elle et la serre fort.

«Elle n'aurait jamais sauté», dit-il, comme si quelqu'un avait suggéré qu'elle l'avait fait. Il s'écarte et la regarde. «Elle était tellement heureuse. Je l'ai demandée en mariage hier soir et elle a dit oui, et… et elle n'aurait pas sauté. Il faut que j'y aille, ajoute-t-il. Il faut que j'y aille pour comprendre ce qui s'est passé.

— Tu dois être ici pour elle.

— Si c'est quelqu'un qui lui a fait ça, je dois le retrouver. Je dois… » Il s'interrompt. Joshua sait ce que son oncle doit faire, la même chose que ce qu'il a fait à l'homme qui a tué son père. « Tu peux rester ici ? Tu peux être ici pour elle ? Je ne peux pas rester… je ne peux pas, au cas où… au cas où les médecins n'arriveraient pas à la sauver. » Pour la première fois, il remarque que Joshua est également là. « Tu vois. »

Le garçon acquiesce.

« C'est bien, dit l'oncle Ben. Vraiment bien. »

Puis il s'éloigne rapidement par où ils sont arrivés, laissant Joshua et sa mère dans la salle d'attente.

18

Durant la semaine suivante, Joshua apprend. Il commence avec des livres pour enfants. A pour abricot. B pour ballon. Ce n'est pas comme s'il ignorait ces choses – il a toujours été bon en orthographe –, mais ce qu'il apprend désormais, c'est à reconnaître les lettres. Leur forme. Les mots qu'elles constituent. Il réapprend ce qu'il sait déjà avec un nouveau point de vue. Un professeur avec qui le Dr Toni les a mis en relation vient le voir tous les jours. Son nom est Roger Lee, et Roger était prof d'anglais avant de prendre sa retraite il y a deux ans. Il a arrêté de travailler jeune, à cinquante-cinq ans, car ses deux parents sont morts alors qu'ils avaient une petite soixantaine d'années, a-t-il expliqué à Joshua, et si la même chose devait lui arriver, il voulait au moins avoir profité de sa retraite d'abord. Alors pourquoi donne-t-il des cours particuliers maintenant ? C'est ce que Joshua lui a demandé, à quoi Roger a répondu qu'il y avait deux raisons : la première est que quand on cesse de travailler à cinquante-cinq ans, c'est difficile de remplir ses journées, et la seconde est qu'il le fait pour aider le Dr Toni, car elle a sauvé la vue de sa fille il y a quinze ans. Il vient tous les jours pendant six heures, et pour Joshua, c'est comme être à l'école, mais en plus intense. Il aime bien Roger. L'homme le fait rire avec ses blagues idiotes, il fait des grimaces et simule des crises cardiaques quand Joshua se trompe, mais il sourit et le félicite quand tout se passe bien.

Joshua aime apprendre, mais il n'aime pas vivre chez les parents de sa mère. La maison est chaude et étouffante, car ses grands-parents la préfèrent ainsi. Chaque fois qu'il ouvre une fenêtre pour faire entrer un peu d'air frais, ils la referment au bout de quelques minutes. Mais comme il flotte toujours une odeur de pain frais et de biscuits, ce n'est pas si terrible, d'autant qu'après six jours à l'hôpital, chaque repas est un festin. Sa grand-mère est toujours là à leur proposer à manger, à demander si elle peut leur apporter quelque chose, ce qui, au bout d'un moment, donne à Joshua l'impression qu'il est incapable de faire quoi que ce soit seul. Sa mère lui dit qu'elle fait ça par amour et qu'elle essaie de se rendre utile. Mais il sait que même elle s'en agace, car il voit sa grand-mère faire la même chose avec elle. Son grand-père ne sait jamais quoi dire, donc il est souvent silencieux, passant son temps dans son bureau à vaquer à ses occupations – même sa mère n'a aucune idée de ce qu'il fait. Certains jours, Joshua ne le voit qu'au moment des repas.

« Il apporte probablement de la bière en douce là-dedans, et il regarde du sport sur son ordinateur », lui dit sa mère.

Joshua est trop occupé à étudier pour s'ennuyer, ce qui fait que les jours passent vite. Sa mère retourne au travail, moyennant quoi sa grand-mère le chouchoute encore plus. Il a le droit de regarder la télé le soir, mais ils ne mettent jamais les infos. Le premier film qu'il regarde est un épisode de la série *Star Trek*, et il ne voit pas la ressemblance entre le capitaine Kirk et l'oncle Ben, jusqu'à ce qu'il en regarde un ancien où tous les hommes portent des pantalons trop courts et les femmes des mini robes. Il comprend pourquoi son père aimait tellement ce programme. Il se retrouve accro à la série *Supernatural*. De fait, il se retrouve accro à la télé en général, et il n'écoute plus ses livres audio. Il lit cependant dès qu'il peut. Il est passé de *A pour abricot* à *Zeddy le Zombie*, un livre sur un ours en peluche qui, après avoir été mordu par un zombie, revient à la vie avec un appétit pour les cerveaux. Mais c'est difficile quand déchiffrer les mots est nouveau, et il ne parvient à lire qu'une poignée de pages par jour. Roger est impressionné par ses progrès. Il n'arrête pas de lui dire qu'il va rattraper son retard par rapport aux autres élèves et qu'il retournera en cours en un rien de temps. Ses grands-parents paternels viennent le voir presque chaque jour, et ils lui apportent des livres, des DVD, et de grands sourires avec lesquels ils tentent de masquer le chagrin d'avoir perdu leur fils. Ses grands-pères parlent de rugby et ses grands-mères de golf, et il se demande s'il s'essaiera à ces sports. Quand il voit du rugby à la télé il espère que non, mais le golf semble envisageable. Chaque fois que sa mère rentre du travail elle l'étreint, mais elle ne sourit plus jamais comme elle l'a fait quand on lui a ôté ses pansements. Il a écouté suffisamment de livres et regardé suffisamment la télé pour savoir que le choc de la mort de son père est passé et que la réalité de son absence s'est installée. Elle est souvent triste, et il aimerait pouvoir y remédier. Elle est également triste pour l'oncle Ben et sa petite amie. Erin est dans le coma depuis l'accident, et personne ne sait avec certitude si elle va en sortir. Certains jours il va sur Internet et lit des articles sur son père et ce qui lui est arrivé. Il regarde les vidéos de son enterrement et ça le fait pleurer.

Après une semaine de sa nouvelle vie, Joshua sait lire aussi bien que les autres jeunes de son âge – mais pas à la même vitesse. Certains matins au réveil il regarde le soleil se lever, et il le regarde se coucher le soir. Il appelle William et Pete à quelques reprises, mais ils prétextent qu'ils sont trop accaparés par l'école et leurs devoirs. Quand il leur demande s'il peut passer les voir, ils répondent « peut-être plus tard ».

Ils lui manquent.

Son père lui manque. Il ne sait pas comment il va s'habituer à ne plus l'avoir. Qui va l'emmener à la plage, ou lui parler des filles, ou rire à cause d'un truc bizarre qui s'est passé au travail pendant la journée, comme la fois où ils ont arrêté un type en tenue de clown qui essayait de voler des voitures, ou quand ils en ont arrêté un autre qui essayait de braquer un bar qui s'était avéré être un bar de flics. Qui va lui dire comment réagir si un jeune le harcèle à l'école ? Sa mère le fera – évidemment qu'elle le fera – et l'oncle Ben aussi, mais ce n'est pas pareil.

Ce ne sera jamais pareil.

Après une semaine chez ses grands-parents, sa mère lui dit que les journalistes sont passés à autre chose et qu'il est finalement temps de rentrer chez eux. À part pour aller à l'hôpital, il n'est pas sorti en voiture. Tout le fascine. Les autres véhicules, les gens, les routes, les chiens qu'on promène, les chats assis sur les trottoirs, les poussettes, le courrier qu'on distribue. Les panneaux de stop, les feux de signalisation, les clignotants, les voitures cabossées, les plaques d'immatriculation, les ronds-points. Les grandes maisons, les petites maisons, les vieilles maisons, les maisons neuves. Les jardins défoncés, les pelouses desséchées, les mauvaises herbes, les fleurs et les rosiers taillés, les buissons sculptés et les feuilles qui s'entassent dans les caniveaux, les boîtes aux lettres de couleurs vives, l'écorce qui semble fraîche et l'écorce qui semble vieille. Les gens voient tout ça chaque jour, mais quand prennent-ils le temps de *vraiment* le voir, comme si c'était la première fois ? Jamais. Évidemment que non, et ils n'ont aucune raison de le faire.

Sa maison est située dans un quartier du nord de la ville nommé Redwood, où la majorité des habitations sont des maisons de plain-pied construites dans les années 1970 et 1980. La plupart sont en brique ou en parpaings, et elles sont généralement bien entretenues. Il n'a jamais su à quoi elle ressemblait, mais il a toujours su qu'elle était pile au centre d'Ordinaireville, comme dit son père – ou disait. Joshua y a vécu toute sa vie – même ses parents biologiques habitaient ici. Il regarde chaque maison qu'il voit comme si ça pouvait être la sienne.

Ils pénètrent dans l'allée d'une structure en brique qui a été peinte dans une teinte marron clair et est dotée d'un toit en tuiles de béton noires. Il y a une tache d'essence au milieu de l'allée, elle-même bordée de mauvaises herbes. La pelouse monte à hauteur de chevilles et une clôture basse se dresse à l'avant, ainsi que des arbres aussi grands que la maison sur les côtés gauche et droit du jardin. Les peintures ont été refaites il y a quelques années, quand son père a rénové la cuisine et posé de nouvelles moquettes. Tout cela combiné fait qu'une maison de quarante ans paraît en avoir dix à l'extérieur, et seulement cinq à l'intérieur. Des bow-windows captent le soleil au nord, et une terrasse prolonge un patio à l'arrière.

Il descend de voiture – tous ses problèmes d'équilibre et de vertiges ont disparu le jour où on lui a ôté ses pansements – et suit sa mère à l'intérieur. Tout est exactement comme dans son souvenir, seulement maintenant c'est comme si un magicien avait levé le rideau. Il pose la main sur le comptoir de la cuisine. Il est solide et semblable à avant au toucher, c'est bien le même, mais dans un sens ça ne l'est pas. C'est sa maison, il y vit depuis qu'il est bébé, elle lui est familière, mais en même temps c'est comme s'il n'était jamais venu ici.

« Je veux voir ma chambre, dit-il.

— Elle est par ici, répond sa mère, puis elle rit. Désolée, je sais que tu connais le chemin. Je ne… je ne sais pas pourquoi j'ai dit ça.

— C'est bon.

— Va explorer. Je te préparerai à déjeuner quand tu seras prêt. »

Il a vu des chambres d'adolescents à la télé, et elles avaient toujours des murs couverts d'affiches de musiciens, d'athlètes et de films, mais il n'y en a pas dans la sienne. Il y a des photos encadrées de lui avec ses parents, et aussi de ses parents biologiques. Sa mère lui en a montré il y a une semaine. Ses parents étaient des étrangers pour lui, et il a du mal à se sentir émotionnellement lié aux clichés. Ce sont des gens qu'il n'a jamais connus.

La chambre est orientée au nord. Le soleil frappe le lit. Il n'y a pas de livres, pas de télé, mais il y a une radio, un réveil et un bureau où il fait ses devoirs. Tout est bien ordonné et il tente de se rappeler la dernière fois qu'il était là. Il préparait son sac pour l'école et son père lui disait de se dépêcher. Il s'assied au bout du lit et pleure. Il sait que sa mère l'entend sans doute, mais elle le laisse tranquille, et c'est exactement ce qu'il veut.

La deuxième semaine après sa sortie d'hôpital, il passe plus de temps avec Roger. Sa vitesse de lecture augmente, et il identifie sans hésiter les chiffres et les lettres qui sont devant lui. Il trouve de nouveaux programmes télévisés auxquels il devient accro. Il passe plus de temps dehors. Il arpente les rues de son quartier, sa mère le laissant sortir seul, quoique à contrecœur. Il va au parc. Un soir sa mère l'emmène au cinéma. L'écran est si grand et ça fait tellement de bruit qu'il adore chaque seconde. Ils mangent dans un restaurant le lendemain soir, et le jour d'après elle lui fait visiter sa clinique vétérinaire. Il regarde les chats et les chiens en cage et veut tous les ramener à la maison. Elle l'emmène au cimetière où, pour la première fois cette année, il sent l'automne approcher. La tombe de son père est plus récente que toutes celles qui l'entourent. Il tient la main de sa mère et ni l'un ni l'autre ne prononcent un mot. Il y a un chêne gigantesque à dix mètres, qui se dresse au-dessus d'eux telle une sentinelle. Il y a un petit lac sur la droite avec des canards qui barbotent. Le soleil est haut, et même si un vent froid fouette les tombes, il se dit que c'est un bel endroit pour être enterré. Il pense qu'il plairait à son père. Il sait pertinemment que ce dernier a vu des cadavres en divers endroits – des gens retrouvés dans des tombes de fortune, dans des poubelles, dans des barils au fond de lacs. Quitte à être mort, Joshua estime que c'est l'endroit idéal.

Ses grands-parents viennent le voir à la maison et les voisins passent, de même que les cousins et les autres oncles et tantes, et aussi des oncles et des tantes qui ne sont pas de sa famille mais des amis proches de ses parents. Parfois le téléphone sonne, et c'est un journaliste qui veut écrire quelque chose sur lui. Mais sa mère refuse systématiquement, et par bonheur ils ne viennent pas à la maison. Son histoire n'est plus d'actualité, du moins pas pour ceux qui ne le connaissent pas.

Son monde ne cesse de croître.

De même que sa peur de retourner en cours.

Il est nerveux à l'idée d'aller dans un nouveau lycée et espère qu'il s'adaptera, mais il craint que ce ne soit pas possible si tout le monde sait qui il est. Avec la rentrée qui approche, il essaie de convaincre sa mère de le scolariser à la maison avec des professeurs particuliers pendant les deux prochaines années. Elle énumère les raisons qui font que ce n'est pas possible, s'interrompant quand il admet qu'il comprend.

« Tu vas te plaire, là-bas, dit-elle.

— Personne n'aime l'école, réplique-t-il.

— Eh bien, dans ce cas tu ne t'y plairas pas moins que n'importe qui d'autre. »

Le vendredi qui précède la rentrée, elle l'emmène au lycée de Christchurch North, l'établissement public où elle, son père et l'oncle Ben se sont rencontrés quand ils étaient jeunes. Il accueille près de mille élèves de tous horizons, mais nul doute qu'il est le premier à avoir été aveugle. Le lycée a soixante-dix ans, et on pourrait croire que le principal Mooney y a travaillé pendant tout ce temps. Tandis que sa mère discute avec lui, une enseignante nommée Mlle Franklin fait faire le tour des lieux à Joshua. Elle explique qu'elle était elle-même élève ici il y a moins de dix ans. Elle a des cheveux blonds attachés en queue-de-cheval, une paire de lunettes qu'elle n'arrête pas d'ajuster, et elle déborde tellement d'énergie qu'elle paraît constamment sur le point de piquer un sprint. Elle lui montre le département de mathématiques, le département d'anglais, le gymnase, le terrain de football, la grande salle où ont lieu les assemblées et le département des études sociales. Elle lui explique que pendant sa scolarité elle était capitaine des équipes de netball et de volley, et qu'elle faisait de l'athlétisme. Elle ajoute qu'elle est désormais entraîneuse. Le lycée est fermé, mais quelques élèves déambulent, certains discutant par petits groupes, d'autres se dirigeant vers la limite du parc, certains le dévisageant, d'autres l'ignorant. Elle lui montre la piscine, où l'eau est limpide et parfaitement immobile.

« Tu sais nager ? demande Mlle Franklin.

— Je sais flotter, répond-il. Si je tombais d'un bateau, je pourrais patauger comme un petit chien pendant cinq minutes avant de me noyer. »

Elle rit.

« On peut t'apprendre à faire mieux.

— Vous voulez dire que vous allez me faire tenir six minutes ? » Elle rit encore.

« Peut-être même dix.

— Le problème avec la natation, c'est que je ne savais jamais dans quelle direction j'allais, ni quand le bout de la piscine arrivait. »

Elle lui montre le département des arts, celui des langues, les ateliers de menuiserie et de ferronnerie.

« Tu vas adorer, ici, lui dit-elle. Les autres élèves sont très gentils, très ouverts. Bien sûr, comme dans toutes les écoles, il y a des éléments perturbateurs, mais tu vas te faire un tas de super amis.

— Cool, dit-il, parce qu'il pense que c'est ce qu'elle veut entendre.

— Une dernière chose, cependant, reprend-elle. Toi et ta famille avez fait l'objet de beaucoup d'attention médiatique…

— Plus maintenant.

— Non, mais… mais oui, ça pourrait changer, et si jamais des journalistes viennent te voir ici, tu viens nous prévenir, mais ce que j'allais dire, c'est que les autres étudiants sauront tous qui tu es. Nombre d'entre eux, voire la plupart, je suppose, ne lisent pas le journal. J'étais pareille à leur âge. Mais ce qui est arrivé à ton père et à toi, on n'en parle pas simplement aux infos. On en parle sur les réseaux sociaux, et la plupart des élèves ici ont leur vie qui tourne autour. Ce que je dis, c'est que tu dois t'y préparer, et si ça devient un problème, ou si tu as besoin de quelqu'un à qui en parler, ou si tu as le moindre souci, tu viens me voir, OK ? »

Il lui promet qu'il le fera.

Ils retournent au bâtiment administratif et rejoignent sa mère et le principal Mooney. Hormis le fait qu'on dirait qu'il enseigne depuis soixante-dix ans, ce dernier est habillé comme s'il avait acheté toutes ses tenues à la même époque. Il porte un nœud papillon rouge et des bretelles. Il a également les manches retroussées, laissant paraître des bras si fins qu'ils ressemblent à des manches à balai. Quand ils se serrent la main pour se dire au revoir, Joshua a peur que les os de celle du principal se brisent.

« Tu t'adapteras bien ici, fiston, dit l'homme. Nous avons tous hâte de te compter parmi nous. »

Pendant le trajet du retour, il regarde sa mère conduire, la façon dont ses pieds appuient sur les pédales, la façon dont elle change les vitesses. Ça implique une grande coordination, mais elle semble le faire sans effort.

« Ils avaient tous l'air gentils.

— Je suppose.

— Tu supposes ?

— Je veux dire, ils disent probablement la même chose à toutes les personnes qui s'inscrivent au lycée, non ? Qu'est-ce que tu veux dire d'autre ? "Nous ne sommes pas pressés de t'avoir parmi nous, et les profs détestent les élèves" ? »

Sa mère rit, et il se rend compte à quel point ce son lui a manqué.

« Je vois ce que tu veux dire, dit-elle.

— Tu imagines s'ils étaient aussi honnêtes ? » demande-t-il.

Maintenant, il rit également.

« "Tu n'aimeras pas Mme Smith, parce qu'elle a un poireau sur le visage et qu'elle sent le fromage, et la prof d'arts plastiques n'est pas foutue de dessiner un carré, mais on l'emploie parce qu'elle nous procure de la drogue bon marché."

— Ou : "Le prof de ferronnerie a appris tout ce qu'il sait en prison", dit-elle.

— Je veux apprendre à conduire, déclare-t-il.

— Pardon ?

— Je veux…

— J'ai entendu. Je… je m'y attendais un peu, mais pas si vite.

— J'ai l'âge, dit-il. Et avec tout ce qui se passe, j'ai besoin de quelque chose qui me tienne à cœur. Le lycée va être difficile, mais apprendre à conduire m'aidera à le surmonter. »

Elle rit.

« Quoi ?

— Tu es finalement devenu un adolescent, dit-elle.

— Comment ça ?

— Tu essaies de me manipuler. Tu utilises l'angoisse que t'inspire le fait d'aller dans un nouveau lycée pour me convaincre de t'apprendre à conduire.

— Ça fonctionne ?

— Oui, répond-elle. Et tu as raison. Disons que tu vas prendre tes marques au lycée, étudier et obtenir ton permis provisoire, et je te paierai quelques leçons. Ça te va ?

— Marché conclu. »

19

Ils se rendent à l'hôpital. Mardi, le Dr Toni les a informés qu'ils n'avaient plus besoin de venir quotidiennement et qu'ils pouvaient laisser passer deux jours entre les rendezvous. Il y a deux semaines, quand on lui a enlevé ses pansements, l'hôpital et tout ce qui l'entourait semblaient magnifiques. Il s'émerveillait de chaque chose. Désormais il perçoit la banalité aussi bien qu'un autre. Il en a assez de venir ici et espère que bientôt le Dr Toni espacera les rendez-vous d'une semaine, puis d'un mois, puis d'un an.

Ils s'engagent sur le parking et découvrent que la seule place gratuite est en partie occupée par l'utilitaire stationné sur l'emplacement d'à côté.

« Ça, ça s'appelle se garer comme un cul », déclare sa mère. C'est la première fois qu'il l'entend parler grossièrement. « Juste au cas où on te le demanderait quand tu passeras ton permis. »

Ils se garent dans la rue et marchent. À l'intérieur, ils prennent l'ascenseur pour se rendre au bureau du Dr Toni et sont forcés de tuer le temps dans la salle d'attente. Joshua soulève un magazine de ragots et le feuillette. Au cours des dernières semaines, il a vu énormément de personnes de ce genre – des vedettes de la téléréalité qui sont célèbres pour des raisons qu'il ne comprend pas, des gens qui gagnent des millions de dollars pour être ce qu'ils sont – et il se demande comment quelqu'un peut être si incroyablement riche en faisant si peu de choses quand son père qui est mort pour son pays n'a jamais touché une fraction de ces fortunes. Comment les athlètes et les stars du cinéma peuvent-ils gagner plus que les infirmières et les enseignants ? Il continue de lire, uniquement pour s'entraîner. Un magazine de ce genre – il ne bute sur aucun mot.

Au bout de quinze minutes, le Dr Toni pénètre dans la salle d'attente et leur fait un grand sourire.

« Comment ça va, Joshua ? On dirait que les bleus ont disparu. »

Il l'avait remarqué. Chaque jour depuis qu'on lui a ôté ses pansements il s'est regardé dans le miroir pour suivre leur évolution. Il lui dit qu'il va bien, lui demande comment elle se porte, et elle répond la même chose. Il prend un siège et lit la table optométrique, qui comporte désormais des lettres au lieu de formes. Il atteint l'avant-dernière ligne avec son œil gauche.

« Toujours pas de maux de tête ni rien ?

— Rien. »

Ils passent à l'œil droit. Le résultat est le même qu'au premier jour.

Derrière son bureau, le médecin lui sourit.

« Avec mes patients, et avec tous les transplantés en général, les donneurs sont évalués. Nous devons être sûrs que les organes sont sains. Malgré tout, on peut avoir des surprises. Je sais que vous pensez que

Mitchell avait une vue parfaite, dit-elle en regardant sa mère, mais il est possible que ça n'ait pas été le cas.

— Est-ce que ça pourrait être autre chose? demande sa mère.

— Il est peu probable que l'œil ait été abîmé pendant l'opération, et je sais que l'intervention s'est bien déroulée. Il pourrait s'agir d'amblyopie, ou de quelque chose d'équivalent.

— C'est-à-dire? demande la mère de Joshua.

— Une personne sur trente en est atteinte. C'est quand les deux yeux n'ont pas la même force, si bien que le cerveau ignore le nerf optique du plus faible. Si tel est le cas, il ne se renforcera pas tout seul. Joshua, dis-moi exactement ce que tu vois avec ton œil droit.

— Des formes et des couleurs, mais rien de net. Par exemple, si vous étiez assise à côté de moi, je saurais que quelqu'un est là, mais je ne pourrais pas dire qui.

— Les autres personnes que vous avez opérées, demande sa mère, ont-elles connu des difficultés semblables?

— Non, répond le Dr Toni. Mais je suggère d'attendre un peu. Une option que nous pourrons envisager dans un avenir proche, si vous le voulez, sera de couvrir le bon œil en espérant que le plus faible se renforcera.

— Couvrir? demande Joshua.

— Tu porterais des lunettes avec un patch sur le bon œil. C'est ce qu'on tente avec les enfants. Ça signifie que tu ne peux voir qu'avec ton mauvais œil, dans le but que le nerf s'améliore afin que tes deux yeux soient aussi forts l'un que l'autre.

— Je serai de nouveau aveugle, dit-il.

— Pas aveugle, non.

— Mais je ne verrai que des couleurs et des formes.

— Dans l'espoir de gagner en force. »

Cette idée le rend malade.

« Je ne peux pas.

— Combien de temps ça prendrait ? demande sa mère.

— Difficile de savoir. Dans de nombreux cas, avec les enfants, ça ne fonctionne pas, mais on parle de petits de sept ans ou moins. C'est difficile de leur faire porter le patch. Avec les adultes – eh bien, ça pourrait prendre un peu de temps. Un an ou deux, et encore. Comme l'opération que tu as eue, le traitement de l'amblyopie chez les adultes demeure une avancée récente de la technique médicale.

— Je ne veux pas de patch, déclare-t-il. Vraiment, je n'en veux pas, je suis heureux comme ça. Plus qu'heureux.

— On en reparlera bientôt, dit le Dr Toni.

— Je ne peux pas porter de patch à ma nouvelle école. Je ne peux pas être différent. »

Elle lui donne des gouttes pour dilater ses pupilles, puis le fait asseoir devant une machine dotée de lentilles dans lesquelles il regarde. Il suit ses instructions et regarde à gauche et à droite pendant qu'elle l'examine.

« Tout a l'air parfait, conclut-elle. Et si je te récompensais en te disant que je n'aurai pas besoin de te voir avant vendredi prochain ? Qu'est-ce que tu en dis ? »

Il sourit.

« Génial.

— Je vais essayer de ne pas être trop vexée », dit-elle en lui retournant son sourire.

Elle les raccompagne à la porte, mais sa mère s'arrête alors.

« Il y a autre chose, dit-elle.

— Maman…

— Il faut que je demande.

— Tu as promis de ne pas le faire.

— Je sais, mais nous devons savoir.

— Savoir quoi ? demande le Dr Toni d'un air inquiet.

— Nous avons lu des articles en ligne sur la mémoire des organes, dit sa mère.

— Vous parlez de la mémoire cellulaire ? Quand certaines personnes croient que les souvenirs sont stockés non seulement dans le cerveau, mais également dans toutes les cellules ?

— Exactement. Les preuves sont anecdotiques, mais je veux savoir, quel est votre avis sur le sujet ?

— Je n'en ai pas vraiment. Ce n'est pas une chose dont j'ai eu l'expérience. Pourquoi demandez-vous ça ? Vous croyez que c'est ce qui arrive à Joshua ?

— On ferait probablement mieux d'y aller, déclare ce dernier.

— C'était le jour où on lui a ôté son pansement, poursuit sa mère. Joshua n'avait jamais vu Ben, mais quand il l'a vu arriver en voiture il l'a reconnu. Comment est-ce possible ? »

Le médecin ne dit rien tandis qu'elle envisage une explication. Joshua y a réfléchi encore et encore, mais il n'a pas trouvé de réponse. Du moins aucune qui fasse sens.

« Vous devez avoir prononcé son nom sans vous en rendre compte, dit le médecin. Les moments de choc peuvent nous jouer des tours. Ce que nous disons, ce dont nous nous souvenons, ce que nous refoulons, tout ça peut créer une confusion.

— Non, réplique sa mère. Ce n'est pas ce qui s'est passé.

— Joshua a connu Ben toute sa vie, n'est-ce pas ?

— Oui.

— Et vous lui avez décrit à quoi il ressemble, j'imagine, à plus d'une occasion ?

— Certes. Mais il ne savait pas ce que signifiaient ces descriptions, pas vraiment.

— Quand les pansements ont été ôtés, les descriptions qu'on lui a faites des gens ont commencé à avoir plus de sens. Des informations accumulées sont devenues pertinentes. Le cerveau est une chose incroyable, dit le Dr Toni. Il a la capacité de faire toutes sortes de rapprochements. D'après moi, tout ce qu'il avait appris sur Ben a trouvé sa place, et il a reconnu la description. Est-ce que ça s'est reproduit ?

— Non.

— Alors il est tout aussi possible qu'il aurait pris pour Ben une autre personne qui lui aurait vaguement ressemblé, mais il s'est avéré que c'était lui. Est-il arrivé dans une voiture de police ?

— Oui, répond Joshua.

— Il me semble qu'il s'agissait plus d'une association de souvenirs, et qu'il est tombé juste. Je pense que ça vaut le coup de considérer ces possibilités avant de parler de mémoire cellulaire.

— Je comprends la logique, dit sa mère.

— Et souvenez-vous, déclare le Dr Toni, toutes les preuves anecdotiques que vous lisez sont anecdotiques pour une raison. »

20

« Je croyais qu'on avait convenu de ne le dire à personne, maugrée Joshua tandis qu'ils montent dans l'ascenseur.

— Je sais », répond sa mère.

Puis, d'une voix beaucoup plus douce :

« Je suis désolée.

— Maintenant, elle va croire que je suis bizarre.

— Elle ne croira pas ça, mon chéri, mais il fallait le lui dire. J'aurais dû le faire plus tôt. »

Ils sortent de l'ascenseur. Il y a des bandes de diverses couleurs peintes sur le sol pour guider les visiteurs vers les différentes zones de l'hôpital. Ils suivent la verte jusqu'aux soins intensifs. Il y a tant d'émotion et de douleur dans l'air, et aussi de l'espoir, un espoir factice, et le sentiment que la Mort est en train de feuilleter la liste des patients pour savoir lequel emmener en balade. Les personnes venues voir leurs êtres chers tournent en rond avec des mines sombres, et quand elles parviennent à esquisser un sourire, il n'y a aucune chaleur dedans. Les infirmières et les médecins qui travaillent ici sont extraordinaires. Il se demande comment ils font pour rester aussi forts. C'est dans ce service qu'Erin est soignée. Elle est dans une chambre privée, reliée à un tas de machines qui contrôlent ses fonctions vitales. Sa tête a été rasée, exposant des plaies recousues et des ecchymoses. Des parties de son corps sont recouvertes de bandages, et d'autres, de plâtre. Son corps est en traction, avec ses deux jambes et son bras droit surélevés. Elle a la colonne fracturée, des côtes cassées, les jambes brisées et le cerveau gonflé. Même si elle parvient à sortir du coma sans lésion cérébrale importante, des mois, voire des années de rééducation l'attendent. L'une des machines reliées à elle contrôle son pouls, produisant un bip constant et doux. Il se demande si elle rêve, et si c'est le cas, il espère que ce n'est pas de la chute.

Il y a tout un tas de cartes de bon rétablissement, la plupart représentant des fleurs ou des ours en peluche avec des pansements sur les bras. Il y a aussi beaucoup de fleurs, toutes manifestement fraîches, comme si elles avaient été livrées aujourd'hui. Michelle s'assied à côté du lit et Joshua s'appuie contre le rebord de la fenêtre. Celle-ci donne sur le parking et, au-delà, sur le parc de l'hôpital. Certains arbres ont commencé à changer de couleur. Par le passé, l'automne signifiait un temps frais et le craquement des feuilles sous les pieds, rien de plus. Il ne savait pas que ça pouvait être un chaos si magnifique.

« Qu'est-ce que tu as pensé de l'explication du Dr Toni ? » demande sa mère.

Il se retourne vers elle.

« Ça a du sens. Ma crainte est que les médecins commencent à me lorgner comme leur prochaine expérience médicale.

— Ça n'arrivera pas.

— Si, s'ils croient que la mémoire cellulaire existe. Ils voudront m'étudier.

— Je suis sûre que non.

— Les scientifiques veulent toujours étudier ce genre de truc. Généralement pour de mauvaises raisons.

— Seulement dans les livres que tu lis, réplique-t-elle. Dans la vraie vie, ils ne vont pas te sangler et te découper.

— Non ?

— Ils te poseront peut-être des questions et effectueront quelques tests, mais c'est tout.

— Qu'est-ce qui est tout ? demande l'oncle Ben en entrant dans la chambre. De quoi vous parlez ? »

Sa mère se lève et l'étreint.

« Comment vas-tu ?

— Ça va », répond-il, mais le son de sa voix, la façon qu'il a de se tenir voûté indiquent à Joshua que ça ne va pas du tout.

S'il était encore aveugle, il aurait pris l'oncle Ben au mot – mais il est en train d'apprendre que les gens en disent souvent plus quand ils ne disent rien.

Ben serre la main d'Erin avant d'aller s'appuyer au rebord de fenêtre à côté de Joshua.

« De quoi vous parliez ? demande-t-il. De mémoire cellulaire ?

— De rien, répond Joshua.

— Ça n'avait pas l'air d'être rien. J'ai déjà entendu ce terme. C'est comme quand un type qui reçoit le cœur d'un pianiste concertiste veut soudain se mettre au piano, exact ? » Il se tourne vers Joshua.

« C'est ce qui t'arrive, gamin ? Tu as une envie soudaine de rejoindre la police ? »

Joshua secoue la tête.

« Non. C'est rien.

— Bon, si c'est rien, alors ça doit pas être trop difficile à expliquer.

— Le jour où Erin a été amenée à l'hôpital, intervient sa mère, nous étions dehors dans le parc. Les pansements de Joshua venaient d'être ôtés. On a vu l'ambulance arriver. On t'a vu arriver.

— Et ?

— Et Joshua t'a reconnu. »

Le sourire sur le visage de Ben s'évanouit. Il serre les lèvres et le commencement d'un froncement de sourcils apparaît.

« Tu m'as reconnu ?

— Je ne sais pas comment, dit Joshua.

— Ta mère a dû dire quelque chose.

— Je n'ai rien dit, réplique celle-ci.

— Peut-être que tu l'as fait sans t'en rendre compte.

— Je te dis que ça ne s'est pas passé comme ça. »

Le froncement de sourcils de Ben se creuse.

« Comment c'est possible ? Tu crois que c'est cette théorie de la mémoire cellulaire ? Tu crois que ça existe ?

— Selon la moitié des recherches sur Internet, c'est réel, déclare sa mère.

— Et l'autre moitié ? demande Ben.

— L'autre moitié pense que c'est des conneries, dit Joshua.

— Joshua !

— Désolé, maman, mais c'est vrai. On en a parlé au Dr Toni. Elle croit que j'ai dit ça au hasard et que j'ai juste eu un coup de pot, parce que tu étais dans une voiture de police.

— Mémoire cellulaire, dit Ben. Donc, est-ce que tu as reconnu quelqu'un d'autre ou autre chose?

— Rien, vraiment.

— Réfléchis, insiste Ben.

— C'est ce que je fais.

— Réfléchis plus, le pousse Ben d'une voix crispée.

— Ben… », dit sa mère.

Le policier jette un coup d'œil dans sa direction.

« C'est important », déclare-t-il d'un ton sec. Puis il soupire, se tourne de nouveau vers Joshua et poursuit : « Écoute, c'est sérieux. J'ai besoin de savoir, est-ce qu'il y a eu autre chose? Quoi que ce soit?

— Non, répond Joshua.

— Tu es sûr?

— Il a dit non, Ben.

— Il y a des rêves », déclare Joshua.

La pièce devient silencieuse, à l'exception du léger bip du moniteur de fréquence cardiaque.

« Quels rêves? demande Ben.

— J'ai commencé à les faire avant qu'on m'enlève les pansements, et… Tu te souviens, après avoir vu l'oncle Ben et Erin, quand on est retournés dans ma chambre? Tu te souviens de ce qu'on a fait?

— Je t'ai montré des photos, répond sa mère.

— Tu m'as montré papa. »

Il se rappelle avoir songé sur le coup qu'il regardait un homme mort à travers les yeux de cet homme mort. Hormis les yeux, qui appartenaient à Mitchell, il y avait d'autres similitudes dans la famille. Mêmes cheveux noirs ondulés, même mâchoire, mêmes pommettes. Il voit également ces traits chez son grand-père. Sa grand-mère lui a dit qu'il avait le même sourire que sa mère biologique, et aussi le même rire. Elle a ajouté qu'il marchait même comme son père quand il était jeune, et en lui disant ça elle souriait, mais il y avait aussi de la tristesse.

« Et ? demande l'oncle Ben.

— C'est à ce moment que ça m'est venu. Après l'opération, j'ai cessé de rêver de formes et je me suis mis à rêver de gens. Y compris de papa.

— Tu dis que tu as reconnu d'autres personnes ?

— Je savais qui était maman. » Il la regarde. « Quand les pansements ont été enlevés, je t'ai tout de suite reconnue.

— Vraiment ? Pourquoi tu n'as rien dit ?

— Ça ne… » Il hausse les épaules. « Je ne sais pas. Je crois que je n'en avais pas vraiment conscience. Je me souviens que tu me semblais familière, mais je ne me suis pas demandé pourquoi. Avec tout ce qui se passait… Je ne sais pas. Je n'y ai juste pas réfléchi.

— Tu es sérieux ? dit l'oncle Ben.

— Ce n'est pas tout. Dès qu'on a quitté l'hôpital et qu'on est allés chez mes grands-parents, j'ai commencé à utiliser Internet. J'ai cherché l'homme qui avait tué papa. »

La pièce devient de nouveau silencieuse. Son regard passe de sa mère à l'oncle Ben. Ils le fixent, captivés par ce qu'il dit. Ou, pour être plus précis, par ce qu'il est sur le point de dire.

« Dès que je l'ai vu, j'ai su que c'était lui. Je sais que vous pensez que comme je l'avais cherché, je savais qui j'allais voir. Mais l'oncle Ben m'a demandé s'il y a eu d'autres personnes, et il y en a eu.

— Qui ? demande sa mère.

— Je me suis également reconnu.

— L'homme qui a tué ton père, intervient l'oncle Ben. Qu'est-ce qu'il faisait dans le rêve ? Est-ce que tu as vu ce qui est arrivé à ton père ?

— Je ne veux pas en parler.

— Je t'en prie, Joshua, c'est important.

— Mais ça n'a aucun sens. Même si on croit à la mémoire cellulaire, ça n'a aucun sens.

— De quoi ?

— Je l'ai vu mourir, dit-il, tentant de ne pas pleurer tandis qu'il se remémore clairement la scène. J'ai vu ces clous être tirés sur lui, puis je l'ai vu tomber. Mais c'est impossible, n'est-ce pas ? Je ne devrais voir les choses que du point de vue de papa. Je vois… je vois aussi comment ce Simon Bower a regardé mon père. Je le vois comme s'il me regardait. Je le vois qui se tient au-dessus de moi, puis qui me pousse avec son pied. Je vois l'expression sur son visage, cette expression complètement froide tandis que… que papa tombe. Mais je vois aussi l'expression de papa. Il était confus. Il avait peur. Il savait ce qui allait arriver. »

Sa mère est devenue totalement blême. Elle se met à trembler.

« Je me rappelle avoir baissé les yeux et vu les clous, comme s'ils ressortaient de ma poitrine, mais en même temps je me souviens avoir pointé le pistolet à clous sur lui. C'est ce que je veux dire quand… » Sa voix se coince un moment, mais il s'efforce de poursuivre. « C'est ce que je veux dire quand j'affirme que rien de tout ça n'a de sens. »

21

Au cours des deux semaines qui ont suivi sa rencontre avec Erin sur le toit du parking, Vincent a fait deux choses tout en refusant d'en faire une troisième. La première, c'est qu'il a paniqué. Erin a survécu à un plongeon mortel parce que la chance s'en est mêlée, transformant une grande chute en deux plus petites grâce aux lettres géantes attachées au mur. La seconde de ces plus petites chutes aurait tout de même dû la tuer – et c'est ce qui serait arrivé si elle n'avait pas atterri sur un pauvre abruti qui se trouvait sur le trottoir et a amorti le choc.

Pour une raison ou pour une autre, le Destin a décidé de maintenir Erin en vie, et quand le Destin vous joue un tour à la con de ce genre, il y a souvent une raison, et il sait que celle-ci pourrait être que la femme se réveille miraculeusement pour l'identifier.

La seconde chose que Vincent a faite, c'est qu'il a bossé sur l'inspecteur Ben Kirk. Anéantir totalement quelqu'un émotionnellement nécessite de la préparation. Ça nécessite aussi une liste. Sur cette liste figurent les noms des parents de Ben, de ceux d'Erin Murphy, du nouvel équipier de Ben, de l'épouse de son équipier mort, du fils de ce même équipier, de ses amis, de ses tantes, de trois oncles, et même de son chat. Le chat sera peut-être épargné, mais toutes les autres personnes sur cette liste auront droit à leur propre numéro sur un toit – même s'il sait qu'il ne peut pas refaire le coup du toit. Ça créerait un mode opératoire et ça permettrait à la police de constituer sa propre liste – de suspects, cette fois. Pour le moment, à en croire les infos, les flics ne savent pas si elle a sauté, si elle est tombée ou si on l'a poussée.

La troisième chose – celle qu'il a refusé de faire –, c'est se trouver un boulot. Être sans emploi lui laisse plus de temps pour se concentrer sur la folie, car il sait que c'est de ça qu'il s'agit – une grosse boule de folie dans sa tête, qui ne s'en ira qu'une fois qu'il en aura fini avec Ben. Le truc, c'est qu'il est heureux avec cette folie. Il ne veut pas qu'elle s'atténue. Tout a commencé avec Ruby dans les bois, et il veut voir jusqu'où il peut la pousser. De toute manière, il a quelques économies. Pas beaucoup, mais suffisamment pour finir ce qu'il a commencé.

Il franchit l'entrée principale de l'hôpital. Il y a des caméras de surveillance à l'avant et d'autres disséminées à l'intérieur. Vincent a garé sa bonne à rien de bagnole débile à un kilomètre et demi de là et parcouru le reste du chemin à pied, songeant que les vrais méchants dans cette ville ne sont pas ceux qui balancent les femmes depuis des toits mais ceux qui fixent le prix des parcmètres. Au moins, sa voiture ne sera pas filmée par une caméra. Aujourd'hui, il a opté pour un jean qu'il jettera quand il aura accompli sa mission et une chemise noire à manches longues qui aura droit au même traitement. Il porte une casquette de base-ball bien vissée sur son crâne, laissant seulement voir les cheveux autour de sa tête, qu'il a saupoudrés de talc pour les faire paraître gris. Il en a aussi mis dans sa barbe. Il a entre les mains des fleurs qu'il a volées dans le cimetière lorsqu'il est allé voir Simon plus tôt dans la matinée. Il les tient devant la poitrine pour dissimuler son visage. Il prend l'ascenseur et pénètre dans le couloir du service des soins intensifs juste à temps pour voir le fils et la femme de l'inspecteur Logan marcher vers lui. Ils ne lui prêtent aucune attention en passant à côté de lui.

Il s'attarde à l'extérieur des soins intensifs, tenant les fleurs dans une main et son téléphone portable contre son oreille de l'autre, faisant comme s'il avait une conversation importante. Comme personne ne fait attention à lui, il entre dans la chambre d'Erin.

« Pourquoi tu n'es pas morte sur ce trottoir ? »

Elle ne répond pas. Ne bouge pas, ne sursaute pas, ne fait rien si ce n'est occuper un lit d'hôpital et donner à un tas de machines quelque chose à surveiller. S'il la tuait maintenant, elles se mettraient à biper comme pas possible. Les médecins et les infirmières se précipiteraient pour la sauver.

C'est pour ça qu'il a apporté les fleurs.

Il se dirige vers les toilettes devant lesquelles il est passé plus tôt dans le couloir.

22

Le Dr Toni est assise avec les pieds relevés sur le coin de son bureau. Elle regarde dehors mais ne prête aucune attention à la vue. Elle tapote un crayon sur son genou, composant un message en morse aléatoire, tandis qu'elle réfléchit à Joshua. Elle pense à l'opération et au fait qu'un œil fonctionne mais pas l'autre. Les différents chirurgiens ont obtenu des résultats divers au cours des deux dernières années. La plupart des interventions ont été couronnées de succès. Il y a eu quelques rares échecs, et certaines ont donné un résultat mitigé. Le fait qu'un œil fonctionne et pas l'autre n'est pas inédit, et l'opération sera considérée comme une réussite, même si elle est déçue qu'elle ne se soit pas passée exactement comme elle voulait. La communauté scientifique comprendra qu'il peut y avoir plusieurs causes probables et ne remettra pas en question sa technique, ni ne repoussera de futures interventions.

Depuis la greffe de Joshua, elle a été inondée de demandes d'interview. Elle a aimé être sous les projecteurs quand elle a effectué la première opération en Nouvelle-Zélande – bon sang, à l'époque l'hôpital a même tenu une conférence de presse et sa photo est parue dans tous les journaux, si bien qu'elle ne pouvait pas faire autrement. Mais cette fois-ci, la dernière chose qu'elle veut, c'est se retrouver devant une caméra. Vu ce qui est arrivé à Mitchell Logan, et vu ce qu'ils ont fait à l'homme qui l'a tué, elle veut qu'on lui fiche la paix et qu'on oublie cette histoire.

Un coup frappé à la porte l'arrache à ses réflexions. Elle fait pivoter son fauteuil, et avant qu'elle puisse dire quoi que ce soit, la porte s'ouvre. Ben Kirk entre dans son bureau. On dirait qu'il a passé la nuit dans une machine à laver en mode essorage. Il a perdu du poids, n'est pas rasé, ses cheveux sont en bataille. Il n'a de toute évidence pas beaucoup dormi. Elle connaît Ben depuis longtemps – ils sont sortis ensemble pendant quelques années quand ils étaient jeunes adultes, et la seule fois où il a eu une aussi sale tête, c'est quand son frère est mort.

« On peut parler ?

— Tu as mauvaise mine, dit-elle.

— Alors j'ai la tête de ce que je ressens, répond-il, et il s'affale sur la chaise devant le bureau.

— Je sais que tu es débordé en ce moment, Ben, mais tu devrais vraiment dormir un peu, sinon tu ne seras d'aucune utilité à Erin.

— J'essaie.

— Peut-être que tu devrais parler à quelqu'un, suggère-t-elle. Je peux te donner le nom d'une personne qui pourrait…

— Ça va aller, coupe-t-il, et puis, je suis ici pour parler de Joshua, pas de moi.

— Je pense néanmoins que tu devrais…

— Je sais. Et je le ferai, je vais me faire prescrire des somnifères et…

— Il ne s'agit pas juste d'ordonnance, Ben, il s'agit de parler à quelqu'un.

— Pour le moment je veux discuter de Joshua.

— OK, soit.

— Cette histoire de mémoire cellulaire, est-ce que c'est sérieux ?

— Ils t'en ont parlé ?

— À l'instant, répond-il.

— Tu les crois ?

— Le gamin n'a aucune raison d'inventer tout ça. C'est un brave gosse. Je pense qu'il croit à ce qu'il dit, mais je sais grâce à mon boulot que les gens s'emmêlent les pinceaux dans leurs souvenirs.

— C'est aussi mon avis, il mélange juste les choses.

— Donc ça ne te semble pas possible ?

— Je pense que c'est peu probable.

— Et les rêves ?

— Quels rêves ? demande-t-elle.

— Il ne t'en a pas parlé ? »

Elle secoue la tête. Il lui raconte les rêves. Elle écoute en silence.

« C'est intéressant, dit-elle lorsqu'il a fini. Mais ce sont des rêves. Personne ne peut les expliquer. Il se passe toutes sortes de choses dingues quand on dort.

— Si la mémoire cellulaire existe, alors Joshua a vu la dernière chose que son père a vue avant de mourir. »

Elle se penche en arrière. Elle ne tapote plus le crayon sur son genou. À la place, elle s'enfonce la gomme dans le menton, comme si elle soutenait sa tête. Ben n'est pas ici pour parler de Joshua. Il est ici pour discuter d'autre chose.

« J'ai un très mauvais pressentiment quant à tes intentions.

— Je ne crois pas.

— Tu es convaincu que quelqu'un a poussé Erin du toit.

— Quelqu'un l'a fait.

— Et maintenant tu crois que si tu avais ses yeux ça te donnerait une chance de voir la personne responsable.

— Il ne m'en faudrait qu'un.

— Bon Dieu, Ben…

— Je sais l'impression que ça donne.

— Non, je ne crois pas.

— Je sais que ça semble extrême.

— Non, Ben, ça semble dingue.

— Ce n'est pas dingue.

— C'est pire que ça, Ben, je suis désolée, mais c'est la vérité. Tu ne sais pas s'il y avait quelqu'un d'autre.

— Il y avait quelqu'un, réplique-t-il.

— Même si tu as raison, tu ne sais pas si elle l'a vu et – en admettant qu'elle l'ait vu – nous ne savons même pas si la mémoire cellulaire existe.

— Alors on fait nos devoirs et on vérifie.

— Même si par hasard elle existait, tu ne peux pas contrôler ce que tu verras. Tu pourrais voir quelqu'un qu'elle a rencontré au supermarché la veille, et soudain tu jugerais la personne responsable.

— Mais…

— Laisse-moi finir, dit-elle, parce que nous n'avons pas encore abordé la question de l'éthique, sans parler des possibles complications, du fait que je me ferais virer, puis que je serais discréditée, et qu'en plus ça mettrait en danger les opérations à venir. Il y a aussi…

— On est au-delà de l'éthique, riposte-t-il. Tout ce qu'on a fait…

— Épargne-moi ça, coupe-t-elle en pointant le crayon sur lui. Ne sois pas là à me dire qu'on est au-delà de l'éthique quand tout ce que j'ai accepté de faire était ton idée. » Elle s'enfonce dans son fauteuil. « Parfois, je ne sais même pas comment Mitchell et toi avez fait pour m'embarquer là-dedans.

— Tu sais exactement comment », dit-il, et il a raison.

Elle le sait.

« Notre boulot », poursuit-il en s'enfonçant à son tour dans sa chaise. Elle ne croit pas avoir déjà vu quelqu'un dans une telle douleur émotionnelle. « Il est réactif. Nous nous intéressons aux gens après qu'ils ont souffert. Ce serait une manière pour nous de devenir proactifs. Une manière d'aider.

— J'ai cru à cette phrase au début, déclare-t-elle. Si je ne l'avais pas fait, rien de tout ça n'arriverait.

— Nous avons aidé beaucoup de gens.

— À quel prix.

— Tu ne peux pas donner de prix à quelque chose comme ça.

— Non ? Tu ne peux pas donner de prix à ton âme ? Voilà l'impression que j'ai, Ben.

— Ces gens étaient mauvais, Toni, et maintenant ils ne sont plus là, et à la place nous avons des gens bien, dit-il d'une voix dure. Je n'ai pas vendu mon âme, et je dors mieux maintenant. »

Ce Ben n'est pas celui qu'elle a aimé il y a tant d'années. Ce qu'il est en train de faire n'aurait jamais semblé possible au Ben du passé, mais ce qu'elle est en train de faire n'aurait jamais semblé possible non plus à la Toni du passé. Parfois elle se demande à quoi aurait ressemblé la vie s'ils étaient restés ensemble. Il lui a brisé le cœur quand il l'a quittée pour voyager. À son retour cinq ans plus tard, elle n'était plus en colère après lui, et on ne peut naturellement pas en vouloir à quelqu'un qui rentre chez lui pour passer du temps avec son frère mourant. Elle était aussi bien trop accaparée par ses études pour s'accrocher à ce genre de ressentiment. Ce qu'il y avait eu entre eux avait disparu pour lui, mais pas, s'avérait-il, pour elle. Il y avait – il y a – toujours quelque chose, et c'est pourquoi elle a accepté de les aider quand Mitchell et lui ont fait appel à elle il y a cinq ans.

Tout ça, songe-t-elle, a commencé avec le frère de Ben, Jesse.

Maintenant Ben a Erin, et elle est heureuse pour lui. Pour eux deux. Mais elle se demande si Erin sait ce qui le fait si bien dormir la nuit.

« S'il te plaît, Toni, je l'aime. Je sais que je n'ai aucun droit de te demander ça, surtout à cause de… eh bien, à cause de notre passé, mais elle est tout pour moi.

— Notre passé n'a rien à voir avec ça », réplique-t-elle, et elle se demande s'il a déjà ressenti la même chose pour elle.

Elle ne pense pas. S'il l'avait fait, il ne se serait pas levé ce vendredi matin pendant l'été de leur jeunesse pour lui annoncer devant des pancakes qu'il lui avait préparés ses projets de voyage. Il n'a jamais dit « Je te quitte ». Non, il a dit « J'espère que tu seras heureuse pour moi ».

« Si c'était simple, je le ferais. Tu sais que je le ferais. Mais ça… c'est trop. Tu ne peux pas t'attendre à ce que je lui ôte un œil puis que je te le greffe pendant suffisamment longtemps pour que tu aies une vision avant de le lui remettre. Ce n'est pas comme brancher une télé, Ben. On parle d'opérations sérieuses avec un temps de guérison long et des risques réels.

— J'ai besoin de savoir ce qui s'est passé.

— Je sais. » Sa voix s'adoucit. « Je sais, et je sais que tu l'aimes, mais ce que tu me demandes n'a rien à voir avec l'amour. Il s'agit de vengeance. Écoute-toi. Tu me demandes d'infliger un traumatisme encore plus grand au corps d'Erin. Et si quelque chose se passait mal pendant l'opération ? S'il y avait une infection et qu'elle était trop faible pour lutter ? Si elle mourait ? Qu'est-ce qui se passerait ? Si en cherchant des réponses tu finissais par la tuer ? Qu'est-ce qui se passerait, Ben ? Qu'est-ce qui se passerait ?

— Je ne peux pas la perdre. Mais je ne peux pas… je ne peux pas ne pas savoir ce qui s'est passé.

— Alors fais ton boulot et trouve une autre manière de le découvrir.

— C'est tout ce que j'essaie de faire. »

Il soupire, puis enfonce la tête entre ses mains pendant quelques secondes avant de la regarder de nouveau.

« Je suis désolé d'avoir fait appel à toi.

— C'était une idée folle, dit-elle, mais il fallait que tu demandes.

— Non, pas pour Erin. Je veux dire que je suis désolé d'avoir fait appel à toi il y a cinq ans. Je sais que ça a été dur. »

Elle ne sait pas comment répondre. Elle aurait aimé qu'il ne le fasse pas. Mais elle ne peut pas nier qu'il a raison pour une chose : il y a de braves gens qui sont en vie alors qu'ils seraient morts sans eux. Elle cherche toujours quoi dire quand l'alarme incendie se déclenche. Sans la moindre hésitation, Ben bondit de sa chaise et se précipite dans le couloir.

23

De la fumée sort de sous la porte des toilettes. De l'autre côté, les fleurs que Vincent a apportées, ainsi que tous les rouleaux de papier toilette qu'il a pu trouver, sont en feu. Il les a arrosés d'essence à briquet avant d'ôter le carré de la poignée de la porte pour qu'elle tourne dans le vide si quelqu'un tente de l'actionner. La porte ne s'ouvrira pas.

Il marche calmement jusqu'à la chambre d'Erin. Il sort la seringue de sa poche, tire sur le piston pour que le tube se remplisse le plus possible d'air. Et il attend.

Quelqu'un déclenche l'alarme incendie.

Il lui plante la seringue dans le cou.

Il appuie le plus vite possible sur le piston.

Rien ne se passe.

Vincent est déconcerté.

Hors de la chambre, il entend des cris, de la confusion et une grande agitation. L'alarme incendie fait beaucoup de bruit, un *whoop-whoop* plaintif avec la deuxième partie du *whoop* qui monte dans les aigus et gagne en intensité. Les gens courent dans tous les sens. Certains s'éloignent de la fumée, d'autres se précipitent vers elle.

Il replace la seringue dans sa poche. À en croire toutes les émissions criminelles, quand quelqu'un injecte une bulle d'air dans sa victime, l'effet est rapide. Si la bulle est suffisamment grosse, elle peut se loger dans le flux sanguin et l'obstruer, ce qui peut mener à une crise cardiaque. Il a aussi lu des articles là-dessus en ligne. Tout dépend de la quantité d'air et de la vitesse à laquelle il est injecté. Parfois c'est fatal, et parfois non. Si ça fonctionne, ça peut être indétectable lors d'une autopsie. Dans le cas d'Erin, dont la chute a probablement broyé chaque organe de son corps et brisé chacun de ses os, pourquoi iraient-ils chercher une autre cause de décès ?

Pourquoi ça ne fonctionne pas ?

Peut-être que ça prend du temps. Peut-être que ça prend trente secondes, ou cinq minutes, ou une heure. Ou alors peut-être que ça ne marche pas et que c'est comme ces mythes qu'on raconte aux gosses pour les effrayer mais qui sont complètement ridicules, comme cette histoire d'araignées qui pondent des œufs dans vos oreilles, et leurs bébés vous rongent le cerveau en sortant.

Il doit faire quelque chose.

Il y a un meuble à tiroirs contre le mur, avec du matériel médical posé dessus. Il attrape un rouleau de bande. Il va la lui enfoncer dans la bouche et la tuer par suffocation. Certes, ce ne sera pas subtil, mais il est ici et il ne va pas s'en aller sans avoir terminé le boulot. Il ne peut pas risquer qu'elle se réveille et se souvienne de ce qui s'est passé.

Il roule la bande en boule.

Mais avant qu'il puisse lui ouvrir la bouche, la machine qui surveille son cœur s'emballe.

24

Ben atteint la cage d'escalier car il ne veut pas prendre l'ascenseur s'il y a un incendie. Il se représente le rez-de-chaussée en flammes et des gens cherchant à gagner le toit. Il se figure des fenêtres brisées, des échelles montées et de l'eau pompée dans chaque pièce. Son imagination lui envoie ces images, et dans chaque scénario Erin est en train de brûler.

Il saute les dernières marches, pousse la porte des soins intensifs et voit immédiatement que c'est le centre de toute l'agitation. Il se précipite dans le couloir, renversant presque un homme affublé d'une casquette de base-ball, l'impact lui provoquant instantanément une douleur lancinante dans l'épaule. Mais il ne se retourne pas pour voir si le type va bien. Aucun des sprinklers au plafond n'a été activé. Comme ils sont conçus pour se déclencher quand ils détectent de la chaleur, ça signifie que le feu ne s'est pas encore propagé à cette zone, bien que le couloir soit rempli de fumée. Il ne voit pas de flammes. Des gens toussent. D'autres appellent. Les pompiers doivent être en route, mais il va falloir attendre au moins quelques minutes. Certaines personnes répètent : « Restez calmes, restez calmes. » Il atteint le poste de garde des infirmières et entend une autre alarme, presque noyée par celle de l'incendie.

Il arrive à la chambre d'Erin. La seconde alarme est plus forte ici. Elle provient de la machine qui surveille ses fonctions vitales. Si la machine était capable d'émotions, on serait en mesure de dire qu'elle est dans une rage noire.

Erin est en train de mourir. Il la perd, et personne n'est au courant.

Il se rue dans le couloir. Les médecins et les infirmiers sont occupés à déplacer les patients. Aucun d'entre eux n'entend l'alarme d'Erin. Il attire l'attention de l'infirmier le plus proche. Un type blond qui a l'air si jeune qu'il pourrait encore être étudiant.

« Vous devez m'aider, dit-il. Les alarmes se sont déclenchées dans sa chambre.

— Inutile de paniquer, répond l'infirmier. C'est l'alarme incendie, si nous restons tous calmes et…

— Je ne parle pas de ça ! hurle Ben, entraînant l'homme vers la chambre. Vous devez m'aider.

— OK, OK, arrêtez de me tirer. »

Il le lâche. L'infirmier le suit jusqu'à la chambre d'Erin.

« Oh, non », dit le jeune type, et il se précipite devant Ben. Il place un doigt sur le cou d'Erin. Puis il se retourne.

« Allez chercher quelqu'un. Dites que nous avons un code bleu.

— Elle va s'en sortir ?

— Dépêchez-vous ! »

Alors il sort. Il attrape le premier membre du personnel médical qu'il voit, cette fois-ci un médecin aux cheveux plaqués en arrière et aux sourcils tellement fournis qu'ils semblent pousser sur ses lunettes.

« Il y a un code bleu », dit-il, et il pousse le médecin en direction de la chambre d'Erin.

Puis arrivent une infirmière et un autre médecin. L'information commence à se répandre. En trente secondes, une demi-douzaine de personnes s'occupent d'elle.

Un médecin l'agrippe par le bras.

« Vous êtes le policier, n'est-ce pas ?

— Vous pouvez l'aider ?

— C'est vous qui devez nous aider. Voyez d'où provient cette fumée et laissez-nous faire notre boulot. »

Il se jette dans le couloir. Aucun sprinkler ne s'est encore mis en route. La fumée la plus épaisse sort de sous une porte sur la droite. Un médecin tente de l'ouvrir d'une main tout en tenant un extincteur dans l'autre. Ben pose la main sur la porte pour voir si elle est chaude – il se rappelle que si elle est brûlante, il ne faut pas l'ouvrir, puis se souvient aussi que si de la fumée s'échappe de sous la porte, il ne faut pas l'ouvrir non plus parce que ça pourrait être toxique –, mais il décide qu'il y a déjà plein de fumée dans le couloir. Il pose la main sur la poignée, mais elle tourne dans le vide.

« Qu'est-ce qu'il y a, derrière ? » demande-t-il.

Puis il remarque le panneau sur la porte. Il s'agit des toilettes.

Le médecin est incapable de répondre. Tout ce qu'il arrive à faire, c'est tousser.

« Passez-moi l'extincteur, dit Ben. Allez chercher des serviettes humides et placez-les par terre pour bloquer la fumée. »

Le médecin lui tend l'extincteur, tousse de nouveau et s'écroule. Les pompiers ne doivent plus être trop loin. Du moins, il l'espère.

En se servant de l'extincteur comme d'un bélier, Ben tape sur la poignée. Celle-ci se détache au premier coup, et c'est bien ce qu'il pensait : le mécanisme central a disparu. C'est un acte délibéré. Ses poumons commencent à s'emplir de fumée. Sa tête se met à tourner. Il cogne sur la porte avec l'extincteur, et au deuxième coup le bois craque. Il frappe encore à quelques reprises, puis donne des coups de pied aux endroits où la porte est fendue. Celle-ci commence à céder. De la fumée jaillit de la pièce. C'est comme si elle provenait d'un désert. Ses yeux commencent à couler. Il achève de défoncer la porte. La pièce est remplie de fumée. Il pointe l'extincteur vers son centre et appuie sur la poignée. Une poudre blanche est projetée, mais ça ne suffit pas. Il s'avance, mais il y a trop de flammes. Le combat est perdu d'avance.

Une infirmière apparaît à ses côtés. Elle braque un extincteur vers le foyer. Ils pénètrent plus avant dans la pièce. Une troisième personne les rejoint. Ils commencent à maîtriser les flammes. L'alarme incendie continue de retentir. Le sprinkler n'a eu aucun effet dans les toilettes car il a été neutralisé : quelqu'un a tiré l'embout du mur et l'a pointé vers l'un des lavabos, si bien qu'au lieu de se diffuser en arc au-dessus des flammes, l'eau s'écoule directement dans la canalisation.

Ils éteignent les dernières flammes. Il n'arrête pas de tousser.

Vu l'enchaînement des événements, il comprend ce qui vient de se passer.

Quelqu'un a tenté de tuer Erin.

La même personne que celle qui l'a poussée du toit.

Dans le couloir, quelqu'un aide le médecin qui s'est évanoui. Dans la chambre d'Erin, les médecins et les infirmiers continuent de tenter de la sauver. Il se tient à la porte, toussant. Il ne peut rien faire d'autre que regarder.

25

Le lundi arrive trop vite. Joshua n'a pas besoin de réveil car il a à peine dormi de la nuit. Il est 7 heures quand il s'extirpe de son lit. Il enfile l'uniforme qu'ils ont acheté la semaine dernière et regarde la télé pendant une heure, zappant entre des infos qui ne l'intéressent pas vraiment et des dessins animés pour gamins. Quand il s'assied à la table du petit déjeuner, il n'a pas d'appétit. Il ne touche pas à son bol de céréales et partage son temps entre fixer sa nourriture et fixer le mur.

« Tu devrais vraiment essayer de manger, lui dit sa mère.

— Je suis trop nerveux.

— Tu as tout à fait le droit d'être nerveux. C'est normal quand on va dans un nouveau lycée.

— Je sais. »

Il enfonce une cuillère dans ses céréales et les remue un peu, puis tente de trouver son point d'équilibre pour qu'elle tienne debout toute seule.

« Mais le savoir ne me rend pas moins nerveux.

— La journée va passer vite, tu seras rentré à la maison en un rien de temps. Et puis, tu te souviens de ce que je t'ai promis ? »

Il veut apprendre à conduire, mais d'abord il doit passer l'examen écrit, et avant ça il doit apprendre une chose encore plus simple : faire du vélo. Il doit être l'un des rares ados du pays à ne pas savoir en faire.

« Papa me manque », dit-il.

La maison a été à tout point de vue bouleversée depuis que ce dernier a été tué. Joshua n'entend plus le bruit de ses pas, sa voix, son rire, il ne l'entend plus chanter sous la douche ou jurer quand une petite réparation de cinq minutes prenait deux heures. Il ne sent plus l'odeur de son après-rasage le matin, ni celle de fastfood qui imprégnait ses vêtements quand il ne rentrait pas à la maison à temps pour le dîner, il ne sent plus le poids de sa main sur son épaule quand il lui demandait comment s'était passée sa journée. Il ne savoure plus la cuisine de son père, qu'il mangeait généralement un soir sur deux car ses parents se relayaient aux fourneaux, et il estimait que son père était le meilleur cuisinier des deux. Il a ses yeux, mais ne plus l'avoir autour de lui crée un vide sensoriel qu'il ressent de la même manière qu'un amputé sent un membre disparu.

« Moi aussi, il me manque », répond sa mère, et il sait que c'est vrai.

Le sentiment d'absence doit être décuplé pour sa mère, et il s'aperçoit que, le travail mis à part, elle n'a plus de vie. Elle ne voit plus ses amis. Elle ne sort pas. Elle lui consacre tout son temps. Parfois il l'entend pleurer la nuit, tentant autant que possible de le faire en silence. Il sait qu'elle est forte pour lui, et il lui en est reconnaissant, car sa force empêche Joshua de se rouler en boule et de craquer à chaque instant de la journée. Elle est forte pour lui, et il doit lui rendre la pareille.

Dès maintenant.

« Tu as raison, dit-il. Pour le lycée. Ça va passer vite, et je sais que ça va être super.

— Tu vas te faire des amis en un rien de temps, déclare-t-elle.

— Je sais. Je sais que j'ai dit que j'étais nerveux, mais je suis aussi excité », ajoute-t-il, ce qui n'est absolument pas vrai.

Il est juste anxieux, mais sa mère n'a pas besoin d'entendre ça. Plus maintenant.

« En fait, j'ai hâte d'y aller.

— Bien, Joshua, c'est très bien. »

Il saisit sa cuillère et mange son petit déjeuner, ce qui semble redonner un peu de joie à sa mère, puis c'est l'heure de partir.

Il y a beaucoup de circulation – typique pour cette heure de la journée. La chose qu'il a découverte à propos des embouteillages, c'est qu'ils sont moins énervants quand on est aveugle. Il y a de nombreux élèves dans la rue, certains à pied, d'autres à vélo, d'autres qui attendent à des arrêts de bus, tous portant des uniformes de différentes couleurs. Il voit des petits âgés de cinq ou six ans marcher en tenant la main de leurs parents. Il voit des gamins de dix ans à vélo, portant des cartables presque aussi gros qu'eux. Les garçons et les filles les plus jeunes semblent débordants d'énergie, prêts à poser des questions, à se jeter parmi la circulation pour courir après les voitures. Les lycéens ont l'air moroses et cool, totalement apathiques, comme s'ils préféraient être n'importe où sauf ici. Certains des plus âgés portent le même uniforme que lui, et il se demande s'il sera dans la même classe qu'eux, s'il deviendra ou non ami avec certains.

Quand ils sont à deux rues de l'enceinte du lycée, il demande à sa mère de se garer.

« Ça t'embarrasse que je te dépose devant ?

— Heu… c'est pas ça… c'est…

— Je te taquine », dit-elle, et elle immobilise la voiture.

Elle lui sourit tout en attrapant son sac sur la banquette arrière.

« Ça va bien se passer.

— Je sais.

— Je viendrai te chercher après les cours.

— Je peux rentrer à pied. Ça ne me dérange pas.

— Je serai là, insiste-t-elle.

— C'est pas si loin. Ça me prendra seulement une heure au plus. S'il te plaît, maman, je veux rentrer à pied. Je crois que ça me fera du bien.

— Tu es sûr ?

— Absolument. C'est ce que je veux. »

Elle lui adresse un sourire presque aussi grand que celui qu'elle a fait à l'hôpital quand on lui a ôté ses pansements.

« Quoi ?

— Rien, dit-elle. Appelle-moi si tu changes d'avis. »

Il ouvre la portière.

« Ça va aller », affirme-t-il – les mêmes mots que ceux que lui a dits Mme Templeton quand tout a débuté, et il commence à croire qu'elle avait raison. Les choses ne seront plus jamais les mêmes, mais au bout du compte ça pourrait s'arranger.

« Je t'assure.
— Sois prudent.
— Oui.
— Et appelle-moi si tu changes d'avis, ou si tu te perds. »

Il descend de voiture et se met à marcher, se retournant brièvement pour la saluer de la main. Bientôt il est entouré par le bruit de la cour de récréation, le bourdonnement d'un millier d'élèves discutant, riant, se chamaillant. Certains commencent à le remarquer, mais aucun ne dit quoi que ce soit. Il se rend au bâtiment administratif, parle à une réceptionniste qui lui demande de s'asseoir. La cloche retentit, marquant le début des cours. Quelques minutes plus tard, Mlle Franklin apparaît.

Elle lui fait son grand sourire du lundi matin et semble encore plus débordante d'énergie que vendredi.

« Nerveux ? demande-t-elle.
— Un peu, oui.
— C'est compréhensible. Comment s'est passé ton week-end ? »

Il a consacré du temps à feuilleter ses manuels scolaires et à essayer de rattraper son retard. Roger l'a aidé. Les cours ont débuté il y a deux mois, et même s'il a déjà appris une partie du programme à l'école pour aveugles, il y avait plein de choses qui étaient des nouveautés pour lui. Il a tellement étudié au cours des deux dernières semaines qu'il a l'impression que son cerveau va exploser.

« Ça a été, répond-il. Et mon prof particulier est heureux de continuer à m'aider.

— Souviens-toi, tous les enseignants ont conscience de la situation. Personne n'attend de miracle, et aucun d'entre eux ne t'interrogera devant les autres élèves. Notre but n'est pas de te mettre mal à l'aise, Joshua, mais de t'aider. Si tu coinces sur quelque chose, n'aie pas peur de lever la main et de demander, ou alors attends la fin du cours et demande après si tu as le temps. Tout le monde ici veut que tu réussisses.

— OK, dit-il, soulagé d'entendre tout ça.

— Tu es prêt pour ton premier cours ?

— Aussi prêt que possible.

— Souviens-toi, au moindre problème, tu viens me voir, d'accord ?

— D'accord. »

Elle l'entraîne dans une aile différente et ils longent un couloir bordé d'un côté par des casiers et de l'autre par des portes donnant sur des salles de classe. Il se demande si l'école pour aveugles de Canterbury ressemble à ça. Les casiers sont couverts d'autocollants, et des noms, des dates et des symboles ont été gravés dessus ; le sol est usé par les centaines de pieds qui l'arpentent chaque jour, et il y a des affiches aux murs qui rappellent aux élèves de se laver les mains et de ne pas jeter de détritus. Chaque surface semble avoir besoin d'une couche de peinture fraîche. Il y a des fontaines à eau tous les vingt mètres, et des toilettes tous les quarante. Il n'y a personne. Le bruit de leurs pas résonne. Mlle Franklin frappe à une porte près du bout du couloir et l'ouvre, et soudain il repense à Mme Templeton le matin où elle est venue le chercher en cours. Mlle Franklin s'entretient avec le professeur. Un murmure se fait entendre tandis que certains élèves discutent, jusqu'à ce que l'enseignant leur demande si leur cerveau a été tellement embrouillé par le week-end qu'ils ne savent plus garder le silence. Puis il regarde Joshua, et s'adresse à la classe.

« Je vous présente Joshua, dont je vous ai parlé vendredi. Ou est-ce que tu préfères Josh ?

— Josh me va, répond-il.

— Josh, je te présente la classe. Au fait, je suis M. Stone. »

Il a l'air athlétique et jeune, le pendant masculin de Mlle Franklin. Peut-être qu'ils ont étudié ici en même temps. Il a des cheveux châtains de vingt ou vingt-cinq centimètres de long repoussés derrière ses oreilles. On l'imaginerait plus derrière une guitare que devant un tableau noir. « Tu vas voir, tout le monde ici est très gentil, pas vrai, la classe ? »

Il y a un murmure général de consentement forcé.

« Je te laisse, dit Mlle Franklin, et elle sourit à Joshua avant de disparaître.

— Bien, Josh, reprend M. Stone en lui souriant. Bienvenue dans notre petit monde. Les élèves en savent peu à ton sujet, alors si tu nous en disais plus sur toi ?

— Heu… oui, d'accord », répond-il, et il se tourne vers la classe.

Dans son ancienne école, ils devaient prendre la parole devant les autres élèves, et il détestait ça. Les jours où il savait que c'était son tour, il faisait mine d'être malade à la maison dans l'espoir de ne pas avoir à aller en cours – bien que ça n'ait jamais fonctionné. Son seul moyen de traverser cette épreuve était de s'imaginer qu'il n'y avait que deux personnes dans la pièce. Quand on est aveugle, c'est une chose qu'on peut faire, mais ce n'est plus possible maintenant. Pas à moins de fermer les yeux, et il ne croit même pas que ça marcherait. Quelqu'un vers le fond de la classe dit une chose qu'il n'entend pas tout à fait, et deux élèves se mettent à rire.

« Heu… je m'appelle Joshua Logan. Je… Je, heu… eh bien, avant j'allais à une autre école, mais… heu… maintenant je suis ici. »

Il s'interrompt. La classe le regarde, attendant la suite. Comme il n'ajoute rien, M. Stone prend le relais.

« Bon, je suis sûr qu'il y a d'autres choses à dire, mais attaquons notre lundi matin et mettons-nous au travail. Josh, pourquoi ne t'assieds-tu pas, il y a un bureau là-bas qui t'attend. »

Il marche jusqu'au fond de la pièce, sentant que tous l'observent, certains avec curiosité, d'autres avec hostilité, ou avec amusement, ou avec le genre d'expression qu'il n'a pas encore appris à interpréter. Il s'assied. Il est au milieu de la dernière rangée. Il y a sur sa gauche une fille qui n'arrête pas de regarder droit devant elle, et sur sa droite un garçon qui gratte le bureau avec son ongle, comme s'il essayait d'y percer un trou.

« OK, la classe, c'est lundi matin, donc vous savez ce que ça signifie, pas vrai ? »

Il y a un murmure de consentement, et tout le monde plonge la main dans son sac.

« Exact, c'est l'heure de la biologie », reprend M. Stone, et Joshua suppose qu'il le précise à son intention.

Il enfonce à son tour la main dans son sac et passe les livres en revue. Son cœur bat vite, puis manque de s'arrêter. Il se sent rougir. Il lève la main.

« Qu'est-ce qu'il y a, Josh ?

— Heu… j'ai dû oublier mon livre chez moi. »

Certains élèves éclatent de rire. M. Stone sourit.

« Pas de problème, Josh, j'en ai un exemplaire de secours. Tu veux bien faire passer ? » dit-il en tendant un manuel à un élève du premier rang, qui le transmet derrière lui, et ainsi de suite jusqu'à ce que le livre arrive à l'élève assis juste devant Joshua, un garçon bien plus costaud que lui, avec des cheveux courts en pointes et plein de boutons sur le visage. Ce dernier lui tend le manuel, mais ne le lâche pas. Il prononce un unique mot en silence, mais Joshua n'a pas encore la faculté de lire sur les lèvres. Il doit tirer sur le livre pour que l'autre le lâche. Le garçon lui fait un sourire sarcastique, puis se retourne vers l'avant de la classe.

« Ouvrez à la page 46 », dit M. Stone, et tout le monde s'exécute, y compris Joshua. Il est heureux d'avoir feuilleté le début du livre pendant le week-end, sinon il se sentirait encore plus embarrassé qu'il ne l'est déjà. Néanmoins, quand M. Stone se met à parler, il se sent immédiatement largué. Rien de tout ça ne fait sens.

Ce nouveau monde va le mâcher et le recracher.

26

« Nous n'avons aucune certitude, Ben. Tu peux regarder ça autant de fois que tu voudras, ça n'y changera rien : on ne le voit jamais entrer dans la chambre d'Erin. »

Il lève les yeux de l'écran pour regarder l'inspectrice Vega. Ils ont interrogé le personnel de l'hôpital, les patients et les visiteurs, sans le moindre résultat, et ils visionnent une fois de plus la vidéo de surveillance. Ben a entamé son sandwich au bacon et son café tandis que Vega déguste sa salade et son smoothie bio dont les composants semblent provenir des profondeurs des mers. Vega a été désignée pour être l'équipière temporaire de Ben. C'est comme une trahison de passer à quelqu'un d'autre après la mort de Mitchell, mais il n'est pas assez idiot, ou pas assez flic de Hollywood, pour prétendre travailler mieux seul. Il pense que ce partenariat à l'essai deviendra permanent. Il l'espère. Il apprécie Vega et aime avoir une deuxième paire d'yeux pour l'épauler. Il n'a jamais connu quelqu'un comme elle – elle ressemble plus à une actrice interprétant un flic au cinéma qu'à un vrai flic, et avec ses longs cheveux bruns ondulés, ses grands yeux verts et son sourire qui en déclenche toujours d'autres autour d'elle, elle a la capacité de flirter avec les suspects et de les pousser à s'ouvrir, et si ça ne marche pas, elle peut effacer ce sourire, serrer la mâchoire et avoir l'air de quelqu'un qui pourrait vous briser en deux. Ce que, songe-t-il, elle serait probablement capable de faire. Il la connaît depuis cinq ans, mais ne sait encore rien d'elle en dehors du travail, même s'il est évident qu'elle passe beaucoup de son temps libre à la salle de sport, cognant comme une brute sur des sacs de frappe et soulevant plus que son propre poids. Ben s'est toujours maintenu en forme, mais il ne voudrait pas la prendre au bras de fer.

« La coïncidence est trop grande », dit-il.

Elle parle avec la bouche pleine de salade.

« Ça ne signifie pas que ce n'est pas juste ça – une coïncidence.

— Quelqu'un a essayé de la tuer. Ça fait deux fois, maintenant.

— Les médecins affirment que c'était une embolie. Ils disent que ce n'est pas rare d'en avoir après une opération, et elle a eu beaucoup d'opérations. »

Il pose son sandwich. Depuis quelques semaines il n'a pas eu beaucoup d'appétit, et aujourd'hui n'est pas différent des autres jours.

« Je sais. Je le sais, OK ? Les médecins l'ont déjà dit cent fois. Mais ce type… » Il tape sur l'écran de l'ordinateur, sur l'image figée de l'homme aux fleurs. « Il lui a fait du mal. J'en suis certain. Sinon, pourquoi prendre la peine de provoquer cet incendie ?

— Je ne dis pas que tu as tort, déclare Vega. Je dis qu'on ne peut être sûrs de rien. »

Il repense au moment où il a descendu l'escalier. Cet homme avec la casquette de base-ball – ou M. Baseball, comme ils l'appellent désormais – est celui qu'il a percuté. À quoi ressemblait son visage ? Il n'en sait rien. Il l'a vu et l'a aussitôt oublié car il ne pensait qu'à rejoindre Erin. Et c'est cette détermination qui a permis aux médecins de la sauver. Le moindre retard aurait pu lui coûter la vie.

Soit ils ont affaire à un cinglé qui essayait de la tuer, soit ils ont affaire à un cinglé qui a voulu foutre le feu à l'hôpital et tuer tout le monde.

Ils peuvent retracer certains de ses mouvements grâce aux vidéos de surveillance. Ils le voient pénétrer dans l'hôpital. Ils le voient monter dans l'ascenseur et en sortir à l'étage d'Erin. On ne le distingue jamais clairement ; la visière de sa casquette dissimule son visage. Il passe un moment au téléphone avant de marcher vers la chambre d'Erin, mais ensuite il n'y a pas de caméra pour couvrir les angles ou pour voir s'il y entre réellement. Quand il réapparaît, il se rend aux toilettes, puis en ressort six minutes plus tard, cette fois sans les fleurs. Il retourne vers la chambre d'Erin, et peu après de la fumée s'échappe de sous la porte des toilettes et quelqu'un déclenche l'alarme.

Il y a même une vidéo du moment où Ben lui est rentré dedans une minute plus tard à côté de l'escalier.

Si c'est une coïncidence, c'est une des plus énormes de tous les temps. Pourquoi M. Baseball prendrait-il le risque de retourner achever Erin ? Parce qu'elle peut l'identifier. Voilà ce que pense Ben. Ce qui suggère qu'elle sait qui il est. Son instinct de flic le pousse à se demander si M. Baseball est un ex ; s'il s'agissait d'une autre affaire, il se demanderait si c'est quelqu'un que la victime fréquentait en secret. La proposition de mariage du soir précédant le drame a-t-elle été ce qui a déclenché la fureur de M. Baseball ? A-t-il volé la bague de fiançailles par rancœur ?

La dernière vidéo qu'ils ont de leur incendiaire le montre quittant l'hôpital et marchant vers la rue.

« Si cet incendie n'avait pas été contenu…

— Mais il l'a été, dit Vega, et il n'a désactivé aucun des autres sprinklers. Dès que le feu se serait répandu au-delà de la porte des toilettes, ils se seraient mis en marche.

— Nous ne…

— Quoi qu'il en soit, déclare Vega, l'interrompant, il va passer un bon bout de temps à l'ombre.

— S'il est responsable de ce qui est arrivé à Erin, il est fini. »

Vega se tourne vers lui.

« Qu'est-ce que c'est censé vouloir dire ? »

Ben réfléchit à ses paroles. Puis il hausse les épaules.

« Rien du tout. J'évacue, c'est tout.

— Ne fais pas de bêtise, Ben.

— Non. »

Vega le fixe en silence.

« Quoi ? demande-t-il.

— Rien.

— Si tu as quelque chose à dire, dis-le. »

Vega repose son bol. La salade a disparu. Il n'a jamais compris comment on pouvait manger ça.

« Les gens parlent. »

Ben se renfonce sur sa chaise.

« Quels gens ?

— Les autres inspecteurs. Les autres agents. Il y a des rumeurs qui circulent dans le département.

— Quelles rumeurs ?

— Je crois que tu sais. »

Elle a raison. Il sait.

« Ils pensent que j'ai exécuté Simon Bower.

— Ils pensent que tu étais tellement en colère à cause de ce qu'il avait fait que tu as tout mis en scène et que tu l'as tué. Ils pensent que tu t'es même tiré dessus avec le pistolet à clous.

— Et toi ? Tu penses quoi ?

— Je crois que tu es au boulot quand tu ne devrais pas y être. Je crois que tu ne devrais pas être sur cette affaire, parce qu'elle est personnelle. Je crois que les déclarations comme celle que tu as faite il y a trente secondes n'incitent pas les gens à te croire.

— Pour Simon Bower, c'était de l'autodéfense, déclare Ben.

— Et je te crois. Même si ce n'en était pas, il n'y a pas une seule personne ici qui ne te soutienne pas. Bower a eu ce qu'il méritait, et personne ne va remettre ça en cause. » Elle marque une pause de quelques secondes. « Écoute, je veux que tu le saches : pour moi, c'est une erreur que nous soyons sur cette affaire. Je sais que tu as tout fait pour être dessus, mais ton jugement est brouillé. Tu n'arrives pas à prendre du recul et à considérer les éléments avec un esprit ouvert.

— Autre chose ?

— Non. C'est tout », dit-elle.

Il saisit deux clichés de M. Baseball imprimés à partir de la vidéo.

« Bien. Alors allons parler aux collègues d'Erin, pour voir si quelqu'un là-bas ressemble à notre type, ou s'ils parviennent à l'identifier à partir de ces photos. Quelqu'un doit savoir qui c'est. »

Il se lève. Vega l'observe.

« C'était vraiment de l'autodéfense, ajoute-t-il.

— Et comme j'ai dit, je te crois. Mais si tu dois prendre les mêmes mesures d'autodéfense contre ce type, les murs du département de police ne seront plus assez épais pour contenir les rumeurs. Tu commenceras à faire les gros titres. »

27

« J'ai dit que t'étais un monstre, le monstre », déclare le garçon boutonneux.

C'est celui qui était assis devant Josh tout à l'heure en cours, et maintenant il comprend le mot qu'il a prononcé en silence : *monstre*. Joshua regarde son sac par terre, ses manuels qui en ressortent. Puis il lève les yeux vers le garçon qui lui parle. L'une de ses incisives chevauche sa voisine. Il a mauvaise haleine et des petits points noirs constellent les bords de son nez. Il est costaud, un peu plus petit que Joshua, mais il a l'air robuste, le genre de robustesse qui le fait paraître plus grand qu'il ne l'est vraiment et qui dans dix ans se transformera en graisse. Joshua se dit qu'il le sait probablement. Il peut harceler qui il veut maintenant, dans dix ans il n'en mangera pas moins des pizzas à même le carton devant la télé en se demandant pourquoi il n'a personne dans sa vie.

Mais ça, ce sera dans dix ans. Pour le moment, le garçon le plaque contre un casier. Les autres élèves vont et viennent, aucun ne leur prêtant attention, faisant comprendre à Joshua que cette situation doit se produire si souvent que tout le monde en est lassé.

« Tu vas faire quelque chose, le monstre ? »

Personne ne l'a jamais bousculé de la sorte. Personne ne l'a jamais traité de monstre. Il ne sait pas quoi répondre. Il ne sait pas quoi faire.

« Je parie que tu te crois spécial, pas vrai ? Célèbre et tout parce que t'as eu ton nom à la télé et dans les journaux, mais ça signifie que dalle, ici. Ici, t'es personne, t'es un loser. »

Joshua garde le silence, parce qu'il ne sait pas quoi dire, et même s'il savait, il dirait sans doute ce qu'il ne faut pas.

« Alors t'as eu une nouvelle paire d'yeux mais t'as pas de langue, c'est ça ? Merde, t'es vraiment un monstre.

— Je ne suis pas un monstre, rétorque Joshua, retrouvant sa voix.

— Ben ça alors. Le monstre sait parler », dit le garçon.

Il regarde sur sa droite, où se tiennent deux de ses copains. Une chose que Joshua a apprise dans les livres et récemment à la télé, c'est que les gens ne tyrannisent que ceux qu'ils savent pouvoir intimider. Ils ne s'en prennent pas à ceux dont ils pensent qu'ils peuvent ou vont riposter. Les petits caïds sont plus costauds. Ils sont plus méchants. Ils attirent les petits caïds et aiment traîner en nombre. Une information bonne à avoir dans sa poche, mais plutôt inutile pour le moment. Ce qui l'aiderait serait d'avoir quelqu'un – préférablement un autre petit caïd – à ses côtés.

« Qu'est-ce que tu veux ? demande Joshua.

— Il s'agit pas de moi. Il s'agit de toi, et ce que tu veux en ce moment, c'est que je te colle des beignes, dit le garçon, et il donne quelques petites claques à Joshua. Tu veux aussi que je te pince les tétons.»

Il saisit le téton droit de Joshua à travers sa chemise et le tord. La douleur est intense.

«Arrête! s'écrie Joshua, tentant de le repousser.

— Ou peut-être que tu veux que je fasse ça», dit l'élève, et un de ses copains lui tend une cannette de soda comme s'ils avaient déjà fait ça cent fois aujourd'hui.

Le garçon la pointe vers lui et arrache la languette. Le soda gicle, et le type vise le short de Joshua, le trempant à l'avant. Quand Joshua tente de s'écarter, le garçon se sert d'un de ses épais avant-bras pour le maintenir en place tout en continuant de l'asperger.

«Qu'est-ce qui se passe? demande-t-il. Tu t'es pissé dessus? C'est ce que tu faisais quand t'étais aveugle parce que tu trouvais pas les toilettes?»

Joshua tente de se dégager, mais il est immobilisé. Le garçon balance la cannette et ce qui reste à l'intérieur dans le sac de Joshua.

«Du calme, le monstre, dit-il. À moins que tu veuilles que je te foute par terre.»

Son short et ses sous-vêtements sont trempés. De même que ses chaussettes. Il ne comprend pas pourquoi ça arrive. Qu'a-t-il fait, à part venir au lycée? Puis il s'aperçoit de l'énormité de la situation – il est en mauvaise posture, et ce n'est que le premier jour. Et si ça se reproduisait quotidiennement? Avant et après les cours, et aussi pendant la pause déjeuner? Que peut-il faire?

Il doit se défendre.

Il s'écarte du casier, mais son pied glisse aussitôt sur le soda et il tombe à la renverse, atterrissant sur le derrière. Les autres élèves se moquent de lui.

« Passe-moi une autre cannette », demande le costaud, et quand il l'a il se penche et la pointe vers le visage de Joshua.

Mais avant qu'il ait le temps d'arracher la languette, ils sont interrompus.

« Ça suffit, Scott », dit une fille, celle qui était assise à sa gauche en cours.

Scott ricane d'un air méprisant.

« Ah oui ? Qu'est-ce que tu vas faire ?

— Dire à tout le monde un petit quelque chose qu'ils ne sont pas censés savoir. »

Il marque une pause.

« Comment ça ?

— Je crois que tu le sais, mais si tu ne le sais pas, je peux toujours te le dire devant tout le monde.

— Personne te croirait.

— Tu veux parier ? »

Il lui lance un regard noir, puis en décoche un autre à Joshua.

« De toute façon, on avait fini », dit-il, et il s'éloigne avec ses copains.

Joshua se relève. Il voudrait se terrer dans un trou où personne ne le retrouverait jamais.

« Je m'appelle Olillia, dit la fille.

— Joshua.

— Non, j'ai dit Olillia.

— Hein ? »

Elle lui sourit.

« C'est une blague. Pour te remonter le moral. J'ai dit que je m'appelais Olillia, puis tu as dit que tu t'appelais Joshua, et j'ai fait comme si tu m'avais mal entendue et que tu croyais que j'avais dit Joshua.

— Oh, fait-il, un peu perdu.

— Recommençons. Je m'appelle Olillia », dit-elle en tendant la main.

Olillia est un peu plus petite que lui, mince, avec les cheveux attachés en queue-de-cheval. Elle a un super sourire, de grands yeux bleus qui semblent également sourire, et il ne savait pas qu'une telle chose était possible. Il se rappelle sa première pensée quand on lui a ôté ses pansements à l'hôpital, quand il a regardé le Dr Toni et songé que c'était la plus belle femme du monde. Quelques jours plus tard, il s'est dit que la femme aux longs cheveux roux qui présentait le journal à la télé le soir était la plus belle femme du monde, et il y en a encore eu d'autres, à la télé et dans les magazines, mais à cet instant aucune n'arrive à la cheville d'Olillia.

« Tu es censé la serrer, dit-elle.

— Hein ? »

Elle lui saisit le bras et le force à tendre la main, puis elle la prend dans la sienne.

« Comme ça, dit-elle en la lui serrant. On ne t'a jamais appris à faire ça ?

— Désolé. »

Sa main est mouillée depuis qu'il s'est appuyé dessus pour se relever. Celle d'Olillia est chaude. C'est agréable.

« Je peux récupérer ma main, maintenant ? demande-t-elle.

— Désolé, répète-t-il, et il la lâche.

— Tu t'excuses beaucoup, observe-t-elle en s'essuyant la main sur son sac. Et puis tu es mouillé. »

Il est sur le point de s'excuser de nouveau, mais il se reprend.

« Ravi de faire ta connaissance, O…

— Olillia. »

Il se penche et sort la cannette de soda de son sac. Son contenu a coulé sur ses livres. Son short et ses sous-vêtements sont inconfortables, et il ne sait pas ce qu'il va faire. Il a vingt-cinq minutes jusqu'à la fin de la pause déjeuner. Et il ne croit pas qu'il sera sec en si peu de temps. Il s'imagine laissant une trace humide partout où il s'assiéra.

« Tu ne parles pas beaucoup, hein ? déclare Olillia en continuant de lui sourire.

— Je crois que non.

— Pas grave, je peux parler pour deux. Ma famille dit que je suis une vraie pipelette. Ma mère affirmait que c'était parce que je suis Sagittaire.

— Et ton père ?

— Il est Taureau.

— Je veux dire…

— Je sais ce que tu veux dire. » Elle rit. « Mon père pense que je parle trop parce que je suis une fille, et quand je lui réponds que c'est sexiste, il dit que non, c'est héréditaire. Il prétend que sa mère est pareille, et ses sœurs aussi, parce qu'elles n'arrêtaient pas de causer pendant leur enfance. Elles sont toutes les deux avocates, maintenant, donc elles peuvent parler tout le temps. Seulement ça signifie que tout ce qu'elles racontent est ennuyeux. Est-ce que c'est vrai ? Tout ce qu'on a dit sur toi aux infos ? »

Il peine toujours à la suivre, mais il trouve ça plaisant. Il est embarrassé de se tenir là dans son short mouillé, et il est humilié de s'être fait brutaliser, mais si ça n'était pas arrivé, il ne serait pas en train de parler à Olillia en ce moment.

« Je n'ai pas lu tous les articles, répond-il, mais oui, j'étais aveugle.

— Ouah, fait-elle. Je n'ai jamais rencontré d'aveugle.

— Et tu n'en as toujours pas rencontré. »

Elle rit, et ça lui réchauffe le cœur.

« T'es marrant », déclare-t-elle.

Il scrute les deux côtés du couloir, se demandant où il va aller. Il voudrait continuer de parler à Olillia, mais il veut également essorer autant que possible ses vêtements.

« Je suis désolée pour ce que Scott a fait. Il peut être un vrai connard, mais je t'assure qu'ils ne sont pas nombreux comme ça, ici.

— Tu veux dire qu'il y en a d'autres ?

— C'est universel. Tu n'avais pas de petites brutes dans ton ancien lycée ?

— Pas vraiment, répond-il.

— Alors tu rattrapes ton retard. Tu devrais aller aux toilettes. Tu peux rincer tes vêtements et les tenir sous le sèche-mains avant de retourner en cours. C'est probablement ta seule option. Et puis, règle numéro un avec les petits caïds : ce n'est probablement pas une bonne idée d'aller tout raconter à un prof. Enfin, je ne sais pas si c'est ce que tu comptais faire. Tu voulais le faire ?

— Je… je ne sais pas », répond-il.

Et il ne sait vraiment pas. Sa faculté de réflexion a été perturbée par Olillia.

« J'ai déjà vu ça avec Scott et les autres Scott du lycée, dit-elle. Ce sera bénéfique à court terme. Ils auront peut-être des problèmes et ils seront peut-être collés. Et ils te laisseront tranquille pendant un ou deux jours, mais après ce sera pire.

— Alors je fais quoi ? »

Son sourire s'estompe. Pour la première fois de la conversation, elle semble vraiment désolée pour lui.

« Tu ne peux pas faire grand-chose.

— Tu pourrais me dire ce que c'est qu'il ne veut pas que les autres sachent. »

Elle rit.

« Il n'y a rien, répond-elle. J'ai inventé ça. Les gens comme Scott, ils ont toujours quelque chose à cacher.

— C'est… c'est vraiment impressionnant », dit-il.

Elle sourit.

« C'est une de mes tantes qui m'a appris ça. On se revoit en cours, OK ?

— D'accord.

— Ça m'a fait plaisir de faire ta connaissance, Garçon Qui Était Aveugle.

— Moi aussi, Fille Qui Parle. »

Elle lui fait un sourire, qu'il lui retourne. Elle s'éloigne, mais il continue de sourire. Il porte son sac à dos dans le couloir et remarque à peine les élèves qui gloussent à la vue de son short mouillé. Il trouve des toilettes inoccupées. Il ferme la porte et rince rapidement ses sous-vêtements et son short dans le lavabo, puis il fait ce qu'Olillia a suggéré – il les tient sous le sèchemains. Il craint que l'appareil chauffe trop et se mette à produire des étincelles. Il fait pareil avec ses chaussettes. De temps à autre, quelqu'un essaie d'ouvrir la porte, à deux reprises des gens l'interpellent et frappent, mais il les ignore et ils finissent chaque fois par partir. Après vingt minutes, ses vêtements ne sont pas complètement secs, mais c'est bien mieux qu'avant.

La sonnerie retentit. La pause déjeuner est terminée.

Encore deux heures avant la fin des cours.

Encore deux ans avant la fin du lycée.

Est-ce que ça va continuer à empirer ?

28

Ils se séparent quand ils arrivent chez Goodwin, Devereux & Barclay. L'inspectrice Vega se dirige vers les ressources humaines pour essayer de déterminer qui était à quel endroit les deux fois où Erin a été attaquée, et Ben va à la réception pour parler à ses collègues. Il se souvient qu'il y a peu la société a fait les gros titres quand un membre de son personnel a été pris d'une folic meurtrière. C'est une période que la firme tente d'oublier, et il sent qu'il n'est pas le bienvenu, au cas où il serait là pour rouvrir de vieilles blessures.

« Je suis désolée pour Erin », déclare la réceptionniste. Bien qu'il l'ait rencontrée à plusieurs occasions, il ne se souvient pas de son nom. Sharon, ou Suzan, ou Shelly. Elle est âgée d'environ vingt-cinq ans et a des cheveux châtains qui lui arrivent aux épaules et à propos desquels Erin lui a dit un jour qu'elle mettait une heure chaque matin à les lisser. Il sait qu'Erin et elle sont amies, mais c'est une amitié de travail qui se limite aux potins, aux repas de Noël et à l'occasionnel verre après le boulot.

« Elle va s'en sortir ? Elle va s'en sortir, n'est-ce pas ? Je veux dire… c'est obligé. Pourquoi… pourquoi ce… Tout le monde l'adore, personne ne voudrait lui faire de mal. Erin est l'une des plus belles personnes que je connaisse. Est-ce que ça a pu être un accident ? demande-t-elle. C'est la seule chose qui ait un sens, n'est-ce pas ?

— Vous avez entendu parler de l'incendie à l'hôpital, vendredi ?

— Bien sûr.

— C'était une diversion, explique-t-il, décidant d'éliminer les *peut-être* et les *probablement* pour que ça ressemble à un fait avéré. Erin a eu un problème cardiaque au moment où il a été déclenché volontairement. »

Il lui tend une photo de M. Baseball imprimée à partir de la vidéo de surveillance de l'hôpital, et l'observe pour voir si elle le reconnaît.

« C'est l'homme qui l'a attaquée. Il vous dit quelque chose ?

— Je le distingue à peine, répond-elle. Sa casquette le dissimule.

— C'est le meilleur angle que nous ayons. Peut-être que vous reconnaissez la casquette, ou les vêtements. Il est possible qu'il ait suivi Erin à son insu, ou il pourrait même travailler ici.

— Je ne sais pas. C'est vraiment dur à dire. »

La question qu'il s'apprête à poser lui donne la nausée.

« Est-ce qu'elle prenait de longues pauses déjeuner ? Est-ce qu'il lui arrivait de quitter le bureau pour le travail ? Ce genre de trucs ?

— Où voulez-vous en venir ? demande-t-elle en lui lançant un regard qui indique qu'elle sait pertinemment où il veut en venir.

— Écoutez, la dernière chose que je veux penser, c'est qu'Erin ait pu voir quelqu'un, et je crois du fond du cœur que ce n'était pas le cas, mais vous devez comprendre que dans mon boulot je rencontre chaque jour des gens qui font une chose quand les autres pensent qu'ils en font une autre.

— Elle ne voyait personne.

— Elle vous l'aurait dit si c'était le cas ?

— Je ne sais pas, répond-elle. Peut-être.

— Vous me le diriez si vous saviez ?

— Évidemment. Mais elle ne fréquentait personne, et je ne vois pas pourquoi vous penseriez le contraire. »

Il ne lui dévoile pas sa théorie, mais il est possible qu'elle ait vu quelqu'un d'autre, et il est possible qu'après la proposition de mariage de Ben elle ait rompu avec l'autre homme – et que celui-ci, le type sur la photo, n'ait pas bien pris la nouvelle. Peut-être qu'ils se retrouvaient dans le parking. Peut-être qu'il y garait sa voiture et qu'ils se croisaient souvent le matin, qu'ils prenaient ensemble l'ascenseur jusqu'au rez-de-chaussée, puis marchaient côte à côte jusqu'au bureau avant de partager une chambre de motel pendant leur pause déjeuner. Ni ses relevés téléphoniques ni ses extraits de carte de crédit ne suggèrent la moindre liaison, mais ça ne signifie pas qu'il n'y en avait pas une.

« Regardez encore la photo, dit-il. Prenez votre temps.

— Je suis désolée, répond-elle. Je ne le reconnais vraiment pas.

— Parmi toutes les personnes qui travaillent ici, de qui Erin était-elle la plus proche ?

— De Cynthia. Je peux vous la présenter. »

Cynthia est comptable, et il suit Suzan ou Sarah jusqu'à son bureau. Elle approche de la quarantaine, porte du maquillage qui semble avoir été appliqué à la hâte et a une queue-de-cheval noire qui s'achève par une série de fourches. Son bureau est encombré de papiers et il y a au mur des dessins d'enfant au crayon représentant des personnes, des chats et des arbres. Elle lui adresse un sourire las quand il lui montre la photo de l'hôpital, puis lui fournit une version lasse de la réponse que lui a donnée la réceptionniste.

« Est-ce qu'elle avait des problèmes au travail ? demande-t-il après lui avoir expliqué la raison de sa venue.

— Quel genre de problèmes ?

— Avec les hommes, en particulier. Quelqu'un qui aurait trop prêté attention à elle ? Quelqu'un qui aurait flashé sur elle ? Et les patrons ? Est-ce qu'il y en a qui auraient des comportements déplacés envers leurs collègues féminines ?

— Ces choses n'arrivent pas, ici, répond-elle.

— Ces choses peuvent arriver n'importe où, réplique-t-il. Est-ce qu'il est possible qu'elle ait fréquenté quelqu'un ?

— Vous croyez qu'elle sortait avec ce type ? demande-t-elle en regardant de nouveau la photo.

— C'est une chose à envisager.

— Si c'était le cas, elle ne me l'a pas dit. »

Il passe en revue les autres bureaux, posant les mêmes questions et obtenant les mêmes réponses. Non, Erin ne voyait personne. Non, les locaux de Goodwin, Devereux & Barclay ne sont pas le genre d'endroit où l'on étreint trop longuement les employées et où on leur dit combien elles sont jolies en jupe moulante. La visite de Vega aux ressources humaines est également un fiasco.

Ils parlent à tout le monde dans le bureau. Ben est de plus en plus découragé. Tout ce qu'il en a tiré, c'est un sentiment de trahison, pas de la part d'Erin, mais de sa part à lui pour avoir imaginé un seul instant qu'elle voyait quelqu'un d'autre. Ils en ont fini ici. Ils regagnent les ascenseurs. Quand les portes s'ouvrent, ils doivent attendre qu'un livreur portant un colis en sorte. Ils montent dedans et descendent sans un mot. Il sait que Vega ressent sa frustration. Ils atteignent le rez-de-chaussée et quittent le bâtiment. Rien n'a vraiment changé depuis leur arrivée. Même ciel bleu, même température, même circulation, même impression que l'enquête ne va nulle part.

Ben balance sa veste sur la banquette. Vega grimpe dans la voiture, mais lui reste debout sur le trottoir, regardant la camionnette du livreur, qui est garée en double file avec ses warnings clignotant.

« Qu'est-ce qu'il y a ? demande-t-elle.

— Si Erin voyait quelqu'un qui travaillait dans le coin, nous devrions passer en revue tout le bloc.

— Ça fait beaucoup de travail, observe-t-elle.

— Je vais commencer par le livreur.

— Celui qu'on a croisé dans l'ascenseur ?

— Pourquoi pas ? Il livre probablement dans tous ces immeubles. Ça vaut le coup d'essayer. »

Ben marche jusqu'à la camionnette et s'appuie contre la carrosserie. À son retour, le livreur ne semble pas trop ravi de le voir là. Et il semble encore moins ravi quand Ben lui montre sa plaque. Il a un bouc, le nez percé et de petits anneaux qui lui transpercent les sourcils. C'est le genre de type qui pousse Ben à se demander si tous les paquets à l'arrière de sa camionnette contiennent de la drogue. Il porte une chemise bleue avec le logo de la compagnie imprimé à l'avant : un van orné d'un smiley, et un colis derrière le volant, qui le conduit avec une mine tout aussi heureuse.

« Je me demandais si vous pouviez m'aider, dit-il.

— Comment ça ?

— Vous effectuez des livraisons dans beaucoup de bureaux, ici ?

— Oui.

— Vous reconnaissez ce type ? » demande-t-il en lui montrant le cliché.

Le livreur regarde.

« Désolé, mec, mais non. Ceci dit, je suis pas très physionomiste. » Il garde la photo à la main. « Vous pourriez peut-être me la laisser, et si je vois quelqu'un, je vous le ferai savoir. Je découvre encore le boulot, donc j'ai pas vu tout le monde.

— Vous voulez dire que vous êtes nouveau ?

— Je fais ça que depuis deux semaines, répond-il. Donc peut-être que si…

— Juste deux semaines ?

— Oui.

— Vous avez remplacé quelqu'un ?

— L'autre type a été viré.

— Quand ?

— Comme j'ai dit, il y a quelques semaines.

— Mais quand exactement ? »

Le livreur se gratte le menton tout en réfléchissant.

« Je suppose… que ça devait être il y a deux semaines. Peut-être un peu plus… en fait, je crois que c'était le samedi. »

Samedi. Le jour où Erin a été poussée du toit par quelqu'un qu'elle avait reconnu.

« Est-ce que le type sur la photo pourrait être celui dont vous avez hérité le boulot ?

— Possible, mais je l'ai jamais rencontré. Vous devriez aller parler à mon patron. Il aura peut-être une meilleure idée.

— Donnez-moi son numéro de téléphone, dit-il. Je vais lui passer un coup de fil. »

29

Joshua ne sait pas trop quelle matière il va aimer le moins. À son ancienne école, il détestait les maths. À présent il donnerait n'importe quoi pour être en cours de maths au lieu de ce truc affreux : menuiserie. L'école pour aveugles de Canterbury ne proposait pas cette matière, pour des raisons évidentes. Mais maintenant que Joshua voit, c'est apparemment une chose qu'il doit faire et, si vous êtes néo-zélandais, la capacité de construire une clôture ou une remise de jardin à partir de rien est censé s'inscrire dans votre ADN. Il n'a jamais utilisé un marteau ni passé les doigts sur le grain du bois pour déterminer dans quel sens le raboter. Il n'a ni l'expérience ni l'imagination nécessaires pour regarder une planche et voir un nichoir à oiseaux. Son père bricolait un peu. Il savait installer des étagères, mais pas les fabriquer. Il pouvait monter des meubles en kit sans qu'il reste des pièces. Joshua suppose qu'avec un peu de chance il pourrait atteindre le même niveau.

Pour couronner le tout, Scott est un menuisier talentueux. Joshua imagine que ce sera toujours comme ça – certains des élèves les plus méchants sont parfois aussi les plus doués, soit de superbes athlètes, soit très habiles de leurs mains. Pendant qu'il se bat avec un mètre-ruban, déterminant les dimensions du tabouret qu'il a commencé à fabriquer, Scott utilise un tour pour donner forme aux pieds du sien. Ça paraît simple à le voir, et quand il a terminé, il ramasse un tas de sciure entre ses mains, s'approche de l'établi de Joshua, où ce dernier est encore en train de mesurer, et la lui souffle au visage.

Il en a immédiatement plein la bouche et il la recrache, mais, pire, il en a aussi dans les yeux. Scott est déjà en train de rire.

« Je ne vois plus rien, dit-il, tentant d'essuyer la sciure.

— Alors ça doit être comme avant », réplique Scott.

La porte a été ouverte pour que reviennent les ténèbres qu'il a connues toute sa vie. Il ne sait pas quoi faire. Quand il ouvre les yeux, ils lui font mal, terriblement mal, et tout est flou. Ont-ils été définitivement endommagés ? Il aurait dû porter les lunettes que le Dr Toni lui a données.

Scott s'éloigne, toujours hilare, et Joshua essuie ses yeux, qui ont commencé à s'emplir de larmes.

« Ça va aller, dit quelqu'un, un autre élève, un garçon qu'il ne voit pas. Reste calme, je vais aller chercher Mme Thompson.

— Je reste avec lui », déclare une fille.

C'est Olillia. Il n'a pas besoin de voir pour reconnaître sa voix – il suppose que c'est comme un superpouvoir.

« Je suis désolée pour Scott, ajoute-t-elle. Je savais que ça pouvait être un connard, mais pas à ce point. Tu devrais en parler à un prof.

— Je ne vois rien », dit-il.

Il se met à trembler. Et si ses yeux étaient *vraiment* abîmés ? S'ils étaient tout rayés, si les nerfs étaient en lambeaux, si les cornées étaient sectionnées, si…

« Est-ce que je t'ai dit pourquoi je m'appelle Olillia ? »

Pourquoi lui pose-t-elle cette question maintenant ?

« Pardon ?

— C'était censé être Olivia, mais mon père écrit comme un cochon, et le type qui a tapé mon nom sur mon certificat de naissance a pris le V pour deux L, ou peut-être qu'il était bourré, ou peut-être que mon père l'était aussi – personne ne sait réellement ce qui s'est passé, ils savent juste que c'est arrivé. Olivia est devenu Olillia, et mes parents n'ont jamais pris le temps de corriger l'erreur, et quand ils ont finalement voulu le faire, ils ont changé d'avis. Le nom leur plaisait.

— Je l'aime bien aussi, dit-il, gardant les yeux fermés, le visage chiffonné.

— Moi aussi. J'aime croire que je suis peut-être la seule Olillia du monde. Tu commences à te sentir mieux ?

— Non », répond-il, puis il s'aperçoit que ce n'est pas vrai.

Que le fait qu'elle lui a parlé lui a permis de rester calme.

« Peut-être un peu.

— Ça va aller, déclare-t-elle, et il prend conscience qu'elle lui tient la main.

— OK. »

Elle lui serre la main un peu plus fort, puis la lâche.

« Qu'est-ce qui s'est passé ? demande quelqu'un, et son super-pouvoir lui dit que c'est Mme Thompson, la prof de menuiserie.

— Joshua a de la sciure dans les yeux, explique Olillia.

— Il faut que tu arrêtes de les frotter, dit la femme.

— C'est plus fort que moi, répond-il.

— Est-ce que c'est quelqu'un qui t'a fait ça, Joshua ? »

Olillia commence à répondre.

« C'était…

— Un accident », l'interrompt-il.

Mme Thompson lui pose une main sur l'épaule et le fait traverser l'atelier. Il sent que tout le monde l'observe. Il ne distingue que des formes floues et des couleurs. Elle le mène dans le couloir qui sépare les ateliers de menuiserie et de ferronnerie, où tous les cartables sont entreposés pendant les cours.

« Penche la tête », dit-elle. Il s'exécute et elle lui tapote les yeux avec quelque chose d'humide, peut-être un chiffon ou un mouchoir en papier.

« Je vais te mettre quelques gouttes, d'accord ? Essaie de ne pas bouger.

— OK. »

Elle place le pouce sur sa paupière gauche et verse deux gouttes dans son œil, puis elle répète l'opération avec le droit.

« Ça devrait tout faire partir.

— OK, dit-il.

— Joshua, tu as beaucoup de sciure sur le visage et dans tes cheveux. Tu veux me dire ce qui s'est passé ?

— Je ne sais pas, répond-il.

— Tu ne sais pas ? C'est la réponse bateau de tous les élèves que j'ai eus dans cette école, Joshua. Si tu essayais d'être plus original en me disant ce qui est réellement arrivé ?

— Je crois… je crois qu'elle s'est envolée de mon établi.

— J'ai entendu dire que tu passais beaucoup de temps à écouter des livres audio. C'est vrai ? »

Il ne sait pas où elle veut en venir.

« Oui », répond-il en faisant bouger ses yeux.

Ils lui font moins mal. Mme Thompson avec ses cheveux gris et ses yeux bleus commence à être nette. Il la voit en triple, mais c'est un progrès comparé à il y a une minute.

« Quel genre de livres ?

— Des policiers et des livres d'horreur, principalement.

— OK, maintenant, regarde-moi. »

Il obéit. Avec son pouce, elle lui ouvre les yeux l'un après l'autre, les inspecte à la recherche de restes de sciure.

« Donc tu écoutes beaucoup de romans, et tu me dis que de la sciure qui s'envole de ton établi est la meilleure explication que tu aies trouvée ?

— C'est ce que je dis.

— Si quelqu'un t'a fait ça, Joshua, je ne peux rien faire à moins que tu te confies.

— Comme j'ai dit, je ne sais vraiment pas comment c'est arrivé.

— Comment vont tes yeux, maintenant ?

— Bien », répond-il.

Les trois Mme Thompson ne font plus qu'une.

« Tu veux que j'appelle l'infirmière ?

— Non. Ça va aller.

— Tu es sûr ?

— Sûr, répond-il. Je crois que j'ai un peu paniqué. Je suis désolé.

— Inutile de t'excuser, Joshua. Tu es bien certain que tu n'as rien d'autre à me dire ?

— Rien.

— Bon, si tu changes d'avis, tu sais où me trouver. »

Le cours de menuiserie est le dernier de la journée, et lorsqu'il s'achève, il a un peu avancé sur son projet et beaucoup travaillé sur sa résilience. Mme Thompson demande à Scott de rester après les autres, et ce dernier lance à Joshua un regard accusateur, en réponse à quoi Joshua détourne les yeux. Il attrape son sac et sort du lycée parmi les centaines d'élèves qui font la même chose, certains à vélo, d'autres à pied, certains se faisant emmener en voiture, d'autres se faisant harceler, certains l'ignorant, d'autres l'observant, aucun ne lui parlant. Sa première journée de cours est terminée. Sa mère était censée lui apprendre à faire du vélo ce soir, mais apprendre à se battre est devenu pour lui une priorité.

Il appellera l'oncle Ben plus tard et lui demandera s'il peut lui montrer comment s'y prendre.

30

Le logo qui se trouvait sur la chemise du livreur regarde désormais Ben depuis une énorme enseigne située devant le dépôt. Le smiley contraste totalement avec l'homme qui dirige l'endroit, un certain Neil Proctor, un type qui sait peut-être à quoi ressemble un sourire à la télé, mais qui n'en a jamais inspiré un seul de sa vie. Il leur dit que l'employé qu'il a licencié il y a quelques semaines s'appelait Vincent Archer. Il ajoute que ça lui pendait au nez depuis longtemps. Il explique qu'il a pris un après-midi pour un enterrement, puis qu'il est arrivé en retard deux jours plus tard, et ça a été la fois de trop. Il a dû s'en séparer. C'est le genre de chose qu'on appelle un *déclencheur*, dans le boulot de Ben. L'enterrement, déclare le patron, était celui de Simon Bower. Puis il leur donne l'adresse d'Archer et ajoute :

« C'est un drôle de zigue, celui-là, et il est devenu encore plus bizarre dernièrement.

— Comment ça ? »

Proctor gratte son menton tout en réfléchissant. Il a cette barbe sans moustache que Ben considère comme une erreur pour quiconque l'arbore.

« À tous les égards, dit-il.

— Vous pouvez être plus spécifique? demande Vega.

— Non. Mais il se passe des trucs vraiment tordus dans sa tête, ça, c'est sûr. Y a qu'à voir ses fréquentations. »

Pendant le trajet vers le domicile d'Archer, Ben appelle l'inspectrice Kent, qui fait partie des flics ayant questionné les amis, collègues et voisins de Simon Bower. Son opinion sur Archer? Aussi bien elle que l'inspecteur Travers l'ont trouvé plutôt agréable, et coopératif. Elle ajoute qu'il n'a pas de casier. Ben lui dit qu'ils sont en route vers chez lui afin de l'interroger. Il lui demande d'essayer d'obtenir un mandat pour qu'ils puissent entrer au cas où il ne serait pas là, ou s'il refusait de les laisser inspecter les lieux. Elle répond qu'elle ne pense pas qu'ils aient de quoi avoir un mandat, mais déclare qu'elle fera son possible. Il lui demande d'envoyer deux voitures en renfort.

Les maisons du quartier ont entre quarante et quatre-vingts ans, certaines sont en brique, d'autres couvertes d'un plaquage de bois, certaines sont des pavillons, d'autres des logements à loyer modéré. Il y a des jardins bien entretenus, d'autres en désordre, des jardins envahis par les herbes, d'autres clairsemés. C'est le même genre de rue que celle où vit Ben. Le même genre de rue que celle où vit une grande partie de la population de Christchurch. Tout un tas de banalité mélangé à tout un tas d'ordinaire. Sauf la maison de Vincent. C'est l'exception qui confirme la règle. Le pavillon où il vit a au moins soixante-dix ans, et semble fraîchement repeint. Il a de grandes fenêtres, tellement propres que le seul moyen de savoir qu'elles sont équipées de vitres est le reflet du soleil. Les encadrements en bois sont blancs et impeccables, et ils ressortent sur le placage gris foncé. Tout est immaculé. Une terrasse part de l'entrée et avale la moitié de la pelouse à l'avant. Des buissons de lin alternent avec des fougères régulièrement espacés, et on dirait qu'un jardinier vient ici deux fois par jour. Il y a du paillis et des rhododendrons et des yuccas tout autour du jardin. Ils passent devant et se garent une demi-rue plus loin. Ben coupe le moteur et sent la tension dans son corps croître.

« Allons lui parler, dit-il.

— On avait convenu d'attendre les renforts.

— On peut le faire seuls.

— J'en suis sûre, cependant – et je ne sais pas comment dire ça sans paraître insensible – c'est le fait de ne pas avoir attendu les renforts qui a valu à Mitchell de se faire tuer. »

Ce n'est pas ça qui lui a valu de se faire tuer, songe-t-il, mais il ne peut pas le lui dire. Appeler des renforts n'était pas une option pour eux. Mais certes, s'ils l'avaient fait, Mitchell serait encore en vie, et Simon Bower aussi.

« Tu as raison, dit-il. On va attendre. »

Les renforts arrivent neuf minutes plus tard, sous la forme de deux voitures de police. Les agents sont armés. Ils élaborent un plan précis. Un agent reste dans la rue au cas où Vincent Archer ne serait pas chez lui et arriverait. Un autre va à l'arrière de la maison. Deux restent avec Vega et Ben. Ce dernier frappe à la porte.

Personne ne vient ouvrir.

« Tu penses qu'il n'est pas là ou qu'il ne répond pas ? demande Vega.

— Pas là, répond Ben.

— Nous devons attendre le mandat. »

Il s'éloigne et appelle Kent, qui l'informe qu'elle travaille toujours dessus. Ils pourraient y aller, défoncer la porte et se précipiter à l'intérieur, mais ce qu'ils trouveront ne leur servira à rien si le mandat n'est pas émis. Et même s'il parvenait à garder son boulot après ça, il foutrait en l'air son association avec Vega avant même qu'elle ait commencé.

« Je vais jeter un coup d'œil, dit-il.

— Ne casse rien », répond-elle.

Il fait le tour de la maison, regardant par les fenêtres au passage. Tout est aussi ordonné que dehors. Certains appareils semblent tout juste sortis de leur boîte. À l'intérieur, on dirait que la maison a été construite il y a à peine un an. Il y a une grande cuisine ouverte avec un îlot central et un réfrigérateur à double porte, et l'ébénisterie semble faite à la main. Dans le salon, un grand canapé avec des fauteuils assortis, une cheminée, pas de télé, quelques vieilles affiches de films encadrées aux murs. La moquette a l'air neuve, des plantes en pots sont disposées dans chaque pièce et une étagère occupe la moitié d'un mur. Tout est impeccable et à sa place, le lit est fait et il n'y a nulle part de vaisselle sale.

Dans la pièce de derrière, les rideaux sont tirés. Archer serait-il en train d'y dormir ? Ben longe la fenêtre, tentant de trouver un angle pour voir à l'intérieur, et il parvient à jeter un coup d'œil entre les rideaux après avoir traîné une table de pique-nique en bois et être grimpé dessus. Il distingue des coupures de presse, des photos et des listes punaisées au hasard sur le mur.

Il sort son téléphone et rappelle Kent.

« Comment ça se passe ?

— Pas bien », répond-elle.

Il décrit la pièce qu'il vient de voir.

« Accordez-moi deux minutes, dit-elle. Je vais vous obtenir ça. »

Il retourne à la porte principale.

« C'est bien notre type, dit-il à Vega.

— Tu as vu quelque chose ?

— Plein de trucs. »

Kent le rappelle. Elle lui donne l'autorisation d'y aller. Il raccroche, informe Vega que le moment est venu. Elle donne un coup de bélier dans la porte. L'impact est dévastateur. La porte se sépare du montant avec un bruit de voiture emboutie par l'arrière. Des éclats de bois volent dans tous les sens. Elle lâche le bélier et ils se ruent à l'intérieur, s'identifiant à haute voix au cas où Archer se cacherait. Trois agents se dirigent vers l'arrière de la maison et inspectent le couloir, le bureau, les chambres et la salle de bains pendant que Vega et Ben passent en revue le salon, la cuisine et le coin salle à manger.

Archer n'est pas là. Ils rengainent leur arme. Ben sort une paire de gants en latex et Vega le suit dans la pièce au bout du couloir, où est étalée la folie de Vincent Archer.

« C'est la chambre de l'Obsession », déclare Vega. Ben n'a jamais entendu cette expression, mais elle lui plaît. Il s'en servira à l'avenir. Les articles punaisés aux murs concernent principalement Simon Bower. Il y en a également sur Andrea Walsh, la femme que Simon Bower a tuée et dont ils n'ont toujours pas retrouvé le corps, sur la chute d'Erin, sur l'incendie à l'hôpital. Il y a aussi des photos, que Ben ne se souvient pas avoir vues dans la presse ou en ligne. C'est donc Vincent qui a dû les prendre. Des photos du chantier où Mitchell est mort. De Vega devant sa maison. Il y en a des parents de Ben montant dans leur voiture à un centre commercial, de la mère de Mitchell dans son jardin, du père de Mitchell en train de laver sa voiture. Il y en a une de Josh et de Michelle devant l'école, une de Josh avec ses grands-parents, une autre du garçon quittant l'hôpital. Il y a des listes d'adresses, d'anniversaires, d'endroits fréquentés, de tout et de rien. Il sent à peine ses jambes. Il a besoin de s'asseoir. C'est à cause de ce que Ben et Mitchell ont fait à Simon Bower qu'Erin a été attaquée. Ce qu'il voit ici, c'est un projet de vengeance.

Il s'aperçoit qu'il retient son souffle depuis le début.

Il exhale.

Au centre de toute cette folie trône une photo de Ben Kirk constituée de quatre parties distinctes, imprimées et accrochées côte à côte, chacune contenant un quart de ses traits. C'est le cliché que les médias n'ont pas cessé de diffuser, celui qui figure sur sa carte de police. Deux choses sont punaisées dessus. La première est la bague de fiançailles qu'il a offerte à Erin. Sa vue fait remonter les souvenirs. Ils se sont rencontrés il y a quatre ans alors qu'ils étaient assis l'un à côté de l'autre au cinéma. Elle portait une robe d'été blanche, ses bras étaient bronzés et son sourire a fait s'emballer son cœur. Il était venu avec un ami, mais c'est à elle qu'il a parlé pendant les bandes-annonces. Il l'a fait rire. Il lui a demandé son numéro. Ils ont dîné ensemble le week-end suivant. Il se souvient qu'il a fait ajuster la bague le week-end qui a précédé sa demande. Elle avait appartenu à sa grand-mère, qui l'a transmise à sa mère il y a des années de cela, et celle-ci la lui a donnée quand il lui a dit qu'il allait demander Erin en mariage. Il a subtilisé une bague dans la boîte à bijoux d'Erin pour connaître sa taille, et celle de sa grand-mère a été nettoyée, la pierre a été de nouveau sertie, et l'anneau rajusté. Quelques jours plus tard, un cuisinier est parvenu à la cacher dans un biscuit chinois, et maintenant elle est punaisée au mur de la maison d'un détraqué.

« Qu'est-ce que c'est ? » demande Vega.

Il saisit la bague.

« Elle appartient à Erin, répond-il. C'est la bague de fiançailles que je lui ai offerte.

— Elle est très belle. »

La bague a été souillée par la sueur de Vincent Archer et par l'air toxique de cette maison. Ben ne sait pas s'il arrivera un jour à la revoir comme avant.

« Il a dû la garder en souvenir », observe Vega.

Ben la place dans un sachet à scellé. Ce qu'il sait, c'est qu'elle ne peut pas rester ici.

La seconde chose qui est punaisée sur la photo de lui reconstituée, c'est une liste de noms.

« Regarde ça », dit Vega, occupée à lire un article de presse.

Mais Ben ne regarde pas. Il est trop préoccupé. Il détache la liste du mur. En haut figure le nom d'Erin. Une légère croix a été tracée à côté, de toute évidence quand Archer a cru qu'il l'avait tuée, puis il a essayé de l'effacer quand il s'est aperçu qu'elle était toujours en vie.

« C'est Ruby Carter », dit Vega, toujours occupée à lire l'article.

Ben ne répond pas. Il est concentré sur le deuxième nom de la liste. Celui-ci a été souligné une demi-douzaine de fois. Joshua Logan. Il regarde la photo du garçon devant le lycée. Pas l'ancien, le nouveau.

« C'est toi qui étais sur cette affaire, n'est-ce pas ? » demande Vega.

Il consulte sa montre. Il est 15 h 25. Les cours sont finis depuis dix minutes.

« Je ne vois qu'une seule raison pour que ce type ait punaisé des articles sur Ruby Carter à son mur, dit Vega. Il l'a tuée. Peut-être qu'il l'a fait avec Simon Bower. Je crois qu'on devrait… Bon sang, Ben, ça va ?

— Faut qu'on y aille, dit-il.

— Où ? »

Il se précipite vers la porte.

« Je crois que Joshua est en danger. »

31

« Hé, Josh, attends ! »

Il se retourne. Olillia agite la main dans sa direction. Elle est à l'entrée principale, en compagnie d'un groupe d'élèves devant lequel il est passé. Elle leur dit rapidement quelque chose puis marche jusqu'à lui.

« Tu rentres à pied ou tu prends le bus ?

— À pied, répond-il.

— Ça t'ennuie si je t'accompagne ?

— Ça me ferait plaisir », répond-il en rougissant.

La rue est remplie de voitures garées avec à l'intérieur des parents qui attendent de récupérer leurs enfants. Il y a des élèves qui marchent et partent à vélo dans toutes les directions. À son ancienne école, c'était différent. Les parents attendaient devant, et personne ne marchait ni ne faisait de vélo.

« Comment vont tes yeux ?

— Ça va, répond-il. Je crois que j'ai réagi excessivement.

— Tu as été aveugle toute ta vie, et tu as probablement cru que tu allais de nouveau perdre la vue. À ta place, j'aurais chialé comme un bébé. Je suis désolée pour ton père, au fait. »

Le changement de sujet est si soudain qu'il ne sait tout d'abord pas ce qu'elle veut dire. Il a été préoccupé par tant de choses aujourd'hui que son père a été relégué au second plan.

« C'est dur, dit-il.

— Je sais. J'ai perdu ma mère. Je n'avais que cinq ans quand c'est arrivé, donc je me souviens seulement qu'elle m'aimait et qu'on se faisait rire, mais parfois quand j'essaie de me la représenter, je n'y arrive pas. Elle a eu un cancer. Je ne me souviens pas d'elle à l'hôpital ni rien. Juste qu'elle était toujours là et qu'ensuite… ensuite elle n'y était plus.

— Je suis désolé, dit-il.

— Alors on est deux. »

Elle sourit. Il se demande si sa famille a également une malédiction.

« Donc, tu vis avec ton père ? » demande-t-il.

Ils ont longé un pâté de maisons. Il y a tout un tas d'élèves autour de lui, certains en groupes, d'autres deux par deux, d'autres seuls. Quelques-uns s'entassent dans un bus qui vient de s'arrêter.

« Et mon frère, dit-elle. Il est plus âgé que moi. Il a vingt ans, mais il vit à la maison. Son nom est Normal.

— Ah oui ? C'est quoi ?

— Normal, répond-elle. Étrange, non ?

— Sérieusement ? Il s'appelle Normal ?

— Oui, dingue, hein ? Je ne sais pas ce qui est passé par la tête de mes parents. » Puis elle éclate de rire et lui donne une légère tape sur le bras. « Non, je plaisante. Il s'appelle Zach. »

Il rit à son tour. Il n'a jamais rencontré quelqu'un d'aussi bizarre.

« Tu as des frères et sœurs ? demande-t-elle.

— Non, c'est juste moi et ma mère.

— Des animaux ? Nous, on a trois chats. Parfois je trouve que c'est trop, et d'autres fois je crois que j'aimerais en avoir plus.

— Non, pas d'animaux, répond-il. Du moins pas à temps plein.

— Ils sont à temps partiel ?

— Oui.

— Donc tu veux dire que la moitié du temps ils seront un chat, et l'autre moitié ils seront autre chose ? Comme une table ?

— Exactement. Mais ils peuvent aussi être un canapé.

— La moitié du temps chat, la moitié du temps fauteuil, dit-elle. Mais c'est quoi la véritable histoire ?

— Ma mère est vétérinaire, et parfois elle apporte des chatons à la maison, ou des chiots. C'est un peu comme une famille d'accueil, surtout s'ils ne vont pas bien et qu'elle veut garder un œil sur eux pendant la nuit. On peut les avoir quelques semaines. Parfois un mois.

— Ça doit être dur de leur dire au revoir.

— Oui, répond-il. J'essaie de garder à l'esprit le fait qu'ils sont en meilleure santé que quand ils sont arrivés, et qu'ils vont dans une bonne famille.

— Est-ce qu'il y en a qui meurent ?

— Ça arrive, oui, mais pas souvent.

— Ça doit être vraiment triste, dit-elle.

— Oui, ça l'est.

— Ta mère doit être très courageuse. Je serais anéantie. »

Il y a une supérette au prochain croisement, et un rottweiler noir attaché à un parking à vélo devant. Il les regarde passer. Il a dans les yeux une expression affamée. Il y a des graffitis sur les poteaux des réverbères et des chewing-gums sur le trottoir, et il perçoit une odeur de pain frais et de fumée de cigarette rance. Ils prennent à droite après le magasin. Olillia lui dit le nom de ses chats, et celui des autres chats qu'elle a eus dans sa vie. Il aime le son de sa voix. Devant eux se trouve un passage à niveau. Celui-ci s'étire en haut d'un talus qui forme une courbe parabolique. Il voit quelques élèves quitter la rue et suivre la voie ferrée vers la droite.

« Dégage, loser ! » hurle quelqu'un, et en se retournant il voit un élève de son école à vélo sur le trottoir, en train de foncer sur lui.

Il s'écarte juste à temps. L'élève gravit le flanc du talus aussi vite qu'il peut, reprenant son souffle au sommet en tirant sur le guidon, puis il disparaît de l'autre côté.

« Tu le connais ? demande Joshua.

— Levi ? Non, pas vraiment. Je sais qui c'est. Le genre de type dont on verra le nom dans le journal un jour pour de mauvaises raisons.

— Comme Scott.

— Mais l'avantage, c'est que Levi a un an d'avance sur nous, donc tu n'auras à le supporter que cette année. »

Ils gravissent le talus et s'arrêtent au sommet. Il regarde de chaque côté de la voie ferrée. Aux endroits où elle croise la rue, il y a de longs pans de chaussée entre les rails, et naturellement le talus est lui aussi pavé, mais à part ça ce sont des traverses à perte de vue, et le talus est constitué de millions de cailloux gros comme le poing. Il n'y a aucun train à l'horizon, et il aperçoit des élèves des deux côtés. Ceux qu'il a vus quelques instants plus tôt ont marqué une pause pour allumer une cigarette et pour sortir leur chemise de leur pantalon.

« J'habite par là », déclare Olillia en désignant de la tête les rails sur la gauche. Il sait que les trains traversent deux quartiers après celui-ci. Les soirs calmes, s'il n'y a pas de vent, il peut les entendre. Il sait aussi que parfois les gens sous-estiment le temps qu'il faut pour traverser les voies, et que pour une raison ou pour une autre les personnes ivres ont tendance à s'endormir dessus et à provoquer des accidents atroces.

« Tu vas de quel côté ?

— Par là aussi, répond-il, mais j'allais emprunter la route. Je n'ai jamais marché sur une voie ferrée.

— Tu devrais essayer, dit-elle. C'est cool. »

Cool. Il songe à ce mot et s'aperçoit qu'il n'a probablement jamais rien fait de sa vie qui puisse être décrit de la sorte. Il pourrait commencer en longeant cette voie ferrée. En la suivant en direction de son quartier. Ce serait comme une aventure, et ce n'est pas comme s'il allait se perdre. Pas vraiment. Et s'il le fait, il peut soit utiliser son téléphone pour appeler sa mère, soit utiliser l'application de géolocalisation pour savoir où il est.

« Alors ? demande-t-elle.

— Allons-y, répond-il.

— Génial ! Tu habites où ? »

Il lui donne l'adresse. Elle réfléchit quelques secondes, puis acquiesce.

« C'est parfait, dit-elle. On peut longer cette section, qui nous mènera à la route que je veux. Toi, tu continueras jusqu'à la prochaine. Ça te fera gagner vingt minutes sur ton trajet. »

Ils marchent entre les rails sur les traverses. Les élèves qui ont pris la même direction qu'eux sont désormais trop éloignés pour qu'il puisse distinguer autre chose que la couleur de leur uniforme.

« Tu as déjà pris le train ? demande-t-elle.

— Jamais. D'ailleurs, je n'en ai même jamais vu.

— Jamais ?

— J'en ai entendu, et j'ai une idée de ce à quoi ils doivent ressembler. Mais je n'en ai vu ni à la télé ni sur Internet. Pas parce que je ne suis pas curieux, mais il y a tellement de choses que je n'ai pas encore vues.

— Et je suppose qu'il y a plein de trucs que tu chercheras sur Internet avant les trains, observe-t-elle. Un jour j'en ai pris un avec ma mère, mais je ne… »

Elle est interrompue par un bruit de sirènes qui approche. Ils se retournent et voient une voiture de police franchir à toute vitesse le passage à niveau derrière eux. Ça lui rappelle le jour où Ben est arrivé à toute blinde sur le parking de l'hôpital, derrière l'ambulance.

« Bon sang, y en a qui sont pressés, dit-elle.

— J'espère que personne n'est blessé », répond-il, puis il songe que si quelqu'un l'est, avec un peu de chance ce sera Scott.

Ils continuent de marcher, Olillia en équilibre sur le rail de gauche, Joshua sur celui de droite. Les pierres qui recouvrent les flancs du talus s'enfoncent dans une herbe sèche et éparse qui monte à hauteur de chevilles, et plus loin des clôtures en bois séparent la voie des habitations voisines. Certaines planches manquent, d'autres sont tordues ou gondolées, et toutes sont couvertes de graffitis.

« Qu'est-ce que tu disais ? À propos du train ? demande-t-il.

— Oh, oui, j'allais dire que c'était il y a si longtemps que je ne m'en souviens pas. Je le sais seulement parce que Zach s'en souvient et qu'il m'en a parlé un jour. Je ne sais même pas où on allait ni pourquoi. Comment c'était ? demande-t-elle soudain. Être aveugle ? »

Il sent une odeur de graisse et entend des insectes bourdonner dans l'herbe. Il y a des cannettes de bière et des bouteilles partout. Il suppose que la seule chose qui n'est pas là mais qui devrait l'être, c'est un gamin en train de donner des coups de bâton sur un chat mort et un sans-abri en train de boire au goulot d'une bouteille de vin enveloppée dans un sac en papier. Les premières feuilles d'automne commencent à s'entasser au pied des clôtures. Il se demande qui provoque le plus de détritus, les gens ou la nature.

« C'était rien de spécial, répond-il. Je veux dire, j'avais toujours été comme ça. La vue ne me manquait pas parce que je ne l'avais jamais eue, mais oui, je savais que je ratais quelque chose. À certains moments c'était vraiment dur, mais la plupart du temps je n'y pensais pas. C'est comme respirer, on le fait sans y réfléchir. Quelque chose de ce genre.

Je ne pensais pas au fait que j'étais aveugle, ou je ne m'appesantissais pas dessus, j'étais comme ça.

— Et maintenant ?

— Maintenant tout est différent.

— Mais pas simplement parce que tu vois, n'est-ce pas ? À cause de tout ce qui s'est passé dans ta vie.

— Oui.

— Tu fréquentes toujours tes amis d'avant l'opération ? Ou est-ce qu'ils te voient différemment, maintenant ? Et quand je dis *voient*, c'est une façon de parler.

— C'est…, commence-t-il, mais il ne finit pas sa phrase.

— C'est quoi ?

— C'est très perspicace de ta part, dit-il. Et non, je ne les vois plus. Ils ne veulent plus traîner avec moi.

— Ça doit être dur. Pas simplement la perte de ton père, mais le fait que tu te sentes coupable de voir après ce qui lui est arrivé, et aussi le fait que tu sois désolé pour tes amis qui ne peuvent pas voir. »

Il voudrait l'étreindre, mais ne le fait pas. Ils continuent de marcher. Occasionnellement l'un d'eux perd l'équilibre et percute l'autre, le faisant également tomber du rail, et tous deux éclatent de rire.

« Est-ce que je suis la première amie que tu te fais depuis que tu as retrouvé la vue ? »

Sa question le fait sourire. Elle le réconforte intérieurement. Elle lui donne de nouveau envie de l'étreindre.

« Oui.

— Tu t'en feras d'autres, dit-elle. Je te présenterai des gens demain. Ils t'apprécieront, je te le promets.

— Merci, dit-il. Ça a l'air… cool.

— Tu n'auras plus à être seul, et ils te plairont. »

Il est excité à l'idée de se faire des amis. Il pense aussi qu'en avoir beaucoup est le meilleur moyen de se défendre contre des types comme Scott.

Bientôt Joshua et Olillia sont forcés de repousser les moustiques et d'écraser sur leurs bras la simulie occasionnelle. Il ne voit pas de sauterelles, mais il les entend striduler dans toutes les directions. Il sent la sueur goutter sur ses flancs, à l'endroit où appuie son sac, mais la transpiration et les démangeaisons sont les seuls désagréments de cette balade. Il savoure la chaleur du soleil, il aime marcher sur les rails et les traverses, il aime le bruit des insectes qui monte de l'herbe. Ça stimule son imagination, comme le faisaient ses livres audio, et il se demande si ça pourrait mener à quelque chose, si devenir écrivain pourrait être une nouvelle option pour lui. Bien sûr, il aurait pu être écrivain même s'il était resté aveugle – mais décrire un monde qu'on voit à la lumière est plus simple qu'en décrire un qui n'existe que dans votre tête.

« Tu fais toujours le trajet à pied, ou est-ce que tu viens parfois à vélo ? demande-t-il.

— À pied, répond-elle. Mais je pourrais venir en voiture, si j'en avais une.

— Vraiment ? Tu sais conduire ?

— J'ai eu mon permis temporaire il y a deux mois, donc je dois toujours conduire avec une personne plus âgée qui a son permis depuis plusieurs années. C'est marrant. Je suppose que tu n'as jamais conduit, hein ?

— Jamais, mais je veux le faire.

— Mon frère pourrait te montrer. C'est lui qui m'a appris. »

Elle lui parle de son frère. Il étudie pour devenir prof d'éducation physique. Il adore le sport et en pratique plusieurs, pas assez bien pour être professionnel, mais suffisamment pour les enseigner aux autres. Les élèves derrière lesquels ils marchaient quittent la voie ferrée au croisement devant eux. Une voiture de police, peut-être la même que tout à l'heure, franchit le talus à toute allure et file de l'autre côté, son châssis heurtant le sol et créant des étincelles, ses sirènes hurlant. À sa vue, ils se figent tous les deux.

« Ça doit être sérieux, dit-il.

— J'espère que personne n'est blessé. Tu crois qu'ils vont sur les lieux d'un accident ? Ou sur une scène de crime ?

— Ça pourrait être l'un ou l'autre, ou peut-être qu'ils cherchent quelqu'un. »

Ils atteignent l'intersection. Les maisons des deux côtés de la rue sont semblables à celles du quartier de Joshua. Principalement des habitations de plain-pied avec l'occasionnelle structure à un étage ici ou là. L'automne dépouille la végétation, le soleil brûlant grille les pelouses et certains jardins sont en meilleur état que d'autres.

« C'est ici qu'on se sépare, dit-elle.

— Oh, oui, évidemment. »

Ils se tiennent près de la voie ferrée et se fixent du regard.

« Heu… tu veux mon numéro ? demande-t-elle. Au cas où tu aurais des questions sur le lycée ou sur les devoirs ? Ou si jamais tu veux qu'on aille au bahut ensemble ? »

Il sourit.

« D'accord. »

Il pose son sac et ouvre le compartiment sur le côté. Ses mains tremblent un peu. Il est nerveux mais ne sait pas pourquoi. Il sort son téléphone, dont l'écran est poisseux à cause du soda qui a coulé dessus plus tôt. Il tente de l'allumer, mais l'appareil ne fonctionne pas.

« Donne-moi ta main », dit-elle, et il obéit. Elle inscrit son numéro sur sa paume et ne mentionne pas le fait que celle-ci tremble, même si elle le remarque sûrement.

« C'était sympa de faire le trajet avec toi, Garçon Qui Était Aveugle.

— À demain, Fille Qui Parle. »

Il la regarde descendre le talus puis longer la rue. Elle est à cinquante mètres lorsqu'elle se retourne et agite la main. Il a l'impression de s'être fait prendre sur le fait, même s'il ne sait pas ce qu'il a fait de mal. Il lui retourne son salut, puis continue de longer la voie ferrée.

Le tronçon suivant est semblable au précédent, seulement il y a beaucoup plus de déchets, d'herbe sèche, de graffitis et également d'insectes. Il transpire de plus en plus. À chaque seconde il doit taper sur une bête qui essaie de le piquer. Il y a un autre élève loin devant. Il se concentre sur lui, tente de se caler sur son allure. Après cent mètres il se rend compte que le numéro de téléphone sur sa main ne résistera pas au trajet – sa sueur a déjà fait baver les deux premiers chiffres. Il tire un cahier de son sac et le note. En remettant le sac sur son épaule, il jette un coup d'œil à la voie ferrée derrière lui. Quelqu'un court dans sa direction. Il ne distingue pas qui, mais un élève de son école profite du même raccourci. Lorsqu'il regarde de nouveau en arrière quelques instants plus tard, il s'aperçoit que c'est Scott.

Ce n'est pas une bonne nouvelle.

Il se met à courir.

« Attends, le monstre ! » hurle Scott.

Il n'a jamais couru de sa vie. Il a marché vite, trottiné un peu au cours des dernières semaines, mais il n'a jamais couru, pas comme ça, pas à fond comme si sa vie en dépendait. Ce qui signifie qu'il manque non seulement d'expérience, mais aussi d'endurance. L'élève qu'il suivait a atteint le tronçon de voie ferrée suivant, il est trop loin pour l'aider, même s'il le voulait. Ses pieds martèlent lourdement les traverses qu'il ne quitte pas des yeux, conscient que le moindre faux pas l'enverra au sol. Il entend Scott qui le rattrape. La rue apparaît. Il lui suffit de l'atteindre. De continuer de courir.

Scott lui attrape la cheville. Il perd l'équilibre et s'envole dans les airs. Il se retourne et parvient à utiliser son sac pour amortir en partie l'impact, mais pas totalement. Il roule le long du talus pierreux jusqu'à l'herbe en contrebas.

32

Voici donc ce que ça fait d'être un criminel, songe Vincent. Rythme cardiaque élevé, mains moites, constamment sur les nerfs. Un criminel qui est aussi un imbécile. Qui doit apprendre. Un amateur.

Aller à l'hôpital – c'était idiot.

Faire une injection à Erin – c'était idiot.

Il n'est parvenu qu'à attirer l'attention sur le fait que son accident n'en était pas un. Il a permis à la police, au personnel soignant, à tout le monde, de comprendre que quelqu'un essaie de la tuer, ce qui serait au moins acceptable s'il avait réussi à le faire. Mais à la place il est de retour à la case départ – il sait qu'elle pourrait se réveiller à tout moment et se rappeler chaque détail.

Il y a un bon côté : les précautions qu'il a prises à l'hôpital ont fonctionné. La police n'est pas venue le chercher. Le fait que la femme ne soit pas morte, c'était un coup de malchance. Mais le fait qu'il ne se soit pas fait prendre, c'était dû à une bonne préparation.

Tout se passera mieux avec le garçon.

Il suit Joshua Logan et d'autres proches de l'inspecteur Benjamin Kirk depuis deux semaines. Il lui a fallu du temps pour déterminer l'ordre dans lequel il les éliminerait. Ça a été un processus compliqué, mais il a finalement identifié sa deuxième cible : le garçon qui a les yeux de son père.

Vincent ressemble à n'importe quel parent tandis qu'il tape du doigt sur le volant tout en observant la marée d'élèves. Passer inaperçu est aisé. Ce qui ne l'est pas, c'est savoir ce que Joshua va faire. Quelqu'un va-t-il venir le chercher ? Va-t-il partir à pied ? Prendre le bus ? Bon, c'est pour ça que Vincent est là – pour apprendre. L'autre chose qui n'est pas aisée, c'est repérer le gamin. Ils sont tellement nombreux à être habillés pareil.

Soudain le voici qui franchit le portail, mais Vincent doit continuer d'attendre car s'il sort et se met à le suivre, il l'effraiera. Il ne peut pas non plus le filer en voiture. Il connaît le chemin que le garçon va prendre – il doit juste déterminer son mode de transport. Joshua s'éloigne à pied, c'est parfait.

Il laisse s'écouler cinq minutes, puis démarre. Il double Joshua près d'une supérette où les élèves se gavent de tourtes à la viande et de cannettes de soda. Joshua n'y entre pas. Et il n'est pas seul. Il marche avec une fille de son lycée.

Vincent prend la première à droite et franchit un passage à niveau cent mètres plus loin. Il parcourt vingt-cinq mètres de plus et s'arrête. La fille pourrait être un problème si Joshua décidait de toujours rentrer avec elle. D'autres élèves passent à vélo à côté de sa voiture. Certains marchent. Pour faire mine d'être occupé, il consulte sa montre et joue avec son téléphone. Un gamin aux cheveux sombres et hérissés et à l'air mauvais le dévisage tandis qu'il passe à toute allure à côté de la voiture sur le trottoir, ct quand Vincent le regarde, le jeune hurle « Loser ! » et lui fait un doigt d'honneur.

Il envisage de suivre ce gamin jusque chez lui à la place.

Joshua atteint le sommet du talus, et au lieu de redescendre de l'autre côté, la fille et lui changent de direction et marchent le long de la voie ferrée.

Intéressant, se dit Vincent, et il s'engage dans la circulation.

Il y a un feu vert devant lui, mais personne ne passe, et bientôt il voit pourquoi : des voitures de police sont en train de franchir l'intersection à vive allure. Elles tournent et se dirigent vers lui, et l'espace d'un instant il est nerveux car il croit que les flics sont là pour lui, mais ils ne ralentissent pas. Ils se dirigent vers l'école, atteignant la voie ferrée à toute vitesse. Peut-être qu'un des élèves a poignardé un prof, ou un autre élève. D'ordinaire les plus gros connards étaient déjà des connards quand ils étaient gosses, mais le genre de trucs qui se passent dans les écoles de nos jours dépassent de loin ce que le plus gros enfoiré aurait osé faire quand Vincent était élève. Il se rappelle encore son premier jour de lycée. Il avait treize ans. C'était deux ans avant qu'il rencontre Simon. Tous ses amis allaient dans un lycée public, mais ses parents l'avaient envoyé dans le privé, ce qui signifiait qu'il ne connaissait personne. Le premier jour, dans la cour, un gamin a tiré le pantalon de Vincent jusqu'à ses chevilles puis s'est agenouillé derrière lui pendant qu'un autre le poussait à la poitrine, le faisant basculer par-dessus le premier et atterrir sur le dos avec les jambes en l'air. Pas un seul élève ne s'est retenu de rire. Il a remonté son pantalon et a immédiatement compris qu'il devait prendre une décision – soit il devenait le dindon de toutes les farces, soit il se faisait respecter.

Le garçon derrière lui était toujours à genoux, en train de rire. Vincent lui a donné un violent coup de pied au visage, lui cassant le nez, lui fendant la lèvre et faisant voler deux de ses dents. Puis il a plongé sur l'autre gamin, et ils étaient encore en train d'échanger des coups de poing qui rataient pour la plupart leur cible quand les profs les ont séparés. Il sait que l'argent de ses parents est la seule raison pour laquelle il n'a pas été renvoyé ce jour-là, mais personne n'a plus jamais levé la main sur lui. Jamais.

La circulation se remet à avancer. Il roule vers le nord et se retrouve coincé au croisement suivant à cause d'une nouvelle voiture de police, et il loupe deux feux verts à cause du bouchon. L'élève qui l'a traité de loser plus tôt passe une fois de plus à côté de lui, et maintenant qu'il le voit pour la deuxième fois, il lui rappelle ce gamin dont il a fait voler les dents au lycée. La circulation se dégage et il tourne au croisement. Devant lui la fille qui marchait avec Joshua avance désormais dans sa direction, et Joshua n'est plus là. Il a probablement continué de longer la voie ferrée. Vincent fait demi-tour mais se retrouve coincé une minute au feu rouge suivant avant de prendre la première rue à gauche, qui est parallèle à celle où il a vu la fille.

Joshua sera seul sur la voie ferrée, songe-t-il. Pour Vincent, le but de la journée avait été de le suivre et d'apprendre ses habitudes, de la même manière qu'il a suivi les autres, mais il est vrai qu'on ne peut filer les gens qu'un certain temps avant de se faire remarquer. L'objectif n'est donc plus de suivre, mais de passer à l'acte.

Et comme le gamin est seul sur la voie ferrée, c'est maintenant qu'il doit agir.

Il se gare près du passage à niveau et descend de voiture. Il a son couteau enveloppé dans un chiffon. Il l'a emporté au cas où une opportunité se présenterait, et bon sang, c'est un exemple typique d'opportunité inattendue. Il gravit la pente, et lorsqu'il atteint le sommet du talus, il regarde d'abord à droite et ne voit personne. Sur sa gauche, rien ne fait sens. Le garçon n'est qu'à environ vingt mètres, étendu dans l'herbe. Un autre gamin s'approche de lui. Avec la circulation et les retards, Joshua a parcouru une plus grande distance que ce à quoi Vincent s'attendait. Peut-être qu'il a couru.

Il ferait mieux de rebrousser chemin et regagner sa voiture. Il pourra toujours retenter sa chance demain, ou la semaine prochaine. Rien ne presse.

Le deuxième gamin se penche vers Joshua, prêt à le frapper.

Rien de tout ça ne te regarde, se dit-il, *et rien de tout ça ne faisait partie du plan.*

Il est tenté de marcher jusqu'à eux, mais mieux vaut s'en aller. Avec son couteau enveloppé dans un chiffon, il fait quelques pas vers sa voiture, puis se ravise. Il va attendre, observer un moment et voir à quoi tout ça mène.

33

Ben essaie une fois de plus d'appeler Joshua sur son portable. Il n'a pas dû l'allumer depuis qu'il a quitté le lycée. Michelle, en revanche, a été facile à joindre, et il a réussi à lui coller la trouille de sa vie.

Des agents ont été envoyés chez Joshua ainsi qu'au lycée, tandis que d'autres patrouillent dans les rues. Ils connaissent la marque, la couleur et l'immatriculation du véhicule de Vincent Archer. Une chasse à l'homme est en cours, et ils le trouveront – la question est : Archer trouvera-t-il Joshua en premier ?

Ben et Vega sont en route pour la maison des parents de Vincent Archer dans l'espoir d'en apprendre plus sur lui, voire de découvrir où il pourrait être – ou bien l'endroit où il pourrait emmener Joshua. Pendant que Vega conduit, Ben appelle les autres personnes sur la liste de Vincent pour les prévenir qu'elles sont peut-être en danger. Il téléphone aussi aux amis de Joshua, après que Michelle lui a dit combien Joshua a été déprimé par la façon dont ils l'ont ignoré. Il est possible qu'il soit allé les voir.

Robert et Helen Archer vivent dans un quartier rempli de grandes maisons avec de hautes clôtures, de vastes jardins et des voitures hors de prix. C'est le genre d'endroit qui lui donne l'impression qu'il a raté sa vie en ne gagnant pas à la loterie. Pas une maison dans la rue ne comporte moins de six chambres et trois salles de bains, et parfois plus encore, suppose Ben, sans parler des courts de tennis et des piscines à l'arrière de certaines. Ce ne sont pas des maisons de maître, car il n'y a pas de maisons de maître à Christchurch, mais c'est à peu près ce qu'on peut trouver de plus imposant dans cette ville. Il n'a jamais connu personne qui vivait dans une telle rue, mais il s'est déjà rendu dans ce genre de demeure, car les riches aussi tuent. Robert et Helen Archer. Bizarrement, ces noms lui disent quelque chose, mais il ne sait pas pourquoi.

La maison est cachée derrière une haie qui doit mesurer trois mètres de haut. Il y a une ouverture au milieu, mais celle-ci est obstruée par un portail en bois. Ils se garent devant, Ben baisse sa vitre et appuie sur le bouton de l'Interphone vidéo.

Une femme répond.

« Bonjour ?

— Nous sommes l'inspectrice principale Vega et l'inspecteur principal Kirk, annonce-t-il tandis qu'ils lèvent leur plaque vers la caméra. Du département de police de Christchurch.

— En quoi puis-je vous aider ?

— Nous aimerions vous parler de Vincent.

— Vincent ? Pourquoi ? Qu'est-ce qui s'est passé ?

— Nous vous expliquerons quand vous nous aurez laissés entrer.

— Oui, oui, bien sûr », dit la femme, et un bourdonnement retentit, puis le portail s'ouvre.

Le trajet est rapide jusqu'à l'habitation. Il y a bien deux mille mètres carrés de jardin à l'avant, l'allée dessinant une courbe autour d'un chêne qui est plus grand que la maison à un étage. Un pneu qui fait office de balançoire et qui semble avoir cinquante ans et être sur le point de céder est suspendu à une branche aussi large qu'un cheval. Juste à côté de l'arbre patiente un fauteuil de jardin parfaitement rustique qui semble prêt à déplacer la colonne vertébrale de quiconque essaierait de s'asseoir dessus. Des alignements de roses parfaitement entretenues et de haies montant à hauteur de genoux sont attaqués en piqué par des abeilles. Une terrasse pavée de grandes dalles carrées occupe les dix derniers mètres de jardin à proximité de la maison contemporaine. Dessus se trouvent une table d'extérieur, un barbecue, un bar et une cheminée. Un abreuvoir à oiseaux au bord de la pelouse retient l'attention d'un chat noir et blanc. La maison, vieille de quelques années au plus, a des murs couverts de tuiles couleur sable. Des baies vitrées s'élèvent du sol au plafond et offrent une vue imprenable sur des meubles onéreux et de hauts plafonds. Une star du cinéma pourrait vivre ici.

L'entrée consiste en deux portes côte à côte avec une colonne de chaque côté. L'une des portes s'ouvre, et une femme portant un chemisier pourpre et un pantalon noir sort. Elle doit être incroyablement forte, songe Ben, pour supporter le poids de l'énorme collier de perles accroché à son cou. Elle a les cheveux d'un blond sombre, des lunettes de styliste, un front botoxé et un sourire qui a eu droit au même traitement. Elle lui fait penser à tous les agents immobiliers de sexe féminin et de plus de cinquante ans qu'il a rencontrés. Elle se présente comme étant

Helen Archer, mais ne leur propose pas d'entrer. À la place, elle les mène vers deux canapés d'extérieur. Une fois encore, il se demande comment il connaît ce nom, et il n'arrive pas à faire la connexion. Il est certain de n'être jamais venu ici, et physiquement, elle ne lui dit rien. Elle prend place sur un canapé et Ben et Vega s'installent sur l'autre. Entre eux trône une table basse en béton avec des bougies parfaitement disposées en son centre.

« Est-ce que votre mari est là ? demande Vega.

— Oh, Seigneur, est-ce que Vincent… Est-ce qu'il y a eu un accident ? Est-ce qu'il est mort ? » demande la femme en portant une main à sa bouche.

Vu le nombre de bagues qu'elle a aux doigts, les muscles de ses bras doivent être aussi forts que ceux de son cou.

« Pas d'accident, et il n'est pas mort, répond Ben.

— Votre mari, répète Vega. Il est là ? »

Helen Archer secoue la tête.

« Il travaille. Il est dans la banque », explique-t-elle, ce qui est vague, et Ben soupçonne qu'elle ne donne pas de précisions car « la banque » peut être difficile à expliquer et encore plus difficile à rendre intéressante. C'est probablement la raison pour laquelle tant de banquiers sont doués pour éviter la prison. « Il rentrera tard. Il travaille sur… » Elle marque une pause, puis sourit. « Je suis désolée. Je parle pour ne rien dire. Vous ne m'avez toujours pas expliqué ce qui vous amène.

— Vincent était ami avec Simon Bower, déclare Ben.

— Ah, fait-elle, manifestement soulagée. C'est donc pour ça que vous êtes ici. Pas pour parler de Vincent, mais de Simon. Après ce qu'il a fait, eh bien, j'ai honte qu'il ait pu avoir quoi que ce soit à voir avec nous.

— Vous ne l'avez jamais apprécié ? demande Vega.

— Je ne vais pas vous dire que je suis déçue que Vincent ait vu quelque chose en lui, et je ne vais pas discourir sur le fait qu'on ne peut pas choisir les amis de nos enfants, car le fait est que nous appréciions tous Simon. C'était un bon garçon. Toujours gentil, toujours poli. Au fil des années, il est venu à des anniversaires et à des dîners parce que Vincent l'invitait souvent, et il était plus que bienvenu. S'il fallait faire quelque chose dans la maison, ou dans celle d'avant, Simon proposait toujours son aide. D'ailleurs, c'est lui qui a construit cette magnifique terrasse, ajoutc-t-elle. Seulement maintenant… maintenant je voudrais la détruire. Ce qu'il a fait… c'était tellement… tellement inhumain que ça me rend malade. Vous allez me trouver dure quand je vous dirai que je suis contente que la police l'ait tué. Pourtant unc partie de moi… une partie de moi veut encore croire qu'il n'a pas pu faire ces choses. »

Ce qui indique à Ben qu'elle ne va pas croire ce qu'il est sur le point de lui dire.

« En fait, ce n'est pas pour lui que nous sommes ici », explique-t-il.

Le corps de la femme se crispe.

« Vous regardez les infos ?

— J'aime me tenir au courant de l'actualité, répond-elle.

— Alors vous devez être au courant de l'incendie qui a été déclenché à l'hôpital de Christchurch la semaine dernière.

— Où voulez-vous en venir ? demande-t-ellc.

— Et vous devez être au courant pour la femme qui a été jetée du toit d'un parking dans le centre-ville.

— J'en ai entendu parler. »

Vega sort son téléphone portable de sa poche. Elle sélectionne une photo qu'elle a prise dans ce que Ben considère désormais aussi comme la chambre de l'Obsession. Elle tend l'appareil à Mme Archer.

« Ça vient d'une des chambres chez Vincent », dit-elle.

Helen saisit le téléphone.

« Qu'est-ce que vous me montrez ? demande-t-elle.

— Vincent est responsable de l'incendie, déclare Ben, et de la tentative de meurtre dans le parking.

— C'est impossible.

— Cette photo, dit Vega, montre les gens qu'il cible en ce moment.

— Il tient la police pour responsable de ce qui est arrivé à Simon, explique Ben. Et il veut le venger.

— Vous êtes fous, déclare Helen. Tous les deux. »

Ben sort deux sachets à scellés de sa poche.

« Voici une liste des personnes qu'il vise. Le nom en haut est celui de la femme qu'il a jetée du toit. » Il lui montre le deuxième sachet. « Ça, c'était sa bague de fiançailles. Nous l'avons trouvée punaisée au mur chez Vincent.

— Nous pensons qu'en ce moment il cible le jeune homme qui figure en second sur cette liste, dit Vega. C'est le fils de l'agent de police que Simon a tué et, à l'heure qu'il est, personne n'arrive à retrouver ni ce jeune homme, ni Vincent.

— Ça doit être une erreur, objecte Helen. Je crois qu'il faut que j'appelle mon mari.

— Il y a aussi des indices qui prouvent que Vincent est impliqué dans la disparition d'une autre jeune femme, ajoute Vega.

— Pas mon Vincent », rétorque Helen.

Mais elle ne s'est pas levée, n'a pas fait le moindre mouvement pour sortir un téléphone portable de sa poche.

« Alors aidez-nous à le trouver pour que nous puissions éclaircir tout ça, dit Ben. La vie d'un jeune garçon est en jeu, madame Archer. Aidez-nous à trouver Vincent pour que nous puissions au moins l'écarter.

— N'allez pas croire que je ne sais pas qui vous êtes, dit-elle. Vous êtes l'homme qui a tué Simon, et je maintiens ce que j'ai dit, je pense que c'est une bonne chose, mais ça n'en sera pas une si vous tuez aussi Vincent. Je ne vais pas vous aider à le faire, pas quand vous vous trompez. Vous êtes le genre de policier qui tire d'abord puis qui pose des questions après. Le pire genre de policier.

— Ce qui est arrivé à Simon est un drame qu'il a lui-même provoqué, réplique Ben. Il a tué mon équipier, et ensuite il a essayé de me tuer.

— C'est vous qui le dites, rétorque-t-elle.

— Ce qui lui est arrivé, c'était de l'autodéfense, déclare Vega. S'il vous plaît, madame Archer, d'autres vies sont en jeu. Nous ne nous trompons pas.

— Je lis le journal, inspecteur. Je sais que la femme qui est tombée du toit de ce parking est votre fiancée. Je suis désolée pour ce qui lui est arrivé, mais ça rend cette affaire personnelle pour vous. Ça signifie que vous n'avez pas les idées claires. Vous ne voulez pas arrêter Vincent, vous voulez vous venger, et ça ne présage rien de bon pour mon fils, qu'il ait fait quelque chose ou non. Maintenant, nous en avons fini, inspecteurs. Toutes vos autres questions passeront par mon avocat. »

Elle se lève.

Ben et Vega font de même.

« Votre fils, dit Ben. Il y a quelque chose qui cloche chez lui. Peut-être qu'il l'a bien dissimulé et que vous n'avez jamais rien soupçonné, ou peut-être qu'au fond de vous vous avez toujours su qu'il y avait un souci. En ce moment même il cherche à tuer un garçon de seize ans. Quand tout sera terminé, la police, les médias et Internet vous décriront soit comme la femme qui a refusé de nous aider et qui a laissé ce garçon mourir, soit comme celle qui a fait ce qu'il fallait et qui nous a aidés à sauver des vies. Qu'est-ce que vous choisissez ?

— Vous êtes un sale manipulateur, n'est-ce pas ?

— Et je n'hésiterai pas à révéler à tout le monde que grâce à vous nous avons pu sauver la vie d'un jeune homme. Voilà ce qu'on dira, madame Archer, si vous coopérez avec nous. Que vous nous avez livré votre fils, que ça vous a brisé le cœur, mais que ça a fait de vous une héroïne. »

Elle baisse les yeux vers ses mains.

« Que voulez-vous savoir ?

— Y a-t-il un endroit isolé où il pourrait aller ? Un endroit où il pourrait emmener une victime ? Un endroit où il aime se rendre pour être tranquille ?

— Pas que je sache.

— Quand l'avez-vous vu pour la dernière fois ?

— Il y a deux jours, répond-elle.

— Qu'est-ce qu'il voulait ? » demande Vega.

La femme soupire. Elle semble vaincue. Au cours des dernières minutes ils ont mis sa vie parfaite sens dessus dessous en lui disant que son fils était un assassin.

« Il est venu déposer un cadeau pour sa nièce. C'était récemment son anniversaire, nous avions organisé une fête ici et il n'était pas venu. » Ben et Vega voient les rouages de son esprit s'activer tandis qu'elle se demande si la raison pour laquelle il était absent pourrait être liée à la présence des policiers. « Il lui avait fabriqué un cheval à bascule », ajoute-t-elle.

Ben ne dit rien. Vega non plus. Ils restent muets dans l'espoir que Helen comblera le silence. Ce qu'elle fait.

« Il a aussi emprunté une de nos voitures. Une Lexus noire. La sienne était tombée en panne, et il n'avait pas les moyens de la remplacer. Nous avons proposé de lui en acheter une autre, évidemment, mais… mais Vincent voit ça comme de la charité. Il n'accepte jamais rien, il est comme ça. Cette fois au moins, il était disposé à ce qu'on lui *prête* un véhicule pendant que le sien est en réparation.

— Donc sa voiture est au garage, dit Ben.

— C'est ce que je vous dis. »

Si Vincent suit Joshua en ce moment, pas étonnant qu'il n'ait pas été repéré.

La police cherche la mauvaise voiture.

34

« Hé, le monstre », lance Scott. Joshua n'arrive pas à retrouver son souffle, il ne comprend pas ce qui se passe, n'arrive pas à se relever. Sa tête lui fait mal, ses jambes lui font mal et tout le reste de son corps aussi. Il sent le goût du sang. Scott l'a frappé au ventre. « T'aurais pas dû me dénoncer. »

La peau de ses mains et de ses genoux est éraflée. Des bouts de terre et des petits cailloux sont collés aux blessures. Son sac s'est retourné autour de son torse et l'entrave comme une camisole de force. Il ne sait pas de quoi Scott parle. Ne sait pas jusqu'où Scott est prêt à aller. N'a-t-il pas peur de se faire renvoyer ? Ou d'être accusé d'agression ? Joshua ne pense pas.

Scott donne un violent coup de poing dans son bras, qui s'engourdit.

« Si tu en reparles à quelqu'un, tu auras droit à ce traitement tous les jours de ta vie, déclare Scott.

— Je… je n'en ai parlé à personne », répond Joshua.

Et il ne risque pas de parler de ça non plus. C'est comme ça que les petits caïds s'en sortent impunément.

« Tu vas la boucler maintenant ? Ou est-ce qu'il faut que je te casse la mâchoire ?

— J'ai compris, dit Joshua.

— Qu'est-ce que t'as compris ? »

Il a compris que, qu'il parle ou non, Scott sera toujours sur son dos. C'est le truc avec les Scott de ce monde – ils font ce qu'ils veulent parce qu'ils peuvent, parce qu'ils s'en foutent, parce que leur puce empathie a été remplacée par une puce connard.

S'il ne fait rien maintenant, rien ne changera jamais.

Il projette son pied, qui atteint le genou de Scott.

« Ah ! s'écrie ce dernier en saisissant sa jambe à deux mains avant de tomber. T'es mort ! »

Joshua est déjà debout et en train de courir, mais il s'éloigne de l'intersection qu'il cherchait à atteindre plus tôt, sa chute du talus l'ayant orienté dans l'autre sens. Il ne peut plus changer de direction, car ça signifierait foncer vers Scott. Il l'entend qui gagne du terrain. Tout à l'heure, il lui a attrapé la cheville et il a violemment heurté le sol. La même chose va se reproduire.

À moins qu'il l'en empêche.

Il s'arrête, se débarrasse difficilement de son sac et fait face à Scott. Il écarte les jambes, se campe solidement sur ses pieds et serre les poings. Il se voit comme un mur de brique inamovible. Il voit ses mains comme des masses.

Scott va ralentir. Il va se raviser.

C'est sûr.

Non ?

Scott continue d'approcher, et vite. Joshua projette son poing le plus fort possible dès qu'il est à sa portée.

Et il manque complètement sa cible.

Le mouvement lui fait perdre l'équilibre. Scott lui assène un coup de poing derrière la tête. Ces deux choses combinées le font s'envoler une fois de plus dans les airs. Sans son sac pour amortir l'impact, sa tête heurte lourdement le sol.

Tout devient noir.

35

Vincent regarde tout de son poste d'observation sur la voie ferrée – Joshua recevant un coup de poing dans le ventre avant de frapper l'autre adolescent au genou, la course-poursuite, Joshua tentant en vain de se défendre. Le pauvre gamin n'avait aucune chance – et soudain Vincent songe que, tout compte fait, il lui rendra service en le tuant. Le monde peut être vaste et effrayant – trop vaste et trop effrayant pour Joshua Logan.

Le deuxième gamin est plus costaud. Il a du gras et des muscles pour épauler sa méchanceté – il a déjà vu des jeunes comme ça, et il en reverra d'autres. Joshua commence à bouger, mais lentement, et il a toujours les yeux fermés. Le costaud se tient toujours au-dessus de lui, il lui parle, mais pas assez fort pour que Vincent entende. Il descend du talus, les pierres crissent sous ses pieds. Le gamin se tourne vers lui.

« Il est tombé, dit-il.

— Il n'est pas tombé, réplique Vincent. C'est toi qui l'as poussé. »

Le visage du gamin se crispe. Vincent sent toute sa hargne dans ses traits. C'est un gamin affreux rendu encore plus affreux par la façon dont il voit les autres.

« Et après ?

— Et après, rien, répond Vincent. Mais si tu vas frapper un gamin sans défense, aie au moins le courage de le reconnaître.

— Qu'est-ce que ça peut vous foutre, espèce de connard ? »

Joshua se met à gémir. Il ouvre les yeux et fixe Vincent. Il semble confus. Il referme les yeux. Ses gémissements cessent et il reste immobile.

« Désolé, gamin, dit Vincent. T'es au mauvais endroit au mauvais moment.

— En fait, mec, c'est vous qui y êtes. Je vous suggère de vous mêler de vos affaires.

— Vraiment ? C'est ce que tu suggères ? »

Le gamin serre les poings. Il est courageux, Vincent doit lui reconnaître ça. Puis il les lève et fait un pas en avant.

« Je vais vous éclater, espèce de pervers, dit-il.

— Enfuis-toi », dit Joshua en gémissant de nouveau. Son regard passe de Vincent au garçon. « Scott, il faut que tu coures. »

Le garçon – Scott – jette un coup d'œil dans sa direction.

« Je m'enfuis devant personne ! » réplique-t-il.

Mais ce sont ses dernières paroles, car à cet instant Vincent tire le couteau du chiffon et le plonge si profondément dans sa poitrine que la lame reste coincée.

« Non », dit Joshua.

Il referme les yeux et se fige, comme si c'était lui qui s'était fait poignarder.

Vincent observe l'expression stupéfaite de Scott, et il ne peut nier qu'il éprouve une pointe de satisfaction à débarrasser le monde de ce morveux. Il est sûr que la moitié des gens qui ont été en contact avec lui voudront lui décerner une médaille, et maintenant qu'il y pense, il est quasiment sûr que l'autre moitié aussi. Il regarde la vie s'échapper du garçon. Elle quitte ses yeux, puis son visage. Sa bouche s'ouvre. Son dernier souffle empeste et fait un bruit affreux et donne à Vincent envie de prendre une douche. Il pousse le garçon à terre et arrache le couteau. Puis il constate avec irritation que ses mains et son pantalon sont maculés de sang. Il va vraiment devoir prendre cette douche quand il en aura fini ici.

Les yeux de Joshua s'ouvrent et se ferment tandis qu'il s'efforce de rester conscient. Un garçon mort – un autre sur le point de mourir –, Vincent doit brouiller les pistes. Il se rappelle une affaire aux infos, récemment. Une personne avait été assassinée et balancée devant un train dans l'espoir que ça ressemblerait à un suicide ou, tout du moins, de dissimuler ce qui s'était réellement passé. Ça n'a pas fonctionné à l'époque, mais ça ne signifie pas que ça ne fonctionnera pas maintenant.

Que le train taille Scott en charpie.

Que le train achève Joshua.

Quand la police scientifique aura recollé les morceaux, il aura bien avancé dans sa liste.

Il attrape Joshua par les poignets et le traîne sur le talus.

36

Ils foncent vers l'école toutes sirènes hurlantes quand la radio se met en route.

« Ici Kirk, dit Ben.

— Inspecteur, ici l'agent Walker, nous avons localisé la Lexus noire que vous cherchez. Elle est garée dans Hillswood Road, à environ dix mètres à l'est de la voie ferrée. »

Ben ferme les yeux pendant une seconde et laisse son imagination prendre le dessus. Il n'aime pas la direction que tout ça prend.

« Je veux que vous ouvriez cette voiture et que vous voyiez si le garçon est dedans. »

Il n'a pas besoin de préciser *dans le coffre* car l'agent saura ce qu'il veut dire.

« Tout de suite », répond Walker.

Vega a déjà changé d'itinéraire. Ben estime qu'ils y seront dans deux minutes. Deux longues minutes. Il entend un bris de verre à la radio. Il entend le coffre s'ouvrir.

Il retient son souffle.

« La voiture est vide », déclare Walker.

Il exhale lentement.

« Quoi que ce soit indiquant où pourrait se trouver Archer ?

— On cherche.

— Accélérez le mouvement.

— Oui, monsieur, répond Walker.

— On y est presque, dit Vega.

— Cette bagnole peut pas rouler plus vite ? demande Ben.

— Pas si vous voulez qu'on arrive là-bas en un seul morceau.

— Est-ce que le bruit de la vitre brisée a fait sortir des gens de chez eux ? demande-t-il à Walker.

— Affirmatif.

— Alors posez des questions. Et la maison devant laquelle est garée la voiture ? Ils pourraient être dedans ?

— On a une vieille femme qui est en train d'en sortir. Je le saurai dans un instant.

— Et la voie ferrée ? demande Vega. Elle passe à travers tous ces quartiers et constitue un raccourci entre l'école et la maison de Joshua. Peut-être qu'il l'a longée ? Peut-être que ce type l'a vu ? »

Ben parle de nouveau dans la radio.

« Vérifiez la voie ferrée, sur-le-champ. »

Devant eux un camion de meubles est en train de reculer dans une allée, son avant dépassant dans la rue et bloquant les deux voies de circulation.

« Bouge ! » hurle Ben à l'intention de personne en particulier. À l'intention de tout le monde. Il agite les bras d'un geste universel qui signifie « dégage de là ». En vain.

Il rallume le micro de la radio.

« Parlez-moi, dit-il.

— Je suis sur la voie ferrée et je marche en direction de l'école, répond Walker. C'est une poubelle, ici. Plein de bouteilles vides partout, on dirait…

— On n'a pas besoin d'une description, coupe Ben. Vous voyez quelqu'un ?

— Pas encore. Je suis toujours… Attendez. »

Le cœur de Ben s'arrête tandis que sa poitrine le comprime, l'empêchant de battre. C'est du moins l'impression qu'il a. Le plus gros du camion de meubles est désormais dans l'allée. Vega s'engouffre dans l'espace qui vient de s'ouvrir, accrochant le poids lourd et brisant les phares des deux véhicules. Le chauffeur leur hurle dessus. Les autres voitures s'écartent. Vega tourne sèchement à droite et Ben aperçoit la voie ferrée deux cents mètres plus loin.

« Qu'est-ce que vous avez ? demande Ben. Agent Walker ? Agent Walker ? Qu'est-ce que vous avez ? »

Silence, puis la radio reprend vie. La voie ferrée est désormais à cent mètres.

« Inspecteur, nous avons… heu… retrouvé deux personnes.

— Est-ce qu'elles vont bien ?

— Je… je suis désolé, inspecteur, mais non. Elles sont mortes. »

37

Le corps de Joshua sera étendu le long des rails. Il y aura du sang plein ses habits, son visage semblera détendu et ses yeux ouverts auront une expression de surprise. Il faudra trois policiers pour contenir sa mère, voire quatre. Puis elle s'effondrera, et les agents ne pourront plus la retenir. Elle sera à terre avec le front contre le sol tandis que ses poings battront le trottoir, et peut-être qu'elle frappera aussi Ben car il n'aura pas fait le nécessaire pour sauver sa famille. Tout d'abord elle perd son mari, et maintenant son fils, et comment continuer après ça ? Comment recoller les morceaux de sa vie quand ces morceaux ont disparu ?

Ben se tiendra près du corps de Joshua, se demandant ce qu'il aurait pu faire différemment. Tout ce sang et toutes ces larmes, Michelle Logan lui hurlant dessus, disant qu'ils auraient dû en faire plus pour protéger son fils, et c'est vrai, ils auraient dû.

Tout ça défile devant ses yeux avant même que ce soit arrivé.

Le sang. Les cris. Les réactions.

C'est ce qui l'attend dans les minutes à venir, mais pour l'instant il est encore à soixante mètres de la voie ferrée, dans la voiture avec Vega ; ils ne sont pas encore arrivés sur la scène, mais il sait que le processus est déjà lancé.

Il n'y a plus de camion de meubles. Plus d'embouteillages. Si seulement ils avaient eu plus de temps. Il songe à ce qu'ils auraient pu faire différemment, et il y a quelques réponses évidentes. Il pense à Helen Archer et se demande si elle savait de quoi était capable son fils. Il essaie de se rappeler où il a entendu son nom mais n'y parvient pas.

Ils s'arrêtent derrière la voiture de patrouille. Il y a un agent en train de parler à une octogénaire. Ses cheveux gris sont fermement attachés en un chignon, ses mains font de grands gestes et elle a sur le visage une expression inflexible.

« Fais arrêter les trains », dit Ben à Vega en bondissant de la voiture.

Il gravit le talus en courant et redescend de l'autre côté, Vega quelque part derrière lui au téléphone. Il ralentit quand il est à quelques mètres de l'agent Walker. Il distingue des jambes dans l'herbe, aperçoit un uniforme scolaire. Il espérait… eh bien, il espérait que Walker se trompait.

« Je suis désolé », dit l'agent.

Ben ne répond rien. Il atteint le corps en priant pour que ce ne soit pas Joshua, en se disant que s'il espère assez fort, s'il donne tout ce qu'il a, alors…

Ce n'est pas Joshua.

Le choc est brutal et il trébuche sur les pierres. En espérant que le corps soit celui de quelqu'un d'autre, a-t-il fait en sorte que sa prière soit exaucée ? A-t-il scellé le sort d'une autre personne ? Puis il se souvient : Walker a parlé de deux morts.

« L'ambulance est en route, dit Walker. Ainsi que les renforts et la police scientifique.

— Où est… ?

— Plus loin, répond l'agent. À cinquante mètres », ajoute-t-il en désignant de la tête la direction du lycée.

Vega le rattrape alors qu'il longe le talus en contrebas de la voie ferrée. Il repousse les insectes qui volettent devant son visage. Les sauterelles font un tel boucan qu'on dirait qu'elles sont sur le point d'envahir le quartier.

« Ce n'était pas Joshua, dit-elle.

— Non, mais c'est un élève de son lycée. Joshua est plus loin.

— Je… je suis désolée. »

Il ne répond rien.

« Chez Vincent, tu ne voulais pas attendre les renforts, ni le mandat, et c'est à cause de moi qu'on l'a fait. »

Elle a raison. Il voudrait pouvoir lui dire que ce n'est pas grave, qu'elle n'a pas à s'en vouloir, mais les choses seraient bien différentes s'ils s'étaient introduits chez Archer dès leur arrivée sur place. Il ne dit rien de tout ça. Il n'en a pas besoin.

« Je suis désolée, Ben. Vraiment désolée.

— Tu as fait arrêter les trains ?

— Oui. Et on installe des barrages à chaque intersection pour être certains que personne ne passe à pied. On va l'avoir, Ben, je le promets.

— Je le sais.

— Ça n'a aucun sens qu'Archer tue Joshua et laisse sa voiture là. »

Le corps de Joshua apparaît. Comme la fois précédente, la première chose qu'il voit, ce sont des jambes qui dépassent de l'herbe. Seulement celles-ci portent un jean, pas le polyester bon marché d'un uniforme scolaire. Et elles sont plus longues que celles d'un adolescent. Le corps se dévoile peu à peu.

Ce n'est pas Joshua.

Les jambes et le jean appartiennent à Vincent Archer.

« Qu'est-ce que c'est que ce bordel ? demande Ben.

— Alors où est Joshua ? demande Vega.

— Tu entends ?

— Un train arrive, dit-elle en scrutant la voie ferrée.

— Je croyais que tu avais fait fermer la ligne.

— C'est ce que j'ai fait. Peut-être que ce conducteur n'a pas reçu le message.

— Ça va foutre notre scène de crime en l'air », déclare Ben.

Il gravit le talus pierreux jusqu'à la voie ferrée. Le mieux qu'il puisse faire est de courir vers le train en agitant les bras dans l'espoir que le conducteur le verra, mais il sait déjà qu'il lui sera impossible de s'arrêter à temps. Le train va traverser la scène à pleine vitesse, envoyer des indices aux quatre vents et mêler de la poussière et de la terre à ceux qui resteront.

Il court tout de même tandis que le train approche, et ce faisant il se rappelle finalement pourquoi le nom de Helen Archer lui est si familier : il est apparu quand ils enquêtaient sur Ruby Carter. Helen et son mari étaient propriétaires d'un des chalets à environ huit kilomètres de la zone où Ruby avait disparu.

Le train ne ralentit pas. Il continue d'agiter les bras, et c'est alors qu'il le voit, Joshua, étendu au milieu de la voie environ cinquante mètres plus loin, avec le train qui fonce sur lui.

Ben n'agite plus les bras. À la place, il pique un sprint, tentant d'atteindre le garçon avant le train, mais sachant déjà qu'il n'aura pas assez de temps.

38

Joshua souffre. Il souffre à cause du coup qu'il a reçu à la tête. Ses mains et ses genoux lui font mal à cause de sa chute. Il souffre à cause du coup de poing que lui a asséné Scott. Il souffre parce qu'il est confus, parce qu'il ne sait pas où il est. Il souffre parce que son père est mort et parce qu'une malédiction décime sa famille. Il souffre parce qu'il a vu Scott se faire assassiner devant lui.

Mais surtout, il souffre parce qu'on lui a pris ses yeux.

Ce n'étaient pas vraiment les tiens, se dit-il, ce qui est vrai, mais ce n'est pas une consolation. Il a mal à la tête. À l'hôpital, quand il avait des démangeaisons, elles semblaient si profondes qu'il ne pouvait pas les gratter, c'était comme une écharde dans son cerveau qu'il n'aurait pas pu arracher. Peut-être que c'est la malédiction. Elle fait remuer l'écharde d'avant en arrière, si rapidement qu'elle produit un bourdonnement. Il ne sait pas quel matériel a été utilisé pour lui ôter les yeux – était-ce quelque chose de chirurgical comme un scalpel, ou un outil grossier et sale comme une cuillère à melon ? Il a trop peur pour porter la main à son visage afin de le découvrir, trop peur de trouver un entrelacs de nerfs optiques et de veines.

Il lève les mains et sent le bandage qui les entoure – et soudain tout fait sens : il est à l'hôpital et les médecins tentent de l'aider. Seulement ça ne ressemble pas à un lit d'hôpital, parce qu'il y a plein de bosses. On dirait du bois et des cailloux, et puis… n'est-ce pas un goût de terre qu'il a dans la bouche? Et pourquoi un lit d'hôpital plein de bosses vibrerait-il? Le bourdonnement gagne en volume. Il se transforme en grondement. Il entend des voitures au loin, des sirènes étouffées, quelqu'un qui crie quelque part. Le grondement est de plus en plus fort.

Il se roule sur le dos. Il tire sur le bandage, qui s'en va, révélant le plus beau ciel qu'il ait jamais vu, et il est soulagé, tellement soulagé qu'on ne lui ait pas pris ses yeux, de pouvoir voir encore, de ne pas avoir à retourner dans les ténèbres. Le bandage n'en était pas un, c'était un pan de sa chemise qui est déchirée depuis le bas jusqu'au col. Mais pourquoi est-elle déchirée?

Il n'en sait rien. Il referme les yeux. Quelle est la dernière chose dont il se souvienne? Le bourdonnement dans sa tête est de plus en plus fort. L'écharde est arrachée et les souvenirs commencent à s'engouffrer dans le vide qu'elle a créé. Il se souvient de Scott lui hurlant dessus. De l'inconnu arrivant – seulement ce n'était pas un inconnu. C'était l'homme de ses rêves, qu'il faisait désormais régulièrement – celui avec la canne à pêche, la fille et le VTT. Des bribes de souvenirs manquent après le moment où on l'a traîné sur les voies. Ça explique pourquoi il a chaud et mal partout, et ça pourrait expliquer pourquoi sa chemise est déchirée. Il se rappelle vaguement avoir titubé le long des rails, cherchant de l'aide.

Il tient dans sa main gauche le couteau qui a tué Scott. Il ne sait absolument pas pourquoi. Quand il essaie de s'asseoir, il se sent nauséeux. Il se roule sur le flanc, certain qu'il est sur le point de vomir.

Un sifflet retentit, si fort qu'il est sûr que ses oreilles vont se mettre à saigner. Le sol ne vibre plus, il tremble. Les cailloux s'entrechoquent.

Il lève les yeux.

Même s'il n'en a jamais vu, il sait exactement ce qui fonce sur lui. Il se roule sur le côté et atteint les pierres alors que le train passe à toute allure. Il continue de rouler, dévalant le talus pour finir dans l'herbe. Tout à l'heure, il a songé qu'il était étrange que les gens s'endorment sur les voies ferrées, mais peut-être que ça arrive pour une raison précise : quelqu'un les assomme d'abord. Le couteau est toujours dans sa main. Comment l'a-t-il arraché à l'homme qui essayait de le tuer ?

Il vomit, évitant de justesse ses mains. Pour la première fois il remarque une profonde entaille sur le revers de sa main gauche, et maintenant qu'il l'a vue, elle le fait souffrir. Il arrache le pan de sa chemise et s'en sert pour s'essuyer la bouche. Le dernier wagon passe, le bruit s'éloignant avec lui et révélant un autre son. Quelqu'un approche. Il perçoit des pas qui martèlent le sol, même s'ils sont étouffés et lointains – d'ailleurs, tout est étouffé, même ses cris. Les pas sont ceux de l'homme qui a tenté de le tuer. C'est sûr. Il vient l'achever.

Il voit une ombre. Elle se déplace sur le sol. Il retient son souffle tandis que l'homme se penche, et un instant plus tard, une main se pose sur son épaule et tente de le retourner.

Cet homme a tué Scott, et maintenant c'est son tour.

Il doit se protéger.

Il puise ses dernières forces dans son désespoir.

Il se roule sur le flanc et donne un grand coup de couteau.

En plein dans la gorge de l'oncle Ben.

39

Le sang est chaud et poisseux, il coule abondamment et Ben essaie de le contenir, il tente de le garder en lui car il sait que quand il touchera le sol il sera trop tard… *trop tard… accroche-toi.* Il regarde Joshua, qui est presque méconnaissable, ce gosse aux grands yeux effrayés qui a failli être percuté par un train. Il y a du sang sur ses mains et son visage, et aussi des taches de vomi. Sa chemise est toute déchirée et il tient toujours le couteau, le pointant vers Ben comme s'il voulait frapper à nouveau.

Le sang continue de couler, comme si quelqu'un avait ouvert en grand un robinet, et il pense…

Bon sang… il ne sait pas quoi penser.

« Joshua », dit-il, une bulle de sang se formant sur ses lèvres puis éclatant. Il trébuche lorsqu'un de ses pieds heurte l'arrière de l'autre, et un instant plus tard il atterrit sur le cul avec ses jambes devant lui, ses mains enveloppant fermement sa gorge.

Tout ce qu'il doit faire, c'est contenir le sang.

Tout ce qu'il doit faire, c'est juguler l'hémorragie.

Si Erin peut survivre à une chute d'un toit, alors sûrement…

« Oncle Ben ! »

Il ouvre les yeux. Joshua s'approche de lui.

« Je suis désolé. »

Ben ne répond pas. Il ne peut pas.

Vega les rejoint. Elle a toujours son arme dégainée. Elle la pointe sur Joshua.

« Pose le couteau !

— Mais…

— Pose-le ! » hurle-t-elle.

Rien de tout ça ne fait sens. La situation est en train de dégénérer en même temps que tout disparaît autour de lui, et Ben veut dormir. Comment peut-il avoir envie de dormir avec tous ces cris ? Il n'arrive plus à serrer fermement sa gorge.

« Pose-le ! » hurle de nouveau Vega à Joshua qui, pour sa part, a l'air moins féroce et semble pétrifié.

Des pas martèlent le sol derrière eux. Quelqu'un arrive. Probablement l'agent Walker. Ou la Grande Faucheuse – elle doit être pressée avec tout ce qui se passe dans le coin. Joshua pose le couteau par terre et s'en écarte.

« Reste où tu es », dit Vega, et elle rengaine son arme.

Elle s'approche du couteau pour s'en emparer.

Ben n'a plus la force de rester assis. Il tombe sur le dos et lève les yeux vers le ciel qui s'assombrit. Les étoiles ne sortent pas. Vega apparaît dans son champ de vision.

Il voudrait lui dire que c'était un accident. Lui dire qu'il ne veut pas mourir. Qu'il ne lui en veut pas pour la décision qu'elle a prise chez Archer et qui les a retardés, car c'est sa faute à lui s'il n'a pas écouté son instinct et défoncé la porte, ce qui leur aurait permis de gagner dix minutes. C'est sa faute, et aussi celle de Mitchell, car tout ce qu'ils ont fait a mené à ceci. Peut-être que c'est son karma. Il voudrait lui dire de dire à Erin qu'il l'aime, et qu'il pense à elle en ce moment.

« Tiens bon, Ben, dit Vega. Promets-moi que tu vas tenir bon. »

Il ne promet rien.

L'agent Walker apparaît. Il ôte sa chemise.

« L'ambulance est en route », annonce-t-il, puis il roule la chemise en boule et s'accroupit. Il s'en sert pour appuyer fermement sur la plaie. « Tenez bon, inspecteur », dit-il, puis il ajoute autre chose, et Vega lui répond, mais il ne les entend plus.

C'est bon, voudrait-il dire, mais il n'y parvient pas. *Je vais bien*, voudrait-il ajouter. Et c'est vrai – il se sent bien. Fausse alerte, tout le monde. Il va s'en tirer. Il a besoin de dormir, c'est tout, un petit somme et il sera en pleine forme.

Il regarde la lumière disparaître du ciel.

Il n'y a toujours pas d'étoiles.

40

Joshua tremble. Il n'y a pas si longtemps il transpirait et écrasait des insectes sur son front avec sa main. Maintenant il a froid. Un homme et une femme sont agenouillés au-dessus de son oncle. L'homme a sa chemise roulée contre le côté de la gorge de Ben. La femme lui tient la main, lui dit de rester avec eux. Il voit une fine brume de poussière dans l'air, soulevée du sol par le passage du train.

C'est toi qui as fait ça, songe Joshua. *Tu as poignardé ton oncle à la gorge et maintenant il va mourir.*

Ou peut-être est-il déjà mort.

« Je ne voulais pas faire ça », dit-il, et s'ils l'entendent ils n'en laissent rien paraître. Il voit le visage blafard de son oncle, ses yeux ouverts qui regardent fixement. Le seul signe de vie sont ses doigts qui remuent – et même ça pourrait ne pas être un signe de vie, mais une réaction des nerfs dans la mort. Il a lu que ça arrivait. Il recommence à entendre. Il perçoit des sirènes. Une ambulance s'immobilise près de la voie ferrée, ses portières s'ouvrent soudain et deux secouristes se précipitent vers eux, chacun portant un sac.

« Écartez-vous », dit l'un d'eux, et les deux agents qui aidaient l'oncle Ben leur font de la place. Les deux secouristes s'entretiennent rapidement, utilisant un jargon médical incompréhensible. Ils tirent de leur sac des instruments que Joshua ne parvient pas à identifier. De nouvelles voitures de police arrivent. Un agent porte une civière vers eux. Un téléphone portable sonne. La sonnerie provient de la poche de l'oncle Ben.

« Est-ce qu'il va s'en tirer ? » demande la femme, et maintenant qu'elle ne lui hurle plus dessus et qu'il entend de nouveau il reconnaît sa voix.

C'est l'inspectrice qui est venue le chercher à l'école le jour où son père est mort.

« Il a perdu beaucoup de sang, déclare l'un des secouristes.

— Est-ce qu'il va s'en tirer ? » redemande-t-elle.

Le secouriste ne répond pas. Ils placent doucement l'oncle Ben sur la civière puis le portent lentement vers l'ambulance, effectuant chaque pas avec prudence. L'inspectrice se tourne vers lui. La colère a disparu de son visage. Elle semble fatiguée, et triste.

« Joshua, dit-elle, tu ne te souviens probablement pas de moi, mais…

— Si, à l'école, répond-il. Inspectrice Vega.

— C'est ça. Je suis désolée d'avoir pointé mon arme sur toi. Et je suis désolée d'avoir crié.

— Je ne voulais pas lui faire de mal », dit-il. Il se sent engourdi. Il voudrait pleurer. Et hurler. « Je croyais… je croyais que c'était… », commence-t-il, mais soudain il n'a plus l'énergie de parler. Il n'a pas la force de se lever. Il est assis dans l'herbe et remonte les jambes contre son torse. Il se sent stupide et est furieux après lui-même. Il a donné un coup de couteau sans vérifier qui il frappait, et quel genre de personne fait ça ? « Je ne savais pas que c'était lui.

— Je sais. »

Elle s'accroupit pour lui faire face. Elle a du sang sur son chemisier, une tache sur la joue et plein sur les mains. Il baisse les yeux vers ses paumes et voit la même chose, le sang de son oncle mêlé au sien. Il examine la coupure au dos de sa main. C'est la première fois qu'il voit une blessure sur son corps. Il tremble terriblement.

« Est-ce qu'il va mourir ?

— Les médecins vont tout faire pour le sauver.

— Ça a l'air de dire qu'il va mourir.

— Peut-être.

— Est-ce que ma mère va venir ?

— Je vais l'appeler, mais d'abord tu dois me donner quelques précisions. L'autre garçon, qui c'est ?

— Il s'appelle Scott, répond-il. C'est un élève de mon lycée. Est-ce qu'il… est-ce qu'il est mort ?

— Je le crains, Joshua.

— Il y avait quelqu'un d'autre – je ne sais pas qui c'est, mais il nous a attaqués. »

Il regarde en arrière, scrute les deux côtés du sentier qui court parallèlement aux voies.

« Je croyais que c'était lui derrière moi quand… quand j'ai… j'ai blessé l'oncle Ben. Il faut faire attention car l'autre type pourrait être dans les parages.

— Tu es en sécurité, le rassure Vega.

— Vous n'en savez rien.

— Si, Joshua. Comment as-tu eu le couteau ?

— Je… je ne sais pas.

— Dis-moi ce que tu sais.

— Je sais que j'ai peut-être tué mon oncle, répond-il. Je sais que tout est ma faute. Je sais que je voudrais juste me rouler en boule et mourir.

— Dis-moi ce qui s'est passé », insiste-t-elle.

Il lui raconte tout, depuis son trajet avec Olillia jusqu'au moment où il a été pourchassé puis frappé par Scott. Il a été traîné sur les voies, mais il était tellement dans les vapes qu'il s'en est à peine rendu compte. Il a longé les rails un moment, mais il ne sait pas pourquoi. Il pense s'être de nouveau évanoui. Il pense que sa chemise s'est déchirée quand il a été traîné.

« J'ai dû ramasser le couteau à un moment, dit-il.

— Parle-moi de cet homme. Tu l'as reconnu ?

— Plus ou moins.

— Plus ou moins ? Tu sais où tu l'as vu ?

— Pas vraiment, répond-il.

— Tu te rappelles t'être battu avec lui ?

— Je veux rentrer chez moi, dit-il, et il tente de se lever.

— S'il te plaît, Joshua, il est important que tu essaies de te souvenir. Est-ce que tu t'es battu avec lui ?

— Je ne crois pas. »

Ils sont de l'autre côté du talus par rapport à l'endroit où Scott est mort. Ils se mettent à marcher, passant devant la mare de sang laissée par son oncle.

« Est-ce que vous l'avez retrouvé ? demande-t-il. L'homme qui a fait ça.

— Oui, répond-elle.

— Où est-il ?

— De l'autre côté des voies. »

Il regarde dans la direction indiquée, mais ne voit rien hormis le monticule de pierres, les rails et le haut des clôtures derrière.

« Qu'est-ce qu'il a dit ?

— Rien, répond-elle. Il est mort, Joshua.

— Oh », fait-il. Il ne sait pas quoi ajouter. Puis il comprend. « C'est pour ça que vous m'avez demandé si on s'était battus. Vous croyez que je l'ai tué et que je lui ai pris son couteau.

— C'est ce qui s'est passé ?

— Non. Du moins... du moins je ne crois pas. Pourquoi tout cela s'est-il produit ? » demande-t-il, mais il sait pourquoi.

C'est à cause de la malédiction.

« Qui est ce type ?

— Il y a une question plus importante, déclare-t-elle. Si ce n'est pas toi qui as fait ça, alors qui ? »

41

L'écharde revient. Elle déclenche un mal de tête lancinant qui empire à chaque pas. Joshua se masse les tempes mais s'aperçoit que ça ne sert à rien.

« On va t'examiner tant que tu es là, déclare Vega.

— C'est juste un mal de tête, dit-il.

— Tu as été assommé. Tu ne peux pas prendre ça à la légère. Tu vas avoir besoin d'un traitement et d'être placé en observation. »

Les sauterelles ne font plus de bruit dans l'herbe, ou peut-être que son ouïe n'est pas suffisamment revenue pour qu'il les entende. Les simulies ne le dérangent plus autant non plus, mais ça pourrait être parce qu'elles sont en train de boire le sang qui a été versé.

« Est-ce que je vais aller en prison pour ce que j'ai fait à l'oncle Ben ?

— Est-ce que tout ce que tu m'as dit est vrai ?

— Oui.

— Alors non. Tu n'iras pas en prison. »

Sur sa droite, les graffitis sur la clôture changent de style, les différents motifs représentant différents artistes. Certains sont complexes, d'autres sont des insultes, le reste étant constitué de diverses caricatures de l'anatomie humaine dont Joshua a du mal à détacher les yeux. Il finit par le faire.

« Alors, qu'est-ce qui va se passer ? »

Au lieu de répondre, elle pose elle-même une question.

« As-tu réfléchi à la manière dont tu as connu l'homme qui t'a attaqué ? »

Il se rappelle avoir dit à Scott de s'enfuir, car il savait que l'homme qui les avait retrouvés était mauvais. C'était le type de ses rêves, mais il ne peut pas le dire à l'inspectrice Vega sans passer pour un fou. Comme elle vient de le faire, il répond par une question.

« Vous savez qui c'est ?

— Il s'appelle Vincent Archer, répond-elle. Ça te dit quelque chose ? »

Il réfléchit. Il visualise l'homme, tentant de trouver un lien entre son nom et son visage, mais en vain.

« Je n'ai jamais entendu parler de lui. »

Ils s'arrêtent.

« Dis-moi, reprend-elle.

— Quoi ?

— Tu me caches quelque chose, Joshua. Ce n'est pas le moment de faire ça. Je connaissais… Tu vas bien ? »

Il pose les mains par terre et vomit dans l'herbe. Il se met à frissonner et a la tête qui tourne. Vega s'accroupit à côté de lui et pose une main sur son dos. Il finit de vomir, puis se redresse sur ses genoux. Il arrache un autre pan de sa chemise et s'en sert pour s'essuyer la bouche. Ensuite, ne sachant qu'en faire, il le laisse par terre à côté de la flaque qu'il vient de faire.

« Ça va, répond-il, toujours tremblant.

— On ne dirait pas, observe Vega.

— En fait, non. Ce que j'ai fait à l'oncle Ben, ça me rend tellement malade.

— Je sais, Joshua, je sais. La meilleure façon de nous aider en ce moment, c'est d'être honnête avec moi. J'ai besoin que tu me dises ce que tu me caches. Je connaissais ton père, j'ai travaillé avec lui, je le respectais, et s'il était ici il te dirait la même chose : sois honnête. »

Joshua n'est pas sûr que ce soit vrai. Il y a des tonnes de gens qui croupissent dans des cellules de prison alors qu'ils ne devraient pas y être, simplement parce qu'ils ont parlé quand ils auraient mieux fait de se taire. La preuve, les reportages qui couvrent la libération des plus chanceux. Les autres paient le prix de crimes qu'ils n'ont pas commis. Il pense que si son père était là, il lui dirait qu'il a besoin d'un avocat.

Mais son père n'est pas là.

« De quoi qu'il s'agisse, Joshua, je préférerais l'entendre de ta bouche plutôt que l'apprendre ailleurs. Tu dois me dire.

— Vous allez trouver que je suis bizarre, dit-il tandis qu'elle l'aide à se relever. Que je suis tordu.

— Non, je te le promets. Je ne ferais jamais ça. »

Il prend une inspiration et exhale lentement. Il la regarde dans les yeux, attendant sa réaction.

« J'ai rêvé de lui. »

La réaction survient. Une brève expression d'incrédulité qu'elle tente de dissimuler.

« Quel genre de rêve ?

— Vous ne me croyez pas.

— S'il te plaît, Joshua, dis-moi. »

Il pense à la forêt, aux cannes à pêche, au VTT et à la femme.

« Je l'ai reconnu, tout comme j'ai reconnu l'homme qui a tué mon père, tout comme j'ai reconnu Ben la première fois que je l'ai vu.

— Tu as reconnu Ben la première fois que tu l'as vu ?

— Oui, le jour où Erin est tombée du toit. Je crois que mon père et ce type aujourd'hui, ils se connaissaient d'une manière ou d'une autre. Peut-être que papa l'a arrêté par le passé.

— Je ne suis pas sûre de comprendre ce que tu dis.

— Ça s'appelle la mémoire cellulaire, déclare Joshua. Et je savais que vous ne me croiriez pas.

— Mémoire cellulaire ? »

Il commence à lui expliquer, mais elle ne tarde pas à l'interrompre. Il s'avère qu'elle en a entendu parler – elle ne connaissait simplement pas le terme.

« Tu dis que ça existe ? demande-t-elle.

— Je ne sais pas quoi penser d'autre.

— Vincent Archer n'a pas de casier judiciaire, dit-elle. Ton père ne l'a jamais arrêté, et il n'y a aucune raison pour qu'ils se soient connus.

— Vous m'avez demandé de vous dire, alors je le fais.

— Et maintenant tu crois voir ce que ton père a vu.

— Je ne sais que croire. » Il se remet à marcher et elle reste avec lui. « Je ne peux rien vous dire de plus. Mais vous ne m'avez pas raconté pourquoi il en avait après moi. »

Elle lui explique qu'ils ont découvert que Vincent Archer était l'homme qui a attaqué Erin. Ils sont allés chez lui. Ils ont trouvé des photos de Ben et de ses proches punaisées aux murs. Il y avait une liste de noms, et celui de Joshua y figurait.

« Nous n'arrivions pas à te trouver, dit-elle. Nous avons envoyé des voitures de police à ta recherche. »

Il se souvient des véhicules qui fonçaient dans la rue.

« Nous avons essayé de t'appeler, poursuit-elle. Mais ton téléphone était éteint. »

Comme les choses auraient été différentes s'il avait fonctionné. Peut-être que Scott avait sa propre malédiction. C'est lui qui a abîmé le téléphone, et peut-être est-ce à cause de ça que les événements se sont déroulés de la sorte.

« Il ne marche plus », explique-t-il.

Ils atteignent l'intersection. Il y a une ambulance qui arrive.

« Allons te faire examiner, dit-elle.

— Est-ce que quelqu'un a appelé ma mère ? Est-ce qu'elle est au courant ?

— Quel est son numéro ? »

Il le connaît par cœur, mais quand il essaie de le réciter, il n'y parvient pas.

« C'est bon, dit-elle. J'arriverai à la joindre. »

L'ambulance s'immobilise et les portières s'ouvrent. Un secouriste l'aide à grimper à l'arrière. Joshua s'assied sur le brancard. Comme elle a les mains couvertes de sang, Vega demande à un autre inspecteur de prendre en photo celles de Joshua et de prélever des échantillons de sang avant de disparaître.

Malgré tout ce qu'il a dit de l'attaque, il sait qu'elle est sceptique. C'est son boulot.

Le secouriste a des muscles qui ressortent sous son uniforme, et Joshua songe que c'est le genre de type à qui les Scott du monde ne s'en prendraient jamais.

« Joshua, c'est ça ? demande-t-il en enfilant une paire de gants en latex.

— Exact.

— Moi, c'est Sven. J'ai entendu dire que tu avais été assommé.

— C'est possible.

— Je veux que tu fasses une chose. Je veux que tu répètes des mots après moi. OK ?

— OK.

— Poisson, arbre, maison, cinq plus cinq égale dix.

— Poisson. Arbre. Maison. Cinq plus cinq égale dix, répète Joshua en se demandant à quoi ça peut bien servir.

— Parfait. Maintenant dis-moi ce qui s'est passé », demande Sven.

Joshua lui explique qu'il a reçu un coup de poing et heurté le sol puis que tout est devenu noir, et qu'il a ensuite repris connaissance et s'est de nouveau évanoui à plusieurs reprises.

« Est-ce que tu te sens malade ? Nauséeux ?

— J'ai vomi tout à l'heure, mais ça va maintenant. Juste mal à la tête.

— Des vertiges ?

— Plus maintenant.

— Mais tu en as eu, dit-il.

— Oui.

— Combien de doigts? demande Sven en en levant trois.

— Trois, répond Joshua.

— Et maintenant?

— Toujours trois.

— Bien. Et ton ouïe? Est-ce que tu as remarqué une perte d'audition?

— Un peu, répond Joshua, mais c'est parce qu'un train est passé à toute allure. Ça va mieux, maintenant.

— Voyons ça», dit Sven.

Il se penche et passe lentement les doigts dans les cheveux de Joshua, révélant l'endroit où il a été frappé.

«Il y a un peu de sang, ici. On va devoir nettoyer ça, mais je ne pense pas que tu auras besoin de points de suture. Tes mains et tes genoux te font mal?

— Oui, surtout ma main.

— OK. On va nettoyer ça aussi.»

Le secouriste verse un produit chimique en bouteille sur des compresses, puis il nettoie les mains de Joshua. Il change de compresse à quelques reprises, puis s'attaque à ses genoux. Les compresses finissent dans un sac en plastique que l'homme referme soigneusement. Joshua suppose que ça fait partie de la collecte d'indices. Quand les blessures sont propres, le secouriste applique une pommade et lui met un bandage sur la main. Il nettoie la blessure à la tête de Joshua mais ne la panse pas.

«Ils regarderont ça mieux à l'hôpital, déclare-t-il. Est-ce que tu te souviens de mon nom?

— C'est… heu… non, répond Joshua.

— Tu te souviens du nombre de doigts que j'ai levés tout à l'heure ?

— Trois.

— Et les mots que je t'ai demandé de répéter ?

— Oui.

— C'était quoi ?

— Poisson, arbre, heu… poisson ?

— Tu te souviens des nombres ?

— Ah oui, cinq.

— C'est tout ?

— Je crois.

— OK, Joshua. »

Le secouriste sort et va parler à Vega. Elle se sert d'une bouteille d'eau et d'une serviette pour nettoyer le sang sur ses mains. Michelle apparaît. Elle se précipite sur l'inspectrice, qui pointe le doigt dans la direction de Joshua. Elle court vers lui alors qu'il est déjà en train de descendre de l'ambulance.

Elle passe les bras autour de lui.

« J'ai eu tellement peur », dit-elle.

Par-dessus son épaule, il voit le cordon de scène de crime être installé. Une foule se rassemble. Une armée de badauds. Elle le serre si fort qu'il peine à respirer. Il tente de s'imaginer à quoi il ressemble avec le sang, le bandage et sa chemise à laquelle il manque de grands morceaux.

« Je n'aurais pas pu te perdre, dit-elle. Je n'aurais pas pu.

— C'est pourtant ce qui va arriver si tu n'arrêtes pas de me serrer si fort. »

Elle relâche son étreinte.

« L'inspectrice Vega m'a tout expliqué au téléphone. Ce qui est arrivé à l'oncle Ben n'était pas ta faute. »

Mais il a l'impression du contraire. Après tout, c'est lui qui tenait le couteau.

« Qu'a dit le secouriste ? Tu vas bien ?

— Il a dit que Joshua devait aller à l'hôpital », explique Vega en approchant. Ses mains sont propres, mais il y a toujours du sang sur son chemisier et sur sa joue. « Il va devoir passer quelques examens, et il sera placé en observation et y restera peut-être la nuit. Nous allons aussi avoir besoin d'une déposition. »

Joshua voit Olillia qui se tient parmi la foule. Il résiste à l'envie de courir et de la prendre dans ses bras. Son visage est pâle et on dirait qu'elle a pleuré. Elle lui fait un signe de la main. Il lui retourne son geste. Sa mère et Vega regardent en direction des badauds.

« Je peux aller voir mon amie ?

— Qui est-ce ? demande Vega.

— Olillia.

— Olillia ?

— Une élève du lycée. Je vous en ai déjà parlé. Elle a effectué une partie du trajet avec moi.

— Elle était avec toi ? Sur la voie ferrée ? demande Vega.

— Pas jusqu'au bout. Elle a tourné au croisement précédent.

— Je vais devoir la questionner, ce qui signifie que tu ne peux pas lui parler maintenant. Peut-être plus tard. Pour le moment nous devons t'emmener à l'hôpital.

— Je crois… étant donné les circonstances, je veux que Joshua ait un avocat avant de faire sa déposition, déclare sa mère.

— Joshua ne risque rien, réplique Vega.

— Je crois quand même que ça vaut mieux. »

L'inspectrice acquiesce.

« D'accord.

— Et Ben, demande sa mère. Vous avez des nouvelles ?

— Ils s'occupent de lui, répond Vega. À ce stade, ça peut aller dans un sens comme dans l'autre. »

42

Vega regarde l'ambulance s'éloigner avec Joshua et sa mère à l'intérieur. Il y a de plus en plus de monde sur la scène de crime. Le train qui est passé plus tôt aura détruit une partie des indices sur la ligne, mais elle est certaine qu'il en restera assez pour confirmer ou infirmer la version des faits de Joshua. Pour le moment, les agents passent en revue les maisons derrière la voie ferrée, ainsi que celles situées dans les rues que la voie croise. Quelqu'un a dû voir quelque chose.

Elle marche jusqu'au cordon de sécurité, en direction de la fille qui a fait un signe de la main tout à l'heure. Celle-ci a des cheveux sombres attachés en queue-de-cheval, un joli visage et les yeux bleus. Elle lui fait penser à sa petite sœur.

« Tu es Olivia ? » demande Vega.

La fille a l'air inquiète. Elle acquiesce.

« Olillia, dit-elle.

— Je veux que tu viennes avec moi.

— OK. »

Vega la mène à la voiture de patrouille à l'écart de la foule. Elle positionne Olillia dos au véhicule afin qu'elle ne soit pas face aux badauds.

« Attends-moi ici », dit-elle, puis elle se dirige vers sa voiture. Elle attrape à l'arrière son sac à dos et le chemisier propre qu'elle garde pour de tels moments. Ben aussi a un sac à dos semblable dans le coffre. Il y a une autre ambulance, et elle grimpe à l'arrière pour ôter son chemisier ensanglanté. Elle se sert de la serviette avec laquelle elle s'est nettoyé les mains pour s'essuyer, puis elle enfile le vêtement propre et balance ses affaires dans sa voiture alors même que la légiste arrive. Elles échangent un petit geste de la main juste avant que cette dernière soit briefée par l'un des inspecteurs. Vega retourne auprès d'Olillia.

« Tu es rentrée avec Joshua ?

— Oui. Enfin, dans un sens. Pas jusqu'au bout. C'est vrai que quelqu'un est mort ?

— Qui a eu l'idée d'emprunter la voie ferrée ?

— Oh, non », fait Olillia. Elle porte la main à sa bouche. « C'est ce qui s'est passé ? Quelqu'un a attaqué Joshua ? Je croyais... je croyais qu'il n'aurait pas de problème. Je prends toujours ce chemin, mais pas aussi loin, et... je... je ne sais pas ce qui s'est passé. Est-ce que... est-ce que c'est arrivé à cause de moi ? Josh allait emprunter la route, mais je l'ai convaincu... je l'ai persuadé de passer par ici. »

La fille est sur le point de craquer. Ses grands yeux bleus semblent encore plus grands tandis qu'ils sont bordés de larmes chatoyantes. Vega lui pose une main sur l'épaule.

« S'il te plaît, dis-moi ce que tu sais », demande-t-elle.

Olillia confirme que Joshua et elle se sont séparés à l'intersection précédente. Elle est rentrée chez elle et a vu sur les réseaux sociaux quelques minutes plus tard que quelqu'un avait perdu la vie. Il y avait des photos d'un garçon mort en uniforme, prises par des voisins par-dessus les clôtures, mais elle ne pouvait pas dire qui c'était, et elle ne savait pas si c'était réel.

« J'étais certaine que c'était Joshua », explique-t-elle. Elle a emprunté la voiture de son frère pour venir, se garant le plus près possible, puis a parcouru le reste du chemin en courant. « Si ce n'est pas Joshua qui a été tué, alors qui ? » demande-t-elle.

Le nom du garçon mort ne tardera pas à être révélé – peut-être par quelqu'un qui le reconnaîtra sur une des photos prises par les voisins curieux. Vega suppose donc qu'elle ferait aussi bien de le dévoiler à la fille. Ça lui permettra peut-être aussi d'avoir une meilleure idée de ce qui s'est passé.

« La victime est Scott Adams », dit-elle. Elle observe Olillia dans l'attente d'une réaction, et en obtient une. Une grosse. La fille porte brusquement les mains à sa bouche et ses yeux s'écarquillent encore plus. « Tu le connaissais ? »

Elle acquiesce.

« Bien ?

— Non, répond-elle en essuyant ses larmes. Mais on a été en classe ensemble. Il habite… il habite dans ma rue.

— Tu sais pourquoi Scott n'a pas tourné au même endroit que toi, alors ? »

Olillia secoue la tête. Puis elle acquiesce lentement.

« Peut-être, répond-elle, et elle baisse les yeux vers ses pieds.

— Olillia ?

— Scott… Scott a harcelé Joshua toute la journée. Il… l'a arrosé avec une cannette de soda, et il a esquinté son téléphone en versant le reste dans son sac. Plus tard, pendant l'atelier de menuiserie, il lui a soufflé de la sciure dans les yeux. J'ai dit à Joshua de ne rien dire, parce que… parce que j'ai vu des cas où ça faisait empirer les choses. Mais alors… »

Elle porte une fois de plus la main à sa bouche.

« Alors quoi ?

— Plus tard en cours j'ai dit à notre prof ce que Scott avait fait… je n'avais pas le choix. Elle a demandé à Scott de rester après les autres. Je crois qu'elle l'a réprimandé. Peut-être que Scott croyait que Joshua l'avait dénoncé ? Peut-être qu'il l'a suivi pour… pour lui casser la figure. Est-ce que c'est ce qui s'est passé ? Est-ce qu'il y a eu une bagarre ? Joshua… je le connais seulement depuis aujourd'hui, mais il n'a pas pu… il n'a pas pu faire ça, et si je n'avais rien dit à Mme Thompson, Scott ne l'aurait pas suivi. Rien de tout ça ne serait arrivé. »

Vega ouvre la portière arrière de la voiture de patrouille.

« J'ai besoin que tu attendes ici un moment, OK ? dit-elle.

— Est-ce que Joshua va bien ? demande Olillia en grimpant dans le véhicule.

— Je reviens tout de suite. »

Elle demande à un agent de garder un œil sur la jeune fille avant de marcher jusqu'à la voie ferrée. La légiste, Tracey Walter, gravit le talus de l'autre côté. Vega a rencontré Tracey quelques années plus tôt lors d'une affaire qui impliquait un type tellement défoncé aux antalgiques qu'il croyait pouvoir voler – chose qu'il avait testée depuis le toit de sa maison et qui s'était avérée plus difficile qu'il ne le pensait. C'est Tracey qui a effectué l'autopsie, puis elles se sont de nouveau rencontrées quelques semaines plus tard, cette fois à un barbecue où elles avaient des amis communs. Leurs chemins n'ont pas cessé de se croiser par la suite, principalement dans le cadre du travail, et elles sortent ensemble depuis un an – même si personne dans le département n'est au courant. Vega sait qu'elle se ferait chambrer.

Elle rattrape Tracey alors que celle-ci arrive au niveau du premier corps. Le lycée a été contacté et une photo a été montrée plus tôt au principal. C'est ainsi que l'identification a été effectuée. Ils ont appris du lycée que Scott était intelligent et apprécié, mais des questions supplémentaires ont révélé qu'il était uniquement apprécié par ses camarades de l'équipe de rugby, et qu'il n'était au fond pas si intelligent que ça. Et un questionnement encore plus poussé a montré que c'était un caïd notoire.

« Salut, lance Vega.

— Salut, répond Tracey. C'est affreux. »

Elle baisse les yeux vers le garçon. Chaque fois qu'elles sont confrontées à une telle scène, Vega veut l'étreindre pour leur rappeler à toutes deux que le monde n'est pas aussi moche qu'il en a l'air. Mais, évidemment, elle ne peut pas la prendre dans ses bras. Quand elles sont sur le terrain, ou à la morgue, elles ne parlent que de travail et ne font aucune allusion à leur vie personnelle, et quand elles sortent ensemble ou voient des amis, c'est le contraire. Elle ne confie pas à Tracey qu'elle aime sa présence à ses côtés car c'est la dernière chose qu'elle a envie de dire en ce moment, et ce serait la dernière chose que Tracey voudrait entendre. Elle le lui dira plus tard. Tracey s'accroupit au-dessus du garçon.

« Vu la quantité de sang, il semblerait qu'il n'avait aucune chance. Et vu l'emplacement de la blessure, je dirais que le couteau a sectionné l'aorte, mais je n'en aurai la certitude que quand je l'aurai sur ma table. Il a dû entrer immédiatement en état de choc et mourir en moins d'une minute.

— Tu pourras déterminer à partir des angles qui l'a poignardé ? Si ça colle avec l'autre victime ?

— Il y a de nombreuses variables, répond Tracey, mais je ferai mon possible. »

Elles marchent jusqu'à Vincent Archer. Tracey enfonce la main dans sa poche et en sort un petit sachet. Elle l'ouvre et tend à Vega la lingette humide qu'il contient.

« Ta joue », dit-elle, tapotant son propre visage pour lui indiquer ce qu'elle veut dire.

Vega s'essuie et voit que c'est du sang.

« Merci », dit-elle.

Elle replace la lingette roulée en boule dans le paquet puis glisse ce dernier dans sa poche. Tracey s'accroupit au-dessus du corps d'Archer et l'inspecte. Il y a un renfoncement gros comme un poing dans son crâne, qui correspondra probablement à la pierre tachée de sang qui se trouve un mètre plus loin. Elle n'a pas encore fait l'objet d'une recherche d'empreintes. Joshua non plus. Mais ça va venir. Vega s'imagine la rapidité avec laquelle tout s'est déroulé, ce tronçon paisible de la voie ferrée se transformant en champ de bataille – et ce train a-t-il vraiment failli percuter Joshua ?

« Ça va ? demande Tracey en se relevant.

— Ça va, répond Vega.

— Ben est solide. Il ne va pas baisser les bras comme ça.

— Je sais.

— Il y a autre chose qui te tracasse.

— Non, vraiment, ça va.

— Tu es sûre ? Tu n'as… pas l'air dans ton assiette.

— C'est bon », répond-elle.

Des agents commencent à ériger des tentes par-dessus les corps pour les protéger des éléments, ainsi que des voisins qui brandissent leur téléphone portable par-dessus les clôtures pour prendre des photos. Tracey reprend son examen du corps. Vega songe à ce qu'Olillia a dit sur le fait que Scott avait harcelé Joshua à l'école. C'est ce qu'ils appellent dans le métier un bon vieux mobile. Il est possible que Joshua ait poignardé l'autre garçon par colère, et que Vincent Archer soit arrivé peu après – mais elle ne le pense pas. Elle croit que c'est Archer qui a apporté le couteau. Elle pense qu'il s'est dit que tuer deux garçons au lieu d'un l'aiderait à brouiller les pistes, de la même manière qu'il est parvenu à dissimuler ce qui est arrivé à Erin.

« Qu'est-ce que tu sais sur la mémoire cellulaire ? demande-t-elle à Tracey. Tu fais partie des pour ou des contre ?

— Je t'ai déjà dit que mon père a eu une transplantation cardiaque il y a dix ans ? » demande Tracey.

Vega apprécie ses parents. La mère de Tracey a concouru aux Jeux olympiques il y a une trentaine d'années et est arrivée quatrième du quatre cents mètres, et elle continue de dire en plaisantant qu'elle veut y retourner pour essayer d'avoir le bronze. Son père a pratiqué la médecine jusqu'à il y a deux ans, lorsqu'il a pris sa retraite.

« Non », répond Vega.

Tracey se lève et lui fait face.

« Il était très malade, dit-elle. D'ailleurs, on pensait qu'il allait mourir, mais il a eu de la chance. Il a reçu un nouveau cœur. Quelques mois plus tard, il s'est mis à avoir des envies irrésistibles de bière allemande. Rien d'autre ne lui allait, il fallait qu'elle soit allemande, puis il s'est aussi mis à manger de la nourriture allemande. Alors j'ai fait jouer mes relations pour accéder au dossier du donneur. Tu veux deviner d'où il venait ?

— D'Allemagne ?

— D'Australie, dit-elle. Parfois on voit des choses qui ne sont pas là. Les envies de mon père venaient cependant de quelque part. Peut-être que le donneur avait passé du temps en Allemagne. Peut-être qu'il adorait la cuisine allemande. Garde à l'esprit le fait que des patients reçoivent des greffes tous les jours sans jamais développer le moindre désir, mais dans le cas de mon père, c'était vraiment comme si quelqu'un avait actionné un interrupteur. Ces envies survenaient-elles au niveau cellulaire ? Comme ça, j'aimerais dire oui. Mais en tant que personne dont le métier est d'ouvrir des morts et de les examiner, je dirais non.

— Donc tu n'es pas sûre.

— Je n'y crois pas, mais pas suffisamment pour totalement rejeter la possibilité. »

43

Joshua ôte son uniforme pour enfiler une tunique d'hôpital. Ce qui reste de sa chemise et de ses autres vêtements est placé dans un sac en papier et tendu à un agent de police qui est si pâle qu'on dirait qu'il va s'embraser s'il sort au soleil. Avant de partir, celui-ci prend les empreintes de Joshua, puis lui tend une serviette en papier pour ôter l'encre.

« C'est pour déterminer quelles empreintes appartiennent à qui », explique l'agent.

Mais Joshua sait que ce qu'il veut vraiment dire, c'est : *C'est pour déterminer si tu as tué quelqu'un.*

Le bandage sur sa main est remplacé, ses blessures sont de nouveau nettoyées et traitées. Les médecins effectuent des tests de mémoire. Des tests de réflexes. Combien de doigts sont levés, peut-il compter à l'envers à partir de cent, quelle est la date d'aujourd'hui, peut-il marcher en ligne droite sans être pris de vertiges ? Sa mère n'arrête pas de questionner les médecins, l'inquiétude est palpable dans sa voix. Il passe quarante-cinq minutes immobile pendant qu'on fait une IRM de son cerveau. Après quoi ils attendent une heure dans une salle de consultation. Il se sent bien. Il veut rentrer chez lui.

Le Dr Toni vient le voir. Elle est nerveuse et distraite.

« C'est tellement… tellement affreux, dit-elle. Je… je n'arrive pas à y croire. »

Joshua répond que lui non plus n'arrive pas à y croire. Elle braque une lampe sur ses yeux et les examine attentivement. Puis elle lui fait lire la table optométrique. Les résultats sont les mêmes que la dernière fois. Le coup à la tête n'a pas endommagé son bon œil. Et il n'a pas amélioré le mauvais.

« Vous savez comment va Ben ? demande sa mère.

— Pas de nouvelles, répond le médecin.

— Ça fait plusieurs heures.

— Et ça pourrait encore en durer quelques-unes. »

Une fois l'examen achevé, elle laisse Joshua et sa mère dans la salle de consultation pendant qu'un autre policier, moins pâle que le premier, se tient dehors dans le couloir devant la porte fermée. Comme quand son père est mort et que Joshua a été opéré, les médias veulent à tout prix une interview, mais pour le moment ils ont été maintenus à distance devant l'entrée principale. Le policier est là juste au cas où quelqu'un parviendrait à s'introduire dans l'hôpital. Maintenant que la porte est fermée, c'est leur première opportunité d'être seuls depuis les événements de la journée, et dans la pièce silencieuse sa mère se met à pleurer doucement. Elle est assise sur une chaise tandis que lui est sur le lit, ses jambes balançant sur le côté. Il se lève, tire une chaise à côté de sa mère et lui prend la main.

« Désolée, dit-elle. Je devrais être plus forte. C'est juste qu'après tout… j'aurais pu te perdre.

— Mais je suis là. Tout va bien se passer », répond-il, même s'il n'en est pas certain.

Il comprend cependant désormais pourquoi les gens disent tout le temps ça.

« Je n'aurais jamais dû te laisser rentrer à pied.

— C'est la malédiction, dit-il.

— Pardon ?

— Pourquoi tu crois que toutes ces choses affreuses se produisent ? Le fait que je sois aveugle de naissance, la mort de mes parents biologiques, et maintenant papa qui s'est fait tuer. Je suis lié à tout ça. La malédiction est ma faute. Elle me suit partout. Elle a atteint Erin, et maintenant elle a rattrapé l'oncle Ben. Elle a même planté ses griffes dans Scott, alors que je ne le connaissais que depuis une journée. Quoi qu'on fasse, elle sera toujours là.

— Ce n'est pas une malédiction.

— Non ? Alors, c'est quoi ? »

Elle réfléchit quelques instants et il la laisse faire. Puis elle soupire, comme si elle avait trouvé la réponse et s'était résignée à l'accepter.

« La malchance, dit-elle. Une combinaison de gens bien qui font des choses terribles et de gens mauvais qui en commettent des pires encore.

— Qu'est-ce que tu entends par là ?

— Rien », répond-elle.

Avant qu'il puisse lui poser une fois de plus la question, la porte s'ouvre et le Dr Hatch – le médecin qui lui a fait passer l'IRM – entre. Il ressemble à une version légèrement plus jeune du grand-père de Joshua, ce qui, suppose-t-il, fait de lui une version plus âgée de son père biologique. Il a un cercle de cheveux gris autour des côtés et de l'arrière de la tête et est chauve sur le dessus, comme un autre capitaine de *Star Trek* qu'il a vu à la télé. Joshua se demande si M. Fox a poursuivi son cours sur la génétique avec un cours sur la calvitie. Si son grand-père est chauve, son père le serait-il également devenu ? Et Joshua le sera-t-il dans vingt ou trente ans ?

« J'ai deux bonnes nouvelles, annonce le Dr Hatch. La première est que tu sembles aller bien, et nous allons te laisser rentrer chez toi demain matin.

— Je ne peux pas rentrer ce soir ?

— Il vaut mieux qu'on te garde en observation pendant la nuit.

— Et la seconde nouvelle ? demande sa mère. Il s'agit de Ben ?

— À vrai dire, non, mais j'ai entendu dire que l'opération se déroulait bien. La nouvelle concerne Erin. Elle est sortie du coma il y a trente minutes. »

Sa mère se penche en avant et étreint fermement le médecin avant de s'écarter. Elle semble embarrassée.

« Désolée, dit-elle. Je ne voulais pas faire ça, mais c'est une super nouvelle.

— C'est bon, répond le Dr Hatch en lui souriant. Ça rend les bonnes nouvelles encore plus agréables à annoncer.

— Elle va bien ?

— Elle ne se souvient de rien, le chemin va être long, et il est trop tôt pour savoir à quel point son cerveau est endommagé, mais nous avons bon espoir. Je vais demander à une infirmière de passer te chercher, Joshua, et on va s'occuper de ton admission pour la nuit. OK ?

— Quand pourra-t-il retourner au lycée ? » demande sa mère.

Joshua n'avait pas songé à ça. Aujourd'hui ils le prenaient pour un monstre – que penseront-ils demain ?

« J'attendrais deux jours », répond le Dr Hatch. Mais Joshua sait qu'il n'y a pas que ça – c'est la police qui décidera quand il pourra y retourner.

« L'infirmière va bientôt arriver.

— Erin va s'en sortir », déclare sa mère une fois que le Dr Hatch a quitté la pièce.

Elle se tourne vers Joshua et le prend dans ses bras. « Tu vois ? Il n'y a pas de malédiction. Erin va s'en tirer, et Ben aussi, j'en suis sûre, et nous allons traverser tout ça, je te le promets. »

44

Vega interroge l'une des voisines dans le seul but d'entrer chez elle, puis elle lui demande si elle peut utiliser la salle de bains. Elle sent la culpabilité dans tout son corps. Dans sa poitrine, où elle comprime son cœur, et dans son ventre, où elle pèse comme une pierre. Elle est lourde et écrasante, et il y en a tellement. Elle se sent coupable de ne pas en avoir fait plus pour sauver Ben. Coupable d'avoir pointé son arme sur Joshua, de lui avoir hurlé dessus. Coupable d'être restée sur les lieux et de ne pas s'être rendue à l'hôpital. Coupable de ne pas avoir eu foi en son équipier quand il a commencé à lui dire qu'il pensait que quelqu'un cherchait à tuer Erin.

Elle vomit dans les toilettes, se rince le visage et observe son reflet dans le miroir. Elle a dit plus tôt à Tracey qu'elle allait bien, mais c'est faux, et elle aurait voulu lui révéler ce qui la bouleversait, mais elle ne pouvait pas, pas avec tout ce qui se passait. Tant de culpabilité… mais ce n'est rien comparé à ce que lui inspire le fait qu'elle a repoussé le moment d'entrer chez Vincent Archer. Le garçon sur la voie ferrée et même Archer seraient encore vivants si elle n'avait pas insisté pour attendre les renforts. Ben ne serait pas en train de se battre contre la mort.

Elle sait que la frontière est ténue entre bien agir et contourner les règles. Elle a fait ce qu'il fallait – techniquement –, mais le prix à payer est énorme. Elle s'essuie le visage, remercie la femme de l'avoir laissée utiliser la salle de bains et ressort, pour découvrir que la foule est deux fois plus nombreuse.

Elle marche jusqu'à Olillia et la remercie d'avoir attendu, elle prend son numéro de téléphone et son adresse puis lui dit qu'elle est libre de rentrer chez elle.

« J'aurai encore quelques questions et je te contacterai, dit-elle.

— Quand je pourrai voir Joshua ? demande Olillia.

— Ça dépend des médecins, répond Vega.

— Je ne… je ne sais pas ce que vous croyez qu'il s'est passé, ni ce qu'il s'est réellement passé, mais Joshua n'aurait rien fait de mal.

— Je t'appellerai plus tard dans la journée, d'accord ?

— D'accord.

— Tu as dit que tu étais venue ici dans la voiture de ton frère ?

— Je crois que je vais rentrer à pied, répond Olillia.

— Je vais demander à quelqu'un de te reconduire », dit Vega. Elle fait signe à un agent d'approcher pour escorter la jeune fille. « Une dernière chose, ne parle pas aux médias, OK ?

— OK.

— Tu le promets ?

— Je le promets. »

Lorsqu'Olillia est partie, Vega fait signe à deux autres agents d'approcher pour leur faire savoir qu'elle s'en va et leur demander de l'accompagner. Les deux flics la suivent jusqu'à la maison des parents de Vincent Archer au cas où les choses se passeraient mal. Informer les gens d'un décès est la pire partie du boulot, même quand la personne qui a été tuée était un sale enfoiré.

Elle sonne au portail, et cette fois c'est Robert Archer qui répond. Il se tient avec sa femme à la porte et ils regardent Vega et la voiture de patrouille pénétrer dans la propriété. Ils ont chacun un bras autour de l'autre et elle sait qu'ils savent déjà ce qui les attend. Helen se laisse tomber sur le canapé dans lequel elle était assise plus tôt quand Vega lui annonce la nouvelle. Elle se mord la jointure des doigts, des gémissements de douleur se coincent occasionnellement dans sa gorge et sont exprimés sous forme de grandes inspirations. Le père de Vincent se sert un verre de scotch et fixe le jardin sans dire un mot.

« Si je… si je vous avais tout de suite aidés, dit Helen, vous l'auriez retrouvé à temps. J'aurais pu… j'aurais pu le sauver.

— Oui », répond Vega. Elle sait qu'elle ne devrait pas dire ça, mais elle ne peut pas s'en empêcher. « Votre fils serait toujours en vie, et le garçon qu'il a tué aussi. »

Les larmes de Helen redoublent, Robert voit rouge et lui dit de foutre le camp de chez eux. Les deux agents – un type qui n'est dans les forces de l'ordre que depuis deux ans et une femme qui y est depuis presque une décennie – lancent à Vega des regards désapprobateurs tandis qu'ils regagnent leur voiture. Elle se dégoûte d'avoir dit ça, mais elle l'a fait pour partager la faute. Après tout, elle n'est pas la seule responsable.

Elle est en route vers la maison de Vincent Archer quand Kent l'appelle. Elle lui demande comment s'est déroulé l'entretien, et Vega la met au courant, omettant la dernière partie de la conversation, après quoi Kent l'informe de ce qui s'est passé de son côté. Elle et l'inspecteur Travers sont allés annoncer la nouvelle à la famille de Scott Adams. Ils ont trouvé un garçon de trois ans et une fillette de six ans, seuls. Quand ils leur ont posé la question, la gamine a expliqué que leur mère était allée boire un verre, mais comme elle n'avait que six ans, elle n'a pas été en mesure de leur dire ni quand ni où. Ils ont finalement trouvé la femme occupée à mettre des pièces dans une machine à sous dans un bar du coin avec un verre de vin à la main – de toute évidence pas le premier. Elle tapait furieusement sur les boutons tandis qu'elle tentait de regagner l'argent du loyer qu'elle avait déjà perdu. Elle a fondu en larmes et ils l'ont ramenée chez elle, où ses enfants étaient sous la surveillance d'une assistante sociale que Kent avait appelée. Pendant le trajet du retour, la mère a suffisamment retrouvé ses esprits pour demander si elle recevrait une indemnisation pour la perte de son fils, soit de la part de l'homme qui l'a tué, soit de celle de la police ou du système judiciaire. « J'ai encore deux bouches à nourrir, a-t-elle ajouté. J'ai clairement le sentiment que quelqu'un me doit quelque chose. »

Il y a une voiture de police banalisée devant chez Vincent Archer, mais pas de cordon ni de barrières pour isoler la maison du reste de la rue. Les agents ont procédé de la sorte afin d'éviter d'attirer l'attention sur les lieux. Quelqu'un a refermé la porte aussi bien que possible après que Vega l'a défoncée plus tôt dans la journée. Il y a tout un tas d'éclats de bois sur le sol à côté. Elle enfile une paire de gants en latex et allume les lumières à mesure qu'elle progresse d'une pièce à l'autre. Tout est dans un ordre impeccable. Elle ouvre le réfrigérateur. Il est rempli de boîtes en plastique qui ont été soigneusement empilées et étiquetées pour indiquer le genre de viande qu'elles renferment et la date limite de consommation. Celle-ci est également inscrite sur une boîte d'œufs. Les légumes semblent frais. Il n'y a pas d'assiettes sales dans l'évier, et en inspectant le lave-vaisselle elle découvre qu'il est rempli de vaisselle propre. Peut-être qu'il l'a fait tourner aujourd'hui. Elle jette un coup d'œil à la poubelle. Elle est vide. Il y a deux grands sacs de nourriture pour chien sur la table, mais pas de chien. Il y a également un bloc à couteaux avec trois lames manquantes. Deux d'entre elles sont dans le lave-vaisselle. Elle ne parvient pas à trouver la troisième. Elle sort son téléphone et envoie un texto.

Dans le salon il n'y a pas de télé. Il y a un ensemble canapé fauteuils flambant neuf, un insert à bois et une bibliothèque qui prend la moitié d'un mur. Dans un coin pousse une fleur de lune qui semble en meilleure santé que toutes les plantes qu'elle a tenté de maintenir en vie. La bibliothèque semble avoir été fabriquée à la main, une collection de romans d'horreur et policiers récents l'occupe intégralement à l'exception des deux étagères supérieures, où des manuels de menuiserie sont soigneusement alignés, sauf un qui repose à plat. Elle le soulève. C'est un ouvrage sur la tapisserie d'ameublement. Peut-être que le canapé et les fauteuils ne sont pas neufs mais se sont vu offrir un second souffle. La table basse semble également faite à la main et, maintenant qu'elle y pense, elle croit sentir une odeur de peinture. Celle-ci provient du garage, où une bâche de protection pleine d'éclaboussures couvre le sol. C'est peut-être l'endroit où Vincent Archer travaillait sur le cheval à bascule dont Helen Archer leur a parlé. En voyant dans le garage les autres objets que Vincent a fabriqués, elle doit admettre que pour un psychopathe il était doué de ses mains.

Dans la chambre principale, le lit est fait et il n'y a pas de vêtements par terre, contrairement à chez elle où les fringues s'entassent à côté du lit au fil de la semaine. Elle passe ses tiroirs en revue. Tout est soigneusement plié. Au mur il y a une affiche en noir et blanc encadrée qui représente un enfant regardant par la fenêtre en direction d'une colline où des arbres sont en train d'être abattus. Sur le mur adjacent, au-dessus de la commode, il y a une photo encadrée de Vincent Archer et de Simon Bower. Une rivière s'écoule à côté d'eux, une glacière contre laquelle est appuyée une canne à pêche se trouve à leurs pieds. Chacun brandit un poisson. Elle ne voit pas beaucoup d'hommes qui auraient des photos de leurs amis dans leur chambre, et elle se demande si le lien entre Simon et Vincent était plus qu'amical. Elle regarde la photo. Les deux hommes sourient, mais l'appareil n'a pas capturé qui ils étaient vraiment sous la surface. Ne serait-ce pas formidable, songe-t-elle, si un jour la technologie était suffisamment avancée pour qu'on puisse placer une photo comme celle-ci dans un scanner qui supprimerait les masques que les personnes portent ? Elle se demande si le cliché a été pris avec un appareil doté d'un retardateur ou s'il y avait une troisième personne, puis elle se demande si cette troisième personne était sur la voie ferrée aujourd'hui.

Dans le bureau, il y a un ordinateur vieillot posé sur un bureau qui semble ancien mais qui a été restauré avec amour, contre lequel se trouve un fauteuil marin en bois garni de cuir. Elle allume l'ordinateur et voit immédiatement qu'il va mettre un moment à se mettre en route. Peut-être qu'il est aussi vieux que le bureau. Elle se dirige vers la chambre de l'Obsession. Il y flotte une odeur de transpiration. Cette pièce est tellement différente de tout le reste, comme si elle devait se trouver dans une autre maison. Peut-être que Vincent était une personne différente quand il était ici. Dans cette habitation pleine de lignes droites et de courbes élégantes, on dirait que les articles de journaux punaisés au mur ont été découpés par un gamin de quatre ans. Vega parcourt ceux sur Ruby Carter, plus certaine que jamais que Vincent a été mêlé à sa disparition. Elle cherche d'autres bijoux qui pourraient être accrochés aux murs, mais n'en trouve aucun.

Son téléphone bipe. Le message qu'elle a envoyé plus tôt a reçu une réponse. On lui a transmis une photo de l'arme du crime. Elle correspond aux couteaux qu'elle a vus dans la cuisine. C'est donc bien Vincent Archer qui l'a apportée.

Elle retourne dans le bureau. L'ordinateur s'est mis en route. Il n'y a pas de mot de passe et elle a instantanément accès aux e-mails de Vincent. Ils ont quelque chose de pathétique. Sa boîte de réception comporte des messages de ses parents, de son travail, deux newsletters consacrées à la menuiserie auxquelles il est abonné, des e-mails de sa banque, de sa société d'assurances, un de son dentiste indiquant que le temps est venu d'une nouvelle consultation. Il y a des messages d'un site de rencontres auquel Vincent s'est inscrit un an plus tôt mais pour lequel il n'a jamais terminé de remplir son profil, comme s'il était lassé ou distrait ou nerveux. Il y a des e-mails de Simon, mais ils sont sans intérêt. Les deux hommes parlent de se voir pour aller pêcher, ou pour aller boire un verre ou voir un film. Il n'est nulle part fait mention de conflits avec d'autres personnes. Il n'y a pas de références à Ruby Carter. Ni à Andrea Walsh. Elle rafraîchit la page et deux nouveaux messages arrivent, le premier d'un garagiste à propos de sa voiture, et le second consistant en une autre newsletter promettant aux nouveaux abonnés des conseils pour fabriquer la boîte à bijoux parfaite pour la fête des Mères.

Elle réduit la fenêtre de la boîte mail. Il y a des photos sauvegardées sur le bureau, elles représentent Vincent en train de pêcher, de rire, de boire. D'autres de sa maison en train d'être rénovée, avec Simon figurant sur certaines. Il y a d'autres clichés comportant quelques nouveaux visages, des réunions qui ressemblent à des barbecues en famille.

Son téléphone bipe de nouveau. Un autre texto. Celui-ci dit que les empreintes de Vincent Archer ont été comparées à celles sur le ticket de parking qui a été utilisé au moment où Erin a été jetée du toit. Elles correspondent. Le message dit aussi que les empreintes de Joshua ont été comparées à celles sur la pierre qui a tué Vincent Archer. Celles-ci *ne correspondent pas*.

Dans la chambre de l'Obsession, elle fixe le mur. Quelque chose lui échappe, elle en est certaine. Quelque chose d'important. Les points sont là quelque part – elle ne parvient juste pas à les relier.

Elle ressort son téléphone portable, appelle l'hôpital et est mise en relation avec le Dr Toni Coleman, qui est toujours dans son bureau.

« En quoi puis-je vous aider, inspectrice ? demande Coleman.

— Dites-moi, répond Vega. Que pensez-vous exactement de la mémoire cellulaire ? »

Après quelques secondes d'attente, elle croit que Coleman n'est plus au bout du fil.

« Docteur ? Vous êtes toujours là ?

— Oui, répond Coleman. Écoutez, je pense qu'il vaudrait mieux que vous passiez me voir. J'ai quelque chose à vous dire. »

45

Derrière la vitre, la ville s'assombrit. À cette saison, le soleil se couche à près de 8 heures, mais chaque jour qui passera, quelques minutes de lumière seront perdues, jusqu'à ce que la ville soit de l'autre côté de l'hiver. C'est la période de l'année où Toni regrette souvent de ne pas avoir mieux profité de son été.

Seulement maintenant elle est préoccupée par d'autres regrets.

On frappe à la porte, et un instant plus tard celle-ci s'ouvre.

« Docteur Coleman ?

— Vous devez être l'inspectrice Vega, dit-elle. Je vous en prie, asseyez-vous. »

L'inspectrice doit avoir à peu près le même âge qu'elle, songe-t-elle. Elle est jolie et musclée, mais elle a aussi l'air fatiguée. La journée a été longue pour tout le monde.

« Je peux vous servir quelque chose à boire ? demande-t-elle.

— Non, merci.

— Ça vous ennuie si je prends quelque chose ? Je crois que j'en ai besoin.

— Allez-y. »

De son tiroir du bas elle tire une flasque de gin. Elle en verse un peu dans un verre. D'un réfrigérateur dans le coin de son bureau elle tire une bouteille de tonic et en ajoute deux doigts au gin, ainsi que des glaçons. Elle détestait le gin quand elle était plus jeune. Elle trouvait que c'était une boisson de vieux. Jesse en buvait, cependant. Et comme il en buvait, elle l'a imité vers la fin, quand son espérance de vie se comptait non plus en mois mais en semaines. Elle boit une gorgée, se rappelant comment c'était à l'époque et se retenant de siffler son verre d'un trait. Vega ne dit rien. Toni sait qu'elle attend qu'elle parle.

« C'est difficile, dit-elle, de savoir par où commencer.

— Par le commencement, peut-être ?

— Le commencement, répète Toni. Je suppose que c'est un point de départ comme un autre. » Elle boit une nouvelle gorgée. Elle sait ce qu'elle veut dire, mais ne sait pas trop comment s'y prendre. « Ce que vous devez savoir, c'est que nous pensions bien agir. Saviez-vous que Ben avait un frère ? »

Vega secoue la tête.

« Son nom était Jesse, poursuit-elle. Il est mort. C'était il y a un peu plus de dix ans. Ils étaient jumeaux.

— Il ne l'a jamais mentionné.

— Ça lui a mis un sale coup. Il est rentré de l'étranger pour être avec lui, et Jesse… Jesse a tenu presque cinq années de plus avec le cœur qu'il avait. C'était horrible. Regarder quelqu'un de proche mourir lentement sans rien pouvoir faire. Il était sur une liste d'attente, évidemment, mais les listes d'attente sont longues. On enseigne à l'école l'offre et la demande. C'est une loi économique, mais c'est aussi une loi médicale. Il y a plus de gens qui ont besoin d'organes que de personnes prêtes à en donner, et en plus il faut être compatible. Avez-vous déjà perdu quelqu'un de proche ?

— Mes parents, répond Vega.

— Alors vous savez ce que ça fait. Comment sont-ils morts ? Étaient-ils malades ?

— Dans un accident de voiture. Mon père, il aimait boire. Il prenait le volant tellement ivre qu'il y voyait à peine. Ça l'a rattrapé. J'étais jeune à l'époque. Eux aussi. Dans deux ans j'aurai l'âge qu'ils avaient quand ils sont morts.

— Je suis désolée, dit Toni. Les gens se demandent souvent s'il vaut mieux perdre un être cher rapidement ou lentement. Avec Jesse, ça a été long, et les étapes du chagrin qui ont accompagné son agonie allaient de l'acceptation au déni en passant par l'espoir. Il était tout le temps tellement malade, et il était sur liste d'attente, mais… mais il y a toujours tant de gens dessus. L'espoir qui se prolonge demeure de l'espoir, mais c'est infernal. Dans un sens, Jesse est mort bien avant son dernier souffle. Il savait. On le voyait dans ses yeux.

— Vous les connaissiez, n'est-ce pas, à l'époque ? » demande Vega.

Toni acquiesce.

« Je sortais avec Ben. À vrai dire, il m'a brisé le cœur. C'était bien avant que Jesse tombe malade. » Elle rit doucement et secoue légèrement la tête. « C'était il y a vingt ans. Je n'en reviens pas que ça fasse si longtemps. Le truc, c'est… qu'un an après son départ, j'ai commencé à fréquenter Jesse. Ce n'était pas romantique ni rien, même si ça aurait pu l'être. Jesse était amoureux de moi, et dans un sens je l'étais de lui, mais il n'était pas Ben. Au début, j'ai fait comme s'il l'était, parce qu'ils étaient tellement semblables, et après tout ils étaient jumeaux. C'était idiot, évidemment. Je voulais qu'il se trouve une fille bien, mais chaque fois qu'il en rencontrait une il voulait que je la voie, et elle devinait tout de suite qu'il y avait quelque chose entre nous. Je crois que c'est pour ça qu'il nous présentait toujours – c'était une façon de saboter sa propre vie amoureuse. Quand il est tombé malade, j'ai pleuré presque chaque nuit pour lui. J'aurais fait n'importe quoi pour le sauver, mais qu'est-ce que je pouvais faire ? Qui aurait pu faire quoi que ce soit ? »

Elle boit une nouvelle gorgée. Le bureau est silencieux. Vega l'observe. Elle semble avoir conscience que quoi que Toni ait à dire, elle n'y est pas encore.

« Quand il est mort, j'ai eu l'impression qu'on me creusait un trou dans la poitrine, et Ben… il avait tellement mal que j'ai cru… eh bien, pendant un temps j'ai cru qu'on allait le perdre aussi. Il n'arrêtait pas de demander comment ça avait pu arriver. Ils étaient jumeaux, ils étaient conçus de la même manière, l'un ne pouvait pas tomber malade sans que l'autre le soit également. Il s'est longtemps accroché à cette idée. Comment son cœur pouvait-il être fort quand celui de Jesse l'avait lâché, et à un si jeune âge ? Quoi qu'on lui dise, il se sentait responsable. C'était idiot, mais c'était comme ça. Un cas classique de la culpabilité du survivant. Au bout du compte, il s'est mis à en vouloir au système qui avait laissé tomber Jesse. »

Elle boit de nouveau. Son verre est à moitié vide.

« "Les ordures font tout un tas de saloperies dans cette ville pendant que les gens bien meurent quand leurs organes sont fatigués." Tels ont été ses mots exacts quand ils sont venus me voir. Il était alors flic depuis quelques années, et comme vous devez le savoir, on voit un paquet de choses au cours de ces premières années.

— Pas seulement pendant les premières années, observe Vega, mais c'est à ce moment que c'est le plus choquant.

— Le truc, c'est que Jesse est tombé malade à peu près au moment où la sœur de Mitchell est morte. Elle s'appelait Myra. C'était la mère biologique de Joshua. Elle a eu une embolie cérébrale. Il n'y avait rien à faire. Donc elle est morte, et bien sûr le père de Joshua était mort peu avant. Et ensuite Jesse est tombé malade, ce qui fait que Ben et Mitchell partageaient tout ce chagrin. On n'aurait rien pu faire pour les parents de Joshua, mais Jesse aurait pu être sauvé si les ressources avaient été disponibles. C'est pour ça que Ben a prononcé cette phrase sur les gens bien qui meurent quand leurs organes sont fatigués alors que les ordures se comportent comme des ordures. Je ne sais pas trop si c'était l'idée de Ben ou celle de Mitchell, et je ne suis pas sûre qu'ils l'aient su non plus. Je crois que c'était un de ces tours que peut prendre une conversation quand tout va mal.

En tout cas, ils ont conçu un plan, et ils m'en ont fait part. »

Elle marque une pause et boit. Vega l'examine.

« Vous avez déjà compris, n'est-ce pas ? demande Toni.

— J'ai quand même besoin que vous me le disiez », répond l'inspectrice.

Elle termine son verre. Elle sent que sa tête commence à tourner. Quand a-t-elle mangé pour la dernière fois ?

« C'était un crime sans victime – c'est comme ça qu'ils ont présenté la chose, et j'étais disposée à les croire. Après tout, il n'y avait pas de victime. Ils avaient besoin que quelqu'un modifie le registre des donneurs pour les personnes tuées durant la commission d'un crime. Une manipulation si simple, et ça l'était, en effet. Quelqu'un cherche à échapper aux flics et sa voiture percute un arbre, alors pourquoi ne pas utiliser les organes qui ont survécu à l'accident pour sauver quelqu'un d'autre ? Quelqu'un s'introduit dans une maison pour commettre un cambriolage ou un viol, il se coupe le bras sur la vitre brisée et se vide de son sang, pourquoi ne pas donner son cœur à quelqu'un comme Jesse ? La liste d'attente est tellement longue, inspectrice, vous n'imaginez pas, et ça n'allait pas résoudre le problème, mais ça arrangerait un peu les choses.

— Et vous les avez suivis.

— Ce que vous devez comprendre, c'est à quel point Jesse me manquait, et à quel point la personne que Ben avait été me manquait également. Je sais que vous voyez beaucoup de souffrance, inspectrice, mais nous aussi. Chaque jour quelqu'un meurt dans un hôpital. Ces couloirs sont hantés par les fantômes de ceux qui auraient été sauvés si nous avions eu plus de temps, ou plus de ressources, ou plus de personnes disposées à donner leurs organes. Donc oui, je les ai suivis.

— Mais vous êtes chirurgienne ophtalmologue, remarque Vega.

— Ils pouvaient me faire confiance, et je pouvais les mettre en relation avec d'autres personnes dignes de confiance. Je connaissais les risques, mais je connaissais aussi la récompense.

— Combien d'autres personnes sont impliquées ?

— Je ne vous le dirai pas.

— Vous êtes…

— Non, je ne suis pas obligée.

— Des légistes ?

— Non. Pas que je sache.

— Comment ça, pas que vous sachiez ?

— Je veux dire que c'était le projet de Ben et de Mitchell. S'ils ont impliqué d'autres personnes en dehors de cet hôpital, je ne sais pas qui. Mais c'est peu probable, car ils n'en avaient pas besoin. Une fois que le registre des donneurs est modifié, n'importe quel légiste qui examinera le corps s'attendra à ce qu'il manque des organes.

— Ces organes manquants pourraient aussi dissimuler la cause du décès, déclare Vega. Donc quand vous affirmez qu'il est peu probable qu'ils aient eu besoin d'impliquer un légiste, le contraire pourrait aussi être vrai. »

Toni ne répond rien.

Vega se rassoit sur sa chaise.
« J'aurais dû dire oui à ce verre.
— Je peux toujours vous en servir un. »
Elle secoue la tête.
« Pourquoi me racontez-vous tout ça ?
— Je ne sais pas.
— Vous voulez que je vous arrête ?
— Je ne suis pas sûre.
— Vous ne pensez pas que je le ferai, car vous savez que si je vous arrête, je devrai aussi arrêter les autres, y compris Ben. »
Toni fait tournoyer la base de son verre sur le bureau tout en regardant la glace fondre lentement.
« Peut-être que c'est ce qu'on mérite.
— Il n'y a pas de *peut-être*. Mais vous arrêter... ça salirait la mémoire de Mitchell Logan. Toutes les affaires sur lesquelles Ben et lui ont travaillé seraient réouvertes et examinées parce que ce sont des flics corrompus qui...
— Ils ne sont pas corrompus.
— Je ne crois pas que ce soit à vous d'en juger, docteur. »
Elle ne répond rien.
« Donc, je vous le redemande, dit Vega, pourquoi me dites-vous tout ça ? »
Toni boit une gorgée de l'eau qui se trouve désormais au fond de son verre. Comment expliquer ? Elle ne sait pas trop.
« Vous avez l'air d'une personne qui veut être punie, déclare Vega. C'est ça ?
— Oui, répond-elle. Un garçon est mort à cause de nous. Ben a été gravement blessé, poignardé par

un autre garçon innocent, et tout ça, c'est notre faute. C'est pour ça que je vous raconte. »

Vega commence à dire quelque chose, mais elle s'interrompt. Elle écarquille de grands yeux, se penche en arrière et acquiesce lentement. Toni voit qu'elle commence à comprendre.

« Les ambulances », dit l'inspectrice.

Toni boit une nouvelle gorgée. Elle pourrait se servir un autre verre, mais elle n'en a pas envie. Elle veut garder toute sa tête pour les accusations qui sont sur le point de survenir. Elle ne dit rien et laisse Vega poursuivre.

« C'est pour ça qu'elles sont arrivées si vite quand Mitchell et Simon ont été tués, n'est-ce pas ? C'est pour ça que les corps ont été enlevés avant même qu'on soit sur les lieux. »

Toni reste silencieuse. Elle fait un effort surhumain pour ne pas détourner les yeux et regarder par la fenêtre. Elle fait face à l'inspectrice. Elle le doit.

« C'est pour ça que Mitchell et Ben y sont allés sans renforts, poursuit Vega. Pour ça qu'ils n'ont informé personne de leur piste. Pour ça qu'ils étaient armés. Simon Bower a été abattu de sang-froid par vengeance, mais s'il ne l'avait pas été, il serait tout de même mort là-bas. Il y avait une ambulance qui attendait à l'angle pour emmener le corps rapidement en vue des prélèvements, seulement aucun de vous n'avait prédit que Mitchell serait touché. Quelqu'un avait-il besoin de ces organes ce jour-là, docteur ?

— Ce n'était pas comme ça. Ils n'appelaient pas la veille pour prévenir. On apprenait la nouvelle après coup, et on se dépêchait d'utiliser les organes, mais ça se passe toujours comme ça, peu importe d'où viennent les corps.

— C'était prémédité, réplique Vega.

— Je ne l'ai jamais su avec certitude.

— Parce que vous ne vouliez pas savoir. Vous étiez heureuse de fermer les yeux.

— Tout ce que je savais, c'est que parfois les crapules, et je parle des vraies crapules, se font tuer, et c'est très bien, non, si leur mort peut sauver d'autres personnes ?

— Laissez-moi vous poser une question, dit Vega. Vous leur avez déjà demandé pourquoi l'ambulance arrivait si vite sur les lieux ?

— Non.

— Non. Vous n'avez jamais demandé parce que vous n'en aviez pas besoin. Vous saviez ce qui se passait.

— Ce n'était pas comme ça, au début, dit-elle.

— J'en suis certaine. Mais où ça s'arrête ? Vous avez un adorable petit gamin qui a besoin d'un nouveau cœur, alors vous faites quoi ? Ben va exécuter le premier braqueur de banque ou mari violent ou voleur à l'étalage qu'il trouve ?

— Ce n'est pas comme ça.

— C'est exactement comme ça. Je vous demande pourquoi vous me racontez ça, et vous dites qu'un garçon est mort à cause de vous. Ça signifie que vous avez tout compris. Ce sont les conséquences de ce que vous avez mis en branle il y a toutes ces années. C'est pour ça que vous pensez mériter d'être punie, et vous avez raison – vous le méritez. Si Simon n'était pas mort ce jour-là, Vincent ne se serait pas mis en colère. Il n'aurait pas cherché à se venger. Il n'aurait pas suivi Joshua et tué au passage un élève innocent. Il n'aurait pas balancé Erin du toit. »

Toni fixe le fond de son verre. Elle n'y trouve aucune réponse.

« Est-ce que vous allez m'arrêter ?

— Je devrais, parce que j'ai eu une journée vraiment pourrie, et tout découle de ce que vous, Ben et Mitchell avez fait. Je m'en suis voulu de la mort d'un gamin, et même si c'est la conséquence de votre combine, j'ai l'impression que c'est ma faute, alors ça me met en colère. Je devrais vous arrêter pour ça, je devrais vous abattre et donner vos organes à des personnes avec un plus grand sens de l'éthique que vous ou moi, et peut-être que c'est ce que je vais faire, je ne sais pas. Je ne sais vraiment pas. La nuit portera conseil.

— Nous tentions d'aider les gens, dit Toni, songeant qu'elle aurait vraiment dû se servir ce deuxième verre. Je suis désolée.

— Je sais, je sais que vous l'êtes. »

Elle prend une profonde inspiration et se calme.

« Écoutez, pour le moment je veux parler de Joshua. On peut faire ça ?

— Oui, répond Toni.

— Et vous n'allez pas me faire le coup du secret professionnel, parce que si vous le faites, je…

— Non. Je vous dirai ce que vous voulez savoir.

— Est-il possible qu'il voie vraiment ces choses que son père a vues ?

— Ben le croyait. D'ailleurs… il voulait que j'effectue une opération sur lui et Erin.

— Quel genre d'opération ?

— Il voulait l'un des yeux d'Erin. Il pensait que ça lui permettrait de voir la personne qui l'a poussée du toit.

— Il y a deux minutes je croyais avoir entendu le truc le plus dingue que j'avais entendu de ma vie, déclare Vega. Vous venez juste de faire encore mieux.

— Je lui ai dit que c'était une folie, et que je ne le ferais pas.

— Je suis contente que vous ayez un minimum de sens moral », dit Vega. Puis elle enchaîne sans laisser à Toni le temps de répondre – non qu'elle l'aurait fait. « Je veux faire sortir Joshua d'ici.

— Vous ne pouvez pas. Il est en observation.

— C'est important. On m'a mise au courant de son état. L'IRM et les tests sont bons. Il n'y a aucune raison de le garder ici.

— Si, il y en a une, réplique Toni. "Mieux vaut prévenir que guérir" peut ne pas paraître une raison très valable, mais c'en est une.

— Écoutez, docteur, nous savons désormais qu'il y a un autre tueur en liberté. A-t-il sauvé Joshua, est-ce un héros ? Ou bien est-ce juste un autre criminel ? Je n'en sais rien. Le trafic dans lequel vous avez trempé, ce petit… business à la Frankenstein, il a coûté la vie à des gens. »

Toni sait qu'elle dit vrai. Au début ils prélevaient des organes et sauvaient des vies, et c'était positif, mais ensuite le côté sombre a commencé à prendre le dessus.

« On dit que l'enfer est pavé de bonnes intentions, et c'est pile la situation dans laquelle vous vous trouvez. Moi aussi j'ai mes propres démons à affronter à cause d'aujourd'hui. Vous et moi, nous devons le faire. Tout de suite. Il y a un tueur dans la nature, et nous devons le trouver immédiatement.

— En mettant Joshua en péril.

— En faisant en sorte qu'il nous aide. Si nous ne faisons rien et que ce type tue de nouveau alors que vous auriez pu l'en empêcher, serez-vous encore capable de vous regarder en face ?

— Ce n'est pas pour moi que je suis inquiète, déclare Toni.

— Je promets de le protéger.

— Nous, dit Toni en repoussant sur le côté son verre vide.

— Pardon ?

— C'est *nous*, inspectrice. *Nous* allons le protéger. Si vous faites sortir Joshua d'ici, je vous accompagne. »

46

Les heures de visite sont terminées et la mère de Joshua n'est pas autorisée à rester. Elle s'arrange pour se faire ramener à la voie ferrée car sa voiture y est toujours. Ils s'étreignent pour se dire au revoir et elle lui dit qu'elle l'aime. Pendant un instant, il pense qu'elle ne va jamais le lâcher.

Il s'allonge sur le lit et allume la télé dans l'espoir de se distraire, de voir autre chose que le film de l'assassinat de Scott qui tourne en boucle dans sa tête, mais il ne trouve que des émissions de télé-réalité. L'une parle de rénovation de maisons, une autre de cuisine, une autre de rénovation de maisons, et encore une autre de cuisine. Pendant les pauses il voit des bandes-annonces pour des émissions de téléréalité avec des personnes qui cherchent l'âme sœur, avec des ados qui font la fête, avec des femmes au foyer bronzées à l'excès qui se balancent des injures, avec des flics qui interpellent des gens au visage flouté et à la langue bien pendue. C'est le genre de programmes qui lui font regretter de ne plus être aveugle.

La journée qu'il vient de passer le rattrape et il se sent épuisé, mais quand il éteint la télé il s'aperçoit qu'il ne peut pas trouver le sommeil.

Son esprit est tellement en surchauffe qu'il serait sérieusement surpris de redormir un jour. Sa main le démange, mais contrairement à ses yeux après l'opération, il peut enfoncer les doigts sous le bandage pour se gratter. Quand le Dr Coleman entre, il est étonné de la voir et songe qu'elle a dû découvrir qu'il se grattait et qu'elle est venue le réprimander, mais l'inspectrice Vega entre à sa suite, ce qui lui indique qu'il s'agit d'autre chose. Il se redresse sur son lit.

« Comment tu te sens ? demande Vega.

— Il s'est passé quelque chose ? L'oncle Ben va bien ?

— Il est toujours au bloc, répond le Dr Toni.

— Joshua, je veux te poser une question, dit Vega.

— Il va s'en sortir ? L'oncle Ben ?

— Nous avons bon espoir », déclare le médecin.

Joshua croise les bras et acquiesce.

« Qu'est-ce que vous voulez me demander ?

— Il s'agit de mémoire cellulaire.

— Je pensais que vous ne me croyiez pas.

— Je garde un esprit ouvert, répond-elle. Je voudrais savoir si tu pourrais reconnaître l'homme qui était là cet après-midi.

— Vous voulez que je regarde des photos de criminels ?

— Non, car nous avons trouvé sur la scène aujourd'hui des empreintes qui ne correspondent à personne. Or, toutes les personnes dont nous avons la photo ont un nom et des empreintes, ce qui signifie que nous avons affaire à quelqu'un qui n'a pas de casier, explique Vega.

— Donc il y avait bien quelqu'un », dit-il, et même s'il savait qu'il n'avait pas pu tuer Scott, c'est un énorme soulagement d'en avoir la preuve.

Mais alors, qui l'a fait ? Et pourquoi avoir tué Vincent et l'avoir sauvé, lui ?

« C'est exactement ce que je vous disais.

— Nous pensons que quelqu'un d'autre est impliqué, oui », dit Vega.

Soudain, son soulagement disparaît. On dirait que l'inspectrice n'écarte pas totalement la possibilité qu'il lui ait menti, car « nous pensons que quelqu'un d'autre est impliqué » n'est pas la même chose que « nous savons que ce n'est pas toi ».

« Alors qu'est-ce que vous voulez ?

— Est-ce que tu accepterais de m'accompagner chez Vincent Archer pour jeter un coup d'œil ? »

Il réfléchit quelques secondes.

« Vous croyez que je vais identifier une photo de la personne qui l'a tué ?

— C'est possible.

— Mais je n'ai pas vu le meurtrier, et même s'il y a une photo dans la maison, ce sera probablement la photo d'un ami, non ? Pourquoi un ami le tuerait-il ?

— La plupart des victimes de meurtre sont tuées par des connaissances, dit Vega. En plus, Archer a pris des photos d'autres personnes qu'il suivait. Je pense que si tu m'accompagnes tu pourrais voir quelque chose que je ne vois pas.

— Mais comme j'ai dit, je n'ai pas vu celui qui l'a tué.

— Non, mais tu pourrais reconnaître quelque chose, grâce à tes rêves.

— OK, dit-il. Je suis partant.

— Je vais appeler ta mère et lui soumettre l'idée. »

Vega passe le coup de fil. Elle explique le plan à Michelle. Celle-ci répond qu'elle va rappeler dans quelques minutes pour lui faire part de sa décision, même si Joshua ne voit pas pourquoi elle a besoin de réfléchir. Le Dr Toni lui procure quelques vêtements. Un jean qui est un peu trop long et un tee-shirt délavé qui est un peu trop serré. Les chaussures et les chaussettes sont à la bonne taille. Il se demande à qui ils appartenaient et ce qui est arrivé à cette personne. Il aime l'idée d'être en mesure de les aider. Il se dit que son père serait fier de lui.

Sa mère rappelle. Elle informe Vega qu'elle n'est pas disposée à laisser Joshua l'accompagner. Il ne comprend pas pourquoi, et Vega non plus. Elle insiste, mais sa mère ne se laisse pas convaincre. Joshua sent toute l'énergie quitter la pièce. Il en veut à sa mère. Il voulait y aller.

« Ta mère a accepté d'en reparler demain », déclare Vega après avoir raccroché. Elle semble déçue. « Elle a dit qu'elle voulait d'abord en discuter avec ton avocate.

— Je n'ai pas besoin de sa permission pour y aller, dit-il.

— Non, mais moi, si. Tu as seize ans, Joshua. Si je t'emmenais chez Vincent Archer sans son consentement, je perdrais mon boulot. »

Elle semble vouloir ajouter quelque chose sans toutefois savoir quoi. Elle prend une profonde inspiration, puis soupire lentement.

« Sur ce, je suggère qu'on en reste là pour ce soir. Joshua, je demanderai à quelqu'un de t'escorter au poste demain matin pour voir ta mère et ton avocate, et ensuite on prendra ta déposition officielle.

— Je crois que ma mère va venir ici.

— Soit, dit-elle, visiblement découragée. Je te verrai au poste demain. »

47

Vega est dégoûtée. Et en colère. Et fatiguée. Elle voudrait aller chez Michelle Logan et la secouer par les épaules jusqu'à ce qu'elle change d'avis. Elle ne comprend absolument pas pourquoi elle a dit non. Certes, elle veut protéger son fils, ce qui est compréhensible, mais Vega se demande s'il n'y aurait pas autre chose.

Elle sort de la chambre avec le médecin et les deux femmes se séparent à l'ascenseur. Vega se rend à la salle d'attente proche du bloc opératoire où Ben est en train d'être soigné. Plusieurs agents qui ne sont pas de service sont là, bien que les heures de visite soient terminées. Elle les met au courant des derniers développements de l'affaire. Personne ici n'en veut à Joshua – leur colère est dirigée contre l'homme qui est responsable, même si elle ne peut s'empêcher de penser qu'elle devrait aussi en partie être dirigée contre Ben Kirk. Bien qu'il prétende avoir tué Simon Bower dans un geste d'autodéfense, elle sait que c'était une exécution. Elle passe un moment avec ses collègues, échangeant des anecdotes sur Ben – anecdotes qui ne révèlent pas ce dont il est vraiment capable. Elle se demande si certains d'entre eux savent ce que lui et Mitchell faisaient. Elle se demande si Tracey est au courant.

Après l'hôpital, elle retourne au passage à niveau. Des éclairages ont été installés le long de la voie ferrée. Du ruban de scène de crime a été tiré et des voitures de patrouille gardent les intersections. Quelqu'un dans la foule de badauds mange une pizza à même le carton tout en regardant. Elle voudrait l'attraper par le col et lui montrer de près à quoi ressemble la mort pour qu'il comprenne que ce n'est pas un spectacle. Des agents de police vont et viennent le long de la clôture, demandant aux gens de cesser de prendre des photos et menaçant de les arrêter s'ils n'obéissent pas. Les clichés des cadavres postés plus tôt sur Internet ont été supprimés, même s'ils ont déjà été copiés et partagés des milliers de fois. L'exercice n'est cependant pas totalement inutile – les personnes qui les ont pris et mis en ligne seront toutes inculpées, et avec un peu de chance ça enverra un message à ceux qui voudraient faire la même bêtise. Seulement elle n'y croit pas. Les gens qui prennent des photos d'un adolescent mort et les postent sur Internet ne comprennent pas comment la société devrait fonctionner. Certaines des photos étaient même des selfies, les badauds perchés sur la clôture souriant à l'appareil avec la scène de crime derrière eux. C'est le genre de comportement qui l'inquiète grandement quant à l'avenir de la civilisation.

L'espace d'un bref instant elle songe que ces photographes feraient de très bons candidats pour le programme de transplantation d'organes de Ben et de Mitchell.

L'inspecteur Travers s'entretient avec l'agent Walker, le policier qui a découvert la Lexus de Vincent. L'inspectrice Kent, l'équipière de Travers, se tient à côté d'un technicien de la police scientifique un peu plus loin sur la voie. Vega marche jusqu'à elle. Elle en a toujours un peu pincé pour Kent, et son béguin n'a pas diminué quand l'inspectrice s'est retrouvée avec une horrible balafre sur le côté du visage après que quelqu'un a tenté de la tuer il y a quelque temps. Elle repense à sa conversation de tout à l'heure avec le Dr Coleman, quand elle a affirmé qu'elle était confrontée à tout un tas d'horreurs dans son boulot, et en voyant Kent elle se dit que ça devait être facile pour Ben et Mitchell de justifier ce qu'ils faisaient. Si quelqu'un faisait du mal à Tracey, elle ne sait pas ce qu'elle lui ferait, même si, en étant réellement honnête, elle croit connaître la réponse.

Vega a déjà rencontré le technicien sur d'autres affaires. Son nom est Mike Peterson, et c'est une de ces personnes qui parlent avec les mains. Il a une cinquantaine d'années et est complètement chauve avec un crâne pointu comme un ballon de rugby. Il est toujours chaleureux et heureux de discuter – pas le genre de type avec qui on veut se retrouver coincé au téléphone quand on est pressé. Ensemble, Kent et Peterson lui font faire le tour des lieux et lui donnent ce que Peterson appelle le « scénario le plus probable ». Il mime des guillemets avec les mains pour bien lui faire comprendre que le mot « probable » signifie qu'il y a une marge d'erreur.

Ils lui montrent les endroits où les pierres et l'herbe ont été piétinées, lui disent où il y a du sang et indiquent quelles chaussures ont fait quelles empreintes. Le « scénario le plus probable » confirme les dires de Joshua, à savoir que Scott l'a pourchassé le long de la voie ferrée, lui a fait un croche-pied et l'a envoyé au bas du talus. Il y a des traces de sang sur les cailloux qui, lui indique Peterson, proviennent des mains et des genoux de Joshua. Il y a des signes de lutte, puis des traces de pas à l'endroit où le garçon a voulu s'enfuir. Ils s'immobilisent plus loin sur la voie – là où Scott Adams a été tué. C'est aussi là que Joshua a laissé tomber son sac. Le corps a été emmené.

« Difficile de dire ce qui s'est passé ensuite, déclare Peterson tandis qu'ils marchent vers l'endroit où le deuxième corps a été découvert. Nous pensons qu'Archer a tiré Joshua Logan jusqu'à la voie ferrée. Nous avons retrouvé des fibres et des traînées sur le bord du talus.

— Il y a des éraflures sur le dos de Joshua, confirme Vega.

— Et son uniforme était salement déchiré », ajoute Kent.

Peterson acquiesce.

« Tout ça indique qu'il était sur le dos et qu'il a été tiré par les mains.

— Une possibilité, dit Kent, est qu'Archer comptait faire en sorte que Joshua soit percuté par un train afin de cacher ce qui s'est réellement passé. J'ai déjà vu ça.

— Seulement à un moment Joshua a partiellement repris conscience et est allé un peu plus loin sur la voie, explique Peterson.

— Mais pas tout de suite, remarque Vega.

— Non, pas tout de suite.

— Nous pensons que c'est entre le moment où il a été traîné ici et celui où il a fini là-bas que notre inconnu a débarqué. Il s'est occupé d'Archer. Nous pensons que comme Archer a traîné Joshua sur le talus, il tournait le dos à la voie et au sentier de l'autre côté et qu'il n'a donc pas vu son agresseur arriver. La traînée de sang suggère qu'il a reçu un coup de pierre avant de redescendre pour s'enfuir. C'est pourquoi les corps sont distants l'un de l'autre.

— Tu as parlé à Tracey ? demande Kent.

— Pas encore », répond Vega.

Mais il faut qu'elle le fasse. Et pas simplement à propos de Vincent Archer.

« À mon avis, l'agresseur d'Archer l'a rattrapé et l'a de nouveau frappé avec la pierre, peut-être plusieurs fois. Tracey sera en mesure de le confirmer, déclare Peterson.

— Mais on ne peut pas expliquer pourquoi Joshua avait le couteau, dit Kent.

— Je crois que je peux. Il m'a dit qu'il se rappelle vaguement avoir été traîné sur la voie, et qu'après ça il pense l'avoir longée.

— Ça expliquerait pourquoi il était si loin, dit Kent.

— Je crois qu'il est possible qu'Archer ait placé le couteau dans la main de Joshua en espérant que quand le train le percuterait il y resterait, développe Vega, ou du moins qu'il y aurait ses empreintes dessus. Il ne savait pas que nous le cherchions, et si nous ne l'avions pas fait, si tout s'était passé comme il l'entendait, nous serions tous en train de tirer des conclusions très différentes. D'après moi, Joshua l'a gardé dans la main pendant qu'il marchait le long de la voie avant de s'écrouler. Des témoins ? ajoute-t-elle. Est-ce qu'un de ces voisins fans de photo a quoi que ce soit d'utile à dire ?

— Rien, répond Kent. Il y a autre chose qui a encore moins de sens que le fait que ce type ait débarqué et sauvé Joshua avant de s'enfuir. Pourquoi l'avoir laissé sur la voie où il aurait pu être tué ? Pourquoi ne pas l'avoir traîné sur le côté ?

— Il a fui les lieux à cause de nous, déclare Vega. Il a entendu les sirènes et il s'est dit que la police trouverait Joshua avant le passage du prochain train.

— C'était un sacré pari, observe Kent.

— Mais ce n'était pas avec sa vie qu'il jouait, dit Vega.

— Ça n'a toujours aucun sens.

— Si, ça en a un, si vous prenez en compte le fait que le type qui a sauvé Joshua est un Bon Samaritain avec quelque chose à cacher. »

48

Joshua se réveille à 6 heures. Il s'assied près de la fenêtre et regarde la ville s'animer. Il ne se doutait pas qu'il y aurait déjà tant de monde dehors à cette heure. Il y a des gens qui font du jogging dans les rues, d'autres qui se dirigent vers le parking voisin ou qui s'en éloignent. Il y a des camions de livraison, des taxis, des voitures de police, peut-être des gens qui finissent de travailler alors que d'autres commencent, peut-être des gens qui vont à l'aéroport pour parcourir des milliers de kilomètres pour le boulot ou pour les vacances. Il a pris l'avion à quelques reprises. Il y a deux ans ses parents l'ont emmené à Tahiti, et il est allé deux fois en Australie. Il y a fait des montagnes russes dans un parc à thème et ç'a été l'un des plus beaux jours de sa vie. Il voudrait y retourner.

Le Dr Hatch arrive un peu avant 8 heures. Il sent le café et a une espèce de tache sur le revers de sa blouse blanche, peut-être du chocolat. Il sourit à Joshua, lui demande comment il se sent, et Joshua répond qu'il se sent bien, omettant de préciser qu'il est épuisé et qu'il a mal partout. Pendant la soirée son mal de tête est revenu, mais si dans l'après-midi la douleur était de dix sur une échelle de dix, hier soir elle n'était que de trois – juste assez désagréable pour rendre l'endormissement difficile. Et le fait, chaque fois qu'il fermait les yeux, de voir le visage de Scott quand il a compris qu'il allait mourir ou bien celui de Ben tandis qu'il se vidait de son sang n'aidait pas. Les coupures sur ses mains lui font également mal, de même que les éraflures sur son dos.

« Ton oncle va s'en sortir, annonce le médecin. L'opération a été un succès, et il va complètement se remettre. Ça prendra un peu de temps, mais il va y arriver.

— Je peux le voir ?

— Pas encore, non. Il est toujours en soins intensifs, mais il est stable. Peut-être plus tard dans la journée, ou demain. »

Le Dr Hatch le soumet à quelques tests basiques, et après quinze minutes l'informe qu'il pourra partir dès que sa mère arrivera. Ils se serrent la main, le médecin n'appliquant qu'une légère pression pour ne pas lui faire mal, puis il disparaît. Joshua retourne à la fenêtre, mais une minute plus tard une infirmière portant des lunettes si grosses qu'elles atteignent presque la naissance de ses cheveux arrive et lui tend un papier.

« On a déposé ça hier soir pour toi, mon chou », dit-elle. Elle sourit tandis qu'il déplie le mot. Puis elle lui fait un clin d'œil. « Apparemment, la jeune fille qui l'a déposé était très jolie. »

Il lit le mot.

J'espère que tu vas bien, Garçon Qui Était Aveugle. Je suis vraiment désolée de t'avoir emmené sur la voie ferrée… et je suis désolée d'avoir dit à Mme Thompson ce que Scott t'avait fait. Je n'irai pas à l'école demain, alors, si tu veux, tu pourras peut-être m'appeler. Je comprendrai que tu ne veuilles plus jamais me parler, ou que tu me détestes. Je m'en veux tellement et tout est ma faute, je voudrais ramper dans une grotte et me cacher. Mais j'aimerais te parler si tu es d'accord. Voici mon numéro au cas où tu l'aurais perdu. Olillia ☺

Il suit du bout du doigt le contour du smiley. Il déteste l'idée qu'elle se sente responsable.

« Est-ce que je peux emprunter un téléphone ? demande-t-il.

— Quand on aura fini, répond l'infirmière. Maintenant, voyons ces pansements. »

Elle les ôte les uns après les autres, examinant les plaies, les nettoyant. Sa main gauche a toujours besoin d'un bandage, mais elle recouvre la droite et ses genoux avec de simples pansements. Elle inspecte sa tête et nettoie la zone autour de la bosse qui est toujours sensible au toucher. Elle a presque fini lorsque sa mère arrive. Elle lui demande comment il se porte et il répète ce qu'il a déjà dit au Dr Hatch. L'infirmière termine son examen, lui fait un nouveau clin d'œil – un clin d'œil tellement magnifié par ses lunettes que c'est le plus gros qu'il ait jamais vu –, et elle lui recommande d'être prudent, après quoi Joshua enfile les vêtements que sa mère lui a apportés pendant qu'elle attend dans le couloir. Quand ils s'en vont, il manque d'oublier le mot d'Olillia et doit retourner dans la chambre pour le récupérer dans la poche du jean qu'on lui a prêté.

« Tu es au courant pour l'oncle Ben ? demande-t-elle.

— Le Dr Hatch m'a dit.
— Tu as faim ?
— Je suis affamé. »

Ils vont à la cafétéria. Le policier chargé de le protéger n'est pas le même qu'hier soir, c'est un type qui marche avec de petits mouvements saccadés, comme si ses articulations étaient en étain. L'agent ne fait pas la conversation en chemin, mais il scrute tout le monde d'un air soupçonneux, comme si chaque personne qu'ils croisaient pouvait être l'assassin de Vincent Archer. Quand ils atteignent la cafétéria de l'hôpital, Joshua commande un bol de muesli, des fruits et du jus d'orange mais ils n'ont pas la seule chose qu'il voudrait vraiment : un hamburger. Sa mère n'a pas d'appétit et se contente d'un café.

« Tiens, dit-ellc en enfonçant la main dans son sac. Je t'ai acheté quelque chose. »

Elle lui tend un petit paquet. Il le déballe. C'est un nouveau téléphone. Il se rappelle son ancien portable et le traitement que Scott lui a fait subir, ce qui l'amène à penser aux derniers instants de ce dernier. Il essaie de repousser cette image. Il se penche en travers de la table et étreint sa mère.

« Merci, dit-il.
— Maintenant, dis-m'en plus sur hier soir. Je veux savoir ce que l'inspectrice Vega avait en tête. »

Son petit déjeuner arrive pendant qu'il lui raconte. Le muesli a un goût de carton, mais il a tellement faim qu'il le mange tout de même. Sa mère doit constamment souffler sur son café pour le faire refroidir.

« Je crois que j'aurais dû y aller, dit-il après lui avoir donné les détails. Ça se serait bien passé.

— Jusqu'à ce que ça se passe mal, répliquc-t-elle. C'est ce qui est arrivé à ton père.

— Ça n'aurait pas été pareil, et j'aurais pu les aider.

— Je ne veux pas que tu ailles dans cette maison.

— Pourquoi ?

— Je t'ai déjà dit pourquoi. Maintenant termine ton petit déjeuner. »

Il obéit et sa mère boit son café. Il y a quelques journalistes devant l'entrée principale, alors ils utilisent l'accès du personnel pour gagner le parking derrière l'hôpital. Le policier les amène au commissariat d'une conduite robotique. Assis sur la banquette arrière, Joshua allume son nouveau téléphone portable et est heureux de constater qu'il est à moitié chargé. Il tire le mot de sa poche, le déplie et copie le numéro sur son téléphone. Sa mère lui a également acheté une carte SIM, qu'il insère dans l'appareil. Le téléphone se connecte à un réseau, et il compose un bref texto.

Salut, Fille Qui Parle, c'est Josh. Je vais bien. On se parle plus tard ?

Ils ne mettent que deux minutes à atteindre le commissariat. Il y est déjà allé, mais il ne l'a jamais vu. C'est un bloc de béton avec des fenêtres aussi larges que hautes, et on dirait que l'architecte a mis plus de temps à chercher ses crayons et sa règle qu'à le dessiner. De l'extérieur, Joshua compte neuf étages. Le bâtiment a l'air sale, comme si tous les gaz d'échappement de la circulation alentour avaient adhéré à ses parois. Un portail roulant s'ouvre pour les laisser s'engager sur le parking à l'arrière, puis l'agent de police les mène à l'étage où attend l'avocate de Joshua.

Elle se présente, Natalie White. Elle a un sourire fin, des cheveux courts et sombres et un maquillage appliqué d'une main experte. Elle irait bien avec les gens qu'il a vus sur les couvertures de magazines de divertissement. Sa main est chaude quand il la serre. Elle lui demande s'il a besoin de quoi que ce soit et il répond que tout va bien. La pièce est constituée de quatre murs de parpaings. La moitié de l'un d'eux est occupée par un miroir. Joshua soupçonne que l'architecte qui a dessiné le bâtiment a aussi été embauché pour concevoir le design intérieur. Il soupçonne également que quelqu'un se trouve de l'autre côté de ce miroir et les observe. Il y a une table avec deux chaises de chaque côté, ainsi qu'une caméra posée sur un trépied dans un coin. Son téléphone vibre dans sa poche, mais il ne le consulte pas. Il s'assied à côté de l'avocate, et sa mère tire une chaise près de la table pour pouvoir s'asseoir à côté de son fils.

« Est-ce que la police va l'inculper ? demande-t-elle. Est-ce qu'ils pensent qu'il a tué ce garçon ?

— Joshua est simplement ici pour faire une déposition officielle, explique Natalie, mais attendons de voir ce qu'ils ont à dire avant d'élaborer des plans inutiles. Souviens-toi, Joshua, ne réponds à aucune question trop rapidement. S'il y en a une que tu n'aimes pas, je veux pouvoir intervenir. S'il y a une chose dont tu n'es pas sûr, ne dis rien. Si ce que tu dis ne me plaît pas, je te demanderai d'arrêter. Compris ?

— Oui.

— Il est important que tu comprennes vraiment.

— Je comprends », dit-il.

La porte s'ouvre et l'inspectrice Vega entre. Elle tient une tasse de café et a l'air fatiguée. Ses vêtements sont froissés, elle a des cernes sous les yeux. Elle s'assied face à eux.

« Comment tu te sens ce matin, Josh ? demande-t-elle.

— Bien, répond-il.

— Tu veux que j'aille te chercher quelque chose ? À boire, peut-être ?

— C'est bon.

— OK, OK, très bien. Bon, on va reprendre tout ce qui s'est passé hier, d'accord ? Joshua, je veux que tu commences par me dire pourquoi tu as décidé d'emprunter la voie ferrée.

— Je vous ai déjà raconté tout ça.

— Je sais, mais tu souffrais d'une commotion cérébrale.

— Ce qui signifie que tout ce qu'il a dit hier ne peut pas… »

Vega lève la main pour interrompre l'avocate.

« Je sais ce que ça signifie, maître, et c'est la raison pour laquelle nous sommes ici ce matin, pour tout reprendre.

— Qu'est-ce que ça veut dire ? demande Joshua.

— Ça veut dire que tu n'étais pas assez lucide hier pour faire une déposition », répond l'avocate.

Vega l'ignore.

« OK, Joshua, pourquoi tu ne me racontes pas ce qui s'est passé hier, en commençant par la raison pour laquelle tu as emprunté la voie ferrée ? »

Il répète tout ce qu'il lui a déjà dit. Sa sortie du lycée, sa rencontre avec Olillia, le trajet le long des rails. De temps à autre, Vega prend une note. Il lui dit qu'après le départ d'Olillia, Scott l'a pourchassé, et qu'il a essayé de se défendre mais ne savait pas comment faire. Il ralentit son débit, comme si en retenant son histoire celle-ci pouvait avoir une fin différente, comme si en n'atteignant pas le moment où Vincent Archer est apparu, rien de tout ça n'était arrivé. Seulement c'est arrivé, et il voit une fois de plus l'expression de Scott quand il a compris qu'il allait mourir.

« Raconte-moi ce qui s'est passé au lycée, dit Vega. Tes altercations avec Scott Adams.

— Quelles altercations ? demande sa mère.

— Joshua ? insiste Vega.

— Il n'y a pas eu d'altercations, proteste sa mère.

– Maman, dit-il en levant les yeux vers elle. C'est bon.

— Je veux quelques minutes avec mon client, déclare l'avocate.

— C'est bon, répète Joshua.

— Joshua…

— Vraiment, c'est bon », dit-il.

Il leur raconte alors ce qui s'est passé hier. L'empoignade. La cannette de soda. La sciure. Il est embarrassé. Sa mère semble bouleversée.

« Je voulais demander à l'oncle Ben de m'apprendre à me battre – du moins c'est ce que je comptais faire avant de… vous savez, avant de le blesser.

— Il ne t'en veut pas, dit Vega.

— Vous lui avez parlé ?

— Non. Mais je le connais suffisamment bien pour savoir qu'il ne t'en voudra en aucune manière.

— OK, inspectrice, dit l'avocate, Joshua vous a fait sa déposition et, comme vous venez de le dire, l'inspecteur Kirk ne juge pas mon client responsable. Joshua n'a rien fait de mal, alors si vous avez fait le tour, il serait temps d'en finir.

— Il y a une dernière chose, déclare Vega. J'espère que Joshua pourra nous aider dans notre enquête.

— De quelle manière ?

— Nous pensons que si nous l'emmenons chez Vincent Archer, il pourrait repérer quelque chose qui nous aiderait à identifier la personne que nous recherchons.

— Je ne vois pas comment il pourrait identifier quoi que ce soit dans une maison où il n'est jamais allé, une maison qui appartient à un homme qu'il n'a jamais rencontré.

— Il pourrait nous être d'une grande aide, et nous avons toujours un tueur à retrouver.

— Non », prononce sa mère.

Tout le monde se tourne vers elle.

« Ce sera parfaitement sûr, dit Vega. On aura plein de…

— J'ai dit non.

— Je serais content de le faire, déclare Joshua.

— Joshua, j'ai dit non.

— Vous voulez nous dire pourquoi ? demande Vega.

— Vous devriez peut-être me laisser quelques minutes seule avec Joshua et sa mère », suggère Natalie.

Vega se lève.

« Je reviens dans cinq minutes.

— Vous voulez expliquer vos objections ? demande l'avocate une fois que l'inspectrice a refermé la porte derrière elle.

— Je ne vais pas exposer Joshua à un danger en le laissant aller dans la maison de l'homme qui a essayé de le tuer quand la police ne comprend pas le lien entre cette personne et celle qui est apparue hier. Je ne veux pas non plus qu'il voie quelque chose que la police sortira de son contexte pour que soudain il se retrouve accusé d'actes qu'il n'a pas commis.

— Je comprends votre inquiétude, mais je crois que nous avons une opportunité d'aider la…

— Je me fous de ce que vous pensez », coupe sa mère.

Il ne l'a jamais entendue parler comme ça.

« Tout ce qui compte, c'est que j'ai dit non.

— C'est vous qui décidez, dit l'avocate.

— Et j'ai décidé. »

Natalie frappe à la porte pour informer Vega qu'ils ont terminé. L'inspectrice revient et s'assied.

« La réponse est toujours non, déclare l'avocate.

— Je ne vois pas pourquoi, dit Vega. Qu'est-ce qui se passe, madame Logan ?

— Ce qui se passe, dit l'avocate, c'est qu'un paquet d'innocents peuplent les prisons parce que les choses ont été tirées de leur contexte. Des indices mal interprétés par la police ont gâché des vies.

— Ce n'est pas ce qui se passe ici.

— Pouvez-vous honnêtement être assise là et affirmer que des innocents n'ont jamais fini en prison ?

— Je ne suis pas ici pour débattre des injustices du système, déclare Vega.

— Eh bien, vous devriez. Chaque flic devrait le faire. Chaque fois qu'un jury déclare quelqu'un non coupable, c'est une personne que les policiers croyaient coupable, quelqu'un dont ils ont essayé de gâcher la vie parce qu'ils ne comprenaient pas les faits. Tant que la police n'aura pas de comptes à rendre quand elle arrête les mauvaises personnes, ça ne changera jamais, et vous voulez savoir pourquoi ?

— Je suis sûre que vous allez nous le dire, répond Vega.

— Si la police devait rendre des comptes, personne ne serait jamais arrêté. Vous auriez tous peur de faire votre travail, déclare Natalie.

— Vous parlez d'une chose quand j'essaie de parler d'une autre, rétorque Vega, et ce faisant vous exagérez tout. Joshua peut nous aider en se rendant dans cette maison. Vous ne voulez pas qu'on débarrasse les rues de ce tueur ?

— C'est une question manipulatrice, inspectrice. Vous devriez être plus avisée.

— Nous ne sommes pas ennemies, dit Vega.

— Je suis désolée, mais mon client vous a donné sa réponse, et c'est non.

— "Désolée" n'aidera pas la prochaine personne à qui ce type s'en prendra, observe Vega.

— Ça non plus, inspectrice, ça ne fonctionnera pas avec moi. Vous avez votre travail à faire et j'ai le mien. Mon client est fatigué, la journée d'hier a été longue pour lui. Il est temps qu'il rentre chez lui. »

49

Le policier qui les a amenés au commissariat les reconduit à l'hôpital. Ils ne font pas la conversation en chemin. Quelqu'un a dû prévenir les médias que Joshua n'était plus hospitalisé car ils sont tous partis. Sa mère récupère sa voiture, puis le policier les suit jusque chez eux.

« Je voulais vraiment les aider », dit Joshua en regardant par la vitre.

Ils passent à côté d'un hérisson écrasé, et il y en a un autre devant. Il se demande s'ils ont scellé un pacte.

« Et s'il arrivait quelque chose ?

— Comme quoi ? demande-t-il en se tournant vers elle. Il y aura plein de policiers sur place.

— Des gens sont morts et ont souffert parce que quelqu'un veut se venger. On ne sait pas ce qui motive ce type, ni à quel point il est fou. Je ne veux pas que tu sois impliqué. »

Elle continue de regarder devant elle, fixant la route sans même lui lancer ne serait-ce qu'un coup d'œil.

« Si ce type voulait me faire du mal, il l'aurait fait hier, observe-t-il.

— S'il avait voulu t'aider, il ne t'aurait pas laissé sur des rails pour que tu te fasses écraser.

— Papa disait que le monde était plein de gens bien qui sont disposés à ne rien faire.

— Ton père est mort, Joshua. »

Il a envie de bondir de la voiture au prochain feu et de finir le trajet à pied.

« Tu es fâché après moi ? demande-t-elle.

— Non, répond-il, mais il l'est.

— Tu as l'air fâché.

— Ça va, ment-il.

— Je veux le meilleur pour toi.

— Je sais.

— Tu comprendras, un jour. »

Il n'en est pas sûr. Son téléphone vibre. Il avait oublié qu'il l'avait déjà fait plus tôt, mais il le laisse dans sa poche car il ne veut pas lire le message devant sa mère.

« Tu te trompes, dit-il.

— À propos de quoi ?

— À propos du fait que je comprendrai un jour. »

Sa mère ne répond rien.

« J'aurais cru que tu voulais qu'on retrouve ce type pour pouvoir le remercier. J'aurais cru… », commence-t-il, puis il s'interrompt.

Il réfléchit à ce qu'il vient de dire. Il regarde sa mère. Elle ne lui retourne pas son regard. Une idée est en train de germer dans sa tête. Il tente de s'y accrocher. *J'aurais cru que tu voulais qu'on retrouve ce type pour pouvoir le remercier.*

« On n'a jamais parlé du lycée, dit sa mère, changeant de sujet. Pourquoi tu ne me racontes pas ta première journée ? »

J'aurais cru que tu voulais qu'on retrouve ce type pour pouvoir le remercier.

« Joshua ? »

Pourquoi ne voudrait-elle pas le remercier ? Il a dit il y a un moment qu'il ne comprendrait jamais, mais c'est faux. Il commence à saisir.

« Ohé, tu dors ?

— Tu ne veux pas qu'on le retrouve, déclare-t-il.

— Pardon ?

— L'homme qui m'a sauvé. Tu ne veux pas qu'on le retrouve.

— C'est ridicule, proteste-t-elle.

— C'est de ça qu'il s'agit, poursuit-il. Ce n'est pas que tu crois que je suis en danger, ou que je verrai quelque chose que la police sortira de son contexte et me collera sur le dos, c'est que tu veux le remercier, mais pas en personne. Tu veux le faire en n'aidant pas la police à le retrouver.

— Je ne veux plus parler de ça, dit-elle.

— Tu ne veux pas qu'on le retrouve.

— J'ai dit que je ne voulais pas en parler.

— Parce qu'il m'a sauvé la vie, et ça fait de lui un héros.

— Un vrai héros ne t'aurait pas laissé sur la voie ferrée.

— Il ne pouvait pas savoir qu'un train arrivait, et puis peut-être qu'il ne m'a pas laissé sur les rails. Peut-être que c'est moi qui y suis retourné. »

Elle ne dit rien.

« À part ça, je crois que tu approuves ce qu'il a fait. Tu estimes qu'on se porte tous mieux avec ce type en liberté parce qu'il nous a débarrassés d'une véritable ordure.

— Et qu'est-ce que ça peut faire si c'est ce que je pense? demande-t-elle en quittant une seconde la route des yeux pour le fusiller du regard. Avoir quelqu'un qui nous débarrasse de ces monstres, c'est une bonne chose, Joshua. S'il l'a déjà fait, et si quelqu'un l'avait dénoncé, il n'aurait jamais été là hier pour te sauver. À l'heure qu'il est, tu serais mort et froid sur une table à la morgue, peut-être que tu serais en morceaux, et je ne crois pas que tu comprennes vraiment ce que ça me fait de savoir que ça a failli être une réalité. Tu aurais pu mourir, Joshua. Je me souviens comment c'est d'avoir ton âge. On se croit immortel. On croit que ce genre de chose ne peut pas nous arriver, mais c'est faux, et c'est ce qui a failli se produire. Cet homme, il t'a sauvé la vie. Nous devons lui rendre la monnaie de sa pièce. Nous devons faire tout notre possible pour être sûrs qu'il sera là pour protéger la prochaine personne qui sera en danger. »

Joshua ne sait pas quoi dire. C'est presque comme si ce n'était plus sa mère. A-t-elle toujours été comme ça?

« On ne sait pas si c'était moi ou Vincent Archer qu'il suivait, et on ne sait pas pourquoi.

— Rien de tout ça n'a d'importance. Je me moque de savoir le genre d'homme que c'est, nous avons une dette envers lui.

— Est-ce que c'est ce que papa voudrait?

— Oui », répond-elle, manifestement sûre d'elle.

Mais Joshua a besoin de savoir pourquoi cet homme lui a sauvé la vie. Besoin de connaître ses intentions. Est-il bon ou mauvais ? Ou bien ni l'un ni l'autre ? Le suivait-il ou suivait-il Vincent, ou alors passait-il simplement par là ?

« Et si…

— Laisse tomber, Joshua. Je te le demande, s'il te plaît, laisse tomber. »

50

Prétextant des devoirs, Joshua regagne sa chambre et referme la porte. À cette heure de la matinée, le soleil est comme une couverture sur son lit et atteint presque son bureau. Il s'assied confortablement, calant un oreiller entre son corps et le mur. Il sort son téléphone et consulte ses messages.

Salut ! Contente que tu ailles bien. D'accord, hâte de te parler ! Ensuite, le second texto. *J'espère que tu vas toujours bien.* ☺

Il répond. Il met un petit moment à composer le message car sa main gauche est toujours bandée, ce qui rend le téléphone plus difficile à tenir. *Je viens de rentrer. Je ne comprends toujours pas ce qui s'est passé hier, mais ça va. Et toi ?*

À peine quelques secondes s'écoulent avant qu'elle réponde. *Je n'arrive pas à croire que Scott soit mort.*

Je suis désolé, écrit-il.

Si je n'avais pas dit à Mme Thompson ce qu'il t'avait fait, ou si je ne t'avais pas convaincu de passer par la voie ferrée, rien de tout ça ne serait arrivé.

Il rédige ses messages de plus en plus vite. Il y a quelques semaines, il n'avait jamais vu un texto de sa vie, et maintenant il se demande comment les gens faisaient pour avoir des relations sociales sans. *Ce serait arrivé d'une autre manière. Ce n'est pas ta faute. Tu reviens au lycée demain?*

Je ne sais pas. Tu veux qu'on se voie aujourd'hui et qu'on parle de tout ça? Je peux venir chez toi, ou tu peux venir?

J'aimerais bien, mais pas sûr que ça plaise à ma mère. Je vois avec elle et je t'écris.

OK. À plus!

À plus!

Il décide d'attendre que sa mère soit de meilleure humeur avant de lui demander la permission. Il sort ses manuels et se rend compte qu'il ne se rappelle quasiment rien de ce qui s'est passé au lycée hier, hormis Scott et Olillia, et le fait qu'il a été harcelé dans le couloir et dans l'atelier de menuiserie. Il laisse ses devoirs de côté et se dit que les professeurs le pardonneront de ne pas les avoir faits. À la place, il configure son nouveau téléphone, jouant avec les paramètres et enregistrant le numéro des personnes qu'il connaît. Quand il a fini, il reprend le roman qu'il est en train de lire. Il parle d'un garçon qui voyage clandestinement sur le mauvais bateau et doit se cacher quand il s'aperçoit que le repas de l'équipage est constitué d'autres personnes qui voyageaient clandestinement sur le navire. Le garçon, Danny, en vient à prendre conscience que ce n'était ni l'habileté ni la chance qui lui ont permis de se glisser à bord mais le bon vouloir de quelques marins très affamés. Le livre s'appelle *La Croisière cannibale* et il correspond exactement à ce qu'il aime en matière de littérature, pourtant aujourd'hui il n'arrive pas à rentrer dedans.

« Hé, dit sa mère, frappant à la porte et entrant dans la chambre.

— Hé.

— Je suis désolée que nous nous soyons disputés tout à l'heure. Je veux juste ce qui est le mieux pour toi.

— Je sais, répond-il.

— Je viens de recevoir un coup de fil du principal Mooney. Il était confus, mais il a dit que, eh bien, vu les circonstances, il ne croit pas que ce soit une bonne chose que tu retournes à Christchurch North.

— Jusqu'à quand ?

— Définitivement. Il a dit que c'était plus pour toi que pour qui que ce soit d'autre. »

Il pense à Olillia.

« Ça me plaît, là-bas.

— Ce n'est pas l'impression que tu as donnée, observe-t-elle. Ce que tu as dit à l'inspectrice Vega laissait penser que c'était affreux.

— Mais il y avait aussi des gens sympas.

— Comme cette fille que tu as rencontrée.

— Oui, dit-il.

— Donc tu veux y retourner ?

— Oui.

— À cause de cette fille ?

— Parce que ce sera la même chose où que j'aille. Je ne peux pas y échapper, alors autant y faire face. »

Elle semble heureuse de sa réponse.

« Alors je vais parler au principal Mooney en personne. Je crois que je ferais bien d'y aller maintenant, avant que sa décision soit gravée dans le marbre.

— Tu veux que je t'accompagne ?

— Je crois que ça se passera mieux si tu n'es pas là, dit-elle. Pour le moment, ce lycée est chargé émotionnellement, et le fait d'y aller ne fera que tout réveiller. À cet égard, il avait raison, mais de là à ne jamais te laisser revenir ? Tu n'as rien demandé de tout ça et tu ne peux pas être tenu pour responsable des actes d'un psychopathe. Avant que j'aille plaider ta cause, tu es sûr ?

— Sûr.

— Bien.

— Heu… pendant que tu seras au lycée, est-ce que je peux voir Olillia ? Elle est chez elle aujourd'hui et on pourrait faire nos devoirs ensemble. En plus, je crois que ce serait vraiment bon pour moi parce que je ne sais pas vraiment ce que je fais et puis je crois que tu l'apprécierais beaucoup non seulement ça mais elle était là hier avant l'attaque et ça aurait pu être elle à la place de Scott si le type avait choisi l'autre partie de la voie ferrée et je crois que ça m'aidera d'en parler et…

— OK, OK, du calme, l'interrompt sa mère en levant la main. Si tu continues de parler comme ça tu vas manquer d'air et t'évanouir. Tu m'as convaincue.

— Donc elle peut venir ?

— Pourquoi tu ne la retrouves pas à la bibliothèque ? Je peux te déposer, puis te récupérer quand tu auras fini. »

51

Vega est fatiguée. Et affamée. Et irritable. Après l'entretien avec Joshua, elle a ruminé toute la matinée et son estomac est noué à l'idée que la femme qu'elle aime ait pu jouer un rôle dans ce qui s'est passé. Elle ne l'a pas appelée hier soir, ni ce matin, donc à l'heure qu'il est Tracey doit se douter que quelque chose cloche, sans toutefois savoir quoi. Vega a même demandé plus tôt à l'inspectrice Kent d'aller chercher les deux rapports d'autopsie pour ne pas avoir à croiser Tracey. Elle sait qu'elle est idiote. Elle devrait aller la voir et lui demander franchement si elle était de mèche avec Ben, Logan et le Dr Coleman. Le problème est que Tracey pourrait répondre oui, et alors qu'est-ce qui se passerait ? Est-ce qu'elles rompraient ? Peut-elle avoir une liaison avec quelqu'un qui a fait des choses non seulement illégales, mais également moralement discutables ? Bien sûr, Tracey pourrait ne pas être impliquée, d'ailleurs elle ne l'est probablement pas, auquel cas…

Moralement discutables ?

Vient-elle vraiment de penser ça ?

Oui. Elle le pense parce qu'elle a vu ce que des gens comme Vincent Archer peuvent faire. Elle le pense parce que Simon Bower a attaqué sa victime avec une scie électrique. Elle le pense parce que hier elle a dit à Ben au poste que Bower avait eu ce qu'il méritait, et que personne ne remettrait ça en cause.

Non. Tu penses ça parce que tu es fatiguée. Parce que ton équipier est à l'hôpital, et parce que ta petite amie pourrait avoir contribué à prélever des organes illégalement, mais si tu l'interroges sur le sujet, la question elle-même pourrait être perçue comme une trahison, car elle lui dirait que tu l'en crois capable.

C'est une situation sans issue.

Elle doit se calmer et se concentrer sur l'enquête en cours.

Les rapports d'autopsie montrent que Scott Adams est mort presque instantanément de sa sévère blessure à la poitrine, et que Vincent Archer, de son côté, a été frappé quatre fois à la tête. Les inspecteurs sont retournés sur le terrain pour s'entretenir avec les amis et les collègues de Vincent Archer et de Simon Bower. Ils ont pris les empreintes de ceux qui les y ont autorisés. Jusqu'à présent, ceux qui n'ont pas voulu ne semblent pas suspects, ils ne sont juste pas disposés à aider la police. *C'est dur de sauver le monde quand on a le monde entier contre soi* – c'est une chose que le père adoptif de Vega lui a dite il y a des années quand elle a rejoint les forces de l'ordre. Ils sont vite parvenus à déterminer ce qui s'est passé hier, mais ils ne parviennent pas à identifier l'autre personne impliquée.

C'est ce qui l'amène à Christchurch North. Elle arrive à l'heure du déjeuner et attend donc sur le parking en ingurgitant une salade à emporter qui semble dater d'une semaine tant elle est mauvaise.

Mais Vega a tellement faim qu'elle la dévore tout de même. Elle jette un coup d'œil à son téléphone quand il bipe. C'est un message de Tracey. *Ça va?*

Elle se sent mieux maintenant qu'elle a mangé, et plus calme. Elle envoie une réponse : *Oui, juste occupée. On se parle plus tard?*

J'ai hâte.

Le campus est parsemé d'élèves. Elle gagne le bâtiment administratif et est menée au bureau du principal Mooney, qui lui dit que ça a été un choc terrible, que depuis vingt ans qu'il travaille ici c'est la seconde fois qu'un élève est assassiné, mais qu'il en a aussi perdu d'autres – trois dans des accidents de voiture, un qui a voulu imiter une cascade vue à la télé, et deux du cancer.

« C'est toujours un moment difficile, ajoute-t-il. Mais une chose pareille, si insensée, c'est dur pour les élèves. Ils se sentent perdus, ils ont l'impression que le sol pourrait se dérober sous leurs pieds à tout moment. » Il explique ensuite qu'il se demande si Joshua doit revenir. « Ce sera difficile pour lui. Je sais que ce n'est pas sa faute, qu'il n'y est pour rien, mais le fait est que s'il ne s'était pas inscrit dans ce lycée, Scott Adams serait toujours en vie.

— Vous avez raison, approuve-t-elle. Ce n'est pas sa faute. De tout ce que vous avez dit, c'est la seule phrase à laquelle vous pouvez vous raccrocher. »

L'heure du déjeuner s'achève et les élèves sont convoqués à une assemblée spéciale. Vega suit le principal jusqu'à la grande salle, où il fait dix degrés de moins que dehors. C'est comme si elle remontait le temps, car même si elle n'a pas étudié ici, la pièce est identique à celle de son lycée. Mêmes bancs en bois pouvant accueillir quatre élèves, disposés côte à côte et formant des rangées, mêmes fanions ternes aux couleurs de l'école, murs en bois brun, sol en lino brun, et une odeur de poussière qui fait penser à un vieux gymnase abandonné. L'endroit n'a probablement pas changé depuis la Seconde Guerre mondiale. Il y a une scène à l'avant, et elle suppose que c'est là que sont donnés les spectacles scolaires. Pour le moment, les bavardages emplissent la pièce. Mooney monte sur la scène, marche jusqu'à un podium et demande le silence. Les élèves s'exécutent.

« Hier a été une journée tragique pour nous tous, commence-t-il en parcourant la pièce du regard. Perdre Scott… est un déchirement pour chacun d'entre nous. C'était un bon élève et il était apprécié. » Un murmure parcourt l'assistance. « Il nous manquera. Nous avons des psychologues avec lesquels vous pouvez vous entretenir à tout moment de la journée. Pour l'instant, la priorité de la police est de se faire une meilleure idée de ce qui s'est passé, et dans ce but j'aimerais vous présenter l'inspectrice principale Vega. Inspectrice ? »

Elle prend place derrière le podium. Elle n'a pas parlé à une assistance aussi nombreuse depuis qu'elle était au lycée. Elle détestait ça alors, et elle n'apprécie toujours pas trop l'exercice. Mais contrairement à ses discours de lycée durant lesquels les élèves murmuraient ou chahutaient, elle a désormais la pleine attention de tout le monde. Ils la regardent sagement, comme s'ils attendaient qu'elle balance tous les détails sanglants. Auquel cas ils vont être déçus.

« Je suis sûre que nombre d'entre vous ont entendu divers comptes rendus de ce qui s'est passé hier après-midi, commence-t-elle, mais le fait que nous n'avons divulgué aucun détail au public signifie que ce qu'on vous a dit n'est que rumeur et ouï-dire. Ce que j'attends de vous, ce sont des informations. J'ai besoin de savoir deux choses : qui emprunte les voies ferrées pour venir au lycée ? Qui a vu quelqu'un d'inhabituel dans les parages ? »

Personne ne dit rien. Pas de murmures. Juste un silence absolu.

« Quand le principal Mooney clora cette assemblée, je veux que tous les élèves qui peuvent répondre "moi" à l'une ou l'autre de ces questions restent. »

Il y a au premier rang un garçon qui a une telle expression sur le visage qu'elle voudrait trouver une raison de l'arrêter. Il lève la main avec un sourire méprisant. Il est grand, maigre, avec des cheveux noirs hérissés, coiffés de sorte à ne pas avoir l'air de l'avoir été. Il a au-dessus de sa lèvre supérieure l'ombre d'une moustache qui semble ne pas vouloir pousser de crainte de toucher les pustules sur sa peau.

« Oui ?

— C'est vrai que Scott est mort en sauvant cet élève aveugle ?

— Est-ce que tu empruntes la voie ferrée ? demande-t-elle.

— Non.

— Est-ce que tu as vu quelqu'un rôder aux abords du lycée ?

— Non, mais…

— Vous devez tous comprendre que je ne suis pas ici pour répondre à des questions ou commenter l'affaire, dit-elle en détournant les yeux du garçon et en parcourant du regard les autres élèves. Je suis ici pour que nous parvenions à reconstituer ce qui s'est passé. Je suis ici pour Scott.

— Ce n'est pas juste, déclare le garçon.

— Pardon ?

— Vous dites que vous voulez qu'on réponde à vos questions, mais vous refusez de répondre aux nôtres. C'est nul.

— Levi, intervient Mooney, je crois que tu en as assez dit. Tu resteras après l'assemblée, j'aimerais te toucher un mot. »

Levi ne répond rien, mais il continue de fusiller Vega du regard.

« D'autres questions ? » demande le principal.

Aucune main ne se lève.

« Si vous avez remarqué quoi que ce soit d'inhabituel, dit Vega, je veux que vous veniez me le dire. Aucun détail n'est à négliger. »

Elle a l'impression d'être un marchand de tapis.

Mooney conclut l'assemblée. Le lycée accueille neuf cent quatre-vingt-six élèves. Dix-huit sont absents. Sur les neuf cent soixante-huit restants, neuf cent cinquante et un sortent. *Dix-sept n'est pas un mauvais nombre*, songe-t-elle. Il suffit qu'un seul ait vu leur Bon Samaritain.

Il y a douze garçons et cinq filles. Elle quitte le podium.

« Combien d'entre vous empruntent la voie ferrée ? » demande Vega.

Dix garçons et deux filles lèvent la main.

« Et les autres, vous avez vu quelque chose d'inhabituel ? Vous avez vu quelqu'un rôder aux abords de l'école ? »

Certains murmurent oui, d'autres acquiescent.

« OK, bien. Nous allons procéder à tour de rôle, et pendant ce temps, je veux que tout le monde attende calmement. »

La première élève est une fille nommée Lelei, qui n'arrête pas de se gratter la nuque quand elle parle.

« Il y avait ce type et, genre, vous savez, il traînait à côté de l'école. Il n'arrêtait pas de regarder son téléphone et sa montre, comme s'il faisait tout son possible pour passer inaperçu.

— Alors pourquoi l'as-tu remarqué, Lelei ?

— Parce que je ne l'avais jamais vu, et parce qu'il était garé derrière ma mère.

— Je vais te montrer quelques photos, et je veux que tu me dises si tu le reconnais, d'accord ?

— D'accord. »

Vega fait défiler les images sur son téléphone.

« Lui, dit Lelei lorsqu'ils arrivent à la septième photo, celle de Vincent Archer.

— Tu es sûre ?

— Absolument.

— Et que faisait cet homme ? Est-ce que quelqu'un est monté dans sa voiture ?

— Non. C'est ça qui était bizarre. On a dû attendre mon frère pendant une éternité, mais ce type est parti avant nous, sans emmener personne. »

Archer devait suivre Joshua.

Vega a des entretiens similaires avec les autres élèves qui ont remarqué une présence inhabituelle, chacun désignant Archer sur son téléphone. Ce qui ne fait que confirmer ce qu'elle savait déjà.

Elle passe au deuxième groupe, mais apprend dès le début que sur les douze qui empruntent la voie ferrée, exactement six la prennent vers la droite et non vers la gauche. Elle les questionne tout de même, mais ça ne donne rien d'intéressant. Les six autres sont plus utiles, trois d'entre eux affirmant qu'ils arpentent toujours ce chemin et qu'ils ont vu Olillia derrière eux avec un autre élève qu'ils ne connaissaient pas. Ils ont tourné à la première intersection et ont remarqué un peu plus tard qu'Olillia avait également tourné. Ont-ils vu quelqu'un d'autre ? Non. Et les autres jours ? Oui. Parfois il y a deux vieux ivrognes qui aiment leur hurler des insultes, et il y a souvent un type qui sniffe de la colle, mais pas hier.

Le principal Mooney s'approche et l'interrompt. Il est avec le garçon qui a posé la question plus tôt durant l'assemblée. Il l'informe que Levi a quelque chose à lui dire qui pourrait être utile. Elle espère que c'est le cas, car jusqu'à présent rien ne l'a été.

Levi lui dit qu'il n'était pas complètement honnête quand il a prétendu n'avoir remarqué personne d'étrange rôdant dans les parages. Et tandis qu'il se met à parler, il devient évident pour Vega que venir ici n'a pas été une perte de temps.

52

La mère de Joshua lui raconte que sa grand-mère faisait partie de l'équipe qui a construit la bibliothèque. C'était dans les années 1960, à une époque où les métiers du bâtiment et de l'architecture étaient majoritairement composés d'hommes. Elle lui explique que c'était une des femmes les plus coriaces qu'elle ait jamais connues, et il fallait qu'elle le soit car les hommes la rabaissaient à longueur de journée tout en la draguant. Au cours des années qui ont suivi, les moquettes ont été changées deux fois, et les peintures des murs intérieurs ont été remises au goût du jour dans les années 1980, mais à part ça l'endroit est presque le même que quand elle était enfant. Elle ajoute que ça a été l'une des dernières bibliothèques du pays à passer d'un référencement des livres sur des fiches en carton dans des dizaines de petits tiroirs en bois à un système informatique moderne. Ce genre de chose date d'une époque tellement différente, l'idée même lui est tellement étrangère que Joshua a du mal à croire que ça ait existé. Elle le dépose devant le bâtiment et attend qu'il soit à l'intérieur avant de repartir.

Il n'y a pas beaucoup d'animation dans la bibliothèque. Quelques personnes âgées assises près des fenêtres, en train de lire des livres qui semblent anciens. Quelques jeunes mères qui font doucement la lecture à leurs enfants à côté de jouets qui semblent avoir été mâchonnés et abîmés. Une bibliothécaire au regard vitreux qui pousse un chariot, remettant à leur place les ouvrages qui ont été retournés. L'endroit est cependant chaleureux, il y flotte une odeur de livres, et même s'il a l'air désuet, Joshua s'y sent à l'aise. Olillia lui fait un signe de la main du fond de la pièce et il la rejoint. Elle porte un jean et un tee-shirt blanc orné d'un profil de femme. Ça lui va mieux que son uniforme. Elle le serre dans ses bras, il lui retourne son geste, et il apprécie son contact et l'odeur de ses cheveux. Ils s'assoient face à face, elle lui pose le même genre de questions que celles que lui a posées l'inspectrice Vega, et il lui donne le même genre de réponses. C'est bien mieux que de s'envoyer des textos. Une seconde bibliothécaire leur lance des coups d'œil chaque fois qu'elle passe à proximité, ce qu'elle fait étrangement souvent, comme si elle les soupçonnait d'être en train de commettre quelque horrible crime.

« Donc tu penses que ta mère a tort ? lui demande Olillia quand il lui a tout raconté, notamment la réaction de Michelle au fait qu'il voulait aider Vega.

— Je ne sais pas. Enfin… je la comprends. Ce type m'a sauvé la vie.

— En tuant quelqu'un d'autre.

— Certes.

— Puis il t'a laissé sur les rails pour que tu te fasses écraser.

— Je ne suis pas sûr que ce soit lui qui ait fait ça. Je pense que j'ai pu y retourner tout seul.

— Quoi qu'il en soit, tu *étais* sur les rails et tu as failli mourir. Il y a cependant une chose que tu n'as pas expliquée, poursuit-elle, et il sait ce qu'elle va dire. Pourquoi Vega croit-elle que tu vas reconnaître quelqu'un chez Vincent Archer ? »

C'est une question difficile. Il voudrait pouvoir lui dire la vérité, mais il a peur de sa réaction.

« Si je te le dis, tu dois promettre que tu ne me trouveras pas bizarre.

— Tu sais que je ne penserai jamais ça, dit-elle.

— Certes, mais tu pourrais me croire fou, parce que c'est un truc dingue. Promets-moi que tu ne vas pas te lever et t'en aller, que tu me laisseras tout t'expliquer avant de faire quoi que ce soit.

— Maintenant, tu m'inquiètes, dit-elle, et elle semble en effet soucieuse. Est-ce que tu as fait quelque chose que tu ne m'as pas dit hier ?

— C'est pas ça, répond-il.

— Alors c'est quoi ?

— Tu as déjà entendu parler de la mémoire cellulaire ? »

Elle répond par la négative, alors il lui explique ce que c'est. Il lui présente l'analogie du pilote automobile. Un type au cœur malade reçoit celui d'un pilote de course qui vient de mourir, puis il veut devenir lui aussi pilote. Elle est fascinée. Il devine qu'elle sait où il va avant même qu'il commence à parler de sa propre opération. Elle ne pose pas de questions. Elle reste patiemment assise pendant qu'il raconte son histoire, ouvrant de grands yeux ébahis.

Quand il a fini, elle acquiesce à plusieurs reprises et sourit.

« Ouah », fait-elle. Puis son sourire disparaît. « Ça a dû être effrayant pour toi de traverser ça. Alors on fait quoi, maintenant ? Il y a un moyen d'empêcher que ça se reproduise ?

— Tu me crois ? »

Elle semble troublée par sa question.

« Pourquoi je ne te croirais pas ?

— Parce que ça semble dingue.

— Mais tu as dit que c'était vrai, remarque-t-elle.

— C'est vrai.

— Alors pourquoi je trouverais ça dingue ? »

Il ne sait pas quoi répondre, mais avant qu'il ait trouvé quelque chose à dire, elle poursuit :

« Donc tu vois ton père mourir.

— Oui.

— Ça doit être horrible, dit-elle, manifestement bouleversée par cette idée. Est-ce que les gens pensent que la mémoire cellulaire s'estompe ?

— Je ne sais pas. Personne n'est sûr de rien.

— Ça doit être... je ne sais pas. Je ne crois pas que je pourrais supporter de voir ce que tu vois. Tu es bien plus fort que ce que pensent les gens. »

Il ne sait pas quoi répondre à ça non plus, et il n'en a pas l'opportunité car elle continue :

« Laisse-moi te poser une question. Quand tu as vu les photos de Simon Bower, tu l'as reconnu. Mais comment as-tu reconnu Vincent Archer ?

— Vega a dit qu'il n'avait pas de casier judiciaire, mais mon père a dû avoir affaire à lui à un moment ou à un autre.

— Oui, ça paraît logique. Ton père connaissait beaucoup de gens. Qui d'autre tu reconnais ?

— Ma mère et mon père, et aussi l'oncle Ben. Et moi. Nous sommes tous des gens que mon père a vus peu de temps avant de mourir. Peut-être que ça ne fonctionne que sur une période brève.

— Ce qui signifierait que Vincent est une personne que ton père a dû rencontrer peu de temps avant de mourir.

— Possible. Peut-être qu'il était là ce matin-là et que l'oncle Ben ne l'a pas vu.

— Donc Vega pense que tu pourrais reconnaître quelqu'un sur les photos chez lui ?

— Quelqu'un ou quelque chose. Et je veux les aider, mais je suppose que ma mère a raison, nous pourrions finir par causer des problèmes à la personne qui m'a sauvé la vie. Ça ne semble pas juste.

— Et si on le trouve les premiers ?

— Pardon ?

— On le retrouve et on voit si c'est un type bien ou une ordure, et alors tu sauras si tu dois le remercier ou appeler la police. Au moins, ça te donnera quelques réponses. Ne pas savoir qui il est ni de quoi il est capable ne fera que t'empêcher de dormir la nuit.

— Et comment on s'y prend ?

— On fait ce qu'a suggéré Vega.

— Attends, attends une seconde, tu es en train de dire qu'on va aller chez Vincent Archer ?

— Pourquoi pas ? »

Il éclate presque de rire.

« Je vois une centaine de raisons de ne pas le faire. »

L'idée de s'introduire chez quelqu'un fait s'emballer son cœur. Et s'il se fait prendre ? Hormis le fait qu'il aura un casier judiciaire, et le fait que le principal Mooney lui interdira formellement de retourner au lycée, sa mère le privera de sorties pendant les deux prochaines années. Olillia l'observe. Il veut le faire pour ne pas la décevoir. En plus, elle trouvera peut-être ça cool.

« Ce que tu dois te demander, dit-elle, c'est si tu veux vraiment retrouver ce type. Je t'aiderai, si tu le souhaites.

— Je ne sais pas comment m'introduire dans une maison.

— Moi non plus, mais je suis sûre qu'on peut trouver un moyen. Ou, si tu préfères, on peut rester ici et faire nos devoirs.

— OK, dit-il, les mots lui échappant avant qu'il puisse les retenir.

— OK quoi ?

— OK, voyons où il habite. »

Ils utilisent l'annuaire en ligne et trouvent deux possibilités. Olillia sort un jeu de clés de voiture.

« Allons-y », dit-elle.

Ils attrapent leur sac et gagnent le parking par la porte de derrière. Le frère d'Olillia a pris sa journée et l'a laissée emprunter son véhicule. La voiture est un coupé deux portes rouge surbaissé et sans banquette arrière. Ils placent leur sac dans le coffre. Olillia a l'air cool, songe-t-il, tandis qu'elle s'installe au volant, ce qui lui donne encore plus envie d'apprendre à conduire. Elle enfile une paire de lunettes de soleil et parvient à avoir l'air encore plus cool avant d'entrer la première adresse dans le GPS de son téléphone. Quelques instants plus tard, ils se dirigent vers la sortie du parking. Il se baisse sur son siège pour que le policier dans la voiture de patrouille garée devant ne le voie pas. Il ne s'est jamais trouvé dans une voiture conduite par quelqu'un de son âge, et il trouve ça bizarre. C'est comme s'ils étaient deux enfants en train de jouer aux adultes. Le policier ne les suit pas.

Ils mettent dix minutes à atteindre la première adresse, une maison de plain-pied dans une rue pleine de maisons similaires, seulement celle-ci semble mieux entretenue et possède un jardin immaculé.

« Difficile de savoir, observe-t-elle tandis qu'ils approchent. Est-ce qu'on ferait bien d'aller voir l'autre aussi ?

— C'est celle-ci, dit Joshua.

— Tu l'as vue en rêve ?

— Non. Mais cette voiture stationnée à côté de laquelle on vient de passer est une voiture de flic banalisée. Il y a quelqu'un assis à l'intérieur.

— Comment tu le sais ?

— C'est la même que celle que conduit l'oncle Ben, et Vega, et aussi le même genre de voiture que celle dans laquelle on nous a emmenés au commissariat ce matin. C'est logique qu'ils surveillent la maison. On ne va jamais pouvoir entrer.

— Tu baisses toujours les bras aussi vite ? demande-t-elle.

— Seulement quand je m'introduis dans la maison d'assassins. »

Elle tourne à l'angle et se gare.

« Laissons passer quelques minutes, dit-elle.

— En attendant quoi ?

— Alors, qu'est-ce que tu veux faire après tes études ? demande-t-elle sans répondre à sa question. Qu'est-ce que tu voudrais être ?

— Je sais pas, répond-il.

— Moi, je veux être danseuse.

— Vraiment ?

— Oui. Enfin, c'est juste un rêve, mais j'adore le ballet. Je l'ai pratiqué toute ma vie. Je veux réellement me produire sur scène un jour, du moins c'est l'objectif, mais il y a tellement de filles qui ont le même… la barre est terriblement haute.

— Je parie que tu es super douée, dit-il.

— C'est gentil. Attends ici. »

Elle sort d'un bond de la voiture. Il entend un sifflement à l'arrière. Il ouvre la portière. Elle est accroupie près de la roue arrière, en train de dégonfler le pneu.

Elle lui sourit et dit : « Ça fait partie du plan. »

Il descend de voiture.

« Quel plan ?

— On n'abandonne pas l'idée d'entrer dans cette maison.

— Et comment on va faire avec ce policier qui regarde ?

— Ce n'est plus *nous*, réplique-t-elle. C'est *toi*. Et il ne regardera pas. » Elle se lève et replace son épingle dans ses cheveux. « Dans une minute, je veux que tu marches jusqu'à la maison et que tu trouves le moyen d'entrer. »

Il prend une profonde inspiration mais n'arrive pas à contrôler les battements effrénés de son cœur. C'était une erreur de venir ici, mais il ne peut pas se résoudre à le dire. Olillia l'a déjà vu se faire harceler ; il ne veut pas passer pour une poule mouillée. Et son plaisir de vivre une aventure avec elle surpasse sa peur d'entrer chez quelqu'un par effraction.

« OK, dit-il.

— Tu es sûr ?

— Oui. Si je me fais prendre, je…

— Tu ne te feras pas prendre.

— Eh bien, au cas où ça arriverait, je dirai que j'essayais de les aider.

— Ce qui est le cas.

— Sans que ma mère le sache.

— C'est exactement ce que tu fais.

— Et je ne te mentionnerai pas », ajoute-t-il.

Elle se penche en avant et lui fait une rapide bise sur la joue. Il sent qu'il vire au rouge, et quand elle s'écarte, il la voit qui rougit aussi.

« Tu ne te feras pas attraper. On se revoit une fois ta mission accomplie », dit-elle.

Elle remonte vivement dans la voiture et fait demi-tour. Le visage de Joshua est toujours chaud à cause du baiser. Le pneu dégonflé produit une sorte de claquement à chaque tour de roue. Elle tourne à l'angle et reprend la direction par laquelle ils sont arrivés. Il marche jusqu'au croisement et regarde. Elle passe à côté de la voiture stationnée puis s'arrête vingt mètres après la maison. Elle sort, fait mine d'avoir l'air découragée lorsqu'elle voit le pneu à plat. Elle ouvre le coffre, sort le cric et l'examine comme si c'était la première fois qu'elle en voyait un. Elle le laisse tomber, écartant son pied juste à temps, puis le ramasse. Elle le porte jusqu'au côté de la voiture, examine la zone autour du pneu dégonflé, regarde le cric, puis elle prend une mine confuse. Elle va chercher le démonte-pneu et est en train de se battre avec les boulons quand l'agent de service sort de sa voiture. Il s'approche d'elle et Joshua n'entend pas ce qu'ils se disent, mais un instant plus tard l'agent s'accroupit, dos tourné à la maison, et commence à desserrer les boulons.

Joshua marche jusqu'à la bâtisse. Il franchit le portail et pénètre dans le jardin. Ses mains tremblent. Il ne devrait pas être là. Ne devrait pas faire ça. Il ferait mieux de ressortir et de s'en aller. Il vérifie les fenêtres. Fermées. La porte de derrière. Verrouillée. Casser une fenêtre avec une pierre attirera l'attention. La transpiration coule le long de ses flancs. Son front est humide. Ce serait bien plus simple s'il était avec des policiers. Ils défonceraient la porte et…

Bingo !

Il se précipite hors du jardin. L'agent est toujours penché au-dessus de la roue. Joshua traverse la pelouse de devant et atteint la porte. À coup sûr, elle a été défoncée. C'est comme ça que les flics sont entrés hier. Elle est fermée, mais il voit que le verrou s'est désolidarisé du montant. La porte gémit doucement quand il l'ouvre, et aussi quand il la referme derrière lui.

53

« Tout d'abord…

— Levi, interrompt le principal Mooney. Nous n'avons pas besoin d'une de tes diatribes. Montrons à l'inspectrice Vega quel excellent élève tu peux être, et montrons-lui le genre de bonnes personnes que ce lycée produit. »

Vega est certaine que cet établissement produit plein de gens formidables, mais elle doute que Levi en fasse un jour partie. Elle est tentée de lui dire que s'il lui donne une information utile, elle sera indulgente la prochaine fois qu'ils se croiseront – ce qu'ils feront à coup sûr. C'est ce genre de type.

« D'accord, comme vous voulez, répond Levi. Y avait ce type qui traînait à l'extérieur du lycée, d'accord ? Un type un peu flippant.

— Flippant ?

— Oui. Je me suis dit qu'il offrait des bonbons pour pouvoir tripoter certains des élèves moches.

— Levi…, fait le principal Mooney.

— Tu as parlé de lui à quelqu'un ? demande Vega.

— Non.

— Si tu croyais vraiment qu'il était là pour faire du mal, pourquoi ne pas l'avoir signalé ?

— Parce que c'était pas mon problème », répond-il, et Vega songe que ça résume cette génération. Rien de ce qui se passe en dehors de la portée d'un selfie ne les affecte.

« C'est une attitude décevante, observe le principal Mooney.

— Oui, bon, si vous le dites, fait Levi. Vous voulez que je vous raconte le reste, ou quoi ?

— S'il te plaît, continue, dit Vega.

— Donc j'avais hâte de rentrer chez moi pour faire mes devoirs histoire de devenir médecin ou avocat ou quelque chose du genre, mais j'avais faim alors je suis allé à la supérette, d'accord ?

— Laquelle ? demande-t-elle.

— Celle où travaille ce pédé énorme.

— Levi…

— Quoi ?

— Dis-moi juste ce qui s'est passé, dit Vega.

— D'accord, c'est le magasin à l'angle de Lambrose Street, vous le connaissez ?

— Oui, répond Vega. Il est situé entre le lycée et le tournant qui mène à la voie ferrée.

— Ouah, vous devez vraiment être une super flic, dit-il.

— Bon sang, Levi ! intervient le principal Mooney, puis il soupire et lève les yeux au plafond avant de les regarder de nouveau. Désolé, s'excuse-t-il. Je n'aurais pas dû dire ça, mais s'il te plaît, Levi, tu peux te tenir convenablement le temps de répéter à l'inspectrice Vega ce que tu m'as dit ?

— Bien sûr que je peux, répond-il. Donc j'ai vu ce type repasser quand je suis sorti. Alors j'ai commencé à me diriger vers chez moi et…

— Tu étais à pied ? À vélo ? En voiture ? demande-t-elle.

— À vélo, répond-il. Soudain je l'ai revu. Il était garé de l'autre côté de la rue, de l'autre côté de la voie ferrée, et il attendait encore.

— Et tu n'as toujours rien fait ? demande le principal Mooney.

— Comme quoi, exactement ? Appeler la police ? Leur dire qu'il y avait un type dans une bagnole ? Ouais, c'est ça. »

Le principal Mooney pousse un gros soupir mais ne répond rien, car Levi a raison.

« Donc j'allais vers chez moi, et Mikey m'a appelé pour me dire qu'il avait mes clopes… Je veux dire, pas des clopes, je veux dire des trucs… des trucs pour mes devoirs, et… »

Le principal Mooney fait la grimace.

« Mikey ? demande-t-elle.

— Oui, Mikey. Donc j'étais là, et tout à coup, revoilà ce type, il était garé à deux rues de l'endroit où il était la dernière fois, et il marchait vers la voie ferrée. »

Vega charge les photos sur son téléphone portable.

« Montre-moi cet homme », dit-elle.

Levi fait défiler les clichés.

« Y en a pas une de vous ? demande-t-il.

— Tu viens de gagner des heures de colle jusqu'à la fin de la semaine, Levi », déclare le principal Mooney.

Le garçon ne lui répond pas. Il continue de faire défiler les photos, puis s'arrête à celle de Vincent Archer.

« C'est lui, dit-il. Mais voici ce que je propose, vous supprimez les heures de colle et je vous dis ce que j'ai vu d'autre.

— D'accord, dit Mooney.

— OK, donc chaque fois que j'ai vu ce type, j'en ai vu un autre plus loin dans la rue. Devant l'école, ce type était garé à cent mètres. Flippant, mais pas autant. Pareil quand je suis sorti du magasin à l'angle. Le type était de l'autre côté de la voie ferrée, tourné dans la même direction que l'autre, juste en train de regarder.

— Donc ils étaient deux, dit Vega.

— Je sais pas s'ils se connaissaient ou quoi, mais ils étaient bien deux.

— Quand tu as vu le premier homme s'engager sur la voie ferrée, est-ce que tu as vu le deuxième ?

— Il est descendu de voiture et a commencé à le suivre. »

Un enseignant arrive dans la pièce, suivi de Michelle Logan. Celle-ci regarde Vega, mais détourne rapidement les yeux. Le principal Mooney s'excuse et va à sa rencontre, laissant Vega et Levi seuls.

« Tu penses pouvoir me donner une meilleure description de cet homme ? » demande-t-elle.

Il se retourne pour voir si les autres sont à portée de voix. Ils ne le sont pas. Vega sait qu'il est sur le point de dire quelque chose qui va l'énerver.

« Ma mémoire fonctionnera mieux si j'ai quelque chose à y gagner. »

Elle fronce les sourcils.

« Comme quoi ?

— Vous savez de quoi je parle, répond-il.

— Non. Je ne sais pas.

— C'est comme dans les films. La quantité de choses que les gens se rappellent est égale à ce qu'ils reçoivent en échange. Ça arrive tout le temps.

— Tu es sérieusement en train de faire ça ?

— Ça a marché il y a une minute pour les heures de colle. En plus, rien n'est gratuit, ma petite dame, contrairement à ce qu'on dit. Si on veut quelque chose, faut payer.

— Voici ce qu'on va faire. Tu vas me dire ce que je veux savoir, et en échange je ne te casserai pas le bras pour m'avoir appelée "ma petite dame" », dit-elle en lui enfonçant un doigt dans la poitrine, suffisamment fort pour qu'il sente toutes les heures qu'elle a passées à la salle de sport.

Il devient blême. Elle espère qu'il aura un bleu. Elle sait qu'il n'osera pas raconter ce qu'elle a fait, car ça entamerait sa fierté.

« Je sais que tu te crois cool. Que tu te prends pour un caïd. Mais si tu ne m'aides pas, je trouverai une raison de t'envoyer en cellule, et alors tu verras à quoi ressemble un vrai dur.

— Vous bluffez, rétorque Levi.

— Tu crois vraiment ? »

Il la fixe pendant quelques secondes, puis son corps se détend.

« OK, OK. Très bien. Alors qu'est-ce que vous attendez de moi ? Que je vous aide à dessiner un portrait-robot ou un truc du genre ?

— Un truc du genre », répond-elle.

Elle sort son téléphone de sa poche et lui demande le numéro de sa mère.

« Pourquoi ?

— Parce qu'on va faire une petite excursion, et j'ai besoin de la permission de ta maman. »

Levi semble irrité qu'elle ait dit « maman », mais il lui donne le numéro, à contrecœur. Vega appelle. Elle se présente, et la mère de Levi demande immédiatement : « Bon, qu'est-ce qu'il a fait, encore ? » Vega explique la situation, et la femme l'autorise à emmener Levi chez Vincent Archer. C'est beaucoup plus facile qu'avec Michelle Logan. D'ailleurs, c'est tellement simple qu'elle a l'impression qu'elle aurait pu emmener Levi dans une zone de combat et que sa mère s'en serait foutue. Ça lui rappelle ce que Kent lui a raconté hier après avoir annoncé la mort de Scott Adams à sa mère. Certains gamins n'ont aucune chance.

Elle informe Mooney, puis mène Levi à sa voiture.

« Vous avez un petit ami ? demande-t-il avant même qu'ils aient atteint le parking.

— Je ne vais pas discuter de ça avec toi, réplique-t-elle.

— Une nana aussi chaude que vous, vous en avez forcément un, pas vrai ? Vous avez quel âge ?

— Ça ne te regarde pas.

— Je vais bientôt avoir dix-huit ans. Vous en avez combien, quarante ? »

Elle en a trente et un.

« Et si on la bouclait en attendant d'arriver là-bas ?

— Et si on sortait après, hein ? Si on allait boire quelques verres ?

— Je ne crois pas, Levi.

— Pourquoi ? Vous êtes lesbienne ?

— Non. Parce que ce serait inapproprié. Parce que tu es un petit garçon qui essaie de jouer au grand. Parce que tu parles trop. Parce que je n'en ai simplement pas envie. Je pourrais te donner cent raisons. Mille.

— Donc vous êtes lesbienne, déclare-t-il.

— Arrêtons les bavardages, Levi. Je ne voudrais pas que tu te fatigues le cerveau avant qu'on soit là-bas. Et je ne voudrais pas être obligée de m'arrêter en chemin et de te descendre. »

54

Joshua s'arrête et tend l'oreille à la recherche de signes de vie. Il aurait dû d'abord frapper, puis inventer une histoire pour expliquer sa présence au cas où quelqu'un aurait répondu, mais c'est trop tard. Il n'a plus qu'à espérer que la maison soit vide, ce qui semble être le cas. Son cœur bat toujours à cent à l'heure, et il se dit que s'il ne sort pas bientôt d'ici, il pourrait même exploser.

Il ôte le bandage à sa main gauche et l'enroule autour de la droite en laissant de l'amplitude pour plier les doigts. Maintenant c'est comme s'il portait un gant, ce qui signifie qu'il peut toucher des objets sans laisser d'empreintes. Il y a toujours une compresse sur sa main gauche, mais comme le bandage ne la maintient plus en place, il la décolle et l'enfonce dans sa poche. Sa plaie est désormais à l'air libre, et elle commence à le piquer. Elle est luisante et dégoûtante. Dès qu'il sera sorti d'ici, il remettra le pansement.

La cuisine est sur la gauche. Tous les équipements sont modernes et la pièce elle-même est spacieuse. Tout est tellement en ordre qu'il se demande si quelqu'un vit ici. Il inspecte le garde-manger et voit qu'il est rempli de nourriture, de même que le réfrigérateur. Les seules choses qui ne sont pas à leur place sont deux sacs de nourriture pour chien posés sur la table. Dans le salon, il n'y a pas de télé, ce qui lui semble étrange. La bibliothèque comporte quelques livres qu'il a écoutés par le passé, et tout un tas qu'il voudrait lire. Il y a une affiche de film vraiment cool au mur, qui représente un monstre gigantesque en train de traverser une ville tout en renversant les bâtiments. Elle doit avoir au moins cinquante ans. Il y a quelques jouets en bois faits main sur des étagères contre le mur, le genre d'objets qu'il ne sera jamais capable de fabriquer, même après vingt ans d'atelier de menuiserie. Les moquettes sont moelleuses et le mobilier semble confortable. Rien de tout ça ne ressemble à ce à quoi il s'attendait. Il pensait qu'il flotterait une odeur de vieille pizza. Il pensait qu'il y aurait des piles de vaisselle sale dans et autour de l'évier, des mouches bourdonnant dans les pièces, des tee-shirts suspendus aux dossiers des chaises et des bouteilles de bière sur la table basse. Il longe le couloir et ouvre la penderie dans la chambre principale. Tous les vêtements sont repassés et les chaussures au sol ont été nettoyées. Le lit est fait et il n'y a de miettes nulle part, pas de cannettes vides sur la table de chevet. La pièce est si propre qu'il semble insensé que quelqu'un ait pu vivre ici et faire le genre de rêves diaboliques que faisait Vincent Archer.

Dans le bureau, il s'assied devant l'ordinateur. Celui-ci est déjà allumé. Il bouge la souris et l'écran s'anime. Ses compétences en informatique sont encore limitées, mais il s'est amélioré au fil des semaines. Il parcourt une série de photos, reconnaissant Vincent Archer et Simon Bower, mais aucune des autres personnes. Chaque fois qu'il voit Simon Bower, il a envie de hurler. C'est l'homme qui a tué son père, et il n'a aucun exutoire à sa colère. Il se force à continuer de regarder, mais n'arrive pas à établir de lien entre ces visages et ses rêves. Il pense à ce qu'Olillia a dit plus tôt, au fait qu'il reconnaît des gens que son père a vus peu de temps avant son décès. Si c'est vrai, alors hormis Vincent et Simon, il n'a rencontré aucune des autres personnes présentes sur les photos le jour où il est mort. Peut-être même ne les a-t-il jamais vues.

Il consulte sa montre. Déjà dix minutes qu'il est là.

Il se rend dans la pièce adjacente. C'est celle dont on lui a parlé. Elle est complètement différente du reste de la maison. Des photos et des coupures de journaux parsèment les murs. Certains visages lui sont totalement inconnus, mais il y en a des familiers. Il y a une photo du Dr Toni dans le parking de l'hôpital. À côté se trouve un article sur le travail qu'elle effectue dans le domaine des transplantations oculaires. Il voit un cliché de sa mère, et un frisson le traverse. Elle est dans le parking de la clinique vétérinaire, en train de descendre de sa voiture… et il y en a un autre, sur lequel elle est en train de vérifier la boîte aux lettres de la maison. Il y a des photos de l'inspectrice Vega, de lui, d'Erin, de ses grands-parents. Il y en a quelques-unes de l'oncle Ben, notamment une grande au milieu de tout ce fatras, constituée de quatre impressions rassemblées.

Tout ça est tellement tordu. Ce type, Vincent Archer, comment a-t-il pu faire partie de la société si longtemps? Quel masque a-t-il porté pour dissimuler son obsession? La réponse est simple : le même que celui qu'il portait quand il était dans les autres pièces de cette maison. Joshua ne veut plus être là, mais il ne veut pas laisser les photos de lui et de sa mère. Elles sont comme une contagion, répandant la maladie qui rongeait Vincent Archer.

Ses yeux s'arrêtent sur un article concernant Ruby Carter. Il connaît ce nom car son père était sur l'affaire. Il se souvient qu'ils n'ont jamais retrouvé la moindre trace d'elle ni de son vélo. Elle s'est rendue en forêt et n'en est jamais ressortie. Il prend une photo de l'article avec son téléphone et l'envoie à Olillia. Une minute plus tard, il l'appelle.

« Hé, dit-elle.

— Hé. Comment ça se passe?

— Presque fini, répond-elle.

— J'ai reconnu quelqu'un.

— La femme de l'article que tu m'as envoyé?

— Oui. Il y a une pièce ici, complètement dingue. Elle est pleine de photos et d'articles. Ce type comptait faire du mal à beaucoup de gens.

— Tu crois qu'il s'en est pris à elle?

— C'est exactement ce que je pense.

— Alors… comment… attends une seconde. »

Elle couvre de la main le micro du téléphone, mais il l'entend parler. Une voix masculine lui répond, il perçoit un petit éclat de rire, puis Olillia rit à son tour, elle remercie l'agent, et un instant plus tard une portière de voiture se referme.

« Me revoilà, dit-elle. Qu'est-ce que je disais ? Ah oui, j'allais te demander comment tu l'as reconnue. Tu crois que ton père la connaissait ?

— C'était son enquête.

— Donc il a dû voir un tas de photos d'elle.

— Oui. Sauf que…

— Sauf que quoi ?

— Sauf que je suis sûr que c'est la femme du rêve que j'ai fait après l'opération. C'est comme si… comme si je me la représentais dans la forêt avec son vélo. Et je me représente aussi Vincent, et leurs cannes à pêche. Mais comment je peux voir quelque chose comme ça avec les yeux de mon père s'il n'était pas là ? »

Elle met quelques secondes à répondre, mais il sait ce qu'elle va dire, et elle le dit :

« Peut-être… peut-être qu'il était là.

— Alors ça signifierait qu'il était complice.

— Il doit y avoir une explication logique. Mais si tu as rêvé de ce qui lui est arrivé, ça veut dire que tu vois des choses qui remontent à plus loin que le matin où ton père est mort.

— C'est vrai, reconnaît-il.

— Je ferais mieux de déplacer la voiture avant que le policier ait des soupçons. Ton père, c'était un bon inspecteur ?

— Oui.

— Et maintenant tu as ses yeux. Alors pourquoi tu ne t'en sers pas comme il l'aurait fait ? Inspecte bien tout. »

Ils raccrochent. Il prend quelques photos dans la pièce puis, dans le bureau, il s'assied devant l'ordinateur et photographie les clichés à l'écran. Il pense à ce qu'Olillia lui a dit, au fait qu'il devait se servir de ses yeux comme son père l'aurait fait, et il y a quelque chose qui le turlupine. Il se rend dans la chambre, ouvre la penderie et regarde les vêtements. Il ne voit pas ce qu'il cherche. Il prend des photos de la pièce, puis retourne au salon et regarde le canapé et les fauteuils. Encore une fois, il ne voit pas ce qu'il cherche. Il y a une porte qui donne sur le garage. Il y flotte une odeur de peinture. Il y a divers outils partout, certains manuels, d'autres électriques, des objets à modeler, à sculpter, à construire. Il voit une cage à oiseaux sur une étagère, un porte-bouteilles à moitié achevé, une table basse posée sur son extrémité et maintenue par des pinces, il y a même un tabouret semblable à ceux qu'ils fabriquent au lycée. Il y a une petite voiture en bois, des sphères grosses comme des ballons de foot qui faisaient peut-être partie d'un projet plus imposant, un petit moulin à vent qui semble prêt à être fixé au toit du garage. Il a l'envie soudaine de passer les doigts sur les outils. Il ne connaît pas leur nom, mais il sait à quoi ils servent. Il a détesté l'atelier de menuiserie hier, et il s'est dit plus tôt que même avec vingt ans d'expérience il serait incapable de construire quoi que ce soit, mais tout ça vient de changer. En regardant ce qui l'entoure, les matériaux, les outils, il a envie de fabriquer des objets. Il en a *vraiment* envie.

Il gagne le couloir. Il ouvre le placard et sort l'aspirateur. C'est un modèle sans sac, le genre d'appareil qui aspire la poussière et la crasse dans un cylindre central. Depuis qu'il est rentré chez lui, sa mère lui a donné une liste des tâches ménagères qu'il pouvait accomplir, et passer l'aspirateur en faisait partie. Il ouvre le cylindre et cherche avec les doigts ce qu'il soupçonne qu'il ne trouvera pas, et en effet il ne le trouve pas. Et maintenant il est certain. Il remet l'aspirateur en place et retourne dans le salon où les deux sacs de nourriture pour chien sont toujours posés sur la table.

Pas de chien. Pas de poils sur le canapé. Ni sur les vêtements de Vincent Archer. Pas de niche, pas de poils dans l'aspirateur et aucun chien sur les photos. Pas même une écuelle.

Question : pourquoi de la nourriture pour chien et pas de chien ?

Mais avant qu'il ait pu trouver une réponse, la porte d'entrée s'ouvre.

55

Joshua savait que c'était une erreur. Il savait qu'il se ferait prendre.

Tu ne t'es pas encore fait prendre.

Bruits de pas dans le couloir. Il a deux secondes pour se cacher.

Où?

Le garde-manger. Il y a assez de place pour lui. Il s'y glisse, mais la personne qui est entrée entendra sans doute sa respiration. Il distingue des voix. L'une d'elles est celle de l'inspectrice Vega. Il ne reconnaît pas l'autre. Ils ne viennent pas dans la cuisine. Il songe à sortir du garde-manger et à informer Vega de sa présence. Qu'est-ce qui pourrait arriver? Eh bien, il pourrait être privé de sorties, ça pourrait mener à l'arrestation de l'homme qui l'a aidé, même si c'est un type bien. Surtout, ça pourrait aussi attirer des ennuis à Olillia.

Il sort son téléphone de sa poche et le met en mode silencieux. Vega et la personne qui l'accompagne s'enfoncent dans la maison.

Il envoie un texto à Olillia.

Vega est ici! Dans la maison!

Quoi? Elle t'a vu?

Non. Je suis caché dans le garde-manger. Elle est avec quelqu'un.

Reste où tu es. Elle n'a aucune raison d'aller dans le garde-manger, pas vrai?

Et si d'autres personnes arrivaient?

Reste calme. Avec un peu de chance, ils s'en iront bientôt.

Il sent une odeur de sachets de thé et de corn flakes. L'étagère du bas s'enfonce dans son mollet. Il entend les voix de l'autre côté de la maison, mais il ne distingue pas les mots. Il ouvre la porte. Les voix deviennent un peu plus distinctes. Les gens s'imaginaient toujours que sous prétexte qu'il était aveugle il avait une ouïe surhumaine – mais son ouïe, et celle de tous ses amis, n'était pas meilleure que celle des voyants. Son téléphone vibre. Il referme la porte du garde-manger.

On va devoir trouver un moyen de te faire sortir quand elle sera partie. Le flic dehors te verra si tu sors par l'avant.

Il se rend compte qu'il n'avait pas réfléchi à ça.

Des idées?

Sors par-derrière dès que tu pourras. Soit ça, soit tu restes dans le garde-manger jusqu'à ce qu'ils en aient assez de surveiller la maison.

Tu ne veux pas dégonfler un autre pneu?

MDR.

Son téléphone vibre de nouveau. C'est sa mère.

Où es-tu?

À la bibliothèque. On en a encore pour quelques heures. Tu es où?

Avec un peu de chance elle ne répondra pas qu'elle est elle aussi à la bibliothèque.

Je rentre à la maison. Appelle-moi quand tu voudras que je vienne te chercher.

OK. Comment ça s'est passé ?

Tu veux que je t'appelle ?

Je crois que la bibliothécaire ne sera pas ravie si tu le fais.

Elle met une minute à répondre.

Le principal Mooney réfléchit. L'inspectrice Vega l'a vu avant moi, et elle a plaidé en ta faveur. Il a dit qu'elle lui avait rappelé que rien n'était ta faute. Je crois que ça va aller.

Tant mieux. Je t'appelle dans quelques heures.

Dans ce cas, je vais aller voir Ben et Erin à l'hôpital. Ben est réveillé. Apparemment il ne se souvient pas de ce qui s'est passé hier. Je passerai te chercher quand tu seras prêt. Sois prudent.

D'accord.

Il n'aime pas mentir à sa mère et n'aime pas non plus que ce soit si simple de le faire. Le fait que l'inspectrice Vega ait plaidé en sa faveur au lycée ne vaudra plus rien si elle le trouve ici. Il ne peut absolument pas sortir et l'informer de sa présence. Il envoie les photos qu'il a prises à Olillia. Il est en train de transmettre la dernière quand les voix se font plus fortes. Il entend désormais également des bruits de pas. Il entrouvre légèrement la porte pour écouter ce qu'ils disent.

« … te conduire au poste, dit Vega.

— Quoi ? Pourquoi ? demande la personne qui l'accompagne.

— Parce que j'ai à faire.

— J'étais pas forcé de vous aider, vous savez. J'aurais pu rien dire.

— Mais tu as choisi de nous aider, ce qui prouve que tu es quelqu'un de bien.

— Assez bien pour ce verre, alors ?

— Non, pas si bien que ça, répond-elle. L'agent va te conduire au poste, et une fois que tu auras donné une description précise de l'homme que tu as vu pour le portrait-robot, on te ramènera au lycée. »

L'homme que tu as vu ? Quelqu'un a-t-il aperçu qui a tué Vincent Archer ?

« Et après ?

— Et après, rien, dit-elle. À moins que tu aies d'autres informations à nous donner. »

La porte d'entrée s'ouvre. Ils sortent. La conversation devient moins forte. Il se glisse hors du garde-manger et jette un coup d'œil dans le couloir. La porte est toujours ouverte. Il voit Vega et un élève de l'école marcher en direction de la voiture stationnée avec l'agent à l'intérieur.

Il appelle Olillia.

« Ils sont partis, dit-il. Mais Vega va revenir.

— Tu peux sortir par-derrière ?

— C'est le plan. Et après ?

— Après, tu escalades la clôture.

— Quoi ?

— Je suis garée devant la maison de derrière. Je crois qu'il n'y a personne à l'intérieur. C'est ta seule option. »

Il longe le couloir en direction de la porte de derrière. Elle est munie d'un verrou coulissant. Une fois qu'il sera dehors, il ne pourra pas le remettre en place. Mais il n'a pas le choix. Il sort et referme la porte. Il court vers la clôture. Du paillis a été posé dans le jardin qui est bordé par des buissons de lin et des fougères. La clôture semble avoir été récemment repeinte. Les planches sont fixées de telle manière que les piquets qui les soutiennent sont de son côté. Ce qui rend la clôture plus facile à escalader. De l'autre côté il y a une maison semblable à celle qu'il vient de quitter. Il se laisse tomber et atterrit dans un jardin potager. Il commence à se frayer un chemin à travers. Du bord du jardin, il voit l'intérieur de l'une des chambres, où une femme se tient le dos tourné. Elle porte un bébé sur son épaule. L'enfant le regarde et pointe le doigt, mais la femme ne se retourne pas. Il avance jusqu'à l'angle de la maison. La rue est là, les seules choses qui l'en séparent sont un portail et une pelouse.

Il s'approche discrètement du portail.

Il est verrouillé.

Il l'attrape par le haut, pose un pied sur la poutre et se hisse, puis il court jusqu'au trottoir où Olillia l'attend avec la portière ouverte tel un complice lors d'un braquage.

56

Vega laisse Levi dans la voiture avec l'agent qui a accepté de l'emmener. Elle est contente de s'en débarrasser. Il a regardé les photos sur l'ordinateur et celles aux murs et n'est parvenu à identifier personne. Pourtant, ça valait le coup d'essayer. Elle regrette de ne pas pouvoir faire la même chose avec Joshua. Il y a toujours une chance que Levi parvienne à établir un portrait-robot et leur fournisse quelque chose d'utile.

Elle retourne dans la maison. Elle pense à Tracey, et au fait qu'elle ne l'a toujours pas appelée pour la simple raison qu'elle n'a pas encore décidé ce qu'elle va faire. Lui demander ? Ne pas lui demander ? Tracey pourrait ne rien savoir, et tout ce que Vega ferait, ce serait l'impliquer avant même que le moindre indice suggère qu'elle ait été mêlée à cette affaire – une très mauvaise tactique pour un flic, songe-t-elle. Elle va l'appeler maintenant. Elle lui dira que tout va bien, puis lui demandera si elle a entendu des rumeurs à la morgue à propos d'organes prélevés illégalement, et elle verra la tournure que prendra la conversation tout en espérant que Tracey ne pensera pas qu'elle l'accuse de quoi que ce soit. Elle sort son téléphone et se tient sur le seuil de la chambre de l'Obsession quand elle remarque que le verrou coulissant de la porte de derrière est en position ouverte.

Il était fermé, tout à l'heure. Non?

Elle range son téléphone, tire son arme de son étui et la pointe vers le sol. Elle tourne la poignée de la porte. Celle-ci s'ouvre. Elle sort. Le jardin est aussi bien entretenu que la pelouse de devant. Archer prenait assurément soin de sa maison. Elle longe la clôture et voit, pile au milieu, des éraflures sur le bois. Les fougères à côté ont quelques frondes brisées. Elle grimpe sur la clôture comme elle soupçonne que quelqu'un d'autre l'a fait. Une femme blonde la regarde depuis une chambre. Celle-ci fronce les sourcils et ouvre la fenêtre. Au loin, le ciel s'assombrit. Un orage approche.

« Je peux vous aider? » demande la femme, manifestement nerveuse.

Vega brandit sa plaque.

« Est-ce que quelqu'un est passé par ici récemment?

— Non. Comme qui? Quand? »

Vega baisse les yeux vers le jardin. Elle voit de lourdes empreintes de pas dans la terre et quelques légumes écrasés.

« Récemment, répond-elle.

— Ne bougez pas », dit la femme.

Vega replace son arme dans son étui. Elle reste sur la clôture. La femme sort et s'approche d'elle.

« Vous pensez que quelqu'un a traversé mon jardin?

— Oui.

— Qui?

— Je ne sais pas », répond-elle, mais elle a une idée.

Le Bon Samaritain. Seulement… pourquoi aurait-il fait ça ?

« Vous êtes restée chez vous toute la journée ?

— Oui », répond la femme. Puis elle fait un peu la moue. « Il y a quelques minutes Sandy s'est mise à montrer la fenêtre du doigt.

— Sandy ?

— Ma fille.

— Je peux lui parler ?

— Elle a treize mois. » La femme regarde son jardin. « Mes légumes. Ceux-là sont foutus.

— Est-ce qu'il y a quelqu'un d'autre chez vous qui aurait pu voir quelque chose ?

— Non », répond la femme.

Vega lui tend sa carte. La personne qui a escaladé la clôture est depuis longtemps partie.

« Appelez-moi si vous remarquez quoi que ce soit, dit-elle.

— Je n'y manquerai pas. »

La femme regagne lentement la maison, secouant la tête tandis qu'elle examine son jardin. Vega redescend. Elle est à la porte de derrière quand la femme lance de l'autre côté :

« Vous êtes toujours là ? »

Vega grimpe de nouveau sur la clôture.

« Ça ne m'appartient pas, dit la femme en brandissant un téléphone. Il était par terre près du portail. »

Vega voudrait lui dire qu'elle n'aurait pas dû le ramasser et laisser ses empreintes dessus, mais il est trop tard. Elle enfonce la main dans sa poche, en tire un gant en latex et l'enfile. La femme lui tend le téléphone. Il a l'air flambant neuf. Elle remercie la voisine, puis retourne à l'intérieur. Elle allume l'appareil. Il ne lui faut que quelques secondes pour voir à qui il appartient : Joshua Logan. Qu'est-ce qu'il fabriquait ici ? Elle lit les messages. Il était caché dans le garde-manger et écrivait des textos à Olillia. Il lui a envoyé les photos qu'il a prises dans la maison. À un moment, sa mère lui a écrit, et il lui a menti. Il a dû venir pour voir s'il reconnaîtrait quelqu'un. Il essayait de les aider sans que sa mère le sache, mais il n'aurait pas pu le faire d'une façon plus stupide. Elle se demande avec quelle sévérité elle va lui tomber dessus. Elle glisse le téléphone dans un sachet à scellé qu'elle enfonce dans sa poche et se dirige vers la porte d'entrée. Elle va le retrouver et lui demander des explications.

Elle est en train de passer devant le bureau quand elle est violemment poussée contre le mur, et un instant plus tard elle est projetée au sol face contre terre. La moquette absorbe une partie de l'impact, mais elle est tout de même sonnée. Elle ne peut rien faire quand la personne arrache son arme de son étui. Rien faire si ce n'est rouler sur le dos et fixer le canon qui est braqué sur elle.

57

Pendant qu'ils longent les premiers pâtés de maisons, tout ce que Joshua arrive à faire, c'est regarder par la vitre à la recherche de flics. Il est trop essoufflé pour parler. Il est tellement nerveux qu'il essaie de se rappeler s'il a déjà entendu parler d'ados de seize ans morts d'une attaque cardiaque. Quand il parvient à contrôler sa respiration, il raconte à Olillia ce qu'il a vu chez Vincent Archer. Il explique que ça défiait toutes ses attentes, qu'il pensait que les pièces seraient condamnées, qu'il y aurait une fosse sous la maison où seraient entreposées les victimes de Vincent, que le réfrigérateur serait rempli de doigts et de cœurs frits. Mais il lui dit à quel point l'endroit était normal, et que ça rendait la situation encore plus effrayante – comment peut-on repérer les monstres quand ils vivent comme M. Tout-le-Monde? Puis il ajoute que la dernière pièce était différente avec toutes les photos punaisées aux murs, et que ça lui a donné la chair de poule de voir des clichés de sa mère. Il lui parle de la nourriture pour chien alors qu'il n'y avait aucun chien. Il ôte le bandage de sa main valide mais ne le replace pas sur celle qui est blessée car il ne veut pas qu'il adhère à la plaie, et il ne veut pas non plus remettre la compresse qu'il a ôtée plus tôt. Il lui donne de nouveaux détails sur le rêve qu'il a fait de Vincent et de la fille disparue. Quand il en a fini, ça fait dix minutes qu'ils roulent et il ne sait même pas où ils vont.

« Tout ça doit être relié, mais je ne vois pas comment. » Il marque une pause et regarde par la vitre. « Où on va ?

— Je ne suis pas sûre, répond-elle. Je me disais qu'on reprendrait la direction de la bibliothèque. Ça te va ?

— J'ai une autre idée. Mon père avait l'habitude de rapporter du travail à la maison, ses dossiers personnels et ses notes. Ma mère n'a pas encore touché à son bureau, ils pourraient toujours y être.

— Tu veux aller voir ?

— Il n'y a personne chez moi. Ma mère est allée rendre visite à l'oncle Ben à l'hôpital.

— Laisse-moi te demander une chose, dit-elle. Est-ce qu'on cherche le type qui t'a sauvé hier, ou est-ce qu'on essaie de comprendre ce qui est arrivé à Ruby Carter ?

— Les deux, je crois. »

Comme Joshua ne connaît pas le chemin pour aller chez lui, il donne son adresse à Olillia, qui l'entre dans son téléphone. Lorsqu'ils arrivent, il leur sert à boire et songe au fait que son père a rénové la cuisine il y a deux ans, et que celle de Vincent Archer semblait également avoir été refaite. Il va chercher la trousse de premiers secours dans la salle de bains, pose une nouvelle compresse sur le dos de sa main, et Olillia replace la bande autour. Ils se dirigent vers le bureau de son père et marquent une pause devant la porte. C'est la seule pièce qu'il n'a jamais vue. Il y venait souvent durant ce qu'il commence à considérer comme son ancienne vie – quand il était aveugle mais qu'au moins personne ne voulait sa mort. Depuis qu'il est rentré, après avoir perdu son père, il a été incapable d'en franchir le seuil.

« Ça va ? demande Olillia.

— Oui », répond-il, et il ouvre la porte.

La pièce est en ordre. Elle se trouve du côté sud de la maison, si bien qu'il y fait plus frais car le soleil ne l'atteint jamais. Il y a des photos de lui et de sa mère aux murs, et d'autres de la famille au complet. Le bureau a une forme de L, son côté long s'étirant sous la fenêtre et le plus court contre un mur. Il fait face au jardin. Il y a un arbre de jade posé dans le coin et des trophées de golf sur le meuble de rangement à côté. Son père tentait de s'éclipser quelques heures chaque week-end pour y jouer. Joshua l'a accompagné à quelques reprises. Il aimait la balade, et son père lui demandait de tenir le compte des points même s'il savait que Mitchell les comptait également, et parfois il plaisantait et demandait à Joshua s'il avait vu où son coup avait atterri, à quoi Joshua répondait toujours qu'il était allé tellement loin qu'il l'avait perdu de vue.

Il y a un carton avec le nom de Ruby Carter inscrit dessus par terre à côté du meuble de rangement. Il y a un canapé contre le mur qui fait face à la fenêtre, sur lequel il prenait parfois place pendant que son père travaillait. Il n'avait pas le droit de faire de bruit, même si de temps à autre son père lui parlait de ce que c'était qu'être flic. Un jour il lui a expliqué que la meilleure chose que pouvait faire un inspecteur était de rester en phase avec son environnement. « Il ne s'agit pas simplement de vision, fiston. Il s'agit de tous les sens, et parfois même du sixième. C'est pour ça que je pense que tu ferais un excellent policier si tu voulais. » Son père lui disait qu'il pourrait être tout ce qu'il désirait s'il y mettait tout son cœur et toute son âme. Joshua ne le croyait pas et, naturellement, son père devait également savoir que c'était impossible.

« Tu es sûr que ça va ? » demande Olillia.

Il regarde fixement par la fenêtre.

« Je ne suis pas venu ici depuis que mon père est mort », répond-il.

Elle vient se poster à côté de lui et lui pose la main sur l'épaule.

« C'est dingue, dit-il, mais je m'attends toujours à le voir rentrer à la maison.

— Ce n'est pas dingue.

— On ferait probablement bien de s'y mettre, au cas où ma mère rentrerait de bonne heure. »

Il soulève le carton et le pose sur le bureau. Il ôte le couvercle. Sur le dessus il y a une carte de la zone où Ruby a disparu. Il la déplie, et comme elle est plus grande que le bureau, ils l'étalent par terre. Elle couvre vingt-cinq kilomètres carrés, principalement des forêts et des terres agricoles situées au nord-ouest de la ville, à environ quarante-cinq minutes, ainsi que le lui a expliqué son père. La forêt est parallèle à la rivière Waimakariri, un cours d'eau de cent cinquante kilomètres de long qui prend sa source au cœur de Te

Waipounamu, l'île du Sud, pour s'achever au niveau des plages juste au nord de Christchurch.

« Mon père m'a un peu parlé de l'affaire, déclare-t-il. Et de Ruby Carter.

— Je me rappelle qu'un mois après sa disparition c'était son anniversaire, dit-elle. Ils ont dit aux infos que ses amis et sa famille avaient quand même organisé une fête pour elle. Ils voulaient célébrer sa vie, mais je parie que sans la moindre certitude ça devait être terriblement triste.

— Je m'en souviens. Mon père y est allé. Il était nerveux parce qu'il avait peur d'être la cible de leur chagrin vu qu'elle n'avait pas été retrouvée, mais il a dit qu'ils avaient tous été accueillants et lui avaient raconté des anecdotes à son sujet. Apparemment, c'était triste, comme tu as dit, mais il y a aussi eu des rires. Il pensait que certains d'entre eux avaient accepté le fait qu'elle était morte et fait leur deuil, alors que d'autres continuaient d'espérer qu'elle s'était perdue mais était toujours en vie. Je me souviens qu'il m'a serré très fort dans ses bras en rentrant, et qu'il a passé tout le week-end enfermé dans son bureau à travailler sur l'affaire. »

Il tire du carton une photo brillante de Ruby. Dessus, elle porte une combinaison de parachutiste et se tient devant un petit avion. Elle sourit à l'objectif et a les bras écartés, ses doigts formant un V.

« Elle était instructrice de parachutisme, dit-il. À en croire mon père, elle était accro aux sensations fortes. Dès qu'elle avait assez d'argent, elle se rendait dans quelque pays lointain et sautait d'un avion, ou alors elle faisait du *base jump* depuis les falaises. »

Il pose la photo sur le bureau pour qu'ils puissent tous les deux bien la regarder. Elle se demande combien de temps avant sa mort elle a été prise.

« C'est pour ça qu'elle était célibataire – elle ne voulait pas de liaisons à long terme. Sa mère a dit à mon père que chaque fois que Ruby partait, elle s'attendait à recevoir un coup de fil d'un inconnu l'informant qu'elle avait eu un accident.

— Ton père avait des théories sur ce qui lui est arrivé ?

— Il n'y a jamais eu la moindre preuve qu'elle s'était perdue, ou qu'elle avait eu un accident, ou qu'elle avait été assassinée. Il y a beaucoup de forêts, là-bas. Il disait qu'ils les avaient ratissées de long en large, et que si elle avait été là-bas, ils l'auraient retrouvée. Mais si elle faisait du vélo au bord de la rivière et est tombée dedans, ajoute-t-il en regardant la carte, il est possible qu'aussi bien elle que le vélo aient été emportés par le courant. Sa disparition n'a été signalée qu'après une journée. Il disait que son corps avait pu parcourir cent kilomètres, ou qu'elle avait pu être submergée et s'être retrouvée accrochée à des rochers. Ou encore qu'elle avait pu parvenir à sortir de l'eau pour se perdre dans une autre partie de la forêt. Un acte criminel était impossible à prouver, mais également impossible à écarter. »

Olillia désigne un X à proximité du centre de la carte, à environ huit kilomètres de la rivière et un peu moins de l'autoroute. La marque a été tracée de la main du père de Joshua.

« Qu'est-ce que c'est ? demande-t-elle.

— C'est le chemin qui s'enfonce dans la forêt. Il se termine en cul-de-sac après environ un kilomètre et demi. Mon père m'a dit que les visiteurs pouvaient y garer leur voiture. C'est là que la sienne a été retrouvée. Cette carte doit représenter la zone qu'elle a pu couvrir à vélo. Mais elle a dû rester dans la forêt, ou sur la berge du fleuve, elle n'aurait pas pénétré dans les fermes.

— Donc il devait y avoir d'autres personnes là-bas ce jour-là, observe Olillia. Peut-être que quelqu'un a vu quelque chose ?

— Des gens l'ont vue sur le parking quand elle est arrivée, mais c'est tout. Mon père m'a dit qu'elle faisait du hors-piste parce que les sentiers étaient trop faciles. C'était le genre de personne qui repoussait toujours ses limites, ce qui faisait d'elle une athlète exceptionnelle. Apparemment, elle allait là-bas au moins une fois par semaine et faisait du vélo pendant trois ou quatre heures, voire plus. Elle parcourait une boucle de cinquante kilomètres – ce qui, je suppose, correspond à cette carte. C'est pour ça que sa disparition était tellement bizarre. Elle connaissait bien cette forêt. »

Olillia lui sourit.

« Quoi ?

— Je t'ai dit tout à l'heure d'utiliser les yeux de ton père parce qu'il était inspecteur. Maintenant je parie que tu parles aussi comme lui. »

Il lui retourne son sourire. Il aime le fait qu'elle ait dit ça. Ça le fait se sentir plus proche de son père.

Elle tire son téléphone de sa poche, fait défiler les photos qu'il lui a envoyées plus tôt.

« Tu as dit que dans ton rêve Vincent et Simon avaient des cannes à pêche, n'est-ce pas ? » Elle s'arrête sur l'une des photos. « Regarde ça », dit-elle en agrandissant l'image.

C'est le cliché qui était accroché au mur de la chambre de Vincent. Simon et Vincent au bord d'une rivière, chacun brandissant un poisson, et le fait de revoir Simon Bower le rend malade. Il y a des cannettes de bière par terre et des cannes à pêche posées à côté d'eux. Vincent a le pied sur une glacière, adoptant une pose héroïque. La photo est prise d'en bas, ce qui suggère que l'appareil était posé à proximité du sol.

« Ça va ? demande-t-elle.

— Oui, oui, ça va.

— Ça doit être difficile de le voir, l'homme qui a tué ton père. » Il ne dit rien.

« Ils devaient être en train de pêcher là-bas, reprend-elle, et elle est tombée sur eux, peut-être quelque part entre la rivière et le parking.

— Regarde cette glacière, dit-il.

— Qu'est-ce qu'elle a ?

— Mon grand-père aimait la pêche. Ses amis et lui y allaient avec une glacière pleine de bières et de glace, et à leur retour elle était pleine de poissons et de glace. Tu vois ces cannettes par terre ? Ils faisaient probablement la même chose. Mon grand-père adorait la pêche, mais il n'aurait jamais trimballé une glacière pleine à travers huit kilomètres de forêt. Ils devaient trouver des endroits plus accessibles pour pouvoir s'y rendre en voiture.

— Donc ils étaient garés ailleurs. Dans un endroit plus proche.

— Seulement il n'y en a pas, dit-il. Il n'y a pas de route.

— Pas de grande route, remarque-t-elle, mais ce genre de zone est généralement sillonnée de sentiers.

— Comment on peut le savoir ?

— Utilisons l'ordinateur de ton père. »

Ils l'allument. Olillia s'assied dans le fauteuil tandis qu'il se tient près d'elle. Elle va sur Internet et trouve une carte satellite. Elle repère le parking. Elle zoome. Il voit deux voitures. Les images sont suffisamment claires pour qu'ils distinguent leur couleur, mais c'est à peu près tout.

« C'est en temps réel ? demande-t-il.

— Non, ça pourrait dater d'il y a quelques mois, ou plus, je ne sais pas. Mais ils la mettent régulièrement à jour.

— C'est incroyable. »

Ils passent dix minutes à faire lentement défiler de gauche à droite, de haut en bas, examinant la forêt. Les sentiers pour VTT et cavaliers sont dissimulés par la voûte des arbres, même si parfois ils parviennent à les entrapercevoir. Ce qui est clair, c'est qu'il n'y a pas de chemin suffisamment large pour une voiture.

« Elle a pu s'aventurer plus loin, déclare Olillia. Peut-être que ces types étaient à des kilomètres de la zone de recherches. Tu te rappelles d'autres détails du rêve ?

— Non.

— Tu es sûr ?

— Le chien, dit Joshua.

— Tu te souviens d'un chien ?

— Non, mais Vincent devait en avoir un, pas vrai ? Cependant, comme j'ai dit, il n'y en avait pas dans la maison.

— Peut-être que le chien appartenait à Simon Bower et qu'il le gardait chez lui.

— Ou alors il le gardait dans un autre endroit, comme un chalet.

— Tu crois qu'ils avaient un chalet pour aller pêcher ?

— C'est possible, répond-il. Ils y allaient directement en voiture, ils pêchaient, peut-être qu'ils y passaient leurs week-ends et leurs vacances. Ils avaient peut-être un chien à qui ils laissaient suffisamment de nourriture pour les jours où ils n'étaient pas là.

— Donc ils auraient laissé leur chien seul là-bas ? C'est cruel.

— C'étaient des hommes cruels.

— Mais il n'y a pas de chalet dans la zone de recherches, et puis, ton père n'aurait-il pas déjà envisagé cette théorie ?

— Je vais consulter ses notes. »

Il enfonce les mains dans le carton et en tire d'autres dossiers. Olillia continue de scruter la carte. Elle effectue un zoom arrière. Il y a des fermes de l'autre côté de l'autoroute, mais tous deux conviennent que ce sont des possibilités peu probables car son père les aurait vérifiées. En plus, il y a toujours la question d'un sentier pour atteindre la rivière. Olillia examine l'image en dehors de la zone de recherches. Elle la fait défiler vers l'ouest, s'éloignant de la ville. La rivière continue en ligne droite sur plusieurs kilomètres avant de former un angle vers le nord. Il n'y a pas de chalet. Aucun bâtiment. Aucun sentier. Juste un tas d'arbres. Elle retourne à son point de départ et fait défiler vers l'est, en direction de la ville. À huit kilomètres de la zone de recherches, il y a un bâtiment. C'est le premier d'une série de trois construits au milieu des arbres. Ils sont espacés de huit cents mètres et surplombent chacun la rivière. Vu du ciel, il est impossible de savoir si ce sont des chalets ou des maisons, mais Joshua suppose que ça ne fait pas une grande différence. Il y a une voie d'accès qui part de l'autoroute puis se divise en trois branches, l'une allant à gauche, une autre à droite, et la dernière tout droit – un chemin pour chaque chalet.

« Zoome sur celui-là », dit-il en montrant le bâtiment qui se trouve le plus à l'ouest. Elle obéit. « Là », dit-il, désignant quelque chose à côté, une forme rectangulaire bleue.

Le rêve lui revient désormais, les détails sont flous, mais il commence à se souvenir de quelque chose.

« Qu'est-ce que c'est ? demande-t-elle.

— Je crois que c'est un bateau sur une remorque.

— Tu arrives à voir ça ? »

Il secoue la tête.

« Je m'en souviens.

— Tu t'en souviens ?

— Le rêve, dit-il. Ruby Carter n'est pas allée plus loin que d'habitude. Elle a fait une chute à vélo et est allée leur demander de l'aide. Mais ils ne l'ont pas aidée. Ils l'ont emmenée dans le bateau et lui ont fait du mal.

— Tu es sûr ?

— Oui.

— Comment peux-tu savoir ça ? demande-t-elle. Comment peux-tu avoir vu une chose que ton père n'a pas vue ? »

Il l'ignore.

« Ce type qui t'a sauvé, tu penses qu'il pouvait être dans ce chalet ? demande-t-elle.

— Je ne sais pas.

— Tu veux qu'on y aille ?

— On ferait mieux d'appeler Vega. S'ils ont tué Ruby là-bas, on contaminerait une scène de crime. Seulement je n'ai pas son numéro. Mais ma mère l'aura.

— J'ai sa carte, dit Olillia. Si on lui téléphone, ça signifie qu'on devra avouer ce qu'on a fait. »

Il acquiesce.

« Appelons-la, dit-il. En espérant que ce qu'on lui dira lui fera oublier tout le reste. »

58

C'est la deuxième fois de sa vie que Vega se retrouve dans un coffre de voiture. La première, elle avait sept ans, bien avant ses années dans la police. Son frère adoptif avait décidé que ce serait rigolo de se cacher dans la voiture de leur baby-sitter. Elle était montée la première puis, au lieu de la rejoindre, il avait refermé le coffre et lui avait dit que c'était un jeu et qu'elle devait rester silencieuse. Ce qu'elle avait fait pendant un moment, avant de finir par prendre peur et lui demander de la laisser sortir. Seulement il ne l'avait pas fait, car il n'était plus là. Il était retourné dans la maison avec l'intention de venir la chercher au bout de quelques minutes, mais s'était endormi. Et au lieu de les surveiller, la baby-sitter surveillait la télé et la pizza qu'elle avait trouvée dans le réfrigérateur. Vega avait donc passé deux heures enfermée, au cours desquelles elle avait crié, pleuré, fait pipi dans sa culotte et tambouriné contre le coffre, sans que personne ne l'entende. Il lui arrive encore d'en rêver et, il y a quelques semaines, elle a par accident donné un grand coup de bras dans son sommeil, pensant qu'elle cognait contre le coffre, sauf que c'était Tracey qu'elle frappait au visage.

Et maintenant, le cauchemar… recommence.

Seule la partie arrière de la voiture est à l'intérieur du garage de Vincent car le reste de l'espace est encombré par ses objets. L'homme, dont elle suppose que c'est le Bon Samaritain, a garé son véhicule de la sorte pour que personne ne le voie enfermer Vega dans le coffre. Ça pourrait être sa voiture, ou un véhicule volé. Après l'attaque initiale, le type a été parfaitement poli – si l'on omet le fait qu'il l'a menottée et ficelée avec du ruban adhésif pour qu'elle attende sagement pendant qu'il allait récupérer sa voiture.

Ses poignets lui font très mal, et comme elle a les mains dans le dos, l'angle de ses épaules coupe sa circulation, si bien qu'elle a les bras engourdis. Elle a peur. Peur comme jamais. Elle demeure optimiste – si quelqu'un peut se sortir de cette situation, c'est bien elle –, mais elle est également pessimiste – elle a vu ce qui arrive aux personnes qui sont enfermées dans un coffre de voiture. Elle tente de se concentrer sur toutes les heures qu'elle a passées à la salle de sport. Toute cette musculation. Elle n'a qu'à casser le ruban adhésif, briser les menottes, et elle sera libre. Sinon… une fois qu'ils seront sur la route, elle pourra donner des coups de pied dans le coffre et, avec un peu de chance, contrairement à il y a vingt-quatre ans, quelqu'un l'entendra.

C'est un bon plan.

Quelqu'un l'entendra.

Quelqu'un appellera la police.

Quelqu'un la sauvera.

Le Bon Samaritain baisse les yeux vers elle. Il porte toujours ses lunettes de soleil. Il a un grand sourire de grand-père et des cheveux sombres qui se dégarnissent au milieu et grisonnent sur les côtés. De légères taches de rousseur constellent ses joues et il a une fossette au menton. Il a de jolies dents bien alignées, est bien habillé et ressemble à un vendeur de polices d'assurance. Il a l'air de se maintenir en forme. Peut-être qu'il fait du sport. Peut-être même qu'il fréquente la même salle qu'elle.

« On va faire un petit tour », annonce-t-il en lui souriant, et elle voudrait lui casser les dents. Il ôte ses lunettes de soleil, révélant des yeux bleus dans lesquels elle voudrait enfoncer les doigts. Il a des cernes noirs qu'elle voudrait arracher. « Vous êtes bien installée ? »

Elle secoue la tête. Non. Elle n'est pas bien installée.

« Quel dommage. Je peux peut-être vous trouver quelque chose. » Il s'éloigne de la voiture et retourne à l'intérieur. Elle tente de se lever mais n'y parvient pas. Il revient avec un oreiller. « Je suppose que vous ne voulez pas poser la tête sur l'oreiller qu'utilisait Vincent Archer, et je suis terriblement désolé de faire ça, mais je pense que ce sera mieux ainsi. »

Il se penche et le lui cale sous la tête. Il a raison – l'idée d'utiliser le même oreiller que Vincent Archer lui retourne l'estomac. Mais elle ne peut pas nier que c'est sacrément plus confortable.

« Voilà, ça a l'air beaucoup mieux », dit-il.

Il est *fou*, songe-t-elle. *Complètement cinglé.* Un type aussi instable pourrait tout aussi bien décider de lui couper les oreilles et les manger que la tuer.

« À quoi vous pensez ? » demande-t-il. Il enfonce la main dans le coffre et lui tape sur le front. « Vous voulez partager ce qui se passe dans votre jolie petite tête ? »

Elle acquiesce. Il est sur le point de lui arracher le ruban adhésif de la bouche quand le téléphone de Vega sonne. Il tire l'appareil de sa poche.

« Qui est Olillia ? » demande-t-il.

Même si elle pouvait répondre, elle ne le ferait pas.

« Que je suis bête ! » s'exclame-t-il.

Il lui ôte le ruban adhésif de la bouche.

« Ne faites pas ça, dit-elle.

— S'il vous plaît, dites-moi qui est Olillia. Est-ce que je dois m'inquiéter à son sujet ?

— Un témoin dans une ancienne affaire. Elle n'habite même pas à Christchurch.

— Vous êtes sûre ? Vous semblez crédible, mais parfois les personnes qui ont l'air crédibles peuvent dire les choses les plus incroyables.

— C'est la vérité.

— OK. Mais il fallait que je demande, alors je vous en prie, pardonnez-moi de l'avoir fait. Et ne me détestez pas pour ceci », ajoute-t-il avant de poser le téléphone par terre et de l'écraser à plusieurs reprises du pied.

Il le ramasse et s'acharne dessus jusqu'à parvenir à le briser en deux. Il balance les morceaux dans le coffre. Elle ne peut plus appeler à l'aide, mais ça signifie aussi qu'il ne peut pas passer en revue sa liste de contacts et construire sa propre chambre de l'Obsession.

« Vous devez me laisser partir, dit-elle.

— Écoutez, je sais que vous ne me connaissez pas, mais je suis un homme raisonnable. Je peux comprendre que vous soyez effrayée, et je sais que ça vous semble injuste. Vous devez être très irritée par tout ça, et je ne vous en veux pas. Mais je crois que vous feriez bien d'accepter dès maintenant que pour ce qui est de vous laisser partir, ça n'arrivera pas. »

Il replace le ruban adhésif sur sa bouche, lui passe la main sur l'arrière de la tête comme on caresserait un chat. « Vous voyez, je fais des rêves vraiment bizarres, et ils déclenchent des impulsions assez étranges. » Il lui sourit. « Mais je vous expliquerai plus longuement plus tard, ce sera plus simple quand je pourrai vous montrer. Bon, je sais que vous allez vouloir cogner contre le coffre pour attirer l'attention », dit-il. Il parle d'une voix basse et douce, presque hypnotique, et elle aimerait qu'il remette ses lunettes de soleil car elle ne veut plus voir ses yeux. « Mais je vais devoir insister pour que vous ne le fassiez pas. Je vais me montrer respectueux et vous demander poliment de ne pas faire de bruit. Je vous en prie, ne prenez pas ça mal – et, naturellement, ça n'arrivera que si vous ne faites pas ce que je demande –, mais je vous tuerai si vous me désobéissez. » Il secoue la tête, continuant de tapoter celle de Vega. « Ça m'ennuie d'avoir été obligé de dire ça, car ça ne pourrait être plus éloigné de la vérité. En fait, je vous tuerai si vous tentez quoi que ce soit. Je tuerai également quiconque essaiera de vous aider. Je sais que les gens peuvent envoyer des messages confus, qu'il peut y avoir des problèmes de communication, alors merci d'acquiescer si j'ai été clair. »

Elle acquiesce. Il ne pourrait être plus clair.

« Bien, c'est vraiment très bien. Nous allons devoir faire un arrêt en chemin, et c'est là que je vais vous demander d'être une très gentille fille et de ne pas faire un bruit. Acquiescez si vous comprenez. »

Elle obéit.

« Vous vous rappelez ce que j'ai dit qui arriverait dans le cas contraire ? »

Elle continue d'acquiescer.

« Hhm… » Sa bouche se contracte. « Plus j'y réfléchis, plus j'en viens à comprendre que ce n'est pas une si bonne idée. Ça m'ennuie de faire ça, sincèrement, et je dois m'excuser par avance, mais le problème, c'est que je ne sais pas vraiment si je *peux* vous croire. » Il enfonce la main dans le coffre et retire doucement l'oreiller. « Vous pourrez le récupérer dans un instant, dit-il. Je suis terriblement désolé, mais je vais essayer de faire vite. »

Il lui saisit la tête et la cogne de toutes ses forces contre le fond du coffre. La douleur est immédiate, sa vision se brouille, son oreille encaisse l'impact et est écrasée. Ses tympans se mettent à siffler.

« J'aimerais tellement que vous ne me poussiez pas à faire ça », dit-il.

Il lui cogne la tête une deuxième fois.

Personne ne va l'entendre.

Personne ne va appeler la police.

Personne ne va la sauver.

Il lui cogne la tête une troisième fois, et elle s'évanouit.

59

Olillia tombe sur la boîte vocale. Elle ne laisse pas de message.

Joshua continue de parcourir les dossiers.

« Mon père s'est intéressé aux chalets, dit-il, trouvant l'information qu'il cherche. Deux sont des résidences d'été louées pour les vacances. Sur ces deux-là, l'une était vide et l'autre abritait des touristes français qui avaient réservé pour la semaine. Mon père et l'oncle Ben les ont questionnés et ont pu jeter un coup d'œil sur place.

— Je suppose qu'ils n'ont rien trouvé, dit Olillia.

— Les deux chalets étaient… Oh, bon sang, regarde ça ! »

Il tourne la feuille vers elle pour qu'elle puisse la voir également.

« Regarde à qui appartient le troisième.

— Robert et Helen Archer, dit-elle en lisant les notes. Tu crois que ce sont les parents de Vincent ?

— Probablement, répond-il. Ça dit qu'ils s'en servaient comme maison de vacances, mais qu'ils n'y étaient pas allés depuis des années.

— Est-ce que la police l'a fouillée ?

— Ça n'est pas mentionné. Je suppose qu'ils estimaient n'avoir aucune raison de le faire. Elle était hors de la zone de recherches, et rien ne laissait entendre que Robert ou Helen Archer étaient impliqués.

— Ton oncle n'aurait-il pas fait le lien quand il a appris pour Vincent Archer ?

— Peut-être. »

Il se rappelle alors ce que sa mère lui a écrit plus tôt. Si son oncle a fait le lien avant que Joshua le poignarde à la gorge, alors ce lien est oublié pour le moment.

« Laisse-moi essayer de rappeler Vega, dit Olillia.

— Je vais inspecter les tiroirs au cas où il y aurait quelque chose de plus récent. »

Pendant qu'Olillia passe un nouveau coup de fil, il ouvre les tiroirs du bureau. Celui du haut est rempli de fournitures. Il renferme aussi des clés USB, les passeports de la famille, des reçus et des plaquettes de comprimés à la vitamine C. Il ouvre le second. La seule chose à l'intérieur est une chemise. Il la sort et l'ouvre. Elle est pleine de coupures de presse, et une liste de noms est inscrite à l'intérieur du rabat.

« Toujours pas de réponse », dit Olillia. Elle ne laisse pas de message. « Qu'est-ce que c'est ?

— Je ne sais pas. »

Il lui tend certaines coupures et parcourt les autres. Elles concernent toutes des personnes qui ont été tuées au cours des deux dernières années. Six au total. Trois abattues par la police – un type défoncé qui agitait une arme dans la rue, une femme avec une machette qui menaçait de tuer sa fille, un père qui a sorti un flingue devant les flics quand ils sont venus le questionner sur les bleus et les os cassés avec lesquels ses enfants n'arrêtaient pas de débarquer à l'hôpital. Il y a un tueur en série qui s'est suicidé alors que l'oncle Ben et son père s'approchaient de chez lui, un type qui est tombé à travers le toit d'une boutique de l'Armée du Salut qu'il dévalisait et qui a passé deux semaines dans le coma avant que l'assistance respiratoire soit coupée, et un type qui avait enlevé une fillette et qui, après s'être fait appréhender et passer les menottes par l'oncle Ben, a tenté de s'enfuir au milieu de la circulation mais a été tué par une voiture.

Pourquoi son père conservait-il ça ?

« Alors, qui sont les personnes sur la liste? demande Olillia, observant que les noms dans les articles ne correspondent pas à ceux notés sur le rabat.

— Je ne sais pas. Des victimes de ces gens, peut-être ?

— Découvrons-le. »

Elle tape les noms l'un après l'autre sur l'ordinateur. Il y en a quatorze. Elle ne trouve aucune information sur certains. Deux sont apparus dans des articles, nombre des autres ont des pages personnelles sur les sites des réseaux sociaux. Ils ne mettent pas longtemps à comprendre ce qu'ils ont tous en commun : chacune de ces personnes était malade et se porte désormais bien. Elles ont eu la vie sauve grâce à une greffe d'organe.

Olillia se détourne de l'ordinateur et lui fait face.

« Quand tu regardes les dates auxquelles ces criminels sont morts, et celles auxquelles ces gens ont été opérés, on dirait que c'étaient tous des donneurs d'organes qui, dans la mort, ont pu aider d'autres personnes. C'est admirable», ajoute-t-elle. Comme il ne répond rien, elle semble inquiète. «Ça va?

— J'ai besoin de m'asseoir», dit-il, mais il n'a pas le temps d'atteindre le canapé que ses jambes se dérobent sous lui et il se retrouve par terre.

Il se tourne pour pouvoir s'appuyer contre le canapé et lève les yeux vers elle.

«Qu'est-ce qui se passe? demande-t-elle. Tu as une sale tête.»

Il songe à sa conversation avec le Dr Toni. Elle connaissait son père mais a dit qu'elle ne le voyait pas beaucoup, seulement quand il était à l'hôpital. Qu'a-t-elle dit d'autre? *Quand des criminels étaient blessés il venait ici.* Elle a précisé qu'elle connaissait son père depuis longtemps. Le matin où il s'est réveillé après l'opération, il y avait une infirmière. Il a demandé où était le Dr Toni, et elle a répondu qu'elle effectuait une opération semblable à celle qu'avait eue Joshua, mais sur un autre patient. Quelqu'un d'autre recevait de nouveaux yeux. Ce qui signifie que quelqu'un d'autre était mort ce jour-là.

Et quelqu'un était mort, n'est-ce pas? L'homme qui a tué son père.

Qu'a dit l'oncle Ben quand Joshua est arrivé à l'hôpital ce matin-là?

Il a eu ce qu'il méritait, OK? J'ai fait en sorte qu'il serve à quelque chose. Tu me comprends?

À l'époque, Joshua ne savait pas.

Mais maintenant, si.

L'oncle Ben a tué Simon Bower par colère, mais aussi dans un but précis. Et maintenant qu'il a fait le lien, il voit la scène. Il voit l'oncle Ben se tenant devant lui, pointant une arme sur lui avant de venir se placer derrière lui.

Combien vous pesez?

Quoi?

Vous avez l'air de quelqu'un qui court. Vous avez aussi l'air de quelqu'un qui va parfois à la salle de sport. Et la cigarette? Vous êtes fumeur?

Comment peut-il se souvenir de ça si son père était déjà mort? Olillia est désormais assise à côté de lui, une main sur son épaule, tenant de l'autre sa main valide.

« Tu trembles », dit-elle.

Les autres personnes dans les articles ont-elles eu droit à des questions similaires? Le kidnappeur d'enfant a-t-il couru devant une voiture, ou bien a-t-il été poussé? Le tueur en série s'est-il vraiment tiré une balle? L'homme dans le coma ne s'est-il pas réveillé parce que ses blessures étaient trop graves, ou parce que quelqu'un avait besoin d'un cœur?

Il pense au livre qu'il écoutait quand il était à l'hôpital après l'opération. Frederick le vampire qui ne voulait pas se nourrir d'êtres humains, mais qui, quand il le faisait, ne choisissait que des personnes mauvaises. Son père faisait-il quelque chose de semblable? Tuait-il des criminels pour sauver les autres? Quand il a parlé de la malédiction à sa mère hier à l'hôpital, elle a répondu que ce n'était pas ça, mais une combinaison de gens bien qui faisaient des choses terribles et de gens mauvais qui en commettaient des pires encore.

Elle savait ce que faisait son père. C'est certain.

Sur l'échelle du bien et du mal, où se situent ses parents ?

« Joshua. Parle-moi. Qu'est-ce qu'il y a ?

— Ça va, répond-il.

— Ça n'en a pas l'air.

— C'est bon.

— Est-ce que je réessaie Vega ?

— Non. Allons au chalet.

— Tu es sûr ? »

Pour la première fois depuis qu'ils ont quitté la bibliothèque, elle semble inquiète. Au lycée, sur la voie ferrée et pendant tout l'après-midi elle a été incroyablement forte. Certes, elle était dévastée quand il l'a vue hier derrière le cordon de sécurité depuis l'ambulance, et elle était de toute évidence soucieuse quand elle lui a écrit le mot, mais la seule chose qu'il n'a jamais vue en elle, c'est le moindre signe de peur. Elle se démène pour lui depuis vingt-quatre heures qu'elle le connaît, et il ne peut pas lui demander d'en faire plus. Pas ça. Pas quand il pourrait la mettre en danger.

« Non, répond-il. Pas totalement sûr. »

Elle lui sourit, et peut-être lit-elle dans ses pensées car elle réplique : « Je n'ai pas peur. Je suis inquiète, mais je veux y aller. Je crois juste qu'on a besoin, tu sais, d'être plus prudents qu'on ne l'a été. J'ai vu trop de films d'horreur dans lesquels le fait d'aller dans un chalet se terminait mal pour tout le monde. Mais Vincent Archer est mort, et Simon Bower aussi, il serait donc idiot de craindre qu'ils nous fassent du mal. J'ai juste un peu peur de ce qu'on va voir là-bas parce qu'il y a des choses qu'on ne peut jamais effacer. »

Il pense à Scott, à l'expression sur son visage tandis que la vie le quittait.

« Je ne veux pas que tu dises que tu n'es pas sûr parce que tu crois que c'est ce que je veux entendre. Tu veux y aller ?

— Je crois que j'en ai besoin. Mon père n'a jamais réussi à déterminer ce qui était arrivé à Ruby Carter, mais je crois qu'on peut y arriver. Je veux le faire, pour lui.

— Peut-être que tu devrais t'en remettre au destin. On va réessayer Vega, et si elle ne répond pas, on y va. »

Il ne croit pas au destin. Il croit juste aux malédictions. Elle tente une fois de plus d'appeler Vega, tombe directement sur sa boîte vocale. Quand elle raccroche, il lui explique la deuxième chose qui le préoccupe. Les rêves – le fait qu'il ait pu identifier Ruby Carter au moment où elle a été enlevée, le fait qu'il connaissait Vincent Archer… et cette sensation qui s'est emparée de lui dans le garage de Vincent face aux outils, les mêmes outils que ceux qu'utilisait Simon Bower, ce besoin compulsif de découper, de construire, de créer.

« Je sais pourquoi je me souviens de choses que mon père n'a jamais vues, déclare-t-il.

— Pourquoi ?

— Le jour où j'ai été opéré, il y a eu une deuxième intervention. Quelqu'un d'autre a reçu de nouveaux yeux. Simon Bower était également donneur d'organes ce jour-là, comme les personnes dans ces coupures de presse.

— Qu'est-ce que tu es en train de dire ?

— Je dis que je pense qu'il y a eu une confusion.

— Tu penses que tu as reçu les yeux de Simon Bower ?

— Est-ce que je t'ai dit qu'un seul de mes yeux fonctionnait ?

— Non, répond-elle.

— Je crois que celui qui fonctionne est celui qui appartenait à mon père, et que l'autre provient de son meurtrier. »

60

Joshua et Olillia remettent tout en place, ils éteignent l'ordinateur, finissent leur verre puis prennent la route. Maintenant qu'il connaît la vérité sur son père, il est abasourdi. Et même s'il sait pourquoi Mitchell a fait ça, il continuera de douter du bien-fondé de ce choix au cours des semaines à venir, tout en essayant de l'accepter.

Ils roulent en silence. Joshua sait qu'Olillia pense la même chose que lui. Ils se rendent au chalet où Ruby est morte, et peut-être qu'ils en trouveront la preuve. Peut-être qu'il y aura du sang. Ou peut-être qu'il n'y aura rien mais qu'ils parviendront tout de même à découvrir ce qui lui est arrivé. Sa mère lui a dit que maintenant qu'il avait les yeux de son père, il devait l'honorer en étant le meilleur homme possible. Et c'est ce qu'il va faire en donnant des réponses à une famille en deuil.

Le reste – retrouver l'homme qui l'a sauvé, découvrir si son père et l'oncle Ben ont vraiment tué ces gens – peut attendre. Peut-être que ça pourra attendre éternellement.

Ils traversent des quartiers de la ville qu'il n'a jamais vus, passent devant des centres commerciaux et des entrepôts industriels. Ils s'enfoncent dans des banlieues avec de grandes maisons et de petites églises, des maisons délabrées et pas d'église. Bientôt ils prennent l'autoroute vers l'ouest, où la circulation est plus rapide et moins dense, puis ils bifurquent sur la Old West Coast Road, qui les mène dans la même direction. Au loin, des nuages d'orage s'amoncellent au-dessus de la chaîne de montagnes, mais il leur faudrait rouler deux heures pour les atteindre. Cette zone-ci est plate, principalement dominée par des rangées d'arbres et des clôtures qui bordent des fermes. Il y a des champs remplis de moutons, de vaches, d'animaux qu'il ne reconnaît pas car il ne les a jamais vus, mais Olillia lui dit que certains sont des cerfs, d'autres des alpagas, d'autres encore des autruches ou des émeus. Les autruches sont tellement étranges avec leur long cou et leur corps imposant qu'elles le font sourire, mais son sourire disparaît quand elle lui explique qu'elles sont abattues et mangées comme toutes les autres bêtes devant lesquelles ils passent. Sa mère est végétarienne, mais ni lui ni son père ne l'ont jamais été, et il commence à se dire qu'il serait peut-être temps de reconsidérer la question. Il y a moins de verdure que ce à quoi il s'attendait. L'été a été chaud et il est clair que le sol des plaines de Canterbury a été brûlé. La plupart des champs sont des champs de blé, et certains sont en train d'être préparés pour la prochaine récolte. Il voit des tracteurs rouler lentement, laissant d'énormes nuages de poussière dans leur sillage.

Au bout d'un moment, la distance entre la route et la rivière Waimakariri diminue ; parfois, la seule chose qui les sépare est une rangée de hêtres. Par instants il a le souffle coupé par la beauté du paysage. Il a vécu en Nouvelle-Zélande toute sa vie, mais il ne l'a jamais vue, et désormais il veut tout absorber. Les montagnes au loin qui seront bientôt couvertes de neige, les rivières et les lacs, les grands cieux dégagés, les vastes étendues solitaires… pas étonnant que les gens parcourent des milliers de kilomètres pour venir ici.

Le GPS d'Olillia les informe que la voie d'accès approche sur la droite. Ils roulent depuis quarante minutes. Elle s'engage dessus et s'arrête une minute plus tard quand la route se divise en trois.

« On ferait mieux d'y aller à pied, dit-elle, et de ne pas faire de bruit.

— Le chalet est encore à huit cents mètres.

— C'est juste », reconnaît-elle.

Ils continuent de rouler. Après quatre cents mètres, ils décident qu'ils sont allés assez loin. Ils poursuivent à pied. Avant de partir de chez Joshua, ils ont songé qu'il serait judicieux d'apporter de la nourriture pour chien au cas où l'animal aurait faim. Il y en avait à la maison, comme toujours, en prévision des fois où sa mère apporte son travail à domicile. Il s'empare du sac de biscuits. Ils entendent la rivière, et de temps à autre il l'aperçoit entre les arbres. Elle fait de plus en plus de bruit à mesure que la route s'en approche. Ils marchent cinq minutes. Le chalet apparaît. Il a l'impression d'être déjà venu ici. Ils s'enfoncent parmi les arbres et restent cachés pour pouvoir l'observer.

« Tu le reconnais ? demande-t-elle.

— Oui. »

Le chalet semble plus moderne que tous les bâtiments de la rue où il habite. Plus grand aussi. Il comporte deux niveaux et a un balcon à l'étage qui domine la rivière. Il est orienté au nord et reçoit la lumière du soleil, même si celle-ci va très bientôt être voilée par les nuages. Devant se trouve le bateau sur la remorque. Il est équipé d'un moteur hors-bord à l'arrière et est totalement recouvert d'une bâche bleue, comme ils l'ont vu en ligne. Il n'y a aucun signe de vie. Aucune voiture en vue. Si le chalet est occupé, la personne est partie se promener, ou alors elle se balade à vélo ou est allée se baigner.

« Tu crois qu'il y a quelqu'un ? demande Olillia.

— Aucune raison pour qu'il y ait quelqu'un, répond Joshua.

— On s'est quand même garés à quatre cents mètres, et on chuchote. »

C'est une bonne remarque.

Ils s'approchent, tous deux prêts à s'enfuir à la première alerte. Le sol est dur et sec, couvert de feuilles et d'aiguilles de pin. Joshua soulève la bâche du bateau. La glacière est là, mais il n'y a aucun signe du vélo. Ils atteignent le chalet et collent le visage à une fenêtre. Ils distinguent des meubles, des plantes en pots, des tableaux. Ils ne voient pas de cadavre, ni le VTT de Ruby Carter, et les murs ne sont pas couverts de sang. Ils ne voient personne à l'intérieur. Bien sûr, tout ça pourrait être à l'étage.

« Et maintenant ? demande-t-il.

— Maintenant ceci, répond-elle, et elle frappe à la porte.

— Pourquoi tu fais ça ?
— Pour confirmer que la maison est vide. »
Personne ne répond. Elle essaie la porte. Verrouillée.
« On pourrait casser une fenêtre, suggère-t-elle.
— Ou on pourrait chercher la clé, dit-il. Mon père disait que les gens en laissaient toujours une dehors.
— D'accord. »
Ils commencent par regarder sous le paillasson. Rien. Ils font le tour du chalet. Ils ne trouvent pas de clé.
« Peut-être qu'il n'y en a pas, dit-elle.
— Si, réplique-t-il. Si loin de tout, on ne peut pas risquer de se retrouver coincé dehors. Il y en a forcément une quelque part.
— Ton père aurait su où chercher. On a regardé sous le paillasson, mais je parie qu'il y a un autre endroit où les gens laissent tout le temps des clés.
— Sous une pierre près de la porte. Mon père m'a dit ça un jour. »
Ils vérifient sous toutes les pierres. Rien.
« Quoi d'autre ?
— Eh bien, si c'était une clé de voiture, mon père nous dirait de vérifier sur les roues.
— Les gens les cachent là ? s'étonne-t-elle.
— Apparemment.
— Attends ici. »
Elle marche jusqu'au bateau sur la remorque. Elle s'accroupit, inspecte la roue d'un côté et ne trouve rien, puis elle vérifie l'autre côté. Quand elle revient, elle sourit et brandit la clé.
« Ton père avait raison. »

Elle ouvre la porte, il attrape le sac de nourriture pour chien et ils pénètrent à l'intérieur.

« N'oublie pas de respirer », murmure Olillia.

Il s'aperçoit qu'il retient son souffle.

« Pourquoi tu chuchotes ? demande-t-il.

— Pour que le chien ne m'entende pas.

— Je ne crois pas qu'il soit là. Il serait venu à la fenêtre.

— C'est vrai, approuve-t-elle.

— C'est quoi, cette odeur ? »

Mais il sait déjà ce que c'est. La puanteur de la mort. C'est toujours la première chose qui indique aux personnages de romans ou de films qu'ils sont sur le point de faire une découverte sinistre. Seulement cette odeur-ci n'est pas aussi nauséabonde que ce qu'il s'imaginait.

« Ça me dit quelque chose, répond-elle.

— Peut-être que le chien est mort.

— Non, ce n'est pas ça. C'est… c'est de la bière.

— De la bière ?

— Oui. Elle fermente. Ils doivent en brasser, ici. »

Maintenant qu'elle a dit ça, Joshua se rend compte que c'est une odeur de levure, et non celle d'un chien en décomposition. Pourtant, il la trouve déplaisante, même si c'est peut-être le genre de chose à laquelle on s'habitue. Vincent Archer devait s'y être fait. Il se demande si l'odeur de la bière en fermentation en cache d'autres.

Ils s'enfoncent plus profondément dans le chalet. Olillia a refermé la porte derrière eux. Cet endroit est aussi ordonné que la maison de Vincent Archer. Tout a l'air moderne, comme si rien ne pouvait avoir plus de quelques années, depuis les appareils jusqu'à la peinture sur les murs. La cuisine est ouverte sur la salle à manger, avec l'escalier qui mène à l'étage au centre de l'espace. Il y a un couloir qui dessert d'autres pièces. À part la cuisine, qui possède un parquet, tout le reste du rez-de-chaussée, escalier compris, est recouvert de moquette.

«Étage ou couloir?»

Pour lui, c'est du pareil au même, il n'a aucune préférence.

«Couloir», répond-il.

L'odeur de levure et de houblon devient plus forte à mesure qu'ils avancent. Toutes les portes sont ouvertes, révélant deux chambres, deux salles de bains, et ce qui ressemble à une salle de télé car tout ce qu'elle abrite est un grand écran fixé au mur avec deux énormes fauteuils devant. Les pièces sur la droite donnent sur la rivière; celles sur la gauche, sur la forêt.

Au bout du couloir se trouve la seule porte fermée. Il pose la nourriture pour chien et l'ouvre lentement au cas où l'animal serait enfermé ici. C'est une buanderie dotée d'un parquet mais dénuée de fenêtres. Elle renferme une machine à laver, un sèche-linge, un congélateur, un évier, des toilettes et une niche. Il y a deux bidons en métal dont il suppose qu'ils doivent contenir la bière en fermentation. Par terre se trouvent deux écuelles, une à demi remplie d'eau, l'autre à demi remplie de nourriture pour chien dont il sent la puanteur malgré l'odeur de la bière. Elle suffit presque à lui donner un haut-le-cœur. Il porte la main à son visage comme s'il pouvait la bloquer.

Il ouvrirait une fenêtre s'il y en avait une. Comme la seule source de lumière provient du couloir derrière eux, la pièce est plus obscure que le reste du chalet. Il regarde la niche. S'il y a un chien ici, il est soit super timide, soit très mort.

Olillia ouvre le sac de biscuits et le tient à bout de bras. Elle s'accroupit.

« Hé, mon grand, hé, c'est bon, dit-elle. Hé, tout va bien se passer. »

Ils font tous les deux un bond lorsqu'ils perçoivent du mouvement dans la niche. Puis un grondement sourd retentit. Olillia lâche le sac et les biscuits se répandent à travers la pièce. Ils font un pas en arrière.

Le grondement devient plus fort, mais le chien ne sort pas. Olillia s'accroupit de nouveau.

« Fais attention », prévient Joshua.

Elle s'agenouille. Joshua se tend, prêt à bondir devant elle si l'animal attaque. Elle jette un coup d'œil dans la niche.

« Oh, mon Dieu, dit-elle. Oh, mon Dieu. Joshua, tu ne vas pas le croire. »

Joshua s'accroupit et regarde à l'intérieur.

Olillia a raison. Il ne croit pas ce qu'il voit.

61

« Ils allaient me couper les pieds, leur explique Ruby. Mais je les ai convaincus que ça me tuerait. » Elle rit, un peu comme une hystérique. « Je leur ai dit que je me viderais de mon sang quoi qu'ils fassent ! Ils prétendaient qu'ils pouvaient endiguer le saignement, qu'ils brûleraient les moignons et que je survivrais, mais je leur ai dit qu'ils ne pouvaient pas en être certains. Enfin quoi, comment ils auraient pu ? Vraiment, comment ils auraient pu ? »

Ils sont toujours dans la buanderie. La chaîne autour du cou de Ruby est épaisse et lourde, maintenue en place par un cadenas. L'autre extrémité est attachée à l'intérieur de la niche. Il y a assez de longueur pour qu'elle puisse ramper jusqu'aux écuelles afin de boire et de se nourrir et utiliser les toilettes dans le coin de la pièce. Elle peut aussi atteindre l'évier, mais les robinets ont été ôtés, ce qui signifie qu'elle ne peut étancher sa soif que dans son écuelle. Elle peut aussi atteindre le congélateur, non qu'elle en ait la moindre envie – au début, la seule chose qu'il contenait, c'était de la viande qui la rendait malade quand elle la décongelait et la mangeait crue. Mais il y a quelque temps, peut-être quelques semaines, Simon a découpé une femme et l'a mise dedans, et, plus récemment, Vincent l'a sortie et est allé l'enterrer.

« C'était lui le vrai cinglé, leur a-t-elle dit plus tôt. Ils l'étaient tous les deux, mais la folie de Simon était dirigée vers l'extérieur, alors que celle de Vincent était intérieure. La folie extérieure est plus effrayante, parce qu'elle s'accompagne de sang. »

Elle porte la même tenue de cycliste que le jour de sa disparition. Occasionnellement, ses vêtements étaient lavés et elle devait attendre nue qu'ils lui soient rendus, mais ils ne lui ont jamais donné autre chose à porter. Le premier jour, ils lui ont rasé la tête, et maintenant ses cheveux sont presque aussi longs que le petit doigt de Joshua. Elle a perdu du poids et des muscles, et elle lui fait penser à ces gens qu'il a vus à l'hôpital, ces personnes qui se traînaient dans les couloirs avec leur pied à perfusion sur roulettes et pas beaucoup de vie dans les yeux. Elle a des plaies au cou et aux bras et des rougeurs sur les joues. Il y a des petites coupures sur ses mains, ses ongles sont complètement rongés et il y a du sang sous certains d'entre eux. Sa peau est d'un blanc pâle, sauf sous ses yeux où elle est sombre, comme si elle avait un bleu, mais elle leur dit que ce n'en est pas un.

« Ils ne m'ont jamais frappée, explique-t-elle, du moins pas souvent, et seulement au début. »

Elle ne ressemble en rien à la femme sur la photo que Joshua a vue, et elle n'est en rien telle qu'il se l'imaginait. Cette accro aux sensations fortes qui voyageait au bout du monde et défiait la mort avec un simple parachute pour lui sauver la vie, cette femme qui devait être forte et courageuse jusqu'à ce que Simon Bower et Vincent Archer lui prennent tout ce qu'elle était.

Mais le pire… le pire est ce qu'ils ont fait à ses pieds.

« Simon était maçon et ingénieur, alors il les a fabriquées », dit Ruby en montrant les chaussures en métal. Elles enserrent ses pieds et ses chevilles et sont maintenues en place par des boulons. Elles semblent lourdes. « Il y a une pointe montée sur ressort dans chacune, explique-t-elle. Si j'essaie de marcher, la pointe me traversera le pied. Alors je rampe comme un chien. C'était ce qu'ils voulaient – que je rampe. Que je sois leur chienne. C'est pour ça que je dois manger et boire dans des écuelles. C'est pour ça que j'ai une laisse et qu'ils me lavent dehors au jet d'eau. » Elle éclate une fois de plus de rire, un rire qui donne le frisson à Joshua, le genre de rire dont on ne revient pas toujours. Il jette un coup d'œil à Olillia, qui lui retourne son regard. « Et c'est mieux que d'avoir les pieds coupés. »

Son rire s'estompe et est remplacé par un grand sourire. Puis le sourire disparaît et elle se met à pleurer. Sa voix s'adoucit.

« Aidez-moi, supplie-t-elle. S'il vous plaît, vous devez m'aider.

— C'est ce qu'on va faire », répond Olillia.

Elle pose la main sur l'épaule de Ruby, qui s'écarte vivement et se met à grogner.

Elle pousse un aboiement puis recommence à pleurer.

« Vous êtes en sécurité, maintenant », dit Olillia, mais sa voix trahit son angoisse.

Ce n'est pas ce à quoi elle s'attendait, et elle ne sait ni que dire ni que faire. Joshua voit ses mains qui tremblent. Il a songé plus tôt qu'elle était intrépide, mais il voit désormais que la peur est là. Évidemment qu'elle y est. Comment pourrait-on regarder Ruby sans se demander : « Et si c'était moi ? »

Ruby grogne de nouveau. « Ouaf », aboie-t-elle, avant de se remettre à rire.

Joshua saisit la main d'Olillia. Elle le regarde. Il voit qu'elle est au bord des larmes.

« On l'a sauvée, dit-il, et tout va bien se passer. » Il se tourne vers Ruby. « On va vous tirer de là. On va vous emmener à l'hôpital et votre famille viendra vous voir. Les hommes qui vous ont fait ça, ils sont morts. Tous les deux. Mon père était un des inspecteurs qui vous cherchaient. Il me parlait de vous, des choses que vous faisiez, de votre courage. Ces types sont morts, Ruby, vous avez survécu et vous allez récupérer votre vie et tout ce que vous aviez. Je le promets.

— Ouaf. »

Il exerce une pression sur la main d'Olillia et se tourne de nouveau vers elle. Les larmes coulent désormais des yeux de son amie, un trop-plein d'émotions débordantes. Mais ils ont à faire. C'est elle qui a fait preuve d'assurance pendant toute la journée, et maintenant c'est au tour de Joshua.

« Commençons par chercher la clé, déclare-t-il, et si on ne met pas la main dessus, peut-être qu'on pourra trouver quelque chose pour défaire ces boulons.

— J'y vais. Reste avec elle », répond Olillia.

Elle disparaît. Un sanglot incontrôlable jaillit de sa gorge tandis qu'elle passe la porte. Peu après, Ruby est à quatre pattes, en train de boire à son écuelle d'eau. L'estomac de Joshua se noue. Vincent Archer et Simon Bower étaient cinglés. En voyant Ruby dans cet état, il pardonne les crimes que son père a peut-être commis. À cet instant, il accepte le fait que le monde ait besoin de personnes comme Mitchell, comme l'oncle Ben, comme l'homme qui l'a sauvé sur la voie ferrée. Le monde a besoin de personnes qui se battent contre ces monstres. Il a besoin de vampires comme Frederick. Ce dont il n'a pas besoin, c'est de types qui enchaînent des femmes dans des niches.

Il n'en veut plus à sa mère de ne pas l'avoir laissé aider Vega. Et il n'éprouve plus le besoin de savoir qui était cet homme. Il est heureux de savoir qu'il est quelque part.

« Je suis contente que tu sois revenu, dit Ruby. Je ne pensais pas que tu le ferais.

— Comment ça ?

— Parfois ils me promènent, poursuit-elle. Ils me mettent en laisse et m'emmènent dans les bois. Ils me donnent de la nourriture pour chien. Je refusais de la manger… mais à la fin j'ai été forcée. J'avais tellement faim.

— Je suis désolé pour tout ce qui vous est arrivé.

— On s'habitue. Ça aurait pu être pire, je le sais bien. Ils me l'ont montré, avec l'autre femme, dit-elle en parcourant la pièce du regard.

— Ça va aller, Ruby.

— Ne m'appelle pas comme ça. »

Elle fond en larmes.

« Ils me l'ont pris.

— Quoi ?

— Ils m'ont pris mon nom. Tu ne peux pas l'utiliser.

— Je vous rends votre nom », déclare Joshua.

Elle baisse la voix.

« Est-ce que… est-ce que tu peux faire ça ? Tu crois que tu as le droit ?

— J'ai le droit.

— Je peux te dire un secret ?

— Oui », répond-il.

Il se penche pour mieux l'entendre.

« Quand mon maître a tué l'autre femme, elle hurlait et pleurait et… c'était tellement horrible, et pendant tout ce temps je n'arrêtais pas de penser… je n'arrêtais pas de penser que j'étais contente que ça lui arrive à elle et pas à moi. »

Elle recommence à pleurer. Avant que Joshua puisse répondre quoi que ce soit, Olillia revient avec une clé à la main.

« J'ai trouvé ça à côté d'une laisse, dit-elle. Et on peut utiliser ça sur ses chaussures », ajoute-t-elle en brandissant une boîte à outils.

Ruby lève les yeux vers elle.

« Je ne voulais pas manger la nourriture pour chien, et je jure que j'ai refusé de le faire, mais à la fin j'étais forcée. J'étais tout simplement forcée.

— Vous avez fait ce qu'il fallait, dit Olillia.

— Vraiment ? Si j'étais morte de faim, ce serait fini depuis longtemps.

— C'est fini, maintenant », déclare Joshua.

Le sentiment qu'il éprouve doit être le même que celui qu'éprouvait son père quand il sauvait quelqu'un.

« Laissez-moi défaire la chaîne », dit Olillia.

Ruby incline le cou pour qu'elle puisse accéder au cadenas. La peau autour est enflammée et à vif, mouchetée de pointes de sang séché. Elle sent la nourriture pour chien et le vomi. Consciente de l'odeur qu'elle dégage, Ruby dit : « Ça fait des jours, voire des semaines qu'ils ne m'ont pas arrosée. »

Le verrou s'ouvre et la chaîne tombe.

« Je n'arrêtais pas de me dire que la police viendrait, mais elle ne l'a jamais fait. Je hurlais à l'aide au début, mais j'ai arrêté après… » Elle s'interrompt, lève une main. Dans son effarement, Joshua n'avait pas remarqué : son petit doigt manque. « Ils l'ont coupé. Ils ont dit que si je recommençais à hurler, ils me couperaient toute la main. Ils utilisaient un magnétophone pour me prendre en défaut, mais je ne voulais pas que ça arrive, alors j'ai cessé de hurler. » Elle rit. « Je les ai battus.

— Vous les avez battus », dit Olillia.

Ruby porte prudemment les doigts à son cou. Ses genoux sont rouges et irrités à force de ramper. Joshua soulève la boîte à outils, mais il a du mal à la tenir à cause de sa main bandée, alors il ôte son pansement et l'enfonce dans sa poche. Puis il commence par le pied gauche, plaçant une clé à œil sur le boulon, et une autre sur l'écrou. Il augmente la pression, et quand il croit qu'il ne peut pas pousser ni tirer plus fort, il pense à l'endroit où il se trouve, à ce que Ruby a enduré, et trouve en lui assez de force pour desserrer le boulon. Il finit de le défaire avec les doigts et ôte la chaussure. On dirait un sabot en métal, mais il est conçu exactement comme l'a dit Ruby – avec une pointe de cinq centimètres de long au milieu. Elle a des croûtes et des trous au pied à l'endroit où la pointe l'a piquée. Ses plaies semblent infectées. Si elle avait essayé de marcher, la pointe lui aurait traversé le pied jusqu'à la cheville.

« Vous pouvez marcher ? demande-t-il après lui avoir retiré la deuxième chaussure.

— Je… je ne sais pas. »

Ils l'aident à se lever. Ses jambes peinent à se redresser, et même quand elles y parviennent elles ne supportent pas son poids.

« Je pourrais ramper.

— Je suis sûr qu'on peut s'arranger pour…

— Je veux ramper », déclare Ruby, l'interrompant. Elle se débat.

« S'il vous plaît. »

Ils la reposent sur le sol.

« Le salon est par ici, dit-il.

— Je sais, répond Ruby. Parfois mes maîtres me laissaient regarder la télé avec eux. »

L'estomac de Joshua se noue une fois de plus tandis qu'il regarde Ruby ramper vers le salon. Il a une furieuse envie de l'aider, de la porter, de faire quelque chose. Passer trois mois comme un chien… il sait que son père a vu son lot d'horreurs, mais il se demande s'il a déjà rencontré quelque chose de semblable. Il soupçonne que oui. Il soupçonne que son père a trop souvent connu ce genre de chose, et que ça l'a changé.

Ils atteignent le salon, mais Ruby ne s'arrête pas là. Elle gravit l'escalier à quatre pattes. Il se force à la regarder. Il veut sentir sa douleur, comme si en lui en prenant un peu il pouvait atténuer celle qu'elle ressent. Elle arrive en haut des marches.

«Je veux voir la rivière», dit-elle en se dirigeant vers le balcon. Joshua est réticent à ouvrir la porte, craignant que Ruby ne se serve de la rambarde pour se hisser sur ses pieds avant de se jeter dans le vide. Mais celle-ci ne montre aucun désir de sortir. Elle s'assied par terre près de la fenêtre avec une main sur le verre et regarde dehors.

«C'est si beau, dit-elle. Le soleil qui frappe l'eau, l'eau toujours en mouvement… c'est un paysage constamment changeant. Mes maîtres, qu'est-ce que vous croyez qu'ils voyaient ? La même chose que nous ? Ou une version distordue ? Est-ce qu'ils voyaient seulement les branches mortes, les feuilles en décomposition, la boue et le ciel noir ? Comment auraient-ils pu voir le soleil et la beauté et faire ce qu'ils ont fait ?

— Je ne sais pas, répond Joshua.

— Ce ne sont pas vos maîtres, déclare Olillia.

— Ce ne sont pas mes maîtres, répète Ruby. Tu as raison.

— Et ils ne l'ont jamais été.

— Est-ce que mes amis et ma famille me croient morte ?»

Joshua tire une table basse pour s'asseoir sur le bord. Olillia s'assied par terre à côté de Ruby.

«Tu as dit que j'allais retrouver mon ancienne vie, mais comment est-ce possible quand tout le monde me croit morte ? Combien de temps ça a duré ?

— Un peu plus de trois mois, répond Olillia.

— Ils ont organisé une fête d'anniversaire en votre honneur, dit Joshua. Parce qu'ils étaient certains que vous étiez toujours en vie.

— Alors pourquoi ils ne sont pas venus me chercher ? » demande-t-elle sans se tourner vers eux.

Elle continue de regarder par la fenêtre la rivière qui ondoie et les feuilles qui tombent.

« Pourquoi ils m'ont laissée ici ?

— Ils ont essayé, répond Joshua.

— Pas assez. Et ton père non plus.

— Je suis désolé, dit-il.

— Pourquoi ce n'est pas lui qui m'a retrouvée ?

— Parce que Simon l'a assassiné. »

Elle ne dit rien. Son visage est dénué d'expression. Il se demande si son père ou l'oncle Ben se sont approchés de cette maison. Ont-ils frappé à la porte ? Ou ont-ils simplement parlé aux parents de Vincent ? Ils n'avaient aucune raison de la fouiller, de la même manière qu'on ne fouille pas toutes les maisons d'une ville quand quelqu'un disparaît.

« Je veux vous demander quelque chose, Ruby, OK ? dit Joshua. Vous avez affirmé tout à l'heure que vous étiez contente que je sois revenu. Qu'est-ce que vous vouliez dire ? »

Elle se tourne finalement vers eux.

« Je veux m'en aller.

— Nous allons appeler la police, déclare Olillia. Nous allons devoir attendre ici.

— Non. Non. Nous devons partir. Je ne peux pas rester ici.

— Mais…

— Non, répète-t-elle, et elle se met à pleurer. S'il vous plaît, je vous en prie, non. Il faut que je parte.

— Elle n'arrivera jamais à marcher jusqu'à la voiture, observe Olillia. Je ferais bien d'aller la chercher.

— Ça va aller ? » lui demande Joshua.

Elle lui adresse un bref hochement de tête, se lève et descend en silence l'escalier. Il voudrait lui courir après et la prendre dans ses bras.

« Ruby, quand vous avez affirmé tout à l'heure que vous étiez contente que je sois revenu, qu'est-ce que vous vouliez dire ?

— Je veux partir.

— C'est ce que nous allons faire, je le promets. Olillia est partie chercher la voiture. Mais qu'est-ce que vous vouliez dire ?

— Quoi ?

— Quand vous avez affirmé que vous étiez contente que je sois revenu.

— Ça n'a aucune importance, répond-elle, car vous êtes enfin là.

— S'il vous plaît, insiste-t-il. Dites-moi.

— C'était il y a peut-être une semaine. Quelqu'un a tapé sur le mur de la pièce où on me gardait. C'était toi. »

Elle se tourne de nouveau vers la rivière, arrache un bout de peau au bord de son ongle.

« Tu n'as frappé nulle part ailleurs. Juste sur ce mur, comme si tu avais su où j'étais, et quand tu as frappé tu as demandé : "Vous êtes vraiment là-dedans ?"

— Ce n'était pas moi, dit Joshua.

— Alors c'était qui ?

— Est-ce que vous avez répondu ?

— Je n'ai rien dit. Je pensais que ça pouvait être Vincent qui me testait, et je ne voulais plus perdre de doigts. Je n'arrêtais pas de penser à ce qui était arrivé à l'autre femme… alors j'ai retenu mon souffle et je n'ai rien dit.

— Qu'est-ce qu'il a dit, ensuite ?

— Il a dit : “J'ai fait des rêves étranges à votre sujet. Je crois qu'ils sont réels.” Il a ajouté que ça le troublait et qu'il pensait qu'il devenait fou. Il m'a suppliée de lui parler. Il m'a dit que c'était pour ça qu'il était venu jusqu'ici, et que si je prouvais que j'étais là, il m'aiderait. Alors j'ai répondu. Je l'ai imploré de venir à mon secours.

— Qu'est-ce qu'il a fait ?

— Rien. Il est reparti. J'ai cru… j'ai cru que j'avais tout imaginé.

— Vous dites qu'il rêvait de vous », dit Joshua.

Un frisson le parcourt et une boule se coince dans sa gorge. Il pense à ses propres rêves. Aux choses qu'il a vues avec l'œil de son père, à celles qu'il a vues avec celui de son assassin.

S'il en possède un de chacun, n'est-il pas raisonnable de croire qu'une deuxième personne possède les autres ?

Quelqu'un qui fait les mêmes rêves ?

« Oui, répond-elle. J'en suis certaine. »

Ce qu'il ne comprend pas, c'est pourquoi la personne qui est venue ici l'aurait sauvé de Vincent Archer mais n'aurait pas sauvé Ruby Carter. Il sait qu'il voit le monde de la même manière que son père, mais comment l'autre receveur le perçoit-il ?

« Je dois passer un coup de fil », dit-il, et c'est alors qu'il s'aperçoit qu'il a perdu son téléphone portable.

62

La journée a été longue. Stressante. Le Dr Coleman a annulé une opération car elle était tellement à bout de nerfs que ses mains tremblaient. Elle a repoussé des rendez-vous à plus tard dans la semaine. Ce matin elle s'est réveillée avec un mal au ventre et un mal de tête qui lui ont donné l'impression qu'elle avait cent ans. Elle peine à réfléchir clairement. Elle n'a rien pu avaler au petit déjeuner, puis elle a vomi alors qu'elle avait le ventre vide avant de se recoucher en songeant à ne pas aller au travail. Mais elle devait y aller, elle ne pouvait pas se défiler. Elle n'avait pas vraiment conscience que Mitchell et Ben exécutaient des gens pour les organes qu'ils pouvaient fournir – parce qu'elle ne voulait pas savoir, ce qui, elle l'admet, n'est pas la même chose que ne pas savoir. Et elle se demande si Michelle était au courant. Elle l'a toujours appréciée. Elles n'ont jamais été proches, mais elle aimait passer du temps avec elle à l'époque où elle fréquentait Ben et Mitchell, avant qu'ils grandissent tous et que tout change. Elle ne peut pas s'imaginer Michelle prenant part à ces conversations. Elle ne peut pas se l'imaginer complice de son mari, ni courant chaque jour le risque qu'il soit blessé ou se fasse prendre. Mais peut-être qu'elle savait. Peut-être qu'elle était présente le jour où la conversation entre Mitchell et Ben a pris un tour sombre et où l'idée de cette combine est née. Toni n'a jamais posé la question. Il y a beaucoup de choses qu'elle n'a pas demandées. La seule chose à laquelle elle voulait penser, c'était aux vies qu'elle sauvait, pas à des meurtres de sang-froid. L'inspectrice Vega avait raison sur ce point.

Alors elle est venue au travail et s'est sentie nauséeuse toute la journée, attendant que les autorités débarquent et l'arrêtent, que sa carrière et sa vie s'achèvent. Elle n'a rien dit aux autres personnes dont elle savait qu'elles étaient impliquées. Elle n'a pas jugé nécessaire de les alarmer pour une chose qui risquait de ne même pas se produire. Mais en tout cas, qu'on l'arrête ou non, tout est fini. Tout s'est terminé à la seconde où Mitchell Logan a été poussé du quatrième étage de cet immeuble.

Et maintenant, alors qu'elle se tient sur le parking, elle se rend compte que sa journée vient d'empirer. Les pneus de sa voiture ont été crevés. Elle s'appuie contre le véhicule et se couvre le visage des mains. Elle ne sait pas quoi faire. Quelqu'un – l'univers, peut-être – doit vouloir lui donner une leçon. Officiellement parano, elle se demande ce qui l'attend encore. Peut-être une bombe attachée au moteur. Au minimum, elle sait que le karma lui enverra une succession de feux rouges quand elle parviendra à rentrer chez elle.

Elle ne peut pas s'occuper de ça pour le moment.

En revanche, ce qu'elle peut faire, c'est trouver un bar, boire quelques gin tonics, puis prendre un taxi jusque chez elle. Elle réglera tout ça demain.

« Docteur Coleman ! » La voix est familière, mais elle la fait tout de même sursauter. Elle se retourne. C'est Dustin Moore. Le deuxième patient qu'elle a opéré le jour où Mitchell Logan a été tué, même si elle n'a pas effectué l'intervention dans son intégralité. Son collègue le Dr Holland a ôté le premier œil, et une fois l'opération de Joshua achevée, elle a greffé le premier œil de Dustin Moore puis a fait une sieste de quelques heures avant de devoir greffer le second. Ça a été le jour le plus long de sa carrière, pourtant aujourd'hui a semblé encore plus long.

Dustin sourit et agite la main. Il a dans les vingt-cinq ans, avec d'épais cheveux sombres qu'il repousse en arrière avec les doigts. Il a une barbe d'un jour et un bronzage qu'on n'obtient pas sans un véritable goût pour le soleil. Il porte une chemise de lin blanc qui semble froissée et un jean, et on dirait qu'il revient d'une expédition. Il est beau gosse, et elle a du mal à imaginer que c'est le même garçon qu'elle a rencontré alors qu'il avait treize ans quand ses parents le lui ont amené. Il avait des problèmes de vue. Elle lui a diagnostiqué la maladie de Coats, une pathologie qui affecte une personne sur cent mille et qui endommage les vaisseaux sanguins derrière la rétine. Dans la plupart des cas, elle n'atteint qu'un œil, et dans des cas plus rares, les deux. Dustin était un de ces rares cas. Année après année il est venu se faire examiner, et année après année elle n'a rien pu faire d'autre que constater l'évolution de la maladie à mesure que sa vue diminuait. Il est devenu légalement aveugle à l'âge de vingt ans.

Maintenant il a les yeux de Simon Bower. Elle se demande s'il a aussi hérité de ses rêves.

« Bonjour, Dustin.

— C'est votre voiture, là-bas ? demande-t-il en la rejoignant.

— Malheureusement, oui.

— Bon sang, quelqu'un en a après vous. Vous voulez un coup de main ? Enfin, je ne peux pas vraiment faire quoi que ce soit vu que je ne connais rien aux voitures, et j'imagine que vous n'avez qu'une roue de secours alors qu'il vous en faudrait quatre. » Il hausse les épaules et lui fait un sourire embarrassé. « Je suppose que je ne peux pas vraiment vous aider.

— Je m'en occuperai demain.

— Vous êtes sûre ?

— Oui, certaine. »

Elle se met à marcher. Il l'accompagne.

« Comment vont les yeux ? demande-t-elle.

— Bien.

— Désolée d'avoir dû annuler votre rendez-vous cet après-midi.

— Hé, c'est pas un problème, ça m'a laissé le temps de faire d'autres choses. »

Elle s'arrête de marcher. Il l'imite.

« Laissez-moi vous poser une question, dit-elle.

— Vous voulez que je vous ramène chez vous ? Bien sûr, je serais plus qu'heureux de le faire. Je suis plutôt bon conducteur. C'est la dernière chose que j'ai apprise avant de devenir aveugle, et l'une des premières que j'avais hâte de refaire quand vous m'avez rendu la vue. Je vous dois tout, docteur Toni. Tout.

— Merci, mais ce n'est pas ce que j'allais vous demander. Avez-vous eu… Avez-vous eu des expériences étranges ? »

Il fronce les sourcils.

« Étranges ? Comme quoi ?

— Comme… étranges, c'est tout. »

Il rit.

« Je crois que vous allez devoir être plus spécifique.

— C'est bon, dit-elle. Oubliez ce que j'ai dit.

— Vous parlez de maux de tête et de trucs comme ça ? La vision trouble ? Mon œil gauche ne fonctionne toujours pas, si c'est ce que vous voulez savoir.

— Non. Il ne s'agit pas de ça.

— Alors quoi ?

— Rien », répond-elle.

Elle se remet à marcher. Il avance à ses côtés.

« Hé, écoutez, dit-il. Laissez-moi être un gentleman et vous ramener.

— C'est bon. Je vais prendre un taxi.

— Vous êtes sûre ? Je vous emmènerais sur la lune si je pouvais. Après tout ce que vous avez fait pour moi… Ma mère dit que je devrais vous proposer de tondre votre pelouse, de repeindre votre maison, de vous préparer chaque jour votre déjeuner et de vous le livrer. »

Dustin lui rappelle exactement pourquoi elle fait ce métier : pour aider les gens. Au lieu de ressasser les erreurs qui l'ont menée là, elle doit se concentrer sur ces raisons. Sur l'aspect positif.

« Votre mère doit être une femme extrêmement intelligente », observe-t-elle.

Ils rient tous les deux.

« Je ne manquerai pas de le lui dire. Mais sérieusement, elle me donnerait un énorme coup de pied dans le train si je ne vous aidais pas. Une jolie toubib avec ses pneus crevés ? Bon sang, elle chercherait à me priver de sorties pendant un mois si je ne vous aidais pas. »

Peut-être parce qu'elle est fatiguée et stressée, ou alors parce que Dustin l'amuse, ou bien parce qu'il lui a dit qu'elle était jolie et qu'elle n'a pas entendu ça depuis un bout de temps – quoi qu'il en soit, elle sourit.

« OK. Je veux bien que vous me rameniez. Merci.

— La voiture est là-bas, répond-il en lui retournant son sourire. Par contre je vous préviens, c'est celle de ma mère – elle est pas aussi classe que la vôtre. Mais au moins ses pneus ne sont pas crevés. »

Elle rit.

« Je suis sûre qu'elle est très bien. »

Ils marchent jusqu'à une berline rouge. Il déverrouille les portières et ils grimpent dedans.

« Alors, vous allez où ?

— Chez moi. La journée a été longue. Il est temps que je me détende et que je dorme un peu.

— Vraiment ? C'est une bonne idée. Vraiment bonne. Mais j'ai quelque chose d'autre en tête.

— Ah oui ? Quoi ?

— Eh bien, je vous ai un peu baratinée tout à l'heure quand vous m'avez demandé si j'avais remarqué quoi que ce soit d'étrange. »

Son sourire disparaît. Il tire un pistolet de sa poche, et Toni n'en a jamais vu jusqu'alors, du moins pas dans la vraie vie. C'est incroyable comme un si petit objet a le pouvoir d'inspirer instantanément de la peur. Elle sursaute en le voyant et tente de reculer un peu, mais elle n'a nulle part où aller. À cet instant, Toni comprend que ce ne sont ni le karma ni l'univers qui ont crevé ses pneus, mais Dustin.

« J'ai fait ces rêves étranges, poursuit-il. Et ils sont accompagnés de pulsions assez puissantes. »

63

Joshua tapote une fois de plus ses poches. Il scrute le sol, le canapé, l'escalier. Il doit bien être quelque part, n'est-ce pas ? Et s'il n'est pas ici, alors il est dans la voiture, ou chez lui, ou dans son sac de cours, ou…

Ou chez Vincent Archer. C'est là qu'il l'a utilisé pour la dernière fois.

« Oh, non, dit-il.

— Qu'est-ce qui se passe ? demande Ruby d'un air paniqué.

— J'ai laissé mon téléphone dans un endroit où je n'aurais pas dû. »

Elle semble soulagée qu'il ne s'agisse que de ça, mais il ne peut pas lui en vouloir. Et peu importe qu'il l'ait laissé chez Vincent Archer. Ils vont tout raconter à Vega, de toute manière.

« Ta petite amie en aura un, déclare Ruby. On pourra appeler la police en chemin. » Elle se penche, prend sa main entre les siennes et lève les yeux vers lui. « Où elle est ? Elle va revenir ?

— Elle va revenir. Elle est partie chercher la voiture. Et puis… ce n'est pas ma petite amie.

— Elle t'aime bien. Je le vois.

— Moi aussi, je l'aime bien.

— Oui, ça se voit. J'espère que tu trouveras le courage de le lui dire. »

Il essaie de l'aider à descendre l'escalier, mais elle refuse et préfère ramper. Elle atteint le bas des marches au moment où une voiture s'arrête dehors.

« Olillia est là », dit-il.

Quelques secondes plus tard, celle-ci entre précipitamment.

« Ça caille, dehors, dit-elle en se frottant les bras. Et je ne sais pas comment annoncer ça, mais on a un petit problème. La voiture n'a pas de banquette arrière. » Elle regarde Joshua. « Je peux revenir te chercher. Ou on peut appeler ta mère. Ou Vega.

— Appelons Vega, dit-il.

— Aide-moi d'abord à l'emmener à la voiture. »

Ruby se laisse mener au véhicule. Ils la soutiennent tous les deux, si bien qu'elle a un bras autour de Joshua et l'autre autour d'Olillia. Ils parviennent péniblement à la faire asseoir côté passager. Le vent commence à se lever. Des feuilles, des brindilles et des pommes de pin tombent au sol. Olillia tente d'appeler Vega. Elle laisse un message, explique que c'est urgent.

« Je suppose qu'on va aller directement à l'hôpital, dit-elle. Peut-être que Ruby pourra aussi appeler ses parents en route.

— Bonne idée. Juste une chose – j'ai perdu mon téléphone. Alors assure-toi de revenir, OK ? Ou envoie au moins quelqu'un. Je ne me rappelle pas avoir vu de ligne fixe, ici.

— Tu crois que ton portable pourrait être à l'intérieur ? Il a pu glisser de ta poche quand on était ici.

— Je ne pense pas.
— Je vais essayer. »
Elle l'appelle. Ça sonne pendant un moment. Ils écoutent, mais n'entendent aucune sonnerie dans la maison.
« Il était sur vibreur », dit-il.
Elle rappelle. Ils tendent encore plus l'oreille. Rien.
« Est-ce qu'il est paramétré pour être localisé si tu le perds ? demande-t-elle.
— Oui, il l'est !
— Voyons voir ça. »
Elle lance une application sur son téléphone. Joshua entre ses informations personnelles, et un instant plus tard une carte apparaît sur l'écran. Il y a un point bleu au milieu. Il bouge.
« Quelqu'un doit l'avoir », dit-elle. Elle fait un zoom arrière. « Regarde, il vient vers nous !
— Ça doit être Vega. Elle a dû trouver mon téléphone. Elle a dû voir tous les textos que je t'ai envoyés.
— Tu n'as pas mis de mot de passe ?
— Si, mais il est réglé pour se verrouiller au bout de dix minutes. Si elle l'a trouvé avant, elle a eu accès à tout.
— On n'était pas au courant pour le chalet, à ce moment-là.
— Elle a dû comprendre de la même manière que nous.
— Bon, au moins ça signifie que tu n'auras pas à attendre longtemps ici tout seul.
— Ça signifie aussi que je vais me faire engueuler encore plus tôt. »

Elle se penche et l'étreint, s'accrochant à lui un petit moment avant de s'écarter.

« Tu as fait ce qu'il fallait, Garçon Qui Était Aveugle. Ton père serait fier de toi. »

Il pense qu'il le serait, en effet.

« On se verra à l'hôpital », dit-elle.

Il les regarde s'éloigner, puis retourne à l'intérieur et attend Vega.

64

Vega a un mal de tête phénoménal qui l'a suivie depuis un rêve dont elle ne se souvient pas jusqu'au fond d'un coffre qu'elle voudrait oublier. Elle ne sait pas combien de temps elle est restée inconsciente – peut-être quelques minutes, peut-être une demi-journée. Si l'homme qui l'a enlevée est la personne qui a sauvé Joshua hier, elle ne le considère plus comme le Bon Samaritain. Il est désormais le Mauvais Samaritain Bien Élevé. Elle ne peut s'empêcher de penser que c'est exactement le genre de type que Ben Kirk et Mitchell Logan auraient donné à la science.

Même avec l'oreiller, elle est secouée par la route. Elle se demande s'ils sont déjà allés chercher le truc – ou la personne – que le Mauvais Samaritain voulait récupérer.

Quelque chose vibre dans sa poche, et elle met un moment à comprendre ce que c'est car son propre téléphone est cassé – le portable de Joshua. Il est dans un sachet à scellé qui se trouve lui-même dans la poche de sa veste. Il cesse de vibrer. Si elle arrive à l'attraper, elle appellera des secours.

La voiture négocie une courbe, accélère et maintient le cap. Ils roulent vite. Ils sont probablement sur une autoroute. Elle se tortille sous tous les angles, mais les menottes et le ruban adhésif l'empêchent d'atteindre le téléphone.

Du moins pour le moment.

La voiture ralentit. Elle tourne. La surface de la route passe de lisse à cahoteuse. Ils continuent de rouler à une allure plus lente. La voiture s'enfonce dans un trou et elle est projetée contre le coffre. C'est comme être dans une machine à laver. Après deux minutes, le véhicule ralentit encore plus, puis s'immobilise. Le moteur est coupé. Elle l'entend qui produit des petits cliquetis métalliques. Elle sent la voiture se rééquilibrer quand le Mauvais Samaritain en descend. Elle entend le bruit de ses pas. Il ouvre le coffre, et elle entend aussitôt le vent dans les arbres ainsi qu'une rivière proche.

« Hé, bon retour parmi nous, lance-t-il. J'espère que ça n'a pas été trop pénible. Regardez ce que j'ai acheté en chemin. » Il brandit un collier de chien et une laisse. L'étiquette avec le prix est encore dessus. « Je sais, ce n'est pas conventionnel. Mais vous vous y ferez, je le promets. » Il lui attache le collier autour du cou. « Voilà. Il vous va à merveille. On dirait une vraie princesse. Venez. »

Il tire sur la laisse et le collier se resserre autour de sa gorge. Elle roule hors du coffre et atterrit lourdement sur l'épaule.

« Oh non, oh non, je suis vraiment désolé, ce n'est pas ce que je voulais, déclare M. Mauvais Samaritain. Mais, vraiment, c'est notre faute à tous les deux. La vôtre parce que vous n'avez pas suffisamment résisté, et la mienne parce que j'en attendais plus de vous. » Il tire de nouveau sur la laisse. « Allez, debout, personne n'aime les traînardes. »

Elle ne peut pas se mettre debout – elle a toujours du ruban adhésif autour des chevilles et des jambes, dont une partie est reliée aux menottes autour de ses poignets. Le mieux qu'elle puisse faire, c'est se dresser sur ses genoux. Elle regarde autour d'elle, tentant de deviner où il l'a emmenée. Il y a un chalet moderne avec un bateau sur une remorque devant. Elle doit être loin de la ville, dans une zone isolée où on peut faire beaucoup de bruit sans déranger les voisins. Le vent est de plus en plus fort. M. Mauvais Samaritain coupe le ruban qui maintient ses jambes ensemble.

« Restez à genoux », ordonne-t-il.

Il tire sur la laisse et elle se traîne vers le chalet à sa suite. Ses genoux lui font mal. Ils s'enfoncent dans les cailloux et la terre dure, dans les brindilles et tous les foutus débris végétaux. Elle a toujours adoré la nature, mais maintenant elle la déteste. Les premières gouttes de pluie frappent son visage.

Ils atteignent le chalet. M. Mauvais Samaritain essaie d'ouvrir la porte.

« Ça alors, c'est notre jour de chance ! s'exclame-t-il. Elle est déverrouillée ! J'ai une autre bonne nouvelle : l'ancien propriétaire est décédé, il n'y a donc personne pour nous déranger. »

Elle soupçonne que l'ancien propriétaire devait être Vincent Archer. Peut-être le chalet appartient-il à ses riches parents qui, dans leur grande sagesse, ont décidé de ne pas lui parler de cet endroit. Difficile de trouver une bonne raison à ça, même s'il doit y en avoir de nombreuses, notamment le simple fait qu'ils n'y ont pas pensé. Mais le flic en elle, cette personne à qui on ne la fait pas, se représente M. et Mme Archer venant ici et faisant le même genre de saloperies tordues que leur fils.

M. Mauvais Samaritain l'entraîne à l'intérieur. C'est agréable, ici. La moquette est gentille avec ses genoux. Il y a de jolis meubles et de jolis appareils qu'elle distingue depuis sa hauteur. Il n'y a pas d'articles de presse aux murs, alors peut-être que tout compte fait cet endroit n'appartient pas à Vincent Archer.

M. Mauvais Samaritain ôte le ruban adhésif qu'elle a sur la bouche. Elle ne dit rien. « La première chose à faire, c'est se débarrasser de la chienne », déclare-t-il. Il tire son arme de sous la taille de son pantalon. « Je n'en veux pas une qui a déjà été aimée par quelqu'un d'autre.

— Ne faites pas ça.

— Malheureusement, je n'ai pas le choix. C'est mieux comme ça, faites-moi confiance. »

Il l'amène dans la buanderie. Il y a une niche dans la pièce. Elle songe aux sacs de nourriture pour chien sur la table chez Vincent Archer. M. Mauvais Samaritain s'accroupit pour regarder à l'intérieur.

« Allons bon, elle est vide. » Il semble décontenancé. « Je rêvais d'elle. La femme qui vivait dans la niche. Ils la traitaient comme une chienne. Je veux dire, littéralement comme une chienne. Ils lui avaient mis une chaîne autour du cou. Ils lui donnaient de l'eau dans une écuelle et lui faisaient manger de la nourriture pour chien. Je l'ai vu, je l'ai très clairement vu dans mes rêves. Je suis venu ici, c'était le même bâtiment, la même rivière, le même bateau parqué dehors. Je l'ai appelée à travers le mur, et elle était là !

— Ruby Carter », prononce-t-elle.

Les bois, la rivière – ils doivent être dans la forêt où elle a disparu.

« J'ignorais son nom.

— Elle est encore en vie ?

— Comment pourrais-je le savoir ? » Il se penche et ramasse ce qui ressemble à une espèce de chaussure en métal. « Bon sang, regardez ça ! Je parie qu'elles sont à votre taille. Allez, essayez-les. »

Il lui ôte ses chaussures et, en utilisant certaines des clés qui gisent par terre, place celles en métal sur ses pieds et serre les écrous. Il y a de grandes pointes à l'intérieur qui l'empêchent de se lever. Elle se demande où est Ruby. Est-elle enterrée dehors ? Est-ce l'une des dernières choses que Vincent Archer a faites ? Andrea Walsh a-t-elle subi le même sort ?

« À partir de maintenant, vous rampez comme une chienne.

— J'ai besoin d'aller aux toilettes, dit-elle.

— Pourquoi ? Pour tenter quelque chose ?

— J'ai vraiment envie de faire pipi, c'est tout. »

Il acquiesce lentement.

« Je vais devoir vous surveiller, juste pour être sûr que vous n'essayez rien.

— Je ne peux pas y aller si vous me regardez.

— En plus, vous ne pouvez pas faire ça aux toilettes, vous devez le faire dehors, contre un arbre.

— Hors de question.

— Alors tant pis pour vous.

— Vous n'êtes pas raisonnable, dit-elle.

— Excusez-moi ? C'est moi qui vous propose des options, et c'est moi qui ne suis pas raisonnable ? Vous devriez revoir vos manières.

— Vous voulez que je fasse par terre ?

— Vous voulez que je vous euthanasie ?

— Je ne suis pas votre chien.

— C'est là que vous vous trompez, réplique-t-il. Plus vite vous l'accepterez, plus facile ce sera. »

Il tire sur la laisse. L'instinct de Vega lui dit de placer ses pieds sous son corps, mais les pointes les transperceront. Elle tente d'imaginer jusqu'où elle pourrait aller avec ces chaussures, et opte pour pas loin du tout.

« Vous devez m'ôter ces menottes, dit-elle. Comment pourrais-je ramper comme un chien avec les mains attachées dans le dos ?

— Pas bien, je l'admets. Mais je ne vous détache pas.

— Vous pouvez les attacher devant moi. »

Il réfléchit quelques secondes.

« Je suppose qu'il allait bien falloir que je le fasse. Mais si vous tentez quoi que ce soit, je vous frappe. »

Il défait les menottes et les rattache à l'avant. À cet instant elle se demande si elle pourrait essayer quelque chose, mais se ravise. Elle a le téléphone. C'est là que réside son salut. M. Mauvais Samaritain tire sur la laisse et la force à ramper comme la chienne qu'il veut qu'elle soit. Il la mène au salon, se poste près de la fenêtre et lui ordonne de s'asseoir par terre. Elle pense à Tracey, se demande si elle la reverra un jour.

« Vous pouvez me dire qui vous êtes ? demande-t-elle, faisant son possible pour paraître amicale.

— Jusqu'à il y a quelques semaines, je n'étais personne. Maintenant je suis quelqu'un avec un animal de compagnie. »

Elle voudrait lui dire qu'il est fou, mais à la place elle déclare : « Vous n'avez pas besoin de faire ça.

— Besoin ? Non, je ne pense pas avoir *besoin* de faire quoi que ce soit, mais j'en ai envie. Vous voyez la différence, n'est-ce pas ?

— Depuis le sol, enchaînée comme un chien, c'est difficile. »

Il rit.

« Comme un chien, dit-il. Comme un chien. Tout cela n'est-il pas incroyable ?

— Vous avez à moitié raison.

— Comment ça ? »

Il se détourne de la fenêtre pour lui faire face. Elle voit son pistolet coincé sous la ceinture de son pantalon.

« C'est juste terrible, dit-elle. Il n'y a rien d'incroyable là-dedans. »

Il se tait, songeur. Vega décide de le prendre par surprise.

« Vous voulez me parler des rêves ? » demande-t-elle, car quand il les a évoqués plus tôt ça lui a rappelé Joshua.

Il semble confus.

« Quels rêves ? demande-t-il.

— Vous avez dit tout à l'heure que vous rêviez de la femme qui était ici.

— La chienne », la reprend-il.

Elle ne va pas dire *la chienne*.

« De quoi rêviez-vous ? »

Il s'accroupit pour être à sa hauteur.

« Êtes-vous sûre de vouloir savoir ? C'était très déplaisant.

— Dites-moi.

— Bon, je ne veux pas être M. Négatif, mais je suis sûr que vous voulez uniquement que je vous le dise parce que vous espérez apprendre quelque chose qui vous sera utile.

— Non, réplique-t-elle. Je crois que si je dois être un bon animal de compagnie, j'ai besoin de savoir ce qui vous rend heureux. Et pour vous rendre heureux, j'ai besoin d'en savoir plus sur vous. Je veux être un bon toutou. »

M. Mauvais Samaritain éclate d'un rire sinistre.

« Bon sang, vous êtes vraiment quelque chose, pas vrai ? »

Mais il ne précise pas ce qu'est ce quelque chose.

« Les rêves, insiste Vega.

— Les rêves. Bon, très bien. Ils étaient pleins de sang. Vous ne croiriez pas la quantité de sang qu'il y avait. » Il se détourne et regarde de nouveau par la fenêtre, mais elle devine qu'il n'admire pas la vue. Il contemple ses rêves. « Des seaux, et ça éclaboussait partout. Ça n'avait aucun sens. J'ai commencé à rêver de femmes qui hurlaient. Avant, je détestais les films d'horreur, vous savez. Ma femme… je ferais bien de vous dire que je suis marié. »

Elle regarde sa main et oui, en effet, il a un anneau doré à l'annulaire. Elle se demande s'il l'a tuée.

« Et avant que vous posiez la question, je sais qu'elle n'approuverait pas tout ça, absolument pas.

— Vous avez des enfants ?

— Oui», répond-il.

Elle se demande s'il les a également tués.

«Un garçon et une fille. Sept et quatre ans.

— Si vous me laissez partir, vous pourrez les retrouver. Vous ne m'avez pas fait de mal. Vous n'avez rien fait de mal.

— Vous ne saisissez pas, rétorque-t-il, et je comprends parce que je ne saisissais pas non plus, pas au début. Jusqu'à ce que je fasse les rêves et que j'aie les pulsions qui les accompagnent. Avant, eh bien, comme je le disais, je ne pouvais même pas regarder un film d'horreur. Tout ce sang… je devais détourner les yeux. Je ne peux pas lire ou regarder quelque chose de trop violent. Ça m'indispose. Je suis la personne qui s'évanouit à la vue du sang, vous le croyez, ça? Vous voulez savoir qui je suis? Eh bien, voilà qui je suis. Vous imaginez l'effet que des rêves sanglants ont sur quelqu'un qui tombe dans les pommes à la vue d'un doigt coupé? Rêver de femmes qui hurlent, de tout ce sang… vous imaginez?

— Comment s'appelle votre épouse?

— Je sais ce que vous êtes en train de faire, dit-il. Vous essayez de me faire parler de ma famille. Vous espérez que nous allons établir un lien de confiance et que je vous laisserai partir. Mais ça n'arrivera pas.

— Les rêves, reprend-elle, ont-ils commencé après l'opération?»

Le chalet devient tellement silencieux qu'on dirait que quelqu'un a actionné un interrupteur pour étouffer le moindre son. Cinq secondes s'écoulent. Dix. Mais tout n'est pas aussi silencieux qu'elle le croyait, elle entend le vent qui tourbillonne dehors.

« Comment êtes-vous au courant pour l'opération ? demande-t-il.

— Vous l'avez eue, quoi, il y a trois semaines ?

— Est-ce que vous me connaissez ?

— Ça s'appelle la mémoire cellulaire, déclare-t-elle. Les rêves sont réels, mais ce ne sont pas les vôtres. »

Elle lui explique. Les souvenirs qui sont stockés dans toutes les cellules du corps. La mémoire cellulaire, c'est un type qui veut se mettre au patin à glace après avoir reçu le cœur d'un patineur. C'est une femme qui veut se mettre à la peinture après avoir reçu le foie d'une peintre.

« C'est un type qui veut se mettre à tuer après avoir reçu les yeux d'un tueur en série. » Elle le voit qui réfléchit. Elle le voit qui fait le lien.

« Votre donneur, poursuit-elle. C'était un assassin. Quand il est mort, ses organes ont été prélevés. Ce que vous voyez, ce sont ses souvenirs. Ce désir de me garder ici, de me traiter comme un animal de compagnie, ne vient pas de vous. Il vient de l'homme qui est mort. Comment avez-vous trouvé ce chalet ?

— J'ai été attiré. Je suis venu il y a une semaine. Il fallait que je le fasse, il fallait que je sois sûr que cet endroit était réel. Je croyais devenir fou, mais hé, il est bien réel. J'ai parlé à la chienne, elle m'a répondu, et je dois avouer que ça m'a fait peur. Pas elle, ni le chalet, mais la situation m'a effrayé. Comment pouvais-je connaître cet endroit ? Tout ce que je sais, c'est que je le connaissais.

— Et Vincent Archer ? Vous avez aussi été attiré par lui ?

— Non. Je repartais du chalet quand je l'ai vu arriver à l'embranchement. Je l'ai reconnu à cause des rêves, alors j'ai fait demi-tour et je l'ai suivi. Une fois qu'il a été mort, je me suis dit, vous savez, que ce chalet pourrait être à moi.

— C'est pour ça que vous étiez chez lui aujourd'hui, dit-elle. Pour trouver la moindre référence au chalet, et si vous en trouviez, vous comptiez les détruire pour que personne ne vienne ici.

— Vous êtes vraiment une maligne. Je ne m'attendais pas à ce qu'il y ait quelqu'un chez lui. »

Comme les choses auraient pu se passer différemment si elle n'avait pas été dehors en train de parler à la voisine quand il s'est introduit dans la maison, ou si elle n'avait pas demandé au seul agent présent de conduire Levi au poste pour dresser un portrait-robot !

« Quand je vous ai vue, c'est là que s'est produit le déclic.

— Quel déclic ? demande-t-elle.

— C'est là que cette nouvelle vie s'est présentée à moi. Tout à coup, j'ai vu que les désirs pouvaient devenir des réalités. La plupart d'entre nous se contentent de petites vies parce que nous ne pensons pas pouvoir accomplir l'impossible. Je ne suis pas allé là-bas pour vous trouver, mais dès que je vous ai vue j'ai su que je devais vous avoir. L'ancien moi serait ressorti de la maison et aurait regretté de l'avoir fait chaque jour jusqu'à sa mort. De fait, l'ancien moi ne se serait jamais introduit dans la maison, pour commencer. Mais le nouveau moi est celui qui agit. Qui crée quelque chose à partir de rien. Une sorte de bricoleur.

— Ne voyez-vous pas ? Ce n'est pas le nouveau vous, c'est l'ancien Simon Bower. »

Il secoue la tête.

« Je sais que c'est difficile pour vous de comprendre, mais je fais ce que je veux. Je suis qui je veux. Si ce que vous dites à propos de la mémoire cellulaire est vrai, alors je dois remercier Simon Bower. Quand il voyait quelque chose qu'il voulait, il le prenait.

— Ça l'a tué.

— Agir de façon stupide est ce qui l'a tué.

— Et c'est ce que vous faites. Vous n'avez rien planifié. Vous saviez que le chalet était ici, mais vous ne saviez pas avec certitude à qui il appartenait. Vous êtes allé chez Vincent pour supprimer toutes les preuves qu'il en était le propriétaire, sans même savoir s'il l'était vraiment, ou si quelqu'un d'autre l'utilisait. Vous pensiez qu'il y aurait une fille attachée ici, mais il n'y en a pas. Vous avez dû acheter une laisse en chemin parce que vous n'en aviez pas. Vous avez vu les chaussures en métal et vous vous êtes dit que c'était une idée géniale, mais ce n'était pas *votre* idée. Vous prenez des décisions dans la précipitation, et croyez-moi quand je vous dis que ça finit toujours mal. Vous allez commettre une erreur et l'avez probablement déjà fait. Où votre femme vous croit-elle, en ce moment ? Comment allez-vous expliquer que vous quittez la maison pour venir ici ? Et si quelqu'un arrivait ?

— Il y en a ? demande-t-il.

— De quoi ?

— Des preuves de l'existence de ce chalet chez Vincent Archer ?

— Plein », ment-elle. Elle n'avait aucune idée que cet endroit existait. « N'importe qui pourrait débarquer à tout moment. M'amener ici était vraiment une mauvaise idée. »

Il ne dit rien.

« Vous avez une femme, vous avez des enfants, vous avez un rôle productif dans la société. Vous n'êtes pas un monstre, et ces désirs ne sont pas les vôtres. L'ancien vous n'a pas disparu, il a juste besoin d'ouvrir les yeux et de comprendre que vous n'êtes pas censé être comme ça. Les médecins peuvent vous aider.

— Non.

— Mais…

— J'ai dit non. Les désirs viennent peut-être de Simon Bower, mais maintenant ils sont à moi. Diriez-vous à un homme affamé qu'il ne peut pas manger l'assiette pleine de nourriture que vous avez posée devant lui ?

— Non, mais je ne donnerais pas de l'héroïne à un junkie en manque.

— Rien de ce que vous dites ne change le fait que ses désirs sont devenus les miens. J'aime la façon dont ils me font me sentir. J'aime les choses qu'ils me font faire.

— Me laisserez-vous partir quand vous aurez fini ? »

Il lui fait un sourire qui lui donne la chair de poule.

« Désolé d'être si abrupt, mais vous tuer au bout du compte fait également partie du plan. »

65

Joshua sort de sa planque sous le lit. Plus tôt, quand il a vu Vega être tirée hors de la voiture au bout d'une laisse, se cacher lui a paru la seule chose à faire. Il parcourt désormais la pièce du regard à la recherche d'une arme, mais qu'est-ce qu'elle renferme ? Un radio-réveil, quelques cintres, des draps, une chaise. Quand ils étaient dans la buanderie, il les a entendus. C'est l'homme qui a rêvé de Ruby et cogné sur le mur près de la niche. Et il semble clair que c'est aussi celui qui a reçu l'autre paire d'yeux. L'homme qui l'a sauvé hier ? Il l'ignore. Maintenant qu'ils sont dans le salon, il ne les entend plus.

Olillia sera à l'hôpital dans une demi-heure. Elle expliquera ce qui s'est passé, et la police s'en mêlera. Au moins maintenant il sait pourquoi ils n'ont pas réussi à joindre Vega. Avec un peu de chance, Olillia va cesser d'essayer de la contacter et appellera les flics à la place. Il espère même qu'elle l'a déjà fait et qu'ils sont en route. Mais dans ce cas, ils ne se presseront pas. Ils ne fonceront pas au milieu de la circulation tous gyrophares allumés. Si elle les a appelés, ils arriveront au mieux dans quarante-cinq minutes.

Ou peut-être que ce cinglé est arrivé alors qu'Olillia et Ruby étaient encore sur le chemin entre le chalet et la route principale. Peut-être qu'il leur a fait signe. Peut-être qu'il les a poignardées ou ligotées avant qu'elles puissent appeler qui que ce soit.

L'idée que quelque chose ait pu arriver à Olillia lui glace le sang. Tout son corps se met à trembler. Son estomac se noue, il a un goût étrange au fond de la gorge, et pendant quelques instants c'est comme quand il a essayé de marcher pour la première fois, quand on lui a enlevé ses pansements et qu'il n'arrivait pas à garder l'équilibre. Il prend quelques inspirations profondes. Il ferme les yeux, se représente Olillia en bonne santé, et Ruby aussi, car s'il croit autre chose, il n'arrivera pas à faire ce qu'il a à faire. Il ne peut pas attendre que les secours arrivent, parce qu'il n'est pas sûr qu'ils soient en route.

Il se glisse dans le couloir. Le vent frappe le chalet, tentant de le soulever et de l'emporter. Il s'approche du salon. Il les entend de nouveau parler. S'il se fait repérer, ça pourrait mal tourner aussi bien pour lui que pour Vega.

« Je sais que vous avez sauvé Joshua Logan », dit celle-ci.

L'homme ne lui répond pas.

« Hier, sur la voie ferrée. Ça prouve que vous êtes quelqu'un de bien. Ça prouve que vous pouvez encore être l'homme que vous étiez.

— Vous vous trompez.

— Non, je ne me trompe pas. Vous avez besoin d'aide.

— Non, je veux dire que vous vous trompez à propos de… comment vous avez dit qu'il s'appelait ?

— Joshua Logan.

— Je ne connais aucun Joshua Logan, et je ne suis au courant de rien concernant une voie ferrée. »

Joshua ne peut plus se retenir de regarder. Discrètement, il jette un coup d'œil dans la pièce. L'homme se tient près de la fenêtre, dos à la porte, à moitié tourné vers l'extérieur et à moitié vers Vega qui est assise par terre à côté du canapé qui fait face à Joshua. Il voit la pluie qui frappe la vitre. Les arbres qui ploient sous le vent. Le ciel est en train de s'assombrir.

« Vous lui avez sauvé la vie, dit-elle. Vous suiviez Vincent Archer et vous l'avez empêché de tuer Joshua.

— Honnêtement, je n'ai aucune idée de ce dont vous parlez, et cette conversation m'amuse de moins en moins. »

Vega est focalisée sur son ravisseur, mais elle se tourne alors vers Joshua. Leurs regards se croisent pendant une fraction de seconde avant qu'elle se tourne de nouveau vers l'homme. Son expression ne change pas. Joshua retient son souffle et ne bouge pas.

« Vous ne savez vraiment pas de quoi je parle ? dit-elle.

— Vraiment pas.

— Joshua est le genre de garçon qui ne devrait jamais rien tenter seul et qui devrait toujours appeler la police.

— Maintenant vous dites n'importe quoi.

— La police l'aurait aidé. Il aurait dû trouver un moyen de l'appeler, mais vu qu'il n'avait pas son portable, il aurait pu héler une voiture sur la route, et bien sûr il les aurait prévenus que l'homme était armé.

— Vous êtes folle? Rien de ce que vous dites ne fait sens.

— Vos yeux sont ceux de l'homme qui a tué son père.

— Qu'est-ce que vous racontez?

— Vos yeux, dit-elle. Ils ont été donnés. Ils…

— Je vous prie de m'excuser, mais je vais devoir vous interrompre, dit-il en levant la main. Je crains que nous ne soyons pas sur la même longueur d'onde. On ne m'a pas greffé d'yeux. Et je ne sais pas qui est Joshua Logan.

— Je croyais… Vous n'avez pas subi une opération? Vous l'avez dit vous-même.

— Oui, je l'ai dit, acquiesce-t-il.

— Je ne comprends pas.

— Je n'ai jamais eu le moindre problème aux yeux. C'était mon cœur. Les médecins, ils m'ont greffé un nouveau cœur. »

66

Les poignets du Dr Toni sont attachés à la portière par des liens en plastique, de telle sorte qu'elle est légèrement penchée en avant, et tournée sur le côté. Tout ce qu'elle peut faire, c'est rester assise côté passager avec un bras en travers de son torse et regarder par la vitre pendant qu'ils discutent. Se tourner vers Dustin lui fait mal au cou, et pourtant c'est ce qu'elle veut. Elle veut tenter de voir ce qu'elle a de toute évidence manqué depuis le jour où il est venu pour la première fois avec sa mère et son père. Ils roulent vers l'ouest, ayant quitté la ville pour pénétrer dans une zone agricole. Même si elle pouvait déverrouiller et ouvrir la portière, elle finirait uniquement par être traînée sur la route.

« Au début, les cauchemars m'empêchaient de dormir », explique Dustin.

Elle tente de le revoir comme le timide garçon de treize ans qui a un jour dessiné un portrait d'elle de mémoire. Il lui a dit à l'époque qu'il voulait être artiste, et il était indéniablement doué, même s'il était également indéniable que son talent lui serait repris quand il perdrait la vue. Elle tente de le revoir comme le collégien dont l'uniforme semblait trop grand et dont les cheveux étaient toujours en désordre.

« La semaine à l'hôpital après l'opération a été difficile. Mes yeux n'arrêtaient pas de me démanger et j'étais uniquement soulagé quand je dormais, mais alors je faisais des rêves. Des gens que je ne connaissais pas mouraient de façon atroce. Ce n'est que quand je suis rentré chez moi une semaine plus tard que j'ai réussi à comprendre – ce n'étaient pas des rêves, mais des symptômes. Les gens appellent ça la mémoire cellulaire. Vous en avez entendu parler ?

— Pourquoi ne m'en avez-vous rien dit ?

— Ah oui ? Et j'aurais dit quoi ? "Excusez-moi, docteur Toni, mais je fais des cauchemars."

— Exactement.

— Et vous auriez fait quoi ?

— Je ne sais pas. Quelque chose.

— Vous auriez dû me prévenir, docteur.

— Pardon ?

— Vous auriez dû me prévenir que ça allait arriver.

— Je l'ignorais, à l'époque.

— Mais maintenant vous savez.

— Oui.

— Parce que vos autres patients font les mêmes rêves. »

Elle ne lui répond pas.

Il tend la main et lui caresse les cheveux, elle a un mouvement de recul.

« Certains affirment que l'idée même de mémoire cellulaire est bidon, dit-il. D'autres la soutiennent, mais il n'y avait rien qui décrivait ce que je vivais. Les choses que je lisais étaient anodines, des gens qui détestaient les bananes et qui se mettaient soudain à les aimer. Mais il n'y avait rien sur les rêves, ni sur le fait de reconnaître des visages et des endroits, et je crois que c'est parce qu'il s'agit des yeux, n'est-ce pas ? Ce sont les fenêtres de l'âme, les lentilles qui perçoivent le monde. S'il doit y avoir un organe qui engendre la mémoire cellulaire, il est logique que ce soient eux. Je devais savoir d'où provenaient ceux que j'avais reçus. Je vous l'ai demandé, vous vous rappelez ? »

Elle s'en souvient.

« Vous n'avez rien voulu dire.

— Je ne pouvais pas.

— Parce que ces informations sont confidentielles.

— Exactement.

— Ou bien était-ce parce que ces yeux provenaient d'un assassin ? »

Elle ne répond rien.

« Ils venaient de Simon Bower, poursuit-il. Il est mort le jour où j'ai été greffé. Les rêves… sans eux, je n'aurais jamais fait le lien. J'aurais probablement cru qu'ils provenaient d'une victime d'accident de voiture. Depuis que je les ai, docteur, tout ce que je vois, c'est du sang et la douleur de cette vie. Il y a une fille qu'il a attachée et gardée comme une chienne. Vous pouvez croire ça ? Quel genre de personne a une idée pareille ? Et puis il y a celle qu'il a découpée en morceaux avec une scie électrique, et il y a aussi une fille, beaucoup plus jeune, qu'il a ligotée sans la tuer, mais je crois que c'était il y a longtemps. Elle s'est échappée. Il y a des limites à ce dont je me souviens, mais j'ai une théorie à ce sujet. Vous voulez la connaître ? »

Ça fait trop à encaisser. Des filles gardées comme des chiennes ? Des personnes découpées en morceaux ?

« Oui, Dustin, évidemment. Je veux pouvoir vous aider. »

Il s'esclaffe.

« J'en suis sûr, dit-il. Tous mes souvenirs ont une chose en commun. La violence et la domination. Je crois que les émotions qui leur sont liées font que ce sont eux qui restent. Vous voyez, les gens croient que les souvenirs sont stockés dans le cerveau, et ils ont raison, mais les souvenirs aussi sombres, ce sont eux qui sont stockés dans les cellules. Vous en dites quoi ?

— J'en dis que vous avez beaucoup réfléchi à la question. »

Mais ce qu'elle pense vraiment, c'est que sa théorie n'explique pas pourquoi les gens normaux adoptent les hobbies de ceux dont ils ont reçu un organe. Cependant, elle explique pourquoi Joshua se souvient de la mort de son père, et pourquoi il a pu reconnaître Ben et Simon Bower.

« Imaginez, docteur, que les souvenirs d'un autre soient comme les vôtres. Qui a tué cette femme ? Simon Bower. Mais c'est comme si c'était moi qui l'avais fait. Vous vous rendez compte de l'effet que ça peut avoir ?

— Non, répond-elle. Mais ce que vous faites maintenant, ce n'est pas Simon Bower, c'est vous.

— Simon… il voulait une nouvelle chienne. Il commençait à en avoir assez de la première. Il allait la tuer et la remplacer, seulement ça ne s'est pas passé comme prévu. La remplaçante ne s'est pas laissé faire. Quand je ferme les yeux, je vois tout. Je le vois de la même manière qu'on s'imagine les choses quand on lit un livre. Elle a trop résisté, et il l'a tuée. Mais je ne vois pas simplement ce qu'il a vu, docteur, je vois aussi ses intentions. Et vous savez ce que j'ai vu d'autre ?» Avant qu'elle puisse répondre, il poursuit. « J'ai vu le policier le tuer par vengeance. Et pour ce qui est de l'intention… je sais que les deux inspecteurs avaient prévu de tuer la personne qui avait découpé cette nouvelle chienne en morceaux. Combien ?

— Combien de quoi ?

— Combien y a-t-il d'autres personnes qui font les mêmes rêves ?

— Je ne sais pas, ment-elle.

— Le fait que j'aie les souvenirs de deux personnes différentes… Alors… dites-moi, docteur, quand vous êtes-vous aperçue de l'erreur ?»

Elle ne répond pas. Cette erreur est une chose qu'elle n'a que récemment commencé à soupçonner.

« Allez-vous nier que mes yeux provenaient de deux personnes différentes ?

— Ça s'appelle de l'hétérochromie. Du moins, c'est à ça que je l'attribue. Ou que je voulais l'attribuer. »

Elle lui explique qu'elle s'en est rendu compte lors d'un examen la semaine dernière. C'était tellement infime qu'elle a failli passer à côté. Le fait est que les gens peuvent avoir les yeux de couleurs différentes. Et elle supposait que c'était le cas de Simon Bower. Puis elle a remarqué la même chose chez Joshua.

Elle a soupçonné un problème, mais ne voyait pas comment c'était possible. De telles erreurs ne se produisent jamais.

Seulement, elles se produisent tout le temps.

« Et vous n'avez rien fait, dit Dustin, parce que vous saviez que ça entraînerait des poursuites judiciaires à votre encontre. Vous saviez que les gens s'intéresseraient à la provenance des yeux, et que vous risquiez d'être démasquée.

— Oui.

— Donc, au lieu d'être un bon médecin, vous avez décidé de tout couvrir.

— Je suis désolée.

— Je suis tombé sur Joshua, devant l'hôpital. C'était le jour où on m'a enlevé mes pansements. Il était avec sa mère. Je marchais avec une canne parce que je n'avais pas trop d'équilibre après avoir retrouvé la vue, et il m'a renversé avec son fauteuil roulant. Quand je me suis relevé, j'ai vu que c'était le gamin de mes rêves. Je n'ai pas tout de suite su qui il était, mais je savais que je l'avais déjà vu, je n'arrivais juste pas à me rappeler où. C'est revenu plus tard. Il ne figurait cependant pas dans les rêves sanglants. Il était au deuxième plan, sans vraiment faire quoi que ce soit, comme si je regardais un portrait de lui. Après ça, j'ai commencé à voir son visage partout – dans les magazines, sur Internet. Pourquoi ? Comment c'est arrivé ?

— Il y a eu une confusion.

— Évidemment qu'il y a eu une confusion. Mais je veux que vous me disiez comment elle s'est produite.

— Je ne sais pas.

— Pas génial, comme réponse.

— Entre le moment où ils ont été prélevés sur les corps et celui où ils ont été livrés au bloc, les yeux ont été d'une manière ou d'une autre inversés.

— C'est légèrement mieux, mais toujours pas satisfaisant.

— Je ne sais pas avec certitude. »

Elle change de sujet.

« Vous avez sauvé Joshua hier.

— Oui.

— Pourquoi ?

— À cause des rêves, docteur. À cause de ce qu'ils me faisaient ressentir.

— Je ne comprends pas. »

Il continue de regarder droit devant lui tout en parlant. La pluie redouble, et il doit mettre les essuie-glaces à la vitesse supérieure.

« Je ne pouvais pas le laisser mourir là-bas. Il serait resté pendant des heures sur la scène de crime, son corps se décomposant pendant que vous auriez essayé de comprendre ce qui s'était passé, et ça n'aurait pas été bon pour moi.

— Pas bon pour vous ?

— Vous avez une nouvelle opération à effectuer, docteur. Je veux les yeux de ce garçon, et vous allez me les donner.

— Attendez… Quoi ?

— Vous m'avez entendu.

— Vous voulez que je vous opère ?

— Je veux l'autre œil.

— Impossible, dit-elle.

— Rien n'est impossible si vous avez la bonne motivation. Faites ce que je demande, et vous aurez la vie sauve.

— Ce n'est pas possible.

— Si, c'est possible. Si vous refusez, je vous tuerai ainsi que toutes les personnes que vous aimez.

— Je n'aime personne », réplique-t-elle.

Et c'est la vérité. Elle ne s'est jamais remise du départ de Ben. Jamais remise de la mort de Jesse. Elle n'a plus de famille.

« Alors je choisirai un innocent, peut-être un de vos anciens patients.

— Je ne vous aiderai pas. Si vous voulez me tuer, vous feriez aussi bien d'en finir maintenant.

— OK », dit-il, et la rapidité de sa réponse la surprend.

Il continue de rouler. Ils restent une minute sans rien dire.

« Vous n'êtes pas vraiment obligé de me tuer, déclare-t-elle, brisant le silence. Vous pourriez me laisser partir.

— Je n'ai aucune raison de vous laisser partir. Si vous refusez d'effectuer l'opération, je n'ai aucune raison de vous laisser vivre. Aucune raison de laisser vivre Joshua non plus.

— Pourquoi vous en prendre à lui ?

— Ça dépend de vous, docteur. Le fait que je m'en prenne ou non à lui dépend de vous.

— Ne lui faites pas de mal. Rien de tout ça n'est sa faute.

— Je ne vais pas lui faire du mal parce que je pense que c'est sa faute. Je vais lui faire du mal parce que vous refusez de m'aider. Vous savez, docteur, je devrais vraiment vous remercier.

— Me remercier pour quoi?

— Parce que j'aime ces rêves. Je m'y suis habitué. J'aime ce qu'ils me font ressentir. J'aime la personne que je suis en train de devenir. L'opération m'a ouvert une toute nouvelle vie – une vie à laquelle je pensais quand j'étais aveugle.

— Comment ça?

— Les choses dont je rêve, ce sont celles dont je *fantasmais*. Ce que vous m'avez donné, c'est la force d'aller jusqu'au bout.

— Alors pourquoi voulez-vous remplacer l'œil de Simon Bower?»

Il éclate de rire.

«Oh, vous m'avez mal compris. Je ne veux pas l'autre œil qui appartenait au flic, je veux celui de Simon Bower. Avec les deux, les rêves seront plus intenses.

— Vous êtes fou», dit-elle.

Il soupire.

«Je crois qu'au fond de moi j'ai toujours su que vous refuseriez.

— Alors pourquoi faire tout ça?

— Parce que je veux transformer les rêves en réalité. Je veux savoir ce que ça fait de tuer quelqu'un, et je trouve approprié que vous soyez la première. Dans un sens, ce sera l'occasion pour vous de racheter toutes vos fautes.»

67

Joshua atterrit à l'extérieur de la chambre et referme la fenêtre derrière lui pour que la pluie qui pénètre dans la pièce n'alerte pas le cinglé de sa présence. Il peine à se tenir droit tandis que le vent le pousse dans la direction opposée à celle où il veut aller. Quand tout sera fini – si jamais ça se finit un jour – il se mettra à courir, à faire de l'exercice, il ira à la salle de sport et sera prêt pour le prochain psychopathe qui entrera dans sa vie. Il contourne le chalet et atteint la route cent mètres plus loin, où le bâtiment n'est plus visible. Il est déjà à bout de souffle. Déjà trempé.

Des pommes de pin heurtent le sol autour de lui. L'une d'elles l'atteint à l'épaule. Des feuilles et des brindilles volent à l'horizontale. Des morceaux de poussière et de terre lui fouettent le visage. Les chalets sont espacés de huit cents mètres. Combien de temps faut-il pour couvrir cette distance en courant ? Les athlètes en super forme peuvent le faire en moins de deux minutes. Il suppose qu'ils iraient encore plus vite si c'était une question de vie ou de mort.

Il arrive à l'endroit où Olillia était garée. Ça fait deux minutes qu'il court. Il devine qu'à cette allure il mettra deux minutes de plus à atteindre l'embranchement.

S'il n'y a personne dans le prochain chalet, il brisera une fenêtre, entrera et utilisera le téléphone. Et s'il n'y a pas de téléphone, il ira au chalet suivant. Ou vaut-il mieux courir jusqu'à la route principale et héler quelqu'un ? La personne s'arrêterait forcément, non ? Et elle aurait sûrement un téléphone.

Il est toujours en train de courir et n'a toujours pas atteint l'embranchement quand il voit une lumière parmi les arbres. Elle s'intensifie à mesure que la route devient droite. Une voiture approche. Avec un peu de chance, c'est la police. Il se tient au milieu de la route et agite les bras en l'air. Le véhicule ralentit. Il l'entend désormais par-dessus le raffut de la pluie. Le moteur est coupé mais les phares restent allumés. Il ne voit pas l'intérieur de la voiture. Ça pourrait être l'un de ces véhicules de cirque avec vingt clowns à l'intérieur, et il n'en saurait rien. La portière du côté conducteur s'ouvre, mais aucun plafonnier ne s'allume. Un homme sort. Joshua tente de s'abriter des faisceaux qui l'ont déjà à moitié aveuglé et qui font flotter d'étranges couleurs devant ses yeux.

« Ça va ? » demande l'homme. Il referme la portière et marche dans sa direction. Son visage devient plus net. Les yeux de Joshua le font souffrir. Il ne pense pas que l'homme soit un policier. « Fiston ? Ça va ? »

Il peine à retrouver son souffle.

« J'ai… J'ai besoin… d'aide.

— Quel genre d'aide ? » demande l'homme.

Ce type lui dit quelque chose. Où l'a-t-il vu ? En rêve ? Non, dans la vraie vie, seulement il était alors beaucoup plus pâle, et c'était il y a quelques semaines, mais rien de plus ne lui revient.

« Faut appeler la police, déclare Joshua, tentant de contrôler sa respiration.

— Pourquoi ?

— Il y a un homme armé dans le chalet. Il va tuer quelqu'un. Nous devons demander de l'aide.

— Du calme », dit l'homme.

Est-ce quelqu'un de l'hôpital ? Un médecin ou un infirmier ?

« Dis-moi ce qui se passe, mais un peu plus lentement cette fois. »

Joshua ne lui raconte pas tout – comment pourrait-il ? –, il se contente de résumer la situation : un homme a entraîné une femme dans un chalet un peu plus loin et menace de la tuer. Il doit parler fort pour se faire entendre par-dessus l'orage, et parfois il doit même se répéter et crier. L'homme est désormais trempé, et il est constamment obligé d'essuyer l'eau dans ses yeux. Il a l'air athlétique, comme s'il pouvait courir quinze kilomètres ou nager pendant une heure.

« Désolé, gamin, mais je n'ai pas de téléphone. »

Joshua voudrait lui demander qui n'a pas de téléphone de nos jours, à quoi le type répondrait probablement en pointant le doigt vers lui.

« Y a quelqu'un d'autre dans la voiture ? demande-t-il.

— Personne. À quelle distance est le chalet ?

— Pas loin. Quelques minutes en courant.

— Alors allons voir.

— Ce qu'il nous faut, c'est mettre la main sur un téléphone. On devrait rouler jusqu'au prochain chalet, ou gagner la route principale et…

— Et il pourrait être trop tard, coupe l'homme. Viens, allons jeter un coup d'œil.

— On ne peut pas. L'homme a un pistolet.

— Un pistolet ?

— Oui, répond Joshua.

— Je suis militaire, mon garçon. Les armes me font pas peur. » Il marche en direction du chalet. Après quelques pas, il se retourne vers Joshua. « Tu viens ? »

Joshua hésite entre courir jusqu'au prochain chalet ou retourner à celui d'où il vient. Il tente de peser le pour et le contre – s'il rebrousse chemin, au moins il a quelqu'un pour l'aider, alors que s'il continue, il risque de ne trouver personne. Ou alors il pourrait héler quelqu'un pour qu'au bout du compte la police arrive trop tard. Et si ce type est militaire, il sait probablement ce qu'il fait.

Il décide de le suivre.

« Essaie de tenir l'allure, gamin, dit l'homme en se mettant à trottiner.

— On ne ferait pas mieux de prendre la voiture ?

— Avec ce temps, faudrait qu'on ait les phares allumés histoire de pas percuter un arbre, et alors il nous verrait arriver.

— Qu'est-ce qu'on va faire, exactement ? demande Joshua.

— Des trucs de militaire, répond l'homme. C'est important que tu tiennes l'allure. »

Une fois encore Joshua se met à courir. Une fois encore son cœur s'emballe et sa poitrine lui fait mal. La pluie est désormais plus dense, plus froide. Il pense qu'il a pris la mauvaise décision, mais ils perdraient encore plus de temps en repartant dans l'autre sens. La voiture dans laquelle Vega est arrivée apparaît. Le coffre est toujours ouvert. Le bateau est visible. Puis le chalet. Tout est sombre dehors, et à moins que l'homme à l'intérieur ait le don de vision nocturne, il lui sera impossible de les repérer parmi les arbres. Les couleurs qui flottaient dans son champ de vision tout à l'heure ont disparu.

« Est-ce qu'on ne devrait pas entrer discrètement par-derrière ? demande Joshua.

— J'ai une meilleure idée. Prenons la porte principale.

— Mais…

— Viens, dit l'homme. J'ai un plan. »

L'homme continue d'approcher du chalet, poussant presque Joshua tandis qu'il avance. Ils ne sont plus qu'à vingt mètres. Ça ne lui plaît pas. Ce type les entraîne tout droit à la mort.

« Non, dit-il.

— Allez, gamin. »

Joshua s'immobilise.

« Non, répète-t-il. C'est de la folie.

— Tu as dit que le type était armé, pas vrai ?

— Exactement. On ne peut pas…

— Si, on peut », coupe-t-il en tirant un pistolet de sa poche de veste.

En voyant l'arme, Joshua est mal à l'aise. Ça le rend encore plus nerveux. Il y a quelque chose qui cloche, mais il ne saurait dire quoi.

« Je crois que c'est une mauvaise idée. On aurait dû aller demander de l'aide.

— J'ai un plan, répète l'homme. On va à la porte, tu entres en premier et tu l'attires, et alors j'entre après toi.

— Attendez… Quoi ? Qu'est-ce que vous dites ?

— J'ai dit : tu entres et tu l'attires, et je serai juste derrière toi.

— C'est de la folie, déclare Joshua. Je vais me faire descendre.

— Je t'explique », dit l'homme. Il tourne son arme de telle sorte qu'elle est directement pointée sur Joshua, qui se dit à présent non pas que quelque chose cloche, mais que la situation est en train de sérieusement mal tourner. « Tu entres, et peut-être que tu te feras descendre, mais si tu restes ici, je te garantis que tu te prends une balle.

— C'était vous à l'hôpital, dit Joshua qui se souvient désormais. Vous êtes le type que j'ai renversé avec mon fauteuil roulant.

— Exact.

— Vous m'avez reconnu, mais pas à cause des journaux, n'est-ce pas ? C'était à cause des rêves. Vous avez l'autre paire d'yeux.

— Tout à fait.

— Et c'était vous, hier. C'est vous qui m'avez sauvé.

— Je plaide coupable, dit l'homme.

— Alors pourquoi est-ce que vous faites ça ?

— Ferme-la, allons-y.

— Vous êtes vraiment militaire ? »

Le type éclate de rire.

« Non, je l'ai jamais été, gamin, et arrête de gagner du temps. On a un boulot à faire. »

La pluie n'arrête pas d'entrer dans les yeux de Joshua, et il doit constamment les essuyer.

« Magne-toi, gamin. Et souviens-toi, si j'avais pas été là hier, tu serais en mille morceaux à l'heure qu'il est.

— Pourquoi vous m'avez sauvé, demande-t-il, si c'est pour faire ça au bout du compte ?

— Écoute, je te dois pas d'explication, OK ? Maintenant arrête de parler et finissons-en. »

Il éprouve un véritable sentiment de trahison – comment quelqu'un à qui on a greffé une partie de son père peut-il le traiter de la sorte ? Il y a un éclair dans le ciel et le coup de tonnerre est presque immédiat. Le cœur de l'orage est directement au-dessus d'eux tandis qu'il se dirige vers la villa. Le bruit est si puissant qu'il le fait sursauter, et pendant une seconde, rien qu'une brève seconde, il croit s'être fait tirer dessus.

Ils quittent les arbres et approchent de la porte. Les dix mètres en deviennent cinq. Puis deux. Puis ils y sont. Il a la main sur la poignée et un pistolet enfoncé dans le milieu du dos. Avec un peu de chance, Olillia est désormais à quatre-vingts kilomètres de là et la police est en route – ou peut-être pas. Il doit gagner du temps.

Lentement, il tourne la poignée.

Lentement, il ouvre la porte et attend de se faire abattre.

68

Le Dr Toni n'arrive pas à briser les liens en plastique. Ils s'enfoncent dans ses poignets quand elle tire dessus, déchirant la peau jusqu'à la faire saigner. La dernière chose que Dustin lui a dite avant de descendre de voiture a été de ne pas se montrer et de ne pas faire de bruit. Il a ajouté que si elle appelait Joshua, il le tuerait. Elle a fait ce qu'il a dit, mais pas au point de ne pas regarder par-dessus le tableau de bord. Elle se sentait comme une traîtresse, assise là tandis qu'ils parlaient, mais elle le croyait quand il affirmait que si elle tentait quelque chose, il passerait sa colère sur Joshua. Pendant tout ce temps, elle distinguait le contour du pistolet dans sa poche. Personne n'entendrait un coup de feu avec cette tempête.

Elle ne sait pas où ils sont partis. Elle ne savait même pas qu'il y avait quoi que ce soit ici, hormis des rivières et des arbres, mais il doit bien y avoir quelque chose pour que Joshua soit également là. Le voir n'avait aucun sens, et elle ne comprend toujours pas. Qu'est-ce qui se passe ? Qu'est-ce qu'il fait ici ? Les phares sont toujours allumés. Ils illuminent les arbres, la terre, les feuilles et la pluie qui tourbillonnent, mais rien d'autre.

Elle ne peut pas suffisamment étirer les doigts pour ouvrir la portière, mais elle pense pouvoir atteindre la poignée avec ses pieds. Elle ôte une de ses chaussures, se contorsionne le plus possible et pose un pied sur le levier. C'est plus facile qu'elle ne l'aurait cru, et un instant plus tard la portière s'ouvre.

Et maintenant quoi ?

Bonne question. Elle est toujours attachée, seulement maintenant elle se fait également mouiller par la pluie. Elle doit trouver quelque chose pour couper ces liens en plastique. Elle ouvre la boîte à gants avec son pied. À l'intérieur il y a une boîte de mouchoirs en papier, quelques CD, une paire de lunettes de soleil pour femme et un livre de poche. Rien d'utile.

Elle pousse sur la portière et le vent l'accroche, l'ouvrant en grand et l'entraînant dehors par la même occasion. Ses genoux heurtent violemment le sol. Un éclair blanc illumine le ciel, et cinq secondes plus tard un grondement de tonnerre retentit. Elle sait qu'il y a un moyen de déterminer à quelle distance la foudre est tombée en comptant les secondes entre l'éclair et le coup de tonnerre, mais c'est une de ces choses qu'elle n'a jamais réussi à mémoriser. Elle se lève, s'appuie contre la portière, puis elle se sert de son pied pour soulever le levier à côté du siège, le faisant basculer en avant. En se tenant en équilibre sur un pied, elle glisse l'autre jambe à l'arrière et passe les orteils sous la lanière de son sac à main. Elle le pose dehors, par terre. Avec ses hanches, elle remet le siège en place et s'assied. Elle récupère son sac et le vide sur le sol de la voiture, puis elle passe son contenu en revue avec son pied.

Son téléphone n'est pas là. Dustin a dû le prendre plus tôt. Elle cherche parmi le contenu quelque chose pour couper ses liens. Rien.

Elle regarde de nouveau dans la boîte à gants.

Rien.

Elle examine dans la mesure du possible l'intérieur de la voiture.

Rien.

Un nouvel éclair, plus proche cette fois.

Elle repense au contenu de la boîte à gants et aux CD qu'elle a vus. Elle se sert de ses pieds pour en sortir un. Johnny Cash. Elle le place par terre et s'excuse auprès de Johnny, puis elle donne un grand coup dessus, le brisant en plusieurs morceaux. Elle saisit l'un des plus gros avec ses orteils et le transfère à ses doigts. Elle l'oriente vers le lien en plastique. Ce n'est pas exactement un scalpel, mais elle ne serait pas chirurgienne si elle n'était pas experte avec une lame.

Elle se met au travail.

69

S'il y a un moyen de le toucher, de le convaincre de ne pas lui faire du mal, Vega ne le connaît pas. Elle restera calme et continuera d'essayer, car au moins ça lui fait gagner un peu de temps. Joshua va contacter la police, et ses collègues la sauveront. Bientôt ils se faufileront dans la forêt et braqueront les fusils d'élite sur le chalet, et, au besoin, ils abattront cet homme. Même si elle espère qu'ils le prendront vivant. Il n'a tué personne, et ce qui lui arrive n'est pas sa faute. Peut-être qu'avec une thérapie et des médicaments il pourra redevenir l'homme qu'il était.

Reste calme. Reste patiente. Ne l'énerve pas. Ne le contrarie pas. Ces pensées tournent en boucle. La tempête fait désormais rage, avec des éclairs si bas qu'elle s'attend sans cesse à ce que l'un d'eux transforme le chalet en petit bois.

Son ravisseur regarde par la fenêtre. Elle ne connaît même pas son nom, mais demain il s'étalera dans tous les journaux. À chaque coup de foudre, elle voit son reflet dans la vitre. Maintenant qu'elle a les mains devant elle, elle peut accéder au téléphone portable de Joshua, mais pour le moment mieux vaut qu'il reste dans sa poche. Si l'homme la surprend en train d'essayer de le saisir, il le lui prendra.

Il pourrait même la tuer. Bien sûr, l'autre risque est que quelqu'un l'appelle, auquel cas il se mettra à vibrer. Mais avec la tempête qui martèle les murs, M. Mauvais Samaritain ne l'entendra peut-être pas.

Quand le ciel et la forêt s'illuminent une fois de plus, Vega distingue deux silhouettes qui se déplacent parmi les arbres. Aussi bien elle que son ravisseur sursautent en les voyant. L'une d'entre elles est Joshua. Mais elle ne reconnaît pas l'autre. Pourquoi n'a-t-il pas appelé la police ? Qu'est-ce qui lui a pris ?

« Eh bien, quel dommage, dit M. Mauvais Samaritain. Ça signifie que ce chalet n'est pas aussi sûr que je l'espérais. Ça signifie que je ne vais peut-être pas pouvoir garder un animal de compagnie ici, au bout du compte. Je n'ai même pas eu le temps de vous donner un nom, mais vous savez ce qu'on dit, pas vrai ? »

Elle ne le sait pas, mais elle sait qu'il le lui dira.

« Il est plus aisé de tuer quelque chose qui n'a pas de nom.

— Ne leur faites pas de mal, dit-elle. Ils n'ont rien fait. Ils cherchent probablement à se protéger de la tempête. Vous n'avez qu'à les ligoter, et après on pourra partir. Je vous accompagnerai de mon plein gré, quoi que vous ayez en tête.

— Il n'y a pas d'autre endroit.

— J'ai un nom, déclare-t-elle. Je m'appelle Audrey.

— Eh bien, Audrey, j'espère que ça vous réconforte de savoir que vous continuerez de vivre dans mes pensées. »

Il se tourne vers la porte. Elle enfonce la main dans sa poche et sort le téléphone du sachet, mais comme l'appareil est resté inactif elle a besoin d'un mot de passe. Que faire ? Eh bien, elle peut ramper, mais est-ce que ça suffira ? Se glisser derrière M. Mauvais Samaritain et lui mordre les chevilles ? Elle tente de desserrer les écrous, mais même avec mille ans de musculation ils seraient impossibles à défaire uniquement avec les doigts.

La porte d'entrée s'ouvre. La tempête s'intensifie. Elle voit M. Mauvais Samaritain tendre un bras devant lui, mais elle ne distingue rien au-delà. Il appuie sur la détente sans hésitation, et nul doute qu'il va recommencer avant de braquer son arme sur elle.

Il a probablement tué l'un d'eux, et il est sur le point de tuer l'autre, et après c'est toi qu'il tuera. Tu sais ce qu'il te reste à faire.

Elle le sait.

Elle met son carnet dans sa bouche et le mord fort avant de poser les pieds par terre. La douleur traverse son système nerveux. Elle savait que ça ferait mal, que ce serait la pire douleur qu'elle ait jamais connue, et elle s'y attendait, seulement il était impossible de vraiment s'y préparer. C'est bien, bien pire que tout ce qu'elle aurait pu imaginer. Sa bouche se serre si fort que ses dents risquent de se briser, mais elle ne hurle pas. Elle aura bientôt tout le temps de hurler et de vomir et de s'évanouir, si elle réussit. La douleur se propage dans ses jambes. Elle a l'impression que chaque os entre ses orteils et ses hanches a été brisé. Ses genoux semblent sur le point d'exploser. Chaque cellule de son corps lui hurle de se rasseoir et d'éloigner ses pieds des pointes, mais si elle le fait, elle mourra. Si elle le fait, se lever n'aura servi à rien.

Elle court vers la porte, espérant que l'écho du coup de feu et la tempête masqueront son approche. L'angle change et elle voit que M. Mauvais Samaritain pointe désormais son arme sur Joshua. Ce dernier a les mains en l'air. Il dit quelque chose, mais elle n'entend pas quoi. Tout ce qu'elle entend, c'est l'orage, et le sang qui pulse dans son corps en ne charriant rien que de la douleur. Ses pieds martèlent le sol, les pointes élargissant les plaies et laissant derrière elle une traînée de sang, les chaussures en métal cognant lourdement à chaque pas.

Personne ne pourra jamais dire qu'elle ne s'est pas battue jusqu'au bout.

Elle est à trois pas de M. Mauvais Samaritain quand il l'entend et pivote vers elle.

Elle est à deux pas quand il la vise.

Un pas quand il appuie sur la détente.

Elle s'affale par terre, différentes parties de son corps hurlant pour être entendues. La douleur est partout, elle la submerge tellement qu'elle ne sait même pas où elle a été touchée. Tout ce qu'elle sait, c'est qu'elle s'est fait tirer dessus. Elle regarde M. Mauvais Samaritain se tourner vers Joshua. Derrière le garçon, l'homme qui est venu les aider gît au sol avec un trou au milieu du front, les yeux tournés dans sa direction.

La douleur, la déception de l'échec, la certitude qu'elle va mourir et Joshua aussi… c'en est trop pour elle. Elle abandonne, et un instant plus tard tout s'éteint en elle.

70

Vega heurte le sol en agrippant sa poitrine d'une main et le téléphone de Joshua de l'autre. L'homme qui lui a tiré dessus se retourne vers ce dernier.

Allez, songe Joshua. *Tu as non seulement l'œil de ton père, mais aussi celui de Simon Bower. Regarde la scène de la même manière que l'aurait fait cet assassin.*

Il doit faire comme s'il était Simon Bower.

« Vous avez tué votre chienne », dit-il, parvenant à peine à entendre sa voix par-dessus la tempête.

Ses oreilles sifflent, il cherche frénétiquement ce qu'il va faire ensuite.

Les doigts de l'homme se détendent sur l'arme, mais juste un peu.

« Qu'est-ce que tu as dit ?

— J'ai dit que vous avez tué votre chienne », répète Joshua, tentant de paraître calme, tentant de parler comme il s'imagine que Simon Bower le ferait, tout en essayant de ne pas vomir.

Il désigne Vega de la tête et fait sa meilleure imitation d'une personne non seulement plus âgée que lui, mais également plus froide et complètement cinglée.

« Vous allez devoir en trouver une autre.

— Explique-toi.

— Je gardais une chienne ici, mais elle s'est échappée. On était partis la chercher. »

L'homme semble incertain.

« Vous l'avez retrouvée ?

— Je peux avoir quelque chose à boire ? demande Joshua, tentant de l'embrouiller.

— Tu veux à boire ?

— J'ai soif.

— Non. Tu ne peux pas avoir à boire.

— Est-ce que je peux au moins entrer ? »

Il sourit, même si son sourire doit paraître faux, comme quelque chose de mal peint. Mais n'est-ce pas ainsi que Simon Bower et Vincent Archer s'en tiraient en société ? En peignant sur leur visage des émotions qui n'étaient pas réelles ?

« Je suis chez moi, après tout, je ne devrais pas avoir à demander la permission. J'ai besoin d'aller chercher une serviette.

— Chez toi ? Je croyais que ce chalet appartenait à Vincent Archer.

— Oui, mais je loge ici parfois. C'est certainement plus chez moi que chez vous.

— Alors, qui c'est ? demande l'homme en désignant le cadavre par terre.

— William, répond Joshua, prononçant le premier prénom qui lui vient à l'esprit. On vient ici de temps en temps. C'est un ami de Vincent Archer. »

L'homme acquiesce lentement, assimilant peut-être l'information, ou alors l'assimilant et n'en croyant pas un traître mot.

« Tu ne m'as pas dit si vous aviez retrouvé votre chienne.

— On l'a retrouvée. On a dû… l'euthanasier. On était revenus pour chercher une pelle, et maintenant à cause de vous je vais devoir creuser le trou seul. J'entre, à présent, ajoute-t-il. Je ne suis pas habillé pour ce temps. »

Il s'avance, l'homme fait quelques pas en arrière. Il referme la porte derrière lui. Ils enjambent le corps de Vega et pénètrent dans le salon. Il la regarde à peine. Il ne peut pas, car s'il le fait il trahira ses vraies pensées.

« Donc, vous voulez bien me dire ce que vous faites dans notre chalet ? » demande Joshua.

Il marche jusqu'à la fenêtre et observe la tempête. Personne n'arrive. L'homme ne lui répond pas. Le ciel s'illumine de nouveau, et quand l'éclair disparaît, la pièce semble encore plus sombre. Bientôt ils n'y verront plus rien. Le tonnerre est suffisamment proche et puissant pour faire vibrer le sol.

« Vous n'auriez pas dû venir ici, poursuit Joshua en se tournant vers lui. Vous avez tué mon ami, vous avez abattu votre chienne et foutu du sang partout. »

Il regarde en direction de Vega. Le sang forme une flaque à ses pieds et sous son dos. Elle a marché avec les chaussures en métal. Elle s'est enfoncé les pointes dans les pieds. Ses mains tremblent tellement qu'il doit serrer les poings dans son dos pour que l'homme ne le remarque pas. Se tenir droit lui demande toute sa force et toute sa volonté, car ses jambes sont terriblement faibles. Il croit voir la poitrine de Vega se soulever et retomber, mais il doute qu'elle continue de respirer longtemps. Il doit trouver un prétexte pour l'examiner. Comme ça, il pourra récupérer son téléphone.

« Qui est-ce ? demande-t-il.

— Plus personne, maintenant.

— Vous devriez vous en aller et l'emmener avec vous, dit Joshua. C'est votre problème, pas le mien. J'ai déjà deux corps à enterrer, et je ne veux pas que ma prochaine chienne la voie.

— Votre prochaine chienne ?

— Je dois remplacer celle qu'on a euthanasiée », dit-il. Il marque une pause, puis sourit. « En fait, vous savez quoi ? Je crois qu'on pourrait peut-être s'entraider.

— Comment ?

— Il vous faut une nouvelle chienne, moi aussi. Je vous aide, et vous m'aidez. Mais d'abord on doit se débarrasser des corps. On ferait bien de les enterrer. Si vous voulez, vous pourrez laisser votre chienne ici au chalet. Y a plein de place. On pourrait même envisager d'en avoir deux chacun. Autant qu'on voudra.

— Je pourrais simplement… »

Il y a un nouvel éclair, puis un nouveau coup de tonnerre. Le temps qui les sépare est plus long qu'avant.

« Simplement te tuer.

— Y aura des jours où vous ne pourrez pas vous occuper des chiennes alors que moi, si. En plus, vous avez une dette envers moi.

— Une dette ?

— Vous avez tué mon ami. »

L'homme acquiesce.

« J'aime l'idée de nombreuses chiennes, dit-il.

— Alors, vous en dites quoi ? Partenaires ? » demande Joshua en tendant la main.

L'homme ne fait rien. Il se contente de fixer Joshua, plongé dans ses pensées, puis, après quelques secondes, il abaisse son arme et l'enfonce sous la ceinture de son jean. Il fait un pas en avant et tend la main.

« Partenaires, dit-il. Mon nom est Gregory.

— Levi », répond Joshua, et il se représente l'élève qui a failli le renverser hier avec son vélo.

Puis, pour bien assurer à l'autre qu'il demeure le mâle alpha, il le laisse décider ce qu'ils feront ensuite.

« Vous voulez enterrer les corps maintenant ? Ou attendre que la pluie ait cessé ?

— Tu m'es familier, Levi. Est-ce que je te connais ?

— Je ne sais pas, répond-il. Alors… on enterre les corps maintenant ?

— Attendons qu'il ait cessé de pleuvoir.

— Dans ce cas, on ferait bien de ne pas laisser William dans l'embrasure de la porte. Je vais le traîner à l'intérieur. »

Il fait quelques pas vers la porte, conscient que Gregory va lui dire de s'arrêter car il ne s'agit pas simplement d'un homme mort, mais d'un homme mort avec une arme. Il est à mi-chemin quand l'autre lui demande d'attendre. Il s'arrête et se retourne.

« Je vais le faire », dit Gregory.

Il enjambe Vega pour atteindre la porte, ce qui donne à Joshua l'opportunité dont il a besoin. Il s'accroupit et arrache son téléphone de la main de Vega. Il saisit son mot de passe, compose le numéro des secours, baisse le volume et glisse l'appareil dans sa poche.

« Qu'est-ce que tu fais ? » demande Gregory.

Il est revenu dans le salon et le regarde fixement. Il a désormais deux pistolets.

« Rien.

— C'est pas l'impression que j'ai eue. On dirait que tu essayais de passer un coup de fil. À qui est ce téléphone ?

— Il était dans la main de la femme morte, répond-il, tentant de donner des détails à la personne qui écoute au bout du fil. Je le mettais dans ma poche pour qu'on ne le laisse pas là.

— Tu mens.

— C'est la vérité. Je l'éteignais pour que personne ne puisse le localiser. La police pourrait découvrir sa disparition et s'en servir pour déterminer où elle est.

— Est-ce que tu me mens depuis le début ?

— Je ne mens pas.

— Elle n'avait pas de téléphone sur elle parce que je le lui ai pris tout à l'heure.

— Il était dans sa main. Je le jure.

— Non. C'est faux. Je crois que c'est ton téléphone. »

Joshua sent la tension monter dans la pièce.

« Il était dans sa main, insiste-t-il. Je l'éteignais.

— Alors montre-moi.

— Quoi ?

— Montre-moi le téléphone et prouve-moi qu'il est éteint. C'est une demande toute simple, Levi. Passe-le-moi. Et n'oublie pas, si tu mens, tu meurs. »

Joshua baisse la main vers sa poche.

« Non, dit Gregory. C'est moi qui vais le prendre. Les mains en l'air.

— Mais…
— J'ai dit les mains en l'air, Levi. »

Il obéit. Avec une arme braquée sur Joshua et l'autre coincée sous son bras, Gregory enfonce la main dans la poche pour s'emparer du téléphone. Joshua cherche quelque chose à dire ou à faire, mais ne trouve rien. Voir le monde du point de vue de son père ou de celui de Simon Bower ne sert à rien.

Il y a un nouvel éclair, et un instant plus tard la fenêtre explose, le verre volant à travers la pièce. Gregory lâche le téléphone, pointe son arme vers la vitre brisée et tire à quatre reprises, le coup de tonnerre qui s'ensuit ressemblant à un cinquième coup de feu. Joshua n'en revient pas de sa chance, et il en profite pour mettre la main dans sa poche et maintenir le bouton d'arrêt enfoncé. En l'absence de fenêtre, les rideaux tourbillonnent dans la pièce. La pluie commence à tomber à l'intérieur. Gregory se baisse et ramasse la branche cassée qui a défoncé la vitre. La tempête a dû l'arracher à un arbre et la projeter vers le chalet. Joshua est soulagé que ce soit arrivé, mais déçu que ça n'ait été qu'une branche et non la police en train d'ouvrir le feu.

Gregory balance la branche sur le côté puis tire le téléphone de la poche de Joshua. Il regarde l'écran, appuie dessus, rien ne se passe.

« Désolé d'avoir douté de toi.
— On devrait rentrer William », dit Joshua.

Il se demande si les flics sont loin. Il se demande ce qu'ils ont entendu. Ont-ils écouté ou raccroché ? Vega est-elle morte ou vivante ?

Ils atteignent la porte. Gregory l'observe, mais Joshua n'a pas la force de déplacer le cadavre. Il songe à s'enfuir. S'il parvient à prendre de l'avance, il sera difficile à retrouver. Mais il faudrait qu'il y parvienne. Et ça n'aiderait pas Vega.

Gregory passe devant lui, si bien qu'il est plus près de la porte, et il lui donne un coup de main. Ils laissent retomber le corps par terre dans l'entrée, et quand Joshua se redresse, Gregory braque de nouveau son arme sur lui.

« Tu as dit la femme morte.

— Pardon ?

— Tu as dit que le téléphone était dans la main de la femme morte, pas de la chienne morte. Tout ce que tu as dit… pour être honnête, fils, j'ai l'impression que tu m'as pris pour un idiot. Je crois qu'il vaut mieux que nos chemins se séparent. Tu as fait un bel effort, vraiment, et je ne saurai jamais quoi penser de toi. Mais c'est mieux comme ça. Du moins pour moi.

— Moi aussi, je fais des rêves, déclare Joshua.

— Pardon ?

— Des rêves de sang.

— Comment es-tu au courant pour mes rêves ?

— J'ai été opéré. On m'a greffé un rein, dit-il, car s'il dit *des yeux* il sait que l'homme devinera qui il est.

— Quand ?

— Il y a trois semaines. Presque quatre.

— Non, non, ça ne colle pas. Je sais où je t'ai vu. Tu es le gamin dont on a beaucoup parlé aux infos.

— Aucune importance, réplique Joshua. Tout ce qui compte, c'est que j'ai les mêmes désirs, et si…

— Faut que le monde soit petit pour qu'on se retrouve ici, le coupe Gregory. Trop petit pour tous les… », commence-t-il avant de s'interrompre.

Il fixe Joshua comme s'il ne comprenait plus rien, les opérations, les rêves, les raisons qui l'ont poussé à venir ici. Il abaisse son arme. Puis son corps s'affaisse. Un instant plus tard il heurte le sol.

Derrière lui, dans l'entrebâillement de la porte, trempée jusqu'aux os et tenant un démonte-pneu, se tient le Dr Toni.

71

Pendant que le Dr Toni commence à s'occuper de Vega, Joshua fouille Gregory et trouve les clés des menottes dans la poche gauche de sa veste. Il libère l'inspectrice inconsciente et passe les menottes à Gregory. Il demande au Dr Toni d'où elle vient, mais elle répond qu'elle aura le temps de lui expliquer plus tard.

« La branche. C'est vous qui l'avez balancée à travers la fenêtre ?

— Oui, dit-elle, maintenant trouve un téléphone et demande de l'aide. »

Il saisit son téléphone et appelle les secours et la police en précisant qu'il faut faire vite. On lui répond que la police est déjà en route, et une ambulance aussi. On l'informe qu'Olillia a téléphoné, qu'elle et Ruby sont à l'hôpital, et que son appel a bien été entendu quelques minutes plus tôt. Il leur dit de se dépêcher, et on lui demande de rester en ligne.

Le Dr Toni est penchée au-dessus de Vega, mais il fait trop sombre pour qu'il voie clairement.

« Qu'est-ce que je peux faire ? demande-t-il.

— Va chercher quelque chose pour desserrer les boulons de ces chaussures. »

Il laisse le téléphone par terre. Il trouve un interrupteur. Le chalet s'illumine et la lumière lui fait mal aux yeux. Il va récupérer la boîte à outils dans la buanderie. Il voit à présent dans quel état est Vega. Sa peau a viré au gris. Il y a du sang partout. Le Dr Toni exerce une pression sur sa blessure à la poitrine.

« Elle est encore en vie ? demande-t-il.

— À peine. »

Il défait les boulons.

« Laisse les chaussures pour les secouristes, dit-elle. Si tu les lui enlèves, tu risques de la faire saigner encore plus. Tu sais conduire ?

— Non.

— Je suis arrivée dans la voiture à laquelle tu as fait signe de s'arrêter. Tu vas devoir la déplacer pour que l'ambulance puisse passer.

— Je ne sais pas comment faire.

— Il va falloir te débrouiller. S'il te plaît, dépêche-toi. »

Il tire les clés de la poche de l'homme et se précipite dans la tempête. Le vent le pousse. Une fois encore, il se retrouve en train de courir. Il continue jusqu'à atteindre la voiture. Il s'assied au volant et est contrarié de voir qu'il y a un levier de vitesse manuel. Il met le contact et la voiture fait un bond en avant, le projetant presque dans le volant quand le moteur cale. La même chose se reproduit quand il essaie de nouveau. Il appuie sur les pédales, et quand il enfonce celle de gauche et tente de démarrer la voiture, elle ne fait pas d'embardée, puis quand il lève lentement le pied, la voiture se met à rouler, avant de faire un nouveau bond et de caler.

Ça ne sert à rien, pense-t-il. Si Olillia était ici, elle pourrait le faire.

Derrière lui, les gyrophares d'une voiture de police qui approche.

Il sort et agite les mains, même s'ils ne peuvent pas passer, de toute manière. Les agents descendent de leur véhicule.

« Je suis Joshua Logan, dit-il. C'est moi qui ai appelé.

— À qui est cette voiture ? demande l'un des policiers.

— À l'un des hommes morts. L'inspectrice Vega a reçu une balle. Nous devons aller au chalet.

— Il est devant ? demande l'autre agent.

— Oui.

— Monte du côté passager », dit l'homme avant de prendre place derrière le volant.

Les deux voitures ne mettent pas longtemps à arriver. Même pas trente secondes. Joshua explique rapidement la situation qu'ils vont trouver. Le Dr Toni est toujours accroupie quand ils entrent, en train d'appuyer sur la poitrine de Vega.

« On est en train de la perdre », dit-elle.

Les agents se hâtent de faire ce qu'ils peuvent pour l'aider pendant que Joshua se tient en retrait et regarde. La tempête continue de faire rage dehors, et quelque part une ambulance est en train de la traverser – mais il ne la voit pas arriver à temps.

Il baisse les yeux vers Gregory. Il y a dans le côté de son crâne un énorme renfoncement qui n'était pas là quelques minutes plus tôt. Il y a aussi une flaque de sang qui n'était pas là. Il jette un coup d'œil à son téléphone et constate que son appel à la police a été coupé.

Le Dr Toni a fait ce qu'il imagine que son père aurait fait.

Et il ne sait pas vraiment quoi en penser.

Épilogue

La tempête qui a frappé la région mardi a duré deux jours et ne s'est atténuée que la nuit dernière. Elle a traversé la ville, arrachant les branches des arbres et endommageant les maisons ; elle a à moitié soulevé le toit d'un supermarché et a occasionné beaucoup de tôle froissée. Ce matin, cependant, le ciel est bleu de tous les côtés, et Joshua a du mal à croire que le temps ait pu être si mauvais. Mais c'est désormais l'automne. C'est parfaitement évident dans le cimetière où Joshua et Olillia se tiennent, parmi les arbres, main dans la main, à cinquante mètres de la tombe, hors de portée de voix de l'enterrement. Le sol est couvert de feuilles mortes, le vent et le froid ont dépouillé les arbres, et il se souvient avoir songé récemment que l'automne pouvait être un chaos magnifique – alors que maintenant il ressemble juste à un chaos.

La mère de Joshua n'est pas là – non seulement elle ne voulait pas venir, mais elle ne voulait pas non plus que Joshua le fasse. Ni l'un ni l'autre n'auraient été les bienvenus, pensait-elle, et il a bien dû en convenir – c'est la raison pour laquelle il se tient en retrait. Les médias sont présents, évidemment, massés à la périphérie, filmant la scène tout en essayant de faire le lien entre ceux qui sont morts et ceux qui ont tué, et de comprendre ce qui a poussé deux hommes paisibles sans aucun passé criminel à agir avec une telle violence.

Joshua peine à accepter ce que son père et son oncle faisaient. Les derniers jours ont été difficiles, mais sa mère et Olillia l'ont soutenu. Apprendre soudain que son père est un tueur en série… C'est une sale étiquette, mais la triste vérité est qu'elle est exacte. Son père tuait des gens, et même si c'étaient des criminels et qu'il le faisait pour aider des innocents, il n'en demeure pas moins un tueur en série. Peut-être que quand l'oncle Ben sortira de l'hôpital, Joshua pourra lui en parler, et peut-être qu'il trouvera le moyen de faire la paix avec tout ça. Les médias n'ont toujours pas décelé le lien entre Gregory King et Dustin Moore – le fait qu'ils étaient tous deux receveurs d'organes. Mais Joshua soupçonne que c'est juste une question de temps. Ces hommes étaient malades et ils ont été guéris, et au bout du compte le remède a entraîné une maladie différente. Si les enquêteurs établissent ce lien, ils risquent aussi de relier ça à ce que son père et l'oncle Ben faisaient. Il ne sait pas si Vega parlera. Il ne pense pas, mais il n'est pas encore allé la voir à l'hôpital. Chaque jour qui passe, il se dit qu'il est de moins en moins probable qu'elle dénonce l'oncle Ben à ses supérieurs.

Il adorait son père – il l'adore toujours – et il lui manque énormément. Mais il ne peut s'empêcher d'être en colère à l'idée qu'il a provoqué sa propre mort. Si l'oncle Ben et lui n'avaient pas décidé de tuer Simon Bower ce jour-là, rien de tout ça ne serait arrivé.

Joshua et Olillia ont reçu de nombreux éloges pour avoir sauvé Ruby Carter, mais ils ont aussi été sévèrement réprimandés pour s'être mis en danger de la sorte. Hormis pour aller à l'école et à l'enterrement, il est privé de sorties pendant un mois, de même qu'Olillia. Il soupçonne qu'ils ne feront l'objet d'aucune poursuite judiciaire. Il sait que Vega a plaidé en leur faveur, et il sait que leur histoire a fait les gros titres toute la semaine, relatée dans les médias sous toutes ses formes – impossible que la police inculpe les adolescents qui ont retrouvé Ruby Carter sans finir avec des émeutes sur les bras.

Hier, le Dr Toni est venue le voir. Il ne lui a pas demandé ce qui s'est passé pendant qu'il était sorti du chalet pour essayer de déplacer la voiture. Elle est venue lui dire que Ruby récupère bien. À part son doigt coupé, la plupart de ses blessures sont psychologiques. Elle demeure positive. Elle sait que Simon et Vincent auraient pu lui faire bien pire. Aussi bien Joshua qu'Olillia aimeraient la revoir, et le Dr Toni pense que ça ferait aussi plaisir à Ruby.

L'enterrement se termine. Le corps de Vincent Archer est descendu dans le sol. La petite foule est constituée de sa famille – ses parents, son frère, même sa nièce. Il y a eu des photos d'eux aux infos. La mère de Vincent l'a dénoncé à la police, mais des milliers de personnes sont tout de même allées écrire des commentaires sur Internet, la traitant de tous les noms imaginables. À cet instant, aucun des Archer ne montre la moindre émotion. Après ce qu'ils viennent de traverser, ils veulent probablement montrer un semblant de maîtrise d'eux-mêmes. Le seul signe de vie provient de la petite fille, qui semble juste avoir envie de courir après les feuilles mortes et de s'éloigner du cercle de tristesse que forme sa famille. L'enterrement s'achève, le père de Vincent jette une rose dans la tombe. Personne d'autre ne l'imite, et ils s'en vont.

Joshua ne saurait exactement dire pourquoi il est là. Il avait le sentiment qu'il fallait qu'il vienne, et il soupçonne que cette envie irrépressible vient du fait qu'il a dans son corps un ADN qui appartenait autrefois à Simon Bower. Il a songé à demander au Dr Toni de lui ôter l'œil, mais a finalement décidé de ne pas y toucher. De la même manière que certaines personnes ont des cicatrices pour se rappeler certains moments de leur vie, il va le garder pour se rappeler ce que son père a fait. Olillia lui a dit qu'il ne faisait que se punir en pensant de la sorte, et il suppose qu'elle a raison – mais sa décision est tout de même prise.

Quand la malédiction est venue chercher Joshua, elle a pris Vincent à la place, mais il sait qu'elle est toujours là à l'attendre. Il le sait à cause de ce que le Dr Toni lui a dit hier.

Joshua et Olillia se retournent et changent de main, puis ils reprennent la direction du parking.

Tandis qu'ils s'éloignent du cimetière, il repense à cette conversation. Le médecin l'a informé que Dustin, Gregory et lui n'avaient pas été les seuls à recevoir des organes ce jour-là grâce à la généreuse exécution organisée par son père.

Il y a six autres patients avec des organes de Simon Bower, qui pourraient eux aussi faire leurs propres rêves étranges.

REMERCIEMENTS

Intuitions a été un ouvrage particulier pour moi – mais bon Dieu, quel pied ! Il y a cinq ou six ans, je déjeunais avec Tim Müller, mon ami et éditeur en Allemagne, et un autre copain, Craig Sisterson, qui a fait plus que n'importe qui pour que les romans policiers néo-zélandais aient une place sur la scène mondiale. Nous étions à un festival de roman policier au Royaume-Uni. Je ne me souviens plus de quoi nous discutions quand Tim a demandé : « Tu as déjà songé à écrire un livre pour jeunes adultes ? » À quoi j'ai répondu : « Non. » À quoi Craig a répliqué : « Tu devrais vraiment y penser. » À quoi j'ai déclaré : « C'est pas mon truc », avant d'enchaîner avec : « Mais si je devais en écrire un… peut-être que je pourrais parler d'un aveugle de naissance qui reçoit les yeux de son père après que celui-ci s'est fait tuer en poursuivant un tueur en série. Attends… Attends… et si l'un des yeux venait de son père, et l'autre du tueur ? » Comme ça, venu de nulle part, ce roman a vu le jour. Ça se passe souvent de la sorte.

J'ai rédigé quelques chapitres, puis ai laissé l'idée de côté pendant des années pour travailler à d'autres livres. C'est en 2015, alors que j'étais à Sydney avec mon éditrice américaine, Sarah Branham, que le livre est redevenu d'actualité. Je lui en ai parlé, et elle m'a dit : « Écris-le. » Alors je l'ai écrit – mon premier roman pour jeunes adultes. Je me souviens que plus tard la même année j'étais avec les gens d'Atria à New York et leur racontais comment le livre avait évolué… et tout le monde n'arrêtait pas de dire : « Hmm… il n'est peut-être pas pour jeunes adultes, mais pour adultes… » Il s'avère qu'ils avaient raison.

Intuitions existe tout d'abord grâce à ce déjeuner il y a toutes ces années, mais également grâce à l'équipe d'Atria à New York, qui m'a convaincu de persévérer et de l'écrire – et j'en suis tellement ravi. Nous avons beaucoup travaillé à ce projet – et je ne pourrais pas être plus fier du résultat. Sarah m'a poussé à réfléchir dans tellement de directions que j'avais la tête qui tournait à la fin du travail éditorial. Ça a été mon dernier livre avec elle – nous en avons fait dix ensemble –, et je travaille désormais au prochain avec un autre éditeur très cool, Rakesh Satyal, qui lui aussi me force à réfléchir dans toutes les directions. Judith Curr, David Brown, Lisa Keim, Emily Bestler, Haley Weaver, Hillary Tisman, Loan Le et tous les autres – encore merci d'avoir offert une maison à ce livre.

Laissez-moi terminer une fois de plus en vous remerciant, vous, les lecteurs. Vous avez été géniaux. Vous êtes la raison pour laquelle j'aime faire se produire des horreurs…

Paul CLEAVE
Mars 2017
Christchurch, Nouvelle-Zélande

Du même auteur
chez Sonatine Éditions :

Un employé modèle, traduit de l'anglais (Nouvelle-Zélande) par Benjamin Legrand, 2010.

Un père idéal, traduit de l'anglais (Nouvelle-Zélande) par Fabrice Pointeau, 2011.

Nécrologie, traduit de l'anglais (Nouvelle-Zélande) par Fabrice Pointeau, 2013.

La Collection, traduit de l'anglais (Nouvelle-Zélande) par Marion Tissot, 2014.

Un prisonnier modèle, traduit de l'anglais (Nouvelle-Zélande) par Fabrice Pointeau, 2016.

Ne fais confiance à personne, traduit de l'anglais (Nouvelle-Zélande) par Fabrice Pointeau, 2017.

Cauchemar, traduit de l'anglais (Nouvelle-Zélande) par Fabrice Pointeau, 2019.

PAPIER À BASE DE FIBRES CERTIFIÉES

Le Livre de Poche s'engage pour l'environnement en réduisant l'empreinte carbone de ses livres. Celle de cet exemplaire est de :
400 g éq. CO_2
Rendez-vous sur www.livredepoche-durable.fr

Composition réalisée par Lumina Datamatics, Inc.

Achevé d'imprimer en octobre 2021, en France sur Presse Offset par
Maury Imprimeur – 45330 Malesherbes
N° d'impression : 257938
Dépôt légal 1re publication : octobre 2021
LIBRAIRIE GÉNÉRALE FRANÇAISE – 21, rue du Montparnasse – 75298 Paris Cedex 06